Jean-Paul Sartre

Les chemins de la liberté

III

La mort dans l'âme

Gallimard

PREMIÈRE PARTIE

Une pieuvre ? Il prit son couteau, ouvrit les yeux, c'était un rêve. Non. La pieuvre était là, elle le pompait de ses ventouses : la chaleur. Il suait. Il s'était endormi vers une heure ; à deux heures, la chaleur l'avait réveillé, il s'était jeté en nage dans un bain froid, puis recouché sans s'essuyer ; tout de suite après, la forge s'était remise à ronfler sous sa peau, il s'était remis à suer. A l'aube, il s'était endormi, il avait rêvé d'incendie ; à présent le soleil était sûrement déjà haut, et Gomez suait toujours : il suait sans répit depuis quarante-huit heures. « Bon Dieu ! » soupira-t-il en passant sa main humide sur sa poitrine mouillée. Ça *n'était pas* de la chaleur ; c'était une maladie de l'atmosphère : l'air avait la fièvre, l'air suait, on suait dans de la sueur. Se lever. Se mettre à suer dans une chemise. Il se redressa : « Hombre ! Je n'ai plus de chemise. » Il avait trempé la dernière, la bleue, parce qu'il était obligé de se changer deux fois par jour. A présent, fini : il porterait cette loque humide et puante jusqu'à ce que le linge fût revenu du blanchissage. Il se mit debout avec précaution, mais sans pouvoir éviter l'inondation, les gouttes couraient sur ses flancs comme des poux, ça le chatouillait. La chemise froissée, cassée de mille plis, sur le dossier du fauteuil. Il la tâta : rien ne sèche jamais dans ce putain de pays. Son cœur battait, il avait la gueule de bois, comme s'il s'était soûlé la veille.

Il enfila son pantalon, s'approcha de la fenêtre et tira les rideaux : dans la rue la lumière, blanche comme une catastrophe ; encore treize heures de lumière. Il regarda la chaussée avec angoisse et colère. La *même* catastrophe : là-bas, sur la grasse terre noire, sous la fumée, du sang et des cris ; ici, entre les maisonnettes de brique rouge, de la lumière, tout juste de la lumière et des suées. Mais c'était la *même* catastrophe. Deux Nègres passèrent en riant, une femme entra dans le drugstore. « Bon Dieu ! » soupira-t-il. « Bon Dieu ! » Il regardait crier toutes ces couleurs : même si j'en avais le temps, même si j'y avais la tête, comment voulez-vous *peindre* avec cette lumière ! « Bon Dieu ! dit-il, bon Dieu ! »

On sonna. Gomez alla ouvrir. C'était Ritchie.

— C'est un meurtre, dit Ritchie en entrant.

Gomez sursauta :

— Quoi ?

— Cette chaleur : c'est un meurtre. Comment, ajouta-t-il avec reproche, tu n'es pas habillé ? Ramon nous attend à dix heures.

Gomez haussa les épaules :

— Je me suis endormi tard.

Ritchie le regarda en souriant, et Gomez ajouta vivement :

— Il fait trop chaud. Je ne peux pas dormir.

— Les premiers temps, c'est comme ça, dit Ritchie débonnaire. Tu t'y habitueras. — Il le regarda attentivement. — Est-ce que tu prends des pilules de sel ?

— Naturellement, mais ça ne me fait pas d'effet.

Ritchie hocha la tête, et sa bienveillance se nuança de sévérité : les pastilles de sel *devaient* empêcher de suer. Si elles n'agissaient pas sur Gomez, c'est que Gomez *n'était pas* comme tout le monde.

— Mais dis donc ! dit soudain Ritchie en fronçant les sourcils, tu devrais être entraîné : en Espagne aussi il fait chaud.

Gomez pensa aux matins secs et tragiques de Madrid, à cette noble lumière, au-dessus d'Alcala, qui était encore de l'espoir ; il secoua la tête :

— Ce n'est pas la même chaleur.

— Moins humide, hein ? dit Ritchie avec une espèce de fierté.

— Oui. Et plus humaine.

Ritchie tenait un journal ; Gomez tendit la main pour le lui prendre, mais il n'osa pas. La main retomba.

— C'est un grand jour, dit Ritchie gaiement : la fête du Delaware. Je suis de là-bas, tu sais.

Il ouvrit le journal à la treizième page ; Gomez vit une photo : La Guardia serrait la main d'un gros homme, tous deux souriaient avec abandon.

— Ce type à gauche, dit Ritchie, c'est le gouverneur du Delaware. La Guardia l'a reçu hier au World Hall. C'était fameux.

Gomez avait envie de lui arracher le journal et de regarder la première page. Mais il pensa : « Je m'en fous », et passa dans le cabinet de toilette. Il fit couler de l'eau froide dans la baignoire et se rasa rapidement. Comme il entrait dans son bain, Ritchie lui cria :

— Où en es-tu ?

— Au bout du rouleau. Je n'ai plus une seule chemise et il me reste dix-huit dollars. Et puis Manuel rentre lundi, il faudra que je lui rende son appartement.

Mais il pensait au journal : Ritchie lisait en l'attendant ; Gomez l'entendit tourner les pages. Il s'essuya soigneusement ; en vain : l'eau sourdait dans la serviette. Il enfila en frissonnant sa chemise humide et rentra dans la chambre à coucher.

— Match de Géants.

Gomez regarda Ritchie sans comprendre.

— Le base-ball, hier. Les Géants ont gagné.

— Ah ! oui, le base-ball...

Il se baissa pour nouer ses lacets de souliers. Il cherchait à lire, par en dessous, les manchettes de la première page. Il finit par demander :

— Et Paris?

— Tu n'as pas entendu la radio?

— Je n'ai pas de radio.

— Fini, liquidé, dit Ritchie paisiblement. Ils y sont entrés cette nuit.

Gomez se dirigea vers la fenêtre, colla son front au carreau brûlant, regarda la rue, ce soleil inutile, cette inutile journée. Il n'y aurait jamais plus que des journées inutiles. Il se détourna et se laissa tomber sur son lit.

— Dépêche-toi, dit Ritchie. Ramon n'aime pas attendre.

Gomez se releva. Déjà sa chemise était à tordre. Il alla nouer sa cravate devant la glace :

— Il est d'accord?

— En principe, oui. Soixante dollars par semaine et tu feras la chronique des expositions. Mais il veut te voir.

— Il me verra, dit Gomez. Il me verra.

Il se retourna brusquement :

— Il me faut une avance. Tu crois qu'il marchera?

Ritchie haussa les épaules. Il dit, au bout d'un moment :

— Je lui ai dit que tu venais d'Espagne et il se doute que tu ne portes pas Franco dans ton cœur; mais je ne lui ai pas parlé de... tes exploits. Ne va pas lui raconter que tu étais général : on ne sait pas ce qu'il pense au fond.

Général! Gomez regarda son pantalon usé et les taches sombres que la sueur faisait déjà sur sa chemise. Il dit amèrement :

— N'aie pas peur, je n'ai pas envie de m'en vanter. Je sais ce que ça coûte, ici, d'avoir fait la guerre en Espagne : voilà six mois que je suis sans travail.

Ritchie parut froissé :

— Les Américains n'aiment pas la guerre, expliqua-t-il sèchement.

Gomez mit son veston sous son bras :

12

— Allons-y.

Ritchie plia lentement son journal et se leva. Dans l'escalier il demanda :

— Ta femme et ton fils sont à Paris ?

— J'espère bien que non, dit vivement Gomez. J'espère bien que Sarah aura été assez maligne pour filer à Montpellier.

Il ajouta :

— Je suis sans nouvelles d'eux depuis le 1er juin.

— Si tu as le job, tu pourras les faire venir, dit Ritchie.

— Oui, dit Gomez. Oui, oui. Nous verrons.

La rue, l'éblouissement des fenêtres, le soleil sur les longues casernes plates et sans toit, aux briques noircies. Devant chaque porte, des marches de pierre blanche ; un brouillard de chaleur du côté de l'East River ; la ville avait l'air rabougrie. Pas une ombre : dans aucune rue du monde on ne se sentait si terriblement dehors. Des aiguilles rougies à blanc lui perçaient les yeux ; il leva la main pour s'abriter, et sa chemise colla à sa peau. Il frissonna :

— Un meurtre !

— Hier, dit Ritchie, un pauvre vieux est tombé devant moi : insolation. Brrr, fit-il. Je n'aime pas voir les morts.

« Va en Europe et tu seras servi », pensa Gomez.

Ritchie ajouta :

— C'est à quarante blocs. Il faut prendre le bus.

Ils s'arrêtèrent devant un poteau jaune. Une jeune femme attendait. Elle les regarda d'un œil expert et morose, puis leur tourna le dos.

— Belle fille, dit Ritchie d'un air collégien.

— Elle a l'air d'une garce, dit Gomez avec rancune.

Il s'était senti sale et suant sous ce regard. Elle ne suait pas. Ritchie non plus : il était rose et frais dans sa belle chemise blanche, son nez retroussé brillait à peine. Le beau Gomez. Le beau général Gomez. Le général s'était penché sur des yeux bleus, verts, noirs,

13

voilés par le battement des cils ; la garce n'avait vu qu'un petit méridional à cinquante dollars par semaine qui suait dans son costume de confection. « Elle m'a pris pour un Dago. » Il regarda tout de même les belles jambes longues et piqua une suée. « Quatre mois que je n'ai pas fait l'amour. » Autrefois, le désir, c'était un soleil sec dans son ventre. A présent, le beau général Gomez avait des envies honteuses et furtives de voyeur.

— Une cigarette ? proposa Ritchie.

— Non. J'ai la gorge en feu. J'aimerais mieux boire.

— Nous n'avons pas le temps.

Il lui donna, d'un air gêné, une petite tape sur l'épaule :

— Tâche de sourire, dit-il.

— Quoi ?

— Tâche de sourire. Si Ramon te voit cette tête, tu vas lui faire peur. Je ne te demande pas d'être obséquieux, dit-il vivement, sur un geste de Gomez. Tu mets sur tes lèvres, en entrant, un sourire tout à fait impersonnel et tu t'y oublies ; pendant ce temps-là tu peux penser à ce que tu veux.

— Je sourirai, dit Gomez.

Ritchie le regarda avec sollicitude :

— C'est pour ton gosse que tu te fais du souci ?

— Non.

Ritchie fit un douloureux effort de réflexion :

— C'est à cause de Paris ?

— Je me fous de Paris, dit Gomez violemment.

— C'est mieux qu'ils l'aient pris sans combat, n'est-ce pas.

— Les Français pouvaient le défendre, répondit Gomez d'une voix neutre.

— Bah ! une ville en terrain plat.

— Ils pouvaient le défendre. Madrid a tenu deux ans et demi...

— Madrid... répéta Ritchie avec un geste vague.
— Il reprit : Mais pourquoi défendre Paris ? C'est si bête. Ils auraient détruit le Louvre, l'Opéra, Notre-Dame.

14

Moins il y aura de dégâts, mieux ça vaudra. A présent, ajouta-t-il avec satisfaction, la guerre sera vite finie.

— Comment donc! dit Gomez avec ironie. A ce train-là, dans trois mois ce sera la paix nazie.

— La paix, dit Ritchie, n'est ni démocratique ni nazie : c'est la paix. Tu sais très bien que je n'aime pas les hitlériens. Mais ce sont des hommes comme les autres. Une fois l'Europe conquise, les difficultés commenceront pour eux, et il faudra qu'ils mettent de l'eau dans leur vin. S'ils sont raisonnables, ils laisseront chaque pays s'administrer lui-même au sein d'une fédération européenne. Quelque chose dans le genre de nos États-Unis.

Il parlait lentement et avec application. Il ajouta :

— Si ça doit vous empêcher de faire la guerre tous les vingt ans, ce sera toujours ça de pris.

Gomez le regarda avec irritation : il y avait une immense bonne volonté dans ses yeux gris. Il était gai, il aimait l'humanité, les enfants, les oiseaux, l'art abstrait ; il pensait qu'avec deux sous de raison tous les conflits seraient aplanis. Il n'avait pas beaucoup de sympathie pour les immigrants de race latine; il s'entendait mieux avec les Allemands. « La prise de Paris, pour lui, qu'est-ce que ça représente ? » Gomez détourna la tête et regarda l'éventail multicolore du marchand de journaux : Ritchie lui paraissait tout d'un coup impitoyable.

— Vous autres, Européens, dit Ritchie, vous vous attachez toujours aux symboles. Il y a huit jours qu'on sait que la France est battue. Bon : tu y as vécu, tu y as laissé des souvenirs, je comprends que ça t'attriste. Mais la prise de Paris? Qu'est-ce que ça peut te faire, puisque la ville est intacte? A la fin de la guerre, nous y reviendrons.

Gomez se sentit soulevé par une joie formidable et coléreuse :

— Ce que *ça* me fait? demanda-t-il d'une voix tremblante. Ça me fait plaisir! Quand Franco est entré dans

Barcelone, ils hochaient la tête, ils disaient que c'était dommage, mais il n'y en a pas un qui ait levé le petit doigt. Eh bien, c'est leur tour à présent, qu'ils dégustent! Ça me fait plaisir, cria-t-il dans le fracas de l'autobus qui s'arrêta contre le trottoir, ça me fait plaisir!

Ils montèrent derrière la jeune femme. Gomez s'arrangea pour voir ses jarrets au passage ; ils restèrent debout sur la plate-forme. Un gros homme à lunettes d'or s'écarta d'eux précipitamment et Gomez pensa : « Je dois sentir mauvais. » Au dernier rang des places assises, un homme avait déployé un journal. Gomez lut pardessus son épaule : « Toscanini acclamé à Rio, où il joue pour la première fois depuis cinquante-quatre ans. » Et plus bas : « Première à New York : Ray Milland et Loretta Young dans *Le Docteur se marie.* » Çà et là, d'autres journaux ouvraient leurs ailes : La Guardia reçoit le gouverneur du Delaware ; Loretta Young ; incendie dans l'Illinois ; Ray Milland ; mon mari m'a aimée du jour où j'ai usé du désodorisant Pitts ; achetez Chrisargyl, le laxatif des lunes de miel ; un homme en pyjama souriait à sa jeune épouse ; La Guardia souriait au gouverneur du Delaware ; « Pas de cake pour les mineurs », déclare Buddy Smith. Ils lisaient ; les larges pages blanches et noires leur parlaient d'eux-mêmes, de leurs soucis, de leurs plaisirs ; ils savaient qui était Buddy Smith, et Gomez ne le savait pas ; ils tournaient vers le sol, vers le dos du conducteur, les grosses lettres de la une : « Prise de Paris », ou bien « Montmartre en flammes ». Ils lisaient et les journaux criaient entre leurs mains, inécoutés. Gomez se sentit vieux et las. Paris était loin ; il était seul à s'en soucier, au milieu de cent cinquante millions d'hommes, ce n'était plus qu'une petite préoccupation personnelle, à peine plus importante que la soif qui lui brûlait la gorge.

— Passe-moi le journal, dit-il à Ritchie.

Les Allemands occupent Paris. Pression vers le Sud. Prise du Havre. Assaut de la ligne Maginot.

Les lettres criaient, mais les trois Nègres qui cau-
saient derrière lui continuaient à rire sans entendre.

L'armée française intacte, l'Espagne prend Tanger.
L'homme aux lunettes d'or fouilla méthodiquement
dans sa serviette, il en sortit une clé Yale qu'il considéra avec satisfaction. Gomez eut honte, il avait envie
de refermer le journal, comme si l'on y parlait indiscrè-
tement de ses secrets les plus intimes. Ces cris énormes
qui faisaient trembler ses mains, ces appels au secours,
ces râles, c'étaient de grosses incongruités, comme sa
sueur d'étranger, comme son odeur trop forte. *La
parole d'Hitler mise en doute ; Le président Roosevelt
ne croit pas... ; Les États-Unis feront ce qu'ils pourront
pour les alliés ;* le gouvernement de Sa Majesté fera
ce qu'il pourra pour les Tchèques ; les Français feront
ce qu'ils pourront pour les républicains d'Espagne. Des
charpies, des médicaments, des boîtes de lait. Misère!
*Manifestation d'étudiants à Madrid pour réclamer le
retour de Gibraltar aux Espagnols.* Il vit le mot Madrid
et ne put lire plus avant. « C'est bien fait, salauds!
salauds! Qu'ils mettent le feu aux quatre coins de Paris ;
qu'ils le réduisent en cendres. » *Tours (de notre correspondant particulier Archambaud) : La bataille continue,
les Français déclarent que la pression ennemie décroît;
lourdes pertes nazies.*

Naturellement la pression décroît, elle décroîtra jusqu'au dernier jour et jusqu'au dernier journal français ;
lourdes pertes, pauvres mots, derniers mots d'espoir qui
ne trompent plus personne ; lourdes pertes fascistes
autour de Tarragone ; la pression diminue ; Barcelone
tiendra... et le lendemain, c'était la fuite éperdue.

*Berlin (de notre correspondant particulier Brook
Peters) : La France a perdu toute son industrie; Mont-
médy est pris ; la ligne Maginot emportée d'assaut; l'ennemi en déroute ;* chant de gloire, chant cuivré, soleil ;
ils chantent à Berlin, à Madrid, dans leurs uniformes ;
Barcelone, Madrid, dans leurs uniformes ; Barcelone,
Madrid, Valence, Varsovie, Paris ; demain Londres. A

Tours, des messieurs en veston noir couraient dans les couloirs des hôtels. C'est bien fait ! C'est bien fait, qu'ils prennent tout, la France, l'Angleterre, qu'ils débarquent à New York, c'est bien fait !

Le monsieur aux lunettes d'or le regardait ; Gomez eut honte, comme s'il avait crié. Les Nègres souriaient, la jeune femme souriait, le receveur souriait, *not to grin is a sin*.

— Nous descendons, dit Ritchie en souriant.

Sur les affiches, sur la couverture des magazines, l'Amérique souriait. Gomez pensa à Ramon et se mit à sourire.

— Il est dix heures, dit Ritchie, nous n'aurons que cinq minutes de retard.

Dix heures, trois heures en France : blême, sans espoir, un après-midi se cachait au fond de cette matinée coloniale.

Trois heures en France.

— Nous voilà beaux, dit le type.

Il restait pétrifié sur son siège ; Sarah voyait la sueur ruisseler sur sa nuque ; elle entendait la meute des klaxons.

— Il n'y a plus d'essence !

Il ouvrit la porte, sauta sur la route et se planta devant sa voiture. Il la considérait tendrement :

— Nom de Dieu ! dit-il entre ses dents. Nom de Dieu de nom de Dieu !

Il flattait de la main le capot brûlant : Sarah le voyait, à travers la vitre, debout contre le ciel étincelant, au milieu de cette immense rumeur ; les autos qu'ils suivaient depuis le matin s'éloignaient dans un nuage de poussière. Derrière eux, les klaxons, les sifflets, les sirènes : un ramage d'oiseaux de fer, le chant de la haine.

— Pourquoi se fâchent-ils ? demanda Pablo.

— Parce que nous leur barrons la route.

Elle aurait voulu sauter hors de la voiture, mais le désespoir l'écrasait sur la banquette. Le type releva la tête :

— Mais descendez! dit-il avec irritation. Vous ne les entendez pas? Aidez-moi à la pousser.

Ils descendirent.

— Allez derrière, dit le type à Sarah. Et poussez dur.

— Je veux pousser aussi, dit Pablo.

Sarah s'arc-bouta contre la voiture et poussa de toutes ses forces, les yeux clos, dans un cauchemar. La sueur trempait sa chemisette : à travers ses paupières closes, le soleil lui crevait les yeux. Elle les ouvrit : devant elle, le type poussait de sa main gauche plaquée contre la portière ; de la droite, il manœuvrait le volant ; Pablo s'était précipité contre le pare-chocs de l'arrière et s'y accrochait avec des cris sauvages.

— Ne te fais pas traîner, dit Sarah.

La voiture roula mollement sur le bas-côté de la route.

— Stop! stop! dit le type. Ça va, ça va, bon Dieu!

Les klaxons se turent ; le fleuve se remit à couler. Les voitures rasaient l'auto en panne, des visages se collaient aux vitres ; Sarah se sentit rougir sous les regards et se réfugia derrière l'auto. Un grand maigre, au volant d'une Chevrolet, se pencha vers eux :

— Sales cons!

Camions, camionnettes, autos de maître, taxis avec des drapeaux noirs, cabriolets. Chaque fois qu'une voiture les dépassait, Sarah perdait un peu de courage et Gien s'éloignait un peu plus. Ensuite ce fut le défilé des charrettes et Gien reculait toujours, en grinçant ; enfin la poix noire des piétons recouvrit la route. Sarah se réfugia sur le bord du fossé : les foules lui faisaient peur. Ils marchaient lentement, péniblement, la souffrance leur donnait un air de famille : quiconque entrerait dans leurs rangs se mettrait à leur ressembler. Je ne veux pas. Je ne veux pas devenir comme eux. Ils ne la regardaient pas ; ils évitaient la voiture sans la regarder : ils n'avaient plus d'yeux. Un géant coiffé d'un canotier frôla l'auto, une valise au bout de chaque bras, se cogna en aveugle au garde-boue, fit un tour sur lui-même et reprit sa marche chancelante. Il était blême. Sur l'une des valises, il y avait des étiquettes multicolores : Séville, Le Caire, Sarajevo, Stresa.

— Il est mort de fatigue, cria Sarah. Il va tomber.

Il ne tombait pas. Elle suivit des yeux le canotier au ruban rouge et vert qui se balançait gaiement au-dessus de la mer des chapeaux.

— Prenez votre valise et continuez sans moi.

Sarah frissonna sans répondre : elle regardait la foule avec un dégoût terrorisé.

— Vous entendez ce que je vous dis ?

Elle se retourna vers lui :

— Ça n'est pas possible d'attendre qu'une voiture passe et de lui demander un bidon d'essence ? Après les piétons, il viendra encore des autos.

Le type eut un sourire mauvais.

— Je vous conseille d'essayer.

— Et pourquoi pas, pourquoi n'essaieront-on pas ?

Il cracha avec mépris et resta un moment sans répondre.

— Vous les avez donc pas vus ? dit-il enfin. Ils se poussent au cul les uns les autres : comment voulez-vous qu'ils s'arrêtent ?

— Mais si je trouvais de l'essence ?

— Je vous dis que vous n'en trouverez pas. Vous ne pensez pas qu'ils vont perdre leur rang pour vous ? — Il la toisa en ricanant : Si vous étiez belle môme et si vous aviez vingt ans, je ne dis pas.

Sarah fit semblant de ne pas entendre. Elle insista :

— Mais si je vous en trouvais tout de même ?

Il secoua la tête d'un air buté :

— Rien à faire. J'irai pas plus loin. Même que vous en trouveriez vingt litres ; même que vous m'en trouveriez cent. J'ai compris.

Il se croisa les bras.

— Vous vous rendez compte, dit-il sévèrement.

Freiner, déraper, embrayer tous les vingt mètres. Changer de vitesse cent fois par heure : c'est ça qui arrange une voiture !

Il y avait des taches brunes sur la glace. Il sortit son mouchoir et les essuya avec sollicitude.

— J'aurais pas dû me laisser entraîner.

— Vous n'aviez qu'à prendre assez d'essence, dit Sarah.

Il hocha la tête sans répondre ; elle avait envie de le griffer. Elle se contint et dit d'une voix calme :

— Alors ? qu'est-ce que vous allez faire ?

— Rester ici et attendre.

— Attendre quoi ?

Il ne répondit pas. Elle lui prit le poignet et le serra de toutes ses forces :

— Si vous restez ici, vous savez ce qui vous arrivera ? Les Allemands déporteront tous les hommes valides.

— Bien sûr ! et ils couperont les mains de votre gnard et ils vous grimperont, s'ils en ont le courage. Tout ça, c'est des salades : ils ne sont sûrement pas le quart aussi méchants qu'on le dit.

Sarah avait la gorge sèche et ses lèvres tremblaient. Elle dit d'une voix blanche :

— C'est bon. Où sommes-nous ?

— A vingt-quatre kilomètres de Gien.

« Vingt-quatre kilomètres ! Je ne vais tout de même pas pleurer devant cette brute. »

Elle entra dans l'auto, prit sa valise, ressortit, saisit Pablo par la main.

— Viens, Pablo !

— Où ?

— A Gien.

— C'est loin ?

— Encore assez, mais je te porterai quand tu seras fatigué. Et puis, ajouta-t-elle avec défi, nous trouverons sûrement de braves gens pour nous aider.

L'homme se planta devant eux et leur barra le passage. Il fronçait les sourcils et se grattait le crâne d'un air inquiet.

21

— Qu'est-ce que vous voulez ? demanda sèchement Sarah.

Il ne savait pas ce qu'il voulait. Il regardait alternativement Sarah et Pablo ; il avait l'air de chercher.

— Alors ? dit-il sans assurance. On s'en va comme ça ? On ne dit même pas merci ?

— Merci, dit Sarah très vite, merci.

L'homme avait trouvé ce qu'il cherchait : la colère. Il se mit en colère et son visage devint pourpre.

— Et mes deux cents francs ? Où qu'ils sont ?

— Je ne vous dois rien, dit Sarah.

— Vous n'avez pas promis deux cents francs ? Ce matin même ? A Melun ? Dans mon garage ?

— Oui, si vous me conduisiez jusqu'à Gien : mais vous m'abandonnez avec un enfant au milieu de la route.

— Ce n'est pas moi qui vous abandonne ; c'est le tacot.

Il secoua la tête et les veines de ses tempes se gonflèrent. Ses yeux brillaient et il paraissait content. Sarah n'avait pas peur de lui :

— Je veux mes deux cents francs.

Elle fouilla dans son sac :

— Voilà cent francs. Je ne vous les dois pas, et vous êtes sûrement plus riche que moi. Je vous les donne pour avoir la paix.

Il prit le billet et le mit dans sa poche ; puis il tendit la main de nouveau. Il était très rouge avec la bouche ouverte et des yeux pensifs.

— Vous me devez encore cent francs.

— Vous n'aurez pas un sou de plus. Laissez-moi passer.

Il ne bougeait pas, en proie à lui-même. Il ne les veut pas vraiment, ces cent francs. Il ne sait pas ce qu'il veut : peut-être il veut que le petit l'embrasse avant de partir : il traduit ça dans son langage. Il s'avança vers elle et elle devina qu'il allait prendre la valise.

— Ne me touchez pas.

22

— Je veux mes cent francs ou je prends la valise.

Ils se regardaient dans les yeux. Il n'avait pas du tout envie de prendre la valise, c'était visible ; et Sarah était si lasse qu'elle la lui aurait volontiers abandonnée. Mais, à présent, il fallait jouer la scène jusqu'au bout. Ils hésitèrent comme s'ils ne se rappelaient plus leur rôle ; puis Sarah dit :

— Essayez donc de la prendre ! Essayez !

Il saisit la valise par la poignée et se mit à tirer. Il aurait pu la lui arracher d'une seule secousse, mais il se bornait à tirer en détournant la tête ; Sarah tira de son côté ; Pablo se mit à pleurer. Le troupeau de piétons était déjà loin ; le défilé des autos avait recommencé. Sarah se sentit ridicule. Elle tira avec violence sur la poignée ; il tira plus fort, de son côté, et la lui arracha. Il regarda Sarah et la valise avec étonnement ; peut-être n'avait-il jamais voulu la prendre, mais c'était un fait, à présent : elle était au bout de son bras.

— Rendez-moi cette valise, dit Sarah.

Il ne répondait pas ; il avait l'air idiot et tenace. La colère souleva Sarah et la jeta contre les autos :

— Au voleur ! cria-t-elle.

Une longue Buick noire passait près d'eux.

— Allons, dit le type, pas d'histoires !

Il la saisit par l'épaule, mais elle se dégagea ; les mots et les gestes sortaient d'elle avec aisance et précision. Elle sauta sur le marchepied de la Buick et se cramponna au loquet de la portière.

— Au voleur ! Au voleur !

Un bras jaillit de l'auto et la repoussa.

— Descendez, vous allez vous faire tuer.

Elle se sentait devenir folle : c'était agréable.

— Arrêtez, cria-t-elle. Au voleur ! à l'aide !

— Mais descendez donc ! Comment voulez-vous que j'arrête : je me ferais emboutir.

La colère de Sarah tomba net. Elle sauta sur le sol et trébucha. Le garagiste la rattrapa au vol et la remit sur pied. Pablo criait et pleurait. La fête était finie :

Sarah avait envie de mourir. Elle fouilla dans son sac et en tira cent francs.

— Voilà! tout à l'heure vous aurez honte.

Le type prit le billet sans lever les yeux et lâcha la valise.

— A présent, laissez-nous passer.

Il s'écarta ; Pablo pleurait toujours.

— Ne pleure pas, Pablo, dit-elle sans douceur. Là, là, c'est fini : on s'en va.

Ils s'éloignèrent. Le type grommela dans leur dos :

— Qui c'est qui m'aurait payé l'essence ?

Les longues fourmis sombres tenaient toute la route ; Sarah essaya un moment de marcher entre elles, mais les rugissements du klaxon la rejetèrent dans le fossé.

— Marche derrière moi.

Elle se tordit le pied et s'arrêta.

— Assieds-toi.

Ils s'assirent dans l'herbe. Les insectes rampaient devant eux, énormes, lents, mystérieux ; il leur tournait le dos, il serrait encore dans sa main ses cent francs inutiles ; les autos grinçaient comme des homards, chantaient comme des grillons. Les hommes ont été changés en insectes. Elle avait peur.

— Il est méchant, dit Pablo. Méchant! Méchant!

— Personne n'est méchant! dit Sarah passionnément.

— Alors pourquoi qu'il a pris la valise ?

— On ne dit pas : pourquoi que. Pourquoi *a-t-il* pris la valise.

— Pourquoi a-t-il pris la valise ?

— Il avait peur, dit-elle.

— Qu'est-ce qu'on attend ? demanda Pablo.

— Que les autos soient passées, pour pouvoir marcher sur la route.

Vingt-quatre kilomètres. Le petit peut en faire huit au plus. Brusquement elle grimpa sur le talus et agita la main. Les autos passaient devant elle et elle se sentait *vue* par des yeux cachés, par d'étranges yeux de mouches, de fourmis.

24

— Qu'est-ce que tu fais, maman ?

— Rien, dit Sarah, amèrement. Des bêtises.

Elle redescendit dans le fossé, prit la main de Pablo et ils regardèrent la route en silence. La route et les carapaces qui se traînaient dessus. Gien, vingt-quatre kilomètres. Après Gien, Nevers, Limoges, Bordeaux, Hendaye, les consulats, les démarches, les attentes humiliantes dans les bureaux. Ce serait beaucoup de chance si elle trouvait un train pour Lisbonne. A Lisbonne, ce serait un miracle si elle trouvait un bateau pour New York. Et à New York ? Gomez n'a pas le sou, peut-être qu'il vit avec une femme ; ce sera le malheur et la honte jusqu'au bout. Il ouvrirait la dépêche, il dirait : « Nom de Dieu ! » Il se tourne vers une grosse blonde aux lèvres bestiales qui fume une cigarette, il lui dit : « Ma femme rapplique, c'est un coup dur ! » Il est sur le quai, les autres agitent leurs mouchoirs ; il n'agite pas le sien, il regarde la passerelle d'un air mauvais. « Va ! Va ! pensa-t-elle, si j'étais seule, tu n'entendrais plus jamais parler de moi ; mais il faut bien que je vive pour élever le gosse que tu m'as fait. »

Les autos avaient disparu, la route restait vide. De l'autre côté de la route, il y avait des champs jaunes et des collines. Un homme passa à bicyclette ; il était pâle et suant ; il pédalait avec brutalité.

Il regarda Sarah avec égarement et cria sans s'arrêter :

— Paris est en flammes. Bombes incendiaires.

— Comment ?

Mais déjà il avait rejoint le peloton des autos, elle le vit s'accrocher à l'arrière d'une Renault. Paris en flammes. Pourquoi vivre ? Pourquoi protéger cette petite vie ? Pour qu'il erre de pays en pays, amer et peureux ; pour qu'il remâche pendant un demi-siècle la malédiction qui pèse sur sa race ? Pour qu'il meure à vingt ans sur une route mitraillée en tenant ses boyaux dans ses mains ? Par ton père tu seras orgueilleux, sensuel et méchant. Par moi, tu seras juif. Elle lui prit la main :

— Allons ! Viens ! Il est temps.

La foule envahit la route et les champs, dense, tenace, implacable : une inondation. Pas un bruit sauf le frottement chuintant des semelles contre la terre. Sarah eut un instant d'angoisse, elle voulut fuir dans la campagne ; mais elle se reprit, saisit Pablo, l'entraîna avec elle, se laissa couler. L'odeur. L'odeur des hommes, chaude et fade, souffreteuse, aigre, parfumée ; l'odeur contre nature de bêtes qui pensent. Entre deux nuques rouges qui s'abritaient sous des melons, elle vit fuir au loin les dernières autos, les derniers espoirs. Pablo se mit à rire et Sarah sursauta.

— Chut! dit-elle, honteuse. Il ne faut pas rire.

Il riait toujours, sans faire de bruit.

— Pourquoi ris-tu ?

— C'est comme à l'enterrement, expliqua-t-il.

Sarah devinait des visages et des yeux, à sa droite, à sa gauche, mais elle n'avait pas le courage de les regarder. Ils marchaient ; ils s'obstinaient à marcher comme elle s'obstinait à vivre : des murs de poussière se levaient et s'abattaient sur eux ; ils marchaient toujours. Sarah toute droite, la tête haute, fixait son regard très loin, entre les nuques et se répétait : « Je ne deviendrai pas comme eux! » Mais, au bout d'un moment, cette marche collective la pénétra, remonta de ses cuisses à son ventre, se mit à battre en elle comme un gros cœur forcé. Le cœur de *tous*.

— Ils nous tueraient, les nazis, s'ils nous prenaient ? demanda Pablo tout à coup.

— Chut! dit Sarah. Je ne sais pas.

— Ils tueraient tout le monde qui est là ?

— Mais tais-toi donc ; je te dis que je ne sais pas.

— Alors il faut courir.

Sarah lui serra la main.

— Ne cours pas. Reste ici. Ils ne nous tueront pas.

Sur sa gauche, un souffle râpeux. Elle l'entendait depuis cinq minutes sans y prendre garde. Il se glissa en elle, s'installa dans ses bronches, devint *son* souffle. Elle tourna la tête et vit une vieille femme avec des

26

mèches grises que la sueur poissait. C'était une vieille des villes avec des joues blanches et des poches d'eau sous les yeux ; elle soufflait. Elle avait dû vivre soixante ans dans une cour de Montrouge, dans une arrière-boutique de Clichy ; à présent, on l'avait lâchée sur les routes ; elle serrait contre sa hanche un ballot de forme allongée ; chaque enjambée, c'était une chute : elle tombait d'un pied sur l'autre et sa tête tombait en même temps. « Qui lui a conseillé de partir, à son âge ? Est-ce que les gens n'ont pas assez de malheur sans aller s'en inventer exprès ? » La bonté monta dans ses seins comme du lait : je l'aiderai, je lui prendrai son paquet, sa fatigue, ses malheurs. Elle demanda doucement :

— Vous êtes toute seule, madame ?

La vieille ne tourna même pas la tête.

— Madame ! dit Sarah plus fort, vous êtes seule ?

La vieille la regarda d'un air fermé.

— Je peux porter votre ballot, dit Sarah.

Elle attendit un instant ; elle regardait le ballot avec concupiscence. Elle ajouta d'une voix pressante :

— Donnez-le-moi, je vous en prie : je le porterai tant que le petit pourra marcher.

— Je ne donne pas mon ballot, dit la vieille.

— Mais vous êtes éreintée ; vous n'irez pas jusqu'au bout.

La vieille lui jeta un regard haineux et fit un pas de côté :

— Je ne donne mon ballot à personne, répondit-elle.

Sarah soupira et se tut. Sa bonté inemployée la gonflait comme un gaz. Ils ne veulent pas qu'on les aime. Quelques têtes s'étaient tournées vers elle, elle rougit. Ils ne veulent pas qu'on les aime, ils n'ont pas l'habitude.

— Est-ce que c'est encore loin, maman ?

— Presque aussi loin que tout à l'heure, répondit Sarah, agacée.

— Porte-moi, maman.

Sarah haussa les épaules. « Il joue la comédie, il est jaloux parce que j'ai voulu porter le ballot de la vieille. »

27

— Essaie de marcher encore un peu.

— Je ne peux plus, maman. Porte-moi.

Elle dégagea sa main avec colère ; *il va me prendre toutes mes forces et je ne pourrai plus aider personne.* Elle porterait le petit comme la vieille son ballot, elle deviendrait pareille à eux.

— Porte-moi, dit-il en trépignant. Porte-moi.

— Tu n'es pas encore fatigué, Pablo, chuchota-t-elle sévèrement ; tu sors de voiture.

Le petit se remit à trottiner ; Sarah marchait, la tête droite, en s'efforçant de ne plus penser à lui. Au bout d'un moment, elle lui jeta un coup d'œil oblique et vit qu'il pleurait. Il pleurait tranquillement, sans bruit, pour lui seul ; de temps à autre, il levait ses petits poings pour écraser les larmes sur ses joues. Elle eut honte, elle pensa : « Je suis trop dure. Bonne avec tout le monde par orgueil, dure avec lui parce qu'il est à moi. » Elle se donnait à tous, elle s'oubliait, elle oubliait qu'elle était juive, parce qu'elle était elle-même persécutée, elle s'évadait dans une grande charité impersonnelle et, à ces moments-là, elle détestait Pablo parce qu'il était la chair de sa chair et qu'il lui reflétait sa race. Elle posa sa grande main sur la tête du petit, elle pensa : « Ça n'est pas ta faute si tu as la gueule de ton père et la race de ta mère. » Le râle sifflant de la vieille lui entrait dans les poumons. « Je n'ai pas le droit d'être généreuse. » Elle fit passer sa valise dans sa main gauche et s'accroupit.

— Mets tes bras autour de mon cou, dit-elle gaiement. Fais-toi léger. Hop ! Je t'enlève.

Il était lourd, il riait aux anges et le soleil séchait ses larmes ; elle était devenue pareille aux autres, une bête du troupeau ; des langues de feu lui léchaient les bronches à chaque respiration ; une douleur aiguë et fausse lui sciait l'épaule ; une fatigue qui n'était ni généreuse ni voulue battait du tambour dans sa poitrine. Une fatigue de mère et de Juive, *sa* fatigue, *son* destin. L'espoir s'effaça : elle n'arriverait jamais à Gien. Ni elle ni personne. Personne n'avait d'espoir, ni la vieille, ni les deux nuques au chapeau melon, ni le couple qui poussait un tandem aux pneus crevés. Mais nous sommes pris dans la foule et la foule marche et nous marchons ; nous ne sommes plus que des pattes de cette interminable vermine. Pourquoi marcher quand l'espoir est mort ? Pourquoi vivre ?

Quand ils commencèrent à crier, elle fut à peine surprise ; elle s'arrêta pendant qu'ils se débandaient, sautaient sur les talus, s'aplatissaient dans les fossés. Elle laissa tomber sa valise et resta au milieu de la route, droite, seule et fière ; elle entendait le ronronnement du ciel, elle regardait à ses pieds son ombre déjà longue, elle serrait Pablo contre sa poitrine, ses oreilles s'emplirent de fracas ; un instant, ce fut une morte. Mais le bruit décrut, elle vit des têtards filer dans l'eau du ciel, les gens sortirent des fossés, il fallait se remettre à vivre, se remettre à marcher.

— En somme, dit Ritchie, il n'a pas été trop méchant : il nous a offert à déjeuner et il t'a donné cent dollars d'avance.

— Eh ! oui, dit Gomez.

Ils étaient au rez-de-chaussée du Modern Art Museum, dans la Salle des Expositions temporaires. Gomez tournait le dos à Ritchie et aux tableaux : il appuyait son front à la vitre et regardait au-dehors le bitume et le maigre gazon du jardinet. Il dit sans se retourner :

— A présent, je vais peut-être pouvoir penser à autre chose qu'à ma bouffe.

— Tu dois être joliment content, dit Ritchie avec bonté.

C'était une invite discrète : tu as trouvé une place, tout est pour le mieux dans le meilleur des nouveaux mondes ; il convient que tu manifestes un enthousiasme édifiant. Gomez jeta par-dessus son épaule un regard sombre à Ritchie : content ? C'est toi qui es content, parce que tu ne m'auras plus sur le dos.

Il se sentait aussi ingrat que possible.

— Content ? dit-il. C'est à voir.

Le visage de Ritchie se durcit légèrement :

— Tu n'es pas content ?

— C'est à voir, répéta Gomez en ricanant.

Il laissa retomber son front contre la vitre, il regarda l'herbe avec un mélange de convoitise et de dégoût. Jusqu'à ce matin, Dieu merci, les couleurs l'avaient laissé tranquille ; il avait enterré les souvenirs de ce temps où il errait dans les rues de Paris, halluciné, fou d'orgueil devant son destin, et répétant cent fois par jour : je suis peintre. Mais Ramon avait donné l'argent, Gomez avait bu du Chili White Wine, il avait parlé de Picasso pour la première fois depuis trois ans. Ramon avait dit : « Après Picasso, je ne sais pas ce qu'un peintre peut faire », et Gomez avait souri, il avait dit : « Moi, je le sais », une flamme sèche s'était ranimée dans son cœur. A la sortie du restaurant, c'était comme si on l'avait opéré de la cataracte : toutes les couleurs s'étaient allumées en même temps et lui faisaient fête, comme en 29, c'était le bal de la Redoute, le Carnaval, la Fantasia ; les gens et les objets s'étaient congestionnés ; le violet d'une robe se violaçait, la porte rouge d'un drugstore tournait au cramoisi, les couleurs battaient à grands coups dans les choses, comme des pouls affolés ; c'étaient des élancements, des vibrations qui s'enflaient jusqu'à l'explosion ; les objets allaient se rompre ou tomber d'apoplexie et ça criait, ça jurait ensemble, c'était la foire. Gomez avait haussé les épaules : on lui rendait les couleurs quand il avait cessé de croire à son destin ; ce qu'il faut faire, je le sais très bien, mais c'est un autre qui le fera. Il s'était accroché au bras de Ritchie ; il avait hâté le pas, le regard fixe, mais les couleurs l'assaillaient par côté, elles lui éclataient dans les yeux comme des ampoules de sang et de fiel. Ritchie l'avait poussé dans le musée et, à présent, il était là et il y avait ce vert, de l'autre côté de la vitre, ce vert *naturel* inachevé, ambigu, une sécrétion organique, pareille au miel, au lait bourru ; il y avait ce vert *à prendre* ; je l'attirerai, je le porterai à l'incandescence... Qu'ai-je à en faire : je ne peins plus. Il soupira : un critique d'art n'est pas payé pour s'occuper de l'herbe folle, il pense sur la pensée des autres. Derrière lui, les couleurs des autres s'étalaient sur les toiles : des extraits, des essences, des pensées. Elles avaient eu la chance d'aboutir, celles-là ; on les avait gonflées, soufflées, poussées à l'extrême limite d'elles-mêmes, et elles avaient accompli leur destin, il n'y avait plus qu'à les conserver dans les musées. Les couleurs des autres : à présent, c'était son lot.

— Allons, dit-il, il faut que je les gagne, les cent dollars.

Il se retourna : cinquante toiles de Mondrian aux murs blancs de cette clinique : de la peinture stérilisée dans une salle climatisée ; rien de suspect ; on était à l'abri des microbes et des passions. Il s'approcha d'un tableau et le considéra longuement. Ritchie épiait le visage de Gomez et souriait d'avance.

— Ça ne me dit rien, murmura Gomez.

Ritchie cessa de sourire, mais il se montra très compréhensif.

— Bien sûr, dit-il avec tact. Ça ne peut pas revenir tout de suite, il faut que tu t'y remettes.

— M'y remettre ? répéta Gomez irrité. Pas à *ça*.

Ritchie tourna la tête vers le tableau. Une verticale noire barrée par deux traits horizontaux s'enlevait sur fond gris ; l'extrémité gauche du trait supérieur était surmontée d'un disque bleu.

— Je croyais que tu aimais Mondrian.

— Je le croyais aussi, dit Gomez.

Ils s'arrêtèrent devant une autre toile ; Gomez la regardait et il essayait de se *rappeler*.

— Est-ce vraiment nécessaire que tu écrives dessus ? demanda Ritchie avec inquiétude.

— Nécessaire, non. Mais Ramon veut que je lui consacre mon premier article. Je pense qu'il trouve que ça fait sérieux.

— Sois prudent, dit Ritchie. Ne commence pas par un éreintement.

— Pourquoi pas? demanda Gomez hérissé.

Ritchie sourit avec une ironie débonnaire :

— On voit que tu ne connais pas le public américain. Il ne veut surtout pas qu'on l'effraie. Commence par te faire un nom : dis des choses simples et de bon sens, et dis-les agréablement. Et si tu tiens absolument à attaquer quelqu'un, en tout cas ne choisis pas Mondrian : c'est notre Dieu.

— Parbleu, dit Gomez, il ne pose pas de questions.

Ritchie secoua la tête et fit claquer sa langue à plusieurs reprises, en signe de désapprobation.

— Il en pose des foules, dit-il.

— Oui, mais pas de questions gênantes.

— Ah! dit Ritchie, tu veux dire des questions sur la sexualité ou le sens de la vie ou le paupérisme? C'est vrai que tu as fait tes études en Allemagne. La « Gründlichkeit », hein? dit-il en lui frappant sur l'épaule. Tu ne trouves pas que c'est un peu démodé?

Gomez ne répondit pas.

— Mon opinion, dit Ritchie, est que l'art n'est pas fait pour poser des questions gênantes. Suppose que quelqu'un vienne me demander si j'ai désiré ma mère : je le flanquerais dehors, à moins que ce ne soit un enquêteur scientifique. Dans ces conditions, je ne vois pas pourquoi on autoriserait les peintres à m'interroger publiquement sur mes complexes. Je suis comme tout le monde, ajouta-t-il d'un ton conciliant, j'ai mon problème. Seulement, le jour où il me tracasse, je ne vais pas au musée : je téléphone au psychanalyste. A chacun son métier : le psychanalyste m'inspire confiance parce qu'il a commencé par se faire psychanalyser. Tant que les peintres n'en feront pas autant, ils parleront de tout à tort et à travers et je ne leur demanderai pas de me mettre en face de moi-même.

— Qu'est-ce que tu leur demandes? dit Gomez distraitement.

Il inspectait la toile avec un acharnement morose. Il pensait : « C'est de l'eau claire. »

— Je leur demande l'innocence, dit Ritchie. Cette toile...

— Eh bien?

— C'est séraphique, dit-il avec extase. Nous autres, Américains, nous voulons de la peinture pour gens heureux ou qui essaient de l'être.

— Je ne suis pas heureux, dit Gomez, et je serais un salaud si j'essayais de l'être, quand tous mes copains sont en prison ou fusillés.

La langue de Ritchie claqua de nouveau :

— Mon vieux, dit-il, je comprends très bien tes inquiétudes d'homme. Le fascisme, la défaite des Alliés, l'Espagne, ta femme, ton gosse : bien sûr! Mais il est bon, par moments, de s'élever au-dessus de ça.

— Pas un seul instant! dit Gomez. Pas un seul instant!

Ritchie rougit légèrement.

— Qu'est-ce que tu peignais donc? demanda-t-il, blessé. Des grèves? des carnages? des capitalistes en haut-de-forme? des soldats tirant sur le peuple?

Gomez sourit.

— Tu sais, je n'ai jamais beaucoup cru à l'art révolutionnaire. Et à présent, j'ai tout à fait cessé d'y croire.

— Eh bien, alors? dit Ritchie. Nous sommes d'accord.

— Peut-être bien ; seulement du coup je me demande si je n'ai pas cessé de croire à l'art tout court.

— Et à la Révolution tout court? demanda Ritchie.

Gomez ne répondit pas. Ritchie reprit son sourire :

— Vous autres intellectuels européens, vous m'amusez : vous avez un complexe d'infériorité à l'égard de l'action.

Gomez se détourna brusquement et saisit Ritchie par le bras :

— Viens! Je les ai assez vus. Je connais Mondrian par cœur, je pourrai toujours torcher un article. Montons.

— Où ça?

— Au premier, je veux voir les autres.

— Quels autres?

Ils traversaient les trois salles de l'exposition. Gomez poussait Ritchie devant lui sans rien regarder.

— Quels autres? répéta Ritchie avec mauvaise humeur.

— Tous les autres. Klee, Rouault, Picasso : ceux qui posent des questions gênantes.

- Ils étaient au pied de l'escalier. Gomez s'arrêta. Il regarda Ritchie avec perplexité et dit, presque timidement :

— Ce sont les premiers tableaux que je vois depuis 36.

— Depuis 36! répéta Ritchie stupéfait.

— C'est cette année-là que je suis parti pour l'Espagne. Je faisais des gravures sur cuivre à l'époque. Il y en a une que je n'ai pas eu le temps d'achever, elle est restée sur ma table.

— Depuis 36! Mais à Madrid? Les toiles du Prado?

— Emballées, cachées, dispersées.

Ritchie hocha la tête :

— Tu as dû beaucoup souffrir.

Gomez rit grossièrement :

— Non.

L'étonnement de Ritchie se nuançait de blâme :

— Personnellement, dit-il, je n'ai jamais touché à un pinceau, mais il *faut* que j'aille à toutes les expositions : c'est un besoin. Comment un peintre peut-il rester quatre ans sans voir de peinture?

— Attends, dit Gomez, attends un peu! Dans une minute, je saurai si je suis encore un peintre.

Ils gravirent l'escalier, entrèrent dans une salle. Sur le mur de gauche, il y avait un Rouault, rouge et bleu. Gomez se planta devant le tableau.

— C'est un roi mage, dit Ritchie.

Gomez ne répondit pas.

— Moi, je ne goûte pas tellement Rouault, dit Ritchie. A toi, évidemment, ça doit plaire.

— Mais tais-toi donc!

Il regarda encore un moment, puis il baissa la tête :

— Allons-nous-en.

— Si tu aimes les Rouault, dit Ritchie, il y en a un, au fond, que je trouve beaucoup plus beau.

— Pas la peine, dit Gomez. Je suis devenu aveugle.

Ritchie le regarda, entrouvrit la bouche et se tut. Gomez haussa les épaules.

— Il faudrait ne pas avoir tiré sur des hommes.

Ils descendirent l'escalier, Ritchie très raide, l'air gourmé. « Il me trouve suspect », pensa Gomez. Ritchie, c'était un ange, bien entendu ; on pouvait lire dans ses yeux clairs l'obstination des anges ; ses arrière-grands-parents, qui étaient aussi des anges, avaient brûlé des sorciers sur les places de Boston. « Je sue, je suis pauvre, j'ai des pensées louches, des pensées d'Europe ; les beaux anges d'Amérique finiront bien par me brûler. » Là-bas les camps, ici le bûcher : il n'avait que l'embarras du choix.

Ils étaient parvenus devant le comptoir de vente, près de l'entrée. Gomez feuilleta distraitement un album de reproductions. L'art est optimiste.

— Nous arrivons à faire des photos magnifiques, dit Ritchie. Regarde ces couleurs : c'est le tableau lui-même.

Un soldat mort, une femme qui crie : des reflets sur un cœur tranquille. L'art est optimiste ; les souffrances sont justifiées puisqu'elles servent à faire de la beauté. Je ne *suis pas* tranquille, je ne *veux pas* justifier les souffrances que j'ai vues. Paris... Il se tourna brusquement vers Ritchie.

— Si la peinture n'est pas *tout*, c'est une rigolade.

— Plaît-il ?

Gomez referma violemment l'album :

— On ne peut pas peindre le Mal.

La méfiance avait glacé le regard de Ritchie ; il considérait Gomez d'un air provincial. Tout à coup il rit avec rondeur et lui poussa un doigt entre les côtes :

— Je comprends, vieux ! Quatre ans de guerre : il faudra toute une rééducation.

— Pas la peine, dit Gomez. Je suis à point pour être critique.

Il y eut un silence ; puis Ritchie dit, très vite :

— Tu sais qu'il y a un cinéma au sous-sol?

— Je n'ai jamais mis les pieds ici.

— Ils projettent des classiques et des documentaires.

— Tu veux y aller?

— Il faut que je reste par ici, dit Ritchie. J'ai une « date » à cinq heures et à sept blocs.

Ils s'approchèrent d'un panneau de bois laqué et lurent le programme :

— *La Caravane vers l'Ouest*, je l'ai vue trois fois, dit Ritchie. Mais l'extraction des diamants au Transvaal, ça peut être amusant. Tu viens? ajouta-t-il mollement.

— Je n'aime pas les diamants, dit Gomez.

Ritchie parut soulagé. Il lui sourit largement, les lèvres bien en dehors, et lui frappa sur l'épaule.

— *See you again*, dit-il en anglais, comme s'il reprenait en même temps sa langue natale et sa liberté.

« Ça serait le moment de le remercier », pensa Gomez. Mais il ne put s'arracher un mot. Il lui serra la main en silence.

Dehors, la pieuvre ; mille ventouses le pompèrent, l'eau perlait de ses pores et trempa d'un seul coup sa chemise, on lui passait une lame rougie à blanc devant les yeux. N'importe! N'importe! Il était joyeux parce qu'il venait de quitter le musée : la chaleur, c'était un cataclysme, mais elle était vraie. Il était vrai, le sauvage ciel indien que la pointe des gratte-ciel repoussait plus haut que tous les ciels d'Europe ; Gomez marchait entre de vraies maisons de briques, trop laides pour que personne songeât à les peindre, et ce haut building lointain qui semblait, comme les bateaux de Claude Lorrain, un léger coup de pinceau sur une toile, il était vrai et les bateaux de Claude Lorrain n'étaient pas vrais : les tableaux, ce sont des rêves. Il pensa à ce village de la Sierra Madre où l'on s'était battu du matin jusqu'au soir : sur la route, il y avait du vrai rouge. Je ne peindrai plus jamais, décida-t-il avec un âpre plaisir. De ce côté-ci de la glace, *ici* précisément, *ici*, écrasé dans l'épaisseur de cette fournaise, sur *ce* trottoir brûlant ; la Vérité dressait autour de lui ses hautes murailles, bouchait toutes les fissures de l'horizon ; il n'y avait rien d'autre au monde que cette chaleur et ces pierres, sinon des rêves. Il tourna dans la septième avenue ; la foule roula sur lui sa marée, les vagues portaient à leur crête des gerbes d'yeux brillants et morts, le trottoir tremblait, les couleurs surchauffées l'éclaboussaient, la foule fumait comme un drap humide au soleil ; des sourires et des yeux, *not to grin is a sin*, des yeux vagues ou précis, prestes ou lents, tous morts. Il essaya de continuer la comédie : de vrais hommes ; mais non : impossible ! Tout claqua dans ses mains, sa joie s'éteignit ; ils avaient des yeux comme sur les portraits. Est-ce qu'ils savent que Paris est pris ? Est-ce qu'ils y pensent ? Ils marchaient tous à la même allure pressée, l'écume blanche de leurs regards le frôlait au passage. Ce ne sont pas les vrais, pensa-t-il, ce sont les sosies. Où sont les vrais ? N'importe où, mais pas ici. Personne n'est ici pour de vrai ; pas plus moi que les autres. Le sosie de Gomez avait pris l'autobus, lu le journal, souri à Ramon, parlé de Picasso, regardé les Mondrian. J'arpentais Paris, la rue Royale est déserte, la place de la Concorde est déserte, un drapeau allemand flotte sur la Chambre des Députés, un régiment de S. S. passe sous l'Arc de Triomphe, le ciel est piqueté d'avions. Les murs de brique s'écroulèrent, la foule rentra sous terre, Gomez marchait seul dans Paris. Dans Paris, dans la vérité, la *seule* Vérité ; dans le sang, dans la haine, dans l'échec et dans la mort. « Salauds de Français ! » murmura-t-il en serrant les poings. « Ils n'ont pas su tenir le coup, ils ont foutu le camp comme des lapins, je le savais, je savais qu'ils étaient perdus. » Il tourna sur sa droite, s'engagea dans la 56e Rue, s'arrêta devant un bar-restaurant français : *A la petite Coquette*. Il regarda la devanture rouge et verte, hésita un instant, puis poussa la porte : il voulait voir la gueule que faisaient les Français.

A l'intérieur, il faisait sombre et presque frais ; les rideaux étaient tirés, les lampes allumées.

Gomez fut content de retrouver la lumière artificielle. La salle du fond, plongée dans l'ombre et le silence, c'était le restaurant. Un grand gaillard aux cheveux taillés en brosse était assis au bar, les yeux fixes derrière un pince-nez ; de temps à autre sa tête tombait en avant, mais il la redressait aussitôt, avec beaucoup de dignité. Gomez s'assit sur un tabouret de bar. Il connaissait un peu le barman.

— Un double scotch, dit-il en français. Et vous n'avez pas un journal d'aujourd'hui ?

Le barman sortit d'un tiroir le *New York Times* et le lui donna. C'était un jeune homme blond à l'air triste et ponctuel ; on l'aurait pris pour un Lillois s'il n'avait eu l'accent bourguignon. Gomez feignit de parcourir le *Times* et leva soudain la tête. Le barman le regardait d'un air las.

— Pas fameuses, les nouvelles, hein ? dit Gomez.

Le barman hocha la tête.

— Paris est pris, dit Gomez.

Le barman émit un son mélancolique, remplit un petit verre de whisky et en versa le contenu dans un grand verre ; il recommença l'opération et poussa le grand verre devant Gomez. L'Américain au lorgnon tourna un instant vers eux des yeux vitreux, puis sa tête s'inclina mollement, comme s'il les saluait.

— Soda ?

— Oui.

Gomez reprit sans se décourager.

— Je crois que la France est perdue.

Le barman soupira sans répondre et Gomez pensa, avec une joie cruelle, qu'il était trop malheureux pour pouvoir parler. Il insista, presque tendrement.

— Vous ne croyez pas ?

Le barman versait l'eau gazeuse dans le verre de Gomez. Gomez ne quittait pas des yeux cette face lunaire et pleurarde. Au bon moment, lui dire d'une voix changée : « Qu'avez-vous fait pour l'Espagne ? Eh bien, c'est à votre tour de danser. »

Le barman leva les yeux et le doigt ; il parla soudain d'une grosse voix lente et paisible, un peu nasale, avec un fort accent bourguignon :

— Tout se paie, dit-il.

Gomez ricana :

— Oui, dit-il, tout se paie.

Le barman promena son doigt dans les airs au-dessus de la tête de Gomez : une comète annonçant la fin du monde. Il n'avait pas du tout l'air malheureux :

— La France, dit-il, va savoir ce qu'il en coûte d'abandonner ses alliés naturels.

« Qu'est-ce que c'est que ça ? » pensa Gomez étonné. Le triomphe insolent et rancuneux qu'il comptait faire éclater sur son visage, c'était dans les yeux du barman qu'il venait de le surprendre.

Il commença prudemment, pour le tâter :

— Quand la Tchécoslovaquie...

Le barman haussa les épaules et l'interrompit :

— La Tchécoslovaquie ! dit-il avec mépris.

— Eh bien, quoi ? dit Gomez. Vous l'avez bien laissé tomber !

Le barman souriait :

— Monsieur, dit-il, sous le règne de Louis le Bien-Aimé, la France n'avait déjà plus une faute à commettre.

— Ah ! dit Gomez, vous êtes Canadien ?

— Je suis de Montréal, dit le barman.

— Il fallait le dire.

Gomez posa le journal sur le comptoir. Il demanda au bout d'un moment :

— Il ne vient donc jamais de Français, chez vous ?

Le barman désigna de l'index un point situé derrière le dos de Gomez. Gomez se retourna : assis à une table recouverte d'une nappe blanche, un vieillard rêvait devant un journal. Un *vrai* Français, avec une face tassée, labourée, ravinée, avec des yeux brillants et durs et une moustache grise. Auprès des belles joues américaines de l'homme au lorgnon, ses joues semblaient taillées au plus juste dans une matière pauvre. Un *vrai* Français, avec un vrai désespoir dans le cœur.

— Tiens ! dit-il, je ne l'avais pas remarqué.

— Ce monsieur est de Roanne, dit le barman. C'est un client.

Gomez but son whisky d'un trait et sauta sur le plancher. « Qu'avez-vous fait pour l'Espagne ? » Le vieux le regarda venir sans marquer d'étonnement. Gomez se planta devant la table et contempla ce vieux visage avec avidité.

— Vous êtes Français ?

— Oui, dit le vieux.

— Je vous offre un verre, dit Gomez.

— Merci. Ça n'est pas le jour.

La cruauté fit battre le cœur de Gomez.

— A cause de ça ? demanda-t-il en posant le doigt sur la manchette du journal.

— A cause de ça.

— C'est à cause de ça que je vous offre un verre, dit Gomez. J'ai habité dix ans la France, ma femme et mon fils y sont encore. Whisky ?

— Sans soda, alors.

— Un scotch sans soda, un scotch avec, commanda Gomez.

Ils se turent. L'Américain au lorgnon avait pivoté sur son tabouret et les regardait silencieusement.

Brusquement le vieux demanda :

— Vous n'êtes pas Italien, au moins ?

Gomez sourit :

— Non, dit-il. Non, je ne suis pas Italien.

— Les Italiens sont des salauds, dit le vieux.

— Et les Français ?

Gomez reprit sa voix douce pour demander :

— Vous avez quelqu'un là-bas ?

— A Paris, non. J'ai mes neveux à Moulins.

Il regarda Gomez avec attention :

— Je vois bien que vous n'êtes pas ici depuis longtemps.

— Et vous ? demanda Gomez.

— Je me suis établi en 97. Ça fait une paie.

Il ajouta :

— Je ne les aime pas.

— Pourquoi restez-vous ?

Le vieux haussa les épaules :

— Je fais de l'argent.

— Vous êtes commerçant ?

— Coiffeur. Ma boutique est à deux blocs. Tous les trois ans, je passais deux mois en France. Je devais y aller cette année, et puis voilà.

— Voilà, dit Gomez.

— Depuis ce matin, reprit le vieux, il en est venu quarante dans ma boutique. Il y a des jours comme ça. Et ils voulaient tout : barbe, taille, shampooings, massages électriques Vous croiriez peut-être qu'ils m'auraient parlé de mon pays ? Des nèfles ! Ils lisaient leurs journaux sans un mot et je voyais les titres pendant que je les rasais. Il y avait parmi eux des clients de vingt ans, et ils n'ont rien dit. Si je ne les ai pas coupés, c'est qu'ils ont eu de la veine : ma main tremblait. À la fin j'ai laissé mon travail et je suis venu ici.

— Ils s'en foutent, dit Gomez.

— Ça n'est pas tellement qu'ils s'en foutent, mais ils ne trouvent pas le mot qui fait plaisir. Paris, c'est un nom qui leur dit quelque chose. Alors ils n'en parleront pas : justement parce que ça les touche. Ils sont comme ça.

Gomez se rappelait la foule de la Septième Avenue.

— Tous ces types dans la rue, dit-il, vous croyez qu'ils pensent à Paris ?

— En un sens, oui. Mais, vous savez, ils ne pensent pas de la même façon que nous. Pour l'Américain, penser à quelque chose qui l'embête, ça consiste à faire tout ce qu'il peut pour ne pas y penser.

Le barman apporta les verres. Le vieux prit le sien et le leva.

— Eh bien, dit-il, à votre santé.

— A la vôtre, dit Gomez.

Le vieux sourit tristement.

— On ne sait pas trop ce qu'il faut se souhaiter, hein ?

Il se reprit, après une courte réflexion :

— Si : je bois à la France. A la France tout de même.

Gomez ne voulait pas boire à la France.

— A l'entrée en guerre des États-Unis.

Le vieux eut un rire bref.

— Pour ça, vous pouvez toujours courir.

Gomez vida son verre et se tourna vers le barman.

— La même chose.

Il avait besoin de boire. Tout à l'heure il croyait être seul à se soucier de la France, la chute de Paris c'était *son* affaire : à la fois un malheur pour l'Espagne et une juste punition pour les Français. A présent il savait qu'elle rôdait autour du bar, qu'elle tournait en rond sous une forme un peu vague et abstraite à travers six millions d'âmes. C'était presque insupportable : on avait rompu son lien personnel avec Paris, il n'était plus qu'un émigrant de fraîche date, traversé, comme tant d'autres, par une obsession collective.

— Je ne sais pas, dit le vieux, si vous allez me comprendre, mais voilà plus de quarante ans que je vis ici, et c'est seulement de ce matin que je me sens pour de bon à l'étranger. Je les connais et je ne me fais pas d'illusion, je vous jure. Mais je croyais tout de même qu'il s'en trouverait un pour me tendre la main ou pour me dire un mot.

Ses lèvres se mirent à trembler ; il répéta :

— Des clients de vingt ans.

« C'est un Français, se disait Gomez. Un de ceux qui nous appelaient : Frente crapular. » Mais il n'arrivait pas à se réjouir : « Il est trop vieux », décida-t-il. Le vieux regardait dans le vague, il dit, sans trop y croire :

— Notez : c'est peut-être par discrétion.

— Hum ! fit Gomez.

42

— C'est possible, dit le vieux. C'est très possible. Avec eux tout est possible.

Il poursuivit sur le même ton :

— J'avais une maison, à Roanne. Je comptais m'y retirer. A présent je me dis que je vais crever ici : ça change le point de vue.

« *Naturellement*, pensa Gomez, *naturellement*, tu vas crever ici. » Il détourna la tête ; il avait envie de s'en aller. Mais il se reprit, rougit brusquement, planta son regard dans les yeux du vieillard et demanda d'une voix sifflante :

— Vous étiez pour l'intervention en Espagne ?

— Quelle intervention ? demanda le vieux ahuri.

Il considéra Gomez avec intérêt.

— Vous êtes Espagnol ?

— Oui.

— Vous avez eu bien des malheurs, vous aussi.

— Les Français ne nous ont pas beaucoup aidés, dit Gomez d'une voix neutre.

— Non. Et voyez : les Américains ne nous aident pas. Les gens et les pays c'est pareil : chacun pour soi.

— Oui, dit Gomez, chacun pour soi.

Il n'a pas levé le doigt pour défendre Barcelone ; à présent Barcelone est tombée ; Paris est tombé et nous sommes tous les deux en exil, tous les deux pareils. Le garçon posa les deux verres sur la table ; ils les prirent en même temps, sans se quitter du regard.

— Je bois à l'Espagne, dit le vieux.

Gomez hésita puis dit entre ses dents :

— Je bois à la libération de la France.

Ils se turent. C'était minable : deux vieilles marionnettes cassées, au fond d'un bar new-yorkais. Ça buvait à la France, à l'Espagne. Malheur! Le vieux plia soigneusement son journal et se leva :

— Il faut que je retourne à la boutique. La dernière tournée est pour moi.

— Non, dit Gomez. Non, non. Barman, elles sont toutes pour moi.

43

— Merci, alors.

Le vieux gagna la porte, Gomez remarqua qu'il boitait. « Pauvre vieux », pensa-t-il.

— La même chose, dit-il au barman.

L'Américain descendit de son tabouret et se dirigea vers lui en chancelant :

— Je suis soûl, dit-il.

— Ah ? dit Gomez.

— Vous n'aviez pas remarqué ?

— Non, figurez-vous.

— Et savez-vous pourquoi je suis soûl ? demanda-t-il.

— Je m'en fous, dit Gomez.

L'Américain lâcha un rot sonore et tomba assis sur la chaise que le vieux venait de quitter.

— Parce que les Huns ont pris Paris.

Son visage s'assombrit et il ajouta :

— C'est la plus mauvaise nouvelle depuis 1927.

— En 1927, qu'est-ce que c'était ?

Il mit un doigt sur sa bouche.

— Chut, dit-il. Personnel.

Il posa la tête sur la table et parut s'endormir. Le barman quitta le comptoir et s'approcha de Gomez :

— Gardez-le-moi deux minutes, dit-il. C'est son heure : il faut que j'aille lui chercher son taxi.

— Qu'est-ce que c'est que ce type ? demanda Gomez.

— Il travaille à Wall Street.

— C'est vrai qu'il s'est soûlé parce que Paris est pris ?

— S'il le dit, ça doit être vrai. Seulement, la semaine dernière, c'était à cause des événements d'Argentine, et la semaine d'avant à cause de la catastrophe de Salt Lake City. Il se soûle tous les samedis, mais jamais sans raison.

— Il est trop sensible, dit Gomez.

Le barman sortit rapidement. Gomez se mit la tête dans les mains et regarda le mur ; il revoyait nettement la gravure qu'il avait laissée sur la table. Il aurait fallu une masse sombre sur la gauche pour équilibrer. Un

44

buisson. Il revit la gravure, la table, la grande fenêtre
et se mit à pleurer.

Dimanche 16 juin.

— Là! Là! juste au-dessus des arbres.

Mathieu dormait et la guerre était perdue. Jusqu'au
fond de son sommeil, elle était perdue. La voix le réveilla
en sursaut : il gisait sur le dos, les yeux clos, les bras
collés au corps et il avait perdu la guerre. Il ne se rappelait plus très bien où il était, mais il savait qu'il avait
perdu la guerre.

— A droite! dit Charlot vivement. Juste au-dessus
des arbres, je te dis! T'as donc pas les yeux en face des
trous?

Mathieu entendit la voix lente de Nippert.

— Ah! ah! Comme ça! dit Nippert. Comme ça!

Où sommes-nous? Dans l'herbe. Huit citadins aux
champs, huit civils en uniforme, enroulés deux par deux
dans les couvertures de l'armée et couchés sur une toile
de tente au milieu d'un jardin potager. Nous avons
perdu la guerre ; on nous l'avait confiée et nous l'avons
perdue. Elle leur avait filé entre les doigts et elle était
allée se perdre, quelque part dans le Nord, avec fracas.

— Ah! Comme ça! Comme ça!

Mathieu ouvrit les yeux et vit le ciel ; il était gris perle,
sans nuage, sans fond, rien qu'une absence. Un matin
s'y formait lentement, une goutte de lumière qui allait
tomber sur la terre et l'inonder d'or. Les Allemands sont
à Paris et nous avons perdu la guerre. Un commencement,
un matin. Le premier matin du monde, comme tous les
matins : tout était à faire, tout l'avenir était dans le ciel.
Il sortit une main de dessous la couverture et se gratta
l'oreille : c'est l'avenir des autres. A Paris, les Allemands
levaient les yeux vers ce ciel, y lisaient leur victoire et
ses lendemains. Moi, je n'ai plus d'avenir. La soie du

45

matin caressait son visage ; mais il sentait contre sa hanche droite la chaleur de Nippert ; contre sa cuisse gauche la chaleur de Charlot. Encore des années à vivre : des années à tuer. Cette journée triomphale qui s'annonçait, vent blond du matin dans les peupliers, soleil de midi sur les blés, parfum de la terre chauffée dans le soir, il faudrait la tuer en détail, une minute après l'autre ; à la nuit, les Allemands nous feront prisonniers. Le bourdonnement s'amplifia, il vit l'avion dans le soleil levant.

— C'est un macaroni, dit Charlot.

Des voix endormies lancèrent des insultes vers le ciel. Ils s'étaient habitués à l'escorte nonchalante des avions allemands, à une guerre cynique, bavarde et inoffensive : c'était *leur* guerre. Les Italiens ne jouaient pas le jeu : ils lâchaient des bombes.

— Un macaroni ? Ah ! Je crois bien, dit Lubéron. Tu n'entends pas le moteur comme il tourne régulier. C'est un Messerschmidt, oui. Modèle 37.

Il y eut une détente sous les couvertures ; les visages renversés sourirent à l'avion allemand. Mathieu entendit quelques détonations étouffées et quatre petits nuages ronds se formèrent dans le ciel.

— Les cons ! dit Charlot. Les voilà qui tirent dessus les Allemands, à présent.

— C'est un coup à nous faire massacrer, dit Longin irrité.

Et Schwartz ajouta avec mépris :

— Des gars qui n'ont pas encore compris.

Il y eut deux détonations, et deux nuages cotonneux et sombres apparurent au-dessus des peupliers.

— Les cons ! répéta Charlot. Les cons !

Pinette s'était dressé sur un coude. Sa jolie petite figure parisienne était rose et fraîche. Il regardait ses camarades avec morgue :

— Ils font leur métier, dit-il sèchement.

Schwartz haussa les épaules :

— A quoi ça sert, à présent ?

La D. C. A. s'était tue ; les nuages s'effilochaient ; on n'entendait plus qu'un ronronnement glorieux et régulier.

— Je ne le vois plus, dit Nippert.

— Si, si : là, au bout de mon doigt.

Un légume blanc sortit de terre et pointa vers l'avion : Charlot couchait nu sous les couvertures :

— Tiens-toi tranquille, dit le sergent Pierné d'une voix inquiète : tu vas nous faire repérer.

— Tu parles ! A cette heure, il nous prend pour des choux-fleurs. Il rentra tout de même son bras, quand l'avion passa au-dessus de sa tête, les types suivirent des yeux en souriant ce rutilant petit morceau de soleil : c'était une distraction du matin, le premier événement de la journée.

— Il fait sa petite promenade apéritive, dit Lubéron.

Ils étaient huit qui avaient perdu la guerre, cinq secrétaires, deux observateurs, un météo, couchés côte à côte au milieu des poireaux et des carottes. Ils avaient perdu la guerre comme on perd son temps : sans s'en apercevoir. Huit : Schwartz le plombier, Nippert l'employé de banque, Longin le percepteur, Lubéron le démarcheur, Charlot Wroclaw, ombrelles et parapluies, Pinette, contrôleur à la T. C. R. P. et les deux professeurs : Mathieu et Pierné. Ils s'étaient ennuyés neuf mois, tantôt dans les sapins, tantôt dans les vignes ; un beau jour, une voix de Bordeaux leur avait annoncé leur défaite et ils avaient compris qu'ils étaient dans leur tort. Une main maladroite effleura la joue de Mathieu. Il se retourna vers Charlot :

— Qu'est-ce que tu veux, petite tête ?

Charlot s'était couché sur le flanc, Mathieu voyait ses bonnes joues rouges et sa bouche largement fendue.

— Je voudrais savoir, dit Charlot à voix basse. Est-ce qu'on va repartir aujourd'hui ?

Sur son visage réjoui, un air d'angoisse tournait en rond sans arriver à se poser nulle part.

— Aujourd'hui ? Je ne sais pas.

47

Ils avaient quitté Morsbronn le 12 ; il y avait eu cette course en désordre, et puis, tout d'un coup, cet arrêt.

— Qu'est-ce qu'on fout ici ? Peux-tu me le dire ?

— Ils disent qu'on attend la biffe.

— Si les biffins ne peuvent pas se tirer, c'est pas une raison pour qu'on se fasse poisser avec eux.

Il ajouta avec modestie :

— Je suis juif, tu comprends. Et j'ai un nom polonais.

— Je sais, dit Mathieu tristement.

— Taisez-vous, dit Schwartz. Écoutez !

C'était un roulement étouffé et continu. La veille et l'avant-veille il avait duré de l'aube à la nuit. Personne ne savait qui tirait ni sur quoi.

— Il ne doit pas être loin de six heures, dit Pinette. Hier, ils ont commencé à cinq heures quarante-cinq.

Mathieu leva son poignet au-dessus de ses yeux et le renversa pour consulter sa montre :

— Il est six heures cinq.

— Six heures cinq, dit Schwartz. Ça m'étonnerait qu'on parte aujourd'hui. — Il bâilla. — Allons ! dit-il. Encore une journée dans ce bled.

Le sergent Pierné bâilla aussi :

— Eh bien, dit-il, il va falloir se lever.

— Oui, dit Schwartz. Oui, oui. Il va falloir se lever.

Personne ne bougea. Un chat passa près d'eux à toute vitesse, en zigzaguant. Il se tapit soudain, parut prêt à bondir ; puis, oubliant son projet, s'éloigna nonchalamment. Mathieu s'était dressé sur le coude et le suivait du regard. Il vit tout à coup une paire de jambes arquées dans des molletières kaki et releva la tête : le lieutenant Ulmann s'était planté devant eux, les bras croisés, et les considérait en haussant les sourcils. Mathieu remarqua qu'il ne s'était pas rasé.

— Qu'est-ce que vous faites là ? Mais qu'est-ce que vous faites là ? Vous êtes complètement fous ? Mais voulez-vous me dire ce que vous faites là ?

Mathieu attendit quelques instants et, comme personne ne répondait, il dit sans se lever :

— Nous avons préféré dormir en plein air, mon lieutenant.

— Voyez-vous ça! Avec les avions ennemis qui survolent la région! Elle risque de nous coûter cher, votre préférence : vous êtes capables de faire bombarder la division.

— Les Allemands savent bien que nous sommes ici, puisque nous avons fait tous nos déplacements en plein jour, dit Mathieu patiemment.

Le lieutenant ne parut pas entendre.

— Je vous l'avais défendu, dit-il. Je vous avais défendu de quitter la grange. Et qu'est-ce que c'est que ces façons de rester couchés en présence d'un supérieur!

Il se fit un petit remue-ménage indolent à ras de terre et les huit hommes s'assirent sur les couvertures, les yeux clignotants de sommeil. Charlot, qui était nu, déposa un mouchoir sur son sexe. Il faisait frais. Mathieu frissonna et chercha sa veste autour de lui pour la jeter sur ses épaules.

— Et vous êtes là, aussi, Pierné! Vous n'avez pas honte, un gradé? Vous devriez donner l'exemple.

Pierné pinça les lèvres sans répondre.

— Incroyable! dit le lieutenant. Enfin, m'expliquerez-vous pourquoi vous avez quitté la grange?

Il parlait sans conviction, d'une voix violente et lasse ; il avait des cernes sous les yeux, et son teint frais s'était brouillé.

— Nous avions trop chaud, mon lieutenant. Nous ne pouvions pas dormir.

— Trop chaud? Qu'est-ce qu'il vous faudrait? Une chambre à coucher climatisée? Je vous enverrai coucher à l'école, moi, cette nuit. Avec les autres. Est-ce que vous ne savez pas que nous sommes à la guerre?

Longin fit un geste de la main.

— La guerre est finie, mon lieutenant, dit-il avec un drôle de sourire.

— Elle n'est pas finie. Vous devriez avoir honte de dire qu'elle est finie, quand il y a des petits gars qui se font tuer à trente kilomètres d'ici pour nous couvrir.

— Pauvres types, dit Longin. On leur donne l'ordre de se faire descendre pendant qu'on est en train de signer l'armistice.

Le lieutenant rougit violemment.

— En tout cas, vous êtes encore des soldats. Tant qu'on ne vous aura pas renvoyés dans vos foyers, vous serez des soldats et vous obéirez à vos chefs.

— Même dans les camps de prisonniers ? demanda Schwartz.

Le lieutenant ne répondit pas : il regardait les soldats avec une timidité méprisante ; les hommes lui rendaient son regard sans impatience ni gêne : c'est à peine s'ils jouissaient du plaisir neuf de se sentir intimidants. Au bout d'un moment le lieutenant haussa les épaules et tourna sur lui-même :

— Faites-moi le plaisir de vous lever en vitesse, dit-il par-dessus son épaule.

Il s'éloigna, très droit, d'un pas dansant. « Sa dernière danse, pensa Mathieu ; dans quelques heures, les bergers allemands nous chasseront tous vers l'Est, en cohue, sans distinction de grade. » Schwartz bâilla et pleura ; Longin alluma une cigarette ; Charlot arrachait l'herbe par touffes, autour de lui. Ils avaient tous peur de se lever.

— Vous avez vu ? dit Lubéron. Il a dit : « Je vous ferai coucher à l'école. » Donc, c'est qu'on ne part pas.

— Il a dit ça comme ça, dit Charlot. Il n'en sait pas plus que nous.

Le sergent Pierné explosa brusquement :

— Alors qui est-ce qui sait ? demanda-t-il. Qui est-ce qui sait ?

Personne ne répondit. Au bout d'un moment, Pinette sauta sur ses pieds :

— On va se laver ? demanda-t-il.

— Moi, je veux bien, dit Charlot en bâillant.

Il se leva. Mathieu et le sergent Pierné se levèrent aussi.

— Bébé Cadum! cria Longin.

Rose et nu sans un poil, avec ses joues roses et son gros petit ventre caressé par la lumière blonde du matin, Charlot ressemblait au plus beau bébé de France. Schwartz vint derrière lui à pas de loup, comme chaque matin.

— Tu as la chair de poule, dit-il en le chatouillant. Tu as la chair de poule, bébé.

Charlot rit et cria en se tortillant, comme à l'ordinaire, mais avec moins de cœur. Pinette se retourna vers Longin qui fumait d'un air têtu.

— Tu ne viens pas?

— Quoi faire?

— Te laver!

— Merde alors! dit Longin. Me laver! Pour qui? Pour les Fritz? Ils me prendront comme je suis.

— C'est pas dit qu'ils te prendront.

— Allons, allons! dit Longin. Allons!

— On peut s'en tirer, nom de Dieu! dit Pinette.

— Tu crois au Père Noël?

— Même qu'ils te prendraient, c'est pas une raison pour rester salingue.

— Je ne veux pas me laver pour eux.

— C'est con, ce que tu dis là! dit Pinette. C'est drôlement con!

Longin ricana sans répondre; il restait affalé dans les couvertures avec un air de supériorité. Lubéron n'avait pas bougé non plus: il feignait de dormir. Mathieu prit sa musette et s'approcha de l'abreuvoir. L'eau coulait par deux tuyaux de fonte dans l'auge de pierre; elle était froide et nue comme une peau; toute la nuit, Mathieu avait entendu son chuchotement plein d'espoir, son interrogation enfantine. Il plongea la tête dans l'abreuvoir, le petit chant élémentaire devint cette fraîcheur muette et lustrée dans ses oreilles, dans ses narines, ce bouquet de roses mouillées, de fleurs d'eau dans son cœur: les bains dans la Loire, les joncs, la petite île verte, l'enfance. Quand il se redressa, Pinette se savonnait le cou avec fureur. Mathieu lui sourit : il aimait bien Pinette.

— Il est con, Longin, dit Pinette. Si les Fridolins s'amènent, faut qu'on soit propres.

Il s'introduisit un doigt dans l'oreille et l'y tourna vigoureusement.

— Si tu aimes tant la propreté, lui cria Longin de sa place, lave-toi donc aussi les pieds.

Pinette lui jeta un regard de pitié.

— Les pieds, ça ne se voit pas.

Mathieu se mit à se raser. La lame était usée et lui brûlait la peau : « En captivité, je laisserai pousser ma barbe. » Le soleil se levait. Ses longs rayons obliques fauchaient l'herbe ; sous les arbres l'herbe était tendre et fraîche, un creux de sommeil aux flancs du matin. La terre et le ciel étaient pleins de signes ; des signes d'espoir. Dans le feuillage des peupliers, obéissant à un signal invisible, une multitude d'oiseaux se mirent à chanter à plein gosier, ce fut une petite rafale cuivrée d'une violence extraordinaire, et puis ils se turent, mystérieusement. L'angoisse tournait en rond au milieu des verdures et des légumes joufflus comme sur le visage de Charlot ; elle n'arrivait à se poser nulle part. Mathieu essuya sa lame avec soin et la replaça dans sa musette. Le fond de son cœur était complice de l'aube, de la rosée, de l'ombre ; au fond de son cœur il attendait une fête. Il s'était levé tôt et rasé comme pour une fête. Une fête dans un jardin, une première communion ou des noces, avec de belles robes tournantes dans les charmilles, une table sur la pelouse, le bourdonnement tiède des guêpes ivres de sucre. Lubéron se leva et alla pisser contre la haie ; Longin entra dans la grange, les couvertures sous le bras ; il ressortit, s'approcha nonchalamment de l'abreuvoir et trempa un doigt dans l'eau d'un air goguenard et désœuvré. Mathieu n'eut pas besoin de regarder longtemps son visage blême pour sentir qu'il n'y aurait pas de fête, ni maintenant, ni plus jamais.

Le vieux fermier était sorti de sa maison. Il les regardait en fumant sa pipe.

— Salut, papa, dit Charlot.

— Salut! dit le fermier en hochant la tête. Eh! oui. Salut!

Il fit quelques pas et se planta devant eux :

— Alors? Vous n'êtes pas partis?

— Comme vous voyez, dit Pinette sèchement.

Le vieux ricana, il n'avait pas l'air bon.

— Je vous l'avais dit. Vous ne repartirez pas.

— Ça se peut.

Il cracha entre ses pieds et s'essuya la moustache.

— Et les Boches? C'est-il aujourd'hui qu'ils viennent?

Ils se mirent à rire :

— P't-être ben qu'oui, p't-être ben que non, dit Lubéron. On est comme vous, on les attend : on se fait beaux pour les recevoir.

Le vieux les regardait d'un drôle d'air.

— Vous, c'est pas pareil, dit-il. Vous en reviendrez.

Il tira sur sa pipe et ajouta :

— Moi, je suis Alsacien.

— On le sait, papa, dit Schwartz, changez de disque.

Le vieux hocha la tête.

— C'est une drôle de guerre, dit-il. A présent ce sont les civils qui se font tuer et les soldats qui en réchappent.

— Allons, allons! Vous savez bien qu'ils ne vous tueront pas.

— Je te dis que je suis Alsacien.

— Moi aussi, je suis Alsacien, dit Schwartz.

— Ça se peut bien, dit le vieux ; seulement, moi, quand j'ai quitté l'Alsace, elle était à eux.

— Ils ne vous feront pas de mal, dit Schwartz. C'est des hommes comme nous.

— Comme nous, dit le vieux avec une indignation subite. Merde, alors! Tu pourrais couper les mains d'un gosse, toi?

Schwartz éclata de rire.

— Il nous raconte les boniments de l'autre guerre, dit-il en clignant de l'œil à Mathieu.

Il prit sa serviette, essuya ses gros bras musculeux et expliqua, en se retournant vers le vieillard :

— Ils ne sont pas fous, voyons. Ils vous donneront des cigarettes, oui! et du chocolat, c'est ce qui s'appelle la propagande, et vous n'aurez qu'à les prendre, ça n'engage à rien.

Il ajouta, riant toujours :

— Je vous le dis, papa, au jour d'aujourd'hui, vaut mieux être natif de Strasbourg que de Paris.

— Je ne veux pas devenir Allemand à mon âge, dit le fermier. Merde, alors! J'aime mieux qu'ils me fusillent.

Schwartz se claqua la cuisse :

— Vous l'entendez? Merde, alors! dit-il en l'imitant. Moi, j'aimerais mieux être un Allemand vivant qu'un Français mort.

Mathieu leva vivement la tête et le regarda ; Pinette et Charlot le regardaient aussi. Schwartz cessa de rire, rougit et secoua les épaules. Mathieu détourna les yeux ; il n'avait pas de goût pour jouer les juges, et puis il aimait ce gros type costaud, tranquille et dur à la peine ; pour rien au monde il n'eût voulu ajouter à sa confusion. Personne ne soufflait mot ; le vieux hocha la tête et promena à la ronde un regard rancunier.

— Ah, dit-il, il ne fallait pas la perdre, cette guerre. Il ne fallait pas la perdre.

Ils se turent ; Pinette toussa, s'approcha de l'abreuvoir et se mit à palper le robinet d'un air idiot. Le vieux vida sa pipe sur le gravier, gratta la terre du talon pour ensevelir la cendre, puis il leur tourna le dos et rentra à pas lents dans sa maison. Il y eut un long silence ; Schwartz se tenait très raide, les bras écartés. Au bout d'un moment, il parut se réveiller. Il rit péniblement :

— J'ai dit ça pour le charrier.

Pas de réponse : tous les types le regardaient. Et puis brusquement sans que rien eût changé en apparence, quelque chose céda, il se fit une détente, une sorte de dispersion immobile ; la petite société courroucée qui s'était formée autour de lui s'abolit, Longin entreprit de se curer les dents avec son couteau, Lubéron se racla la gorge, et Charlot, l'œil innocent, se mit à chantonner : ils ne parvenaient jamais à soutenir une indignation, sauf quand il s'agissait de permission ou de nourriture. Mathieu respira soudain un parfum timide d'absinthe et de menthe : après les oiseaux, les herbes et les fleurs s'éveillaient ; elles jetaient leurs odeurs comme ils avaient jeté leurs cris : « C'est vrai, pensa Mathieu, il y a aussi les odeurs. » Des odeurs vertes et gaies, encore pointues, encore acides : elles deviendraient de plus en plus sucrées, de plus en plus opulentes et féminines, à mesure que le ciel bleuirait et que les chenillettes allemandes approcheraient. Schwartz renifla fortement et regarda le banc qu'ils avaient traîné la veille contre le mur de la maison.

— Bon, dit-il, bon, bon.

Il alla s'asseoir sur le banc. Il laissait pendre ses mains entre ses genoux et voûtait les épaules, mais il gardait la tête haute et regardait droit devant lui d'un air dur. Mathieu hésita un instant, puis il le rejoignit et s'assit à côté de lui. Peu après, Charlot se détacha du groupe et se planta devant eux. Schwartz leva la tête et regarda Charlot avec sérieux.

— Il faut que je lave mon linge, dit-il.

Il y eut un silence. Schwartz regardait toujours Charlot.

— C'est pas moi qui l'ai perdue, cette guerre...

Charlot semblait gêné ; il se mit à rire. Mais Schwartz suivait son idée.

— Si tout le monde avait fait comme moi, on l'aurait peut-être gagnée. J'ai rien à me reprocher.

Il se gratta la joue d'un air surpris :

— C'est marrant! dit-il.

C'est marrant, pensa Mathieu. Oui, c'est marrant. Il regarde dans le vide, il pense : « Je suis Français », et il trouve ça marrant, pour la première fois de sa vie. *C'est marrant.* La France, nous ne l'avions jamais vue :

nous étions dedans, c'était la pression de l'air, l'attraction de la terre, l'espace, la visibilité, la certitude tranquille que le monde a été fait pour l'homme ; c'était tellement naturel d'être Français, c'était le moyen le plus simple, le plus économique de se sentir universel. Il n'y avait rien à expliquer : c'était aux autres, aux Allemands, aux Anglais, aux Belges d'expliquer par quelle malchance ou par quelle faute ils n'étaient pas tout à fait des hommes. A présent, la France s'est couchée à la renverse et nous la voyons, nous voyons une grande machine détraquée et nous pensons : c'était ça. Ça : un accident de terrain, un accident de l'histoire. Nous sommes encore Français, mais ça n'est plus naturel. Il a suffi d'un accident pour nous faire comprendre que nous étions accidentels. Schwartz pense qu'il est accidentel, il ne se comprend plus, il est embarrassé de lui-même ; il pense : comment peut-on être Français ? Il pense : « Avec un peu de chance, j'aurais pu naître Allemand. » Alors il prend l'air dur et il tend l'oreille pour entendre rouler vers lui sa patrie de rechange ; il attend les armées étincelantes qui vont lui faire fête ; il attend le moment où il pourra troquer notre défaite contre leur victoire, où il lui semblera *naturel* d'être victorieux et Allemand.

Schwartz se leva en bâillant :

— Allons, dit-il, je vais laver mon linge.

Charlot fit demi-tour et rejoignit Longin qui causait avec Pinette. Mathieu resta seul sur son banc.

Lubéron bâilla à son tour bruyamment.

— Ce qu'on s'emmerde ici ! constata-t-il.

Charlot et Longin bâillèrent. Lubéron les regarda bâiller et bâilla de nouveau.

— Ce qui manque, dit-il, c'est un bobinard.

— Tu pourrais tirer ta crampe à six heures du matin ? demanda Charlot avec indignation.

— Moi ? à n'importe quelle heure.

— Eh bien, pas moi. J'ai pas plus envie de baiser que de recevoir des coups de pied au cul.

Lubéron ricana.

— Si t'étais marié, t'apprendrais à faire ça sans envie, couillon! Et ce qu'il y a de bien quand tu baises, c'est que tu ne penses à rien.

Ils se turent. Les peupliers frissonnaient, un antique soleil tremblait entre les feuilles ; on entendait au loin le roulement bonhomme de la canonnade, si quotidien, si rassurant qu'on aurait dit un bruit de la nature. Quelque chose se décrocha dans l'air et une guêpe, au milieu d'eux, fit sa longue chute élastique.

— Écoutez! dit Lubéron.

— Qu'est-ce que c'est?...

C'était une sorte de vide autour d'eux, un calme étrange. Les oiseaux chantaient, un coq riait dans la basse-cour ; au loin, quelqu'un frappait à coups réguliers sur un morceau de fer ; pourtant c'était le silence : la canonnade avait cessé.

— Hé! dit Charlot. Hé! mais dites donc!

— Oui.

Ils tendaient l'oreille sans se quitter du regard.

— Ça commencera comme ça, dit Pierné sur un ton détaché. A un moment donné, sur tout le front, ça sera le silence.

— Sur quel front? Il n'y a pas de front.

— Enfin, partout.

Schwartz fit un pas vers eux, timidement.

— Vous savez, dit-il, je crois qu'il faut d'abord une sonnerie de clairon.

— Je t'en fous! dit Nippert. Il n'y a plus de liaisons : ils l'auraient signée depuis vingt-quatre heures qu'on serait encore là à l'attendre.

— Peut-être que la guerre est finie depuis minuit, dit Charlot en riant d'espoir. Le « cessez-le-feu », c'est toujours à minuit.

— Ou à midi.

— Mais non, petite tête, à minuit : à zéro heure, tu comprends?

— Mais taisez-vous donc, dit Pierné.

Ils se turent. Pierné prêtait l'oreille avec des grimaces de nervosité ; Charlot gardait la bouche ouverte ; à travers le silence bruissant, ils écoutaient la Paix. Une Paix sans gloire et sans carillons, sans tambours ni trompettes, qui ressemblait à la mort.

— Merde ! dit Lubéron.

Le roulement avait recommencé : il semblait moins sourd, plus proche, plus menaçant. Longin croisa ses longues mains et fit craquer ses phalanges. Il dit avec aigreur :

— Mais, bon Dieu, qu'est-ce qu'ils attendent ! Ils trouvent que nous ne sommes pas assez battus ? Que nous n'avons pas perdu assez d'hommes ? Est-ce qu'il faut que la France soit complètement foutue pour qu'ils se décident à arrêter la boucherie ?

Ils étaient nerveux et mous, indignés en faiblesse, avec ce teint plombé qui est particulier aux indigestions. Il avait suffi d'un roulement de tambour à l'horizon pour que la grande vague de la guerre s'effondrât de nouveau sur eux. Pinette se tourna brusquement vers Longin. Ses yeux étaient orageux, il crispait la main sur le bord de l'abreuvoir.

— *Quelle* boucherie ! Hein ? *Quelle* boucherie ? Où qu'ils sont, les tués et les blessés ? Si tu les as vus, c'est que t'as de la chance. Moi, je n'ai vu que des pétochards comme toi, qui couraient sur les routes avec le trouillomètre à zéro.

— Qu'est-ce que tu as, petite tête ? demanda Longin avec une sollicitude empoisonnée. Tu ne te sens pas bien ?

Il jeta vers les autres un regard complice :

— C'était un bon petit gars, notre Pinette, on l'aimait bien parce qu'il tirait au cul comme nous, c'est pas lui qui se serait mis en avant quand on demandait un volontaire. Dommage qu'il commence à la ramener quand la guerre est finie.

Les yeux de Pinette étincelèrent.

— Je la ramène pas, eh ! con !

— Si tu la ramènes! Tu veux jouer au petit soldat.

— Ça vaut mieux que de chier dans son froc, comme toi.

— Vous l'entendez : je chie dans mon froc parce que je dis que l'armée française a pris la dérouillée.

— Tu le sais, toi, que l'armée française a pris la dérouillée? demanda Pinette en bégayant de colère. T'es dans les confidences de Weygand?

Longin eut un sourire insolent et las :

— Pas besoin des confidences de Weygand : la moitié des effectifs est en déroute et l'autre cernée sur place ; ça ne te suffit pas?

Pinette balaya l'air d'un geste péremptoire :

— Nous allons nous regrouper sur la Loire ; on rejoint les armées du Nord à Saumur.

— Tu crois ça, toi, gros malin?

— Le pitaine me l'a dit. Tu n'as qu'à demander à Fontainat.

— Eh ben, faudra qu'elles se manient, les armées du Nord, parce qu'elles ont les Boches au cul, tu comprends. Et pour ce qui est de nous, ça m'étonnerait qu'on soit au rendez-vous.

Pinette, le front bas, regardait Longin par en dessous en soufflant et en frappant du pied. Il secoua violemment les épaules comme pour se débarrasser d'une meute. Il finit par dire, furieux et traqué :

— Même qu'on reculerait jusqu'à Marseille, même qu'on traverserait toute la France, il reste l'Afrique du Nord.

Longin se croisa les bras et sourit de mépris :

— Pourquoi pas Saint-Pierre et Miquelon, andouille?

— Tu te crois fortiche? Dis, tu te crois fortiche? demanda Pinette en marchant vers lui.

Charlot se jeta entre eux :

— Là! là! dit-il. Vous n'allez pas vous disputer? Tout le monde est d'accord que la guerre n'arrange rien et qu'il ne faut plus jamais se battre. Nom de Dieu! dit-il avec une ardente conviction, plus jamais!

Il les regardait tous avec intensité, il tremblait de passion. La passion de tout concilier : Pinette et Longin, les Allemands et les Français.

— Enfin, dit-il d'une voix presque suppliante, on devrait pouvoir s'entendre avec eux, ils ne veulent tout de même pas nous bouffer.

Pinette tourna sa rage contre lui.

— Si la guerre est perdue, c'est les types comme toi qui en seront responsables.

Longin ricanait :

— Encore un qui n'a pas compris, voilà tout.

Il y eut un silence ; puis, lentement, toutes les têtes se tournèrent vers Mathieu. Il s'y attendait : à la fin de chaque discussion, ils lui demandaient son arbitrage parce qu'il avait de l'instruction.

— Qu'est-ce que tu en penses ? demanda Pinette.

Mathieu baissa la tête et ne répondit pas.

— Tu es sourd ? On te demande ce que tu en penses.

— Je ne pense rien, dit Mathieu.

Longin traversa le sentier et se planta devant lui :

— Pas possible ? Un professeur, ça pense tout le temps.

— Eh bien, tu vois : pas tout le temps.

— Enfin, tu n'es pas con : tu sais bien que la résistance est impossible.

— Comment le saurais-je ?

A son tour, Pinette s'approcha. Ils se tenaient des deux côtés de Mathieu, comme son bon et son mauvais ange.

— Tu n'es pas un dégonflé, toi, dit Pinette. Tu ne peux pas vouloir que les Français déposent les armes avant de s'être battus jusqu'au bout !

Mathieu haussa les épaules :

— Si c'était *moi* qui me battais, je pourrais avoir un avis. Mais c'est les autres qui se font descendre, c'est sur la Loire qu'on se battra : je ne peux pas décider pour eux.

— Tu vois bien, dit Longin en considérant Pinette

d'un air goguenard. On ne décide pas du casse-pipe pour les autres.

Mathieu les regardait avec inquiétude :

— Je n'ai pas dit ça.

— Comment, tu n'as pas dit ça ? Tu viens de le dire.

— S'il restait une chance, dit Mathieu, une toute petite chance...

— Eh. bien ?

Mathieu hocha la tête :

— Comment savoir ?

— Qu'est-ce que ça veut dire ? demanda Pinette.

— Ça veut dire, expliqua Charlot, qu'il n'y a plus qu'à attendre, en tâchant de ne pas trop se faire de bile.

— Non ! cria Mathieu. Non !

Il se leva brusquement, les poings serrés.

— J'attends depuis l'enfance !

Ils le regardaient sans comprendre, il parvint à se calmer.

— Qu'est-ce que ça peut faire, ce que nous décidons ou que nous ne décidons pas, leur dit-il. Qui est-ce qui nous demande notre avis ? Est-ce que vous vous rendez compte de notre situation ?

Ils reculèrent, effrayés.

— Ça va, dit Pinette, ça va, on la connaît.

— T'as raison, dit Longin, un griveton n'a pas d'avis.

Son sourire froid et baveux fit horreur à Mathieu.

— Un prisonnier encore moins, répondit-il sèchement.

Tout nous demande notre avis. *Tout.* Une grande interrogation nous cerne : c'est une farce. On nous pose la question comme à des hommes ; on veut nous faire croire que nous sommes encore des hommes. Mais non. Non. Non. Quelle farce, cette ombre de question posée par une ombre de guerre à des apparences d'hommes.

— A quoi ça te sert-il d'avoir un avis ? Ce n'est pas toi qui vas décider.

Il se tut. Il pensa brusquement : il faudra vivre. Vivre, cueillir au jour le jour les fruits moisis de la défaite, monnayer en déroutes de détail ce choix total qu'il refusait aujourd'hui. Mais, bon Dieu! je n'en voulais pas, moi, de cette guerre, ni de cette défaite ; par quel truquage m'oblige-t-on à les assumer ? Il sentit monter en lui une colère de bête prise au piège et, levant la tête, il vit briller cette même colère dans leurs yeux. Crier vers le ciel tous ensemble : « Nous n'avons rien à faire avec ces histoires! Nous sommes innocents! » Son élan retomba : bien sûr l'innocence rayonnait dans le soleil matinal, on pouvait la toucher sur les feuilles d'herbe. Mais elle mentait : le vrai, c'était cette faute insaisissable et commune, *notre* faute. Fantôme de guerre, fantôme de défaite, culpabilité fantôme. Il regarda Pinette et Longin tour à tour, en ouvrant les mains : il ne savait pas s'il voulait les aider ou leur demander de l'aide. Ils le regardèrent aussi et puis ils détournèrent la tête et s'éloignèrent. Pinette regardait ses pieds ; Longin souriait pour lui-même d'un sourire raide et gêné ; Schwartz demeurait à l'écart avec Nippert ; ils se parlaient en alsacien, ils avaient déjà l'air de deux complices ; Pierné ouvrait et refermait spasmodiquement sa main droite. Mathieu pensa : « Voilà ce que nous sommes devenus. »

Marseille, 14 heures.

Bien entendu, il condamnait *sévèrement* la tristesse, mais, quand on était tombé dedans, c'était le diable pour s'en sortir. « Je dois avoir un caractère malheureux », pensa-t-il. Il avait beaucoup de raisons pour se réjouir : en particulier, il aurait pu se féliciter d'avoir coupé à la péritonite, d'être guéri. Au lieu de ça, il pensait : « Je me survis » et il s'affligeait. Dans la tristesse, ce sont les raisons de se réjouir qui deviennent tristes et l'on se réjouit tristement. D'ailleurs, pensa-t-il, je suis mort. Pour autant que ça dépendait de lui, il était mort à Sedan en mai 40 : l'ennui, c'était toutes ces années qui lui restaient à vivre. Il soupira de nouveau, suivit du regard une grosse mouche verte qui marchait au plafond et conclut : je suis un médiocre. Cette idée lui était profondément désagréable. Jusque-là, Boris s'était fait une règle de ne jamais s'interroger sur lui-même et il s'en trouvait fort bien ; d'autre part, tant qu'il ne s'agissait que de se faire tuer proprement, ça n'avait pas tellement d'importance qu'il fût un médiocre : au contraire, il y avait moins à regretter. Mais à présent, tout avait changé : on le destinait à vivre et il était bien obligé de reconnaître qu'il n'avait ni vocation, ni talent, ni argent. Bref aucune des qualités requises, à part, justement, la santé. Comme je vais m'ennuyer ! pensa-t-il. Et il se sentit frustré. La mouche s'envola en bourdonnant, Boris passa la main sous sa chemise et caressa la cicatrice qui lui rayait le ventre à la hauteur de l'aine ; il aimait sentir sous ses doigts ce petit ravin de chair. Il regardait le plafond, il caressait sa cicatrice et il avait le cœur lourd. Francillon entra dans la salle, marcha vers Boris sans hâte, entre les lits déserts, et s'arrêta tout à coup, en jouant la surprise.

— Je te cherchais dans la cour, dit-il.

Boris ne répondit pas. Francillon se croisa les bras avec indignation :

— A deux heures de l'après-midi, tu es encore au pajot !

— Je me fais chier, dit Boris.

— Tu as le bourdon ?

— Je n'ai pas le bourdon : je me fais chier.

— T'en fais pas, dit Francillon. Ça finira par finir.

Il s'assit au chevet de Boris et se mit à rouler une cigarette. Francillon avait de gros yeux qui lui sortaient de la tête et un nez en bec d'aigle ; il avait l'air terrible. Boris l'aimait beaucoup : quelquefois, rien qu'à le voir, il prenait le fou rire.

— C'est du peu ! dit Francillon.

— Du combien ?

— Du quatre au jus.

Boris compta sur ses doigts.

— Ça fait le 18.

Francillon grogna en signe d'assentiment, lécha le papier gommé, alluma la cigarette et se pencha vers Boris, en confidence :

— Il n'y a personne ici ?

Tous les lits étaient vides : les types étaient dans la cour ou en ville.

— Tu vois, dit Boris. A moins qu'il n'y ait des espions sous les lits.

Francillon se pencha davantage :

— La nuit du 18, expliqua-t-il, c'est Blin qui est de service. Le zinc sera sur la piste et prêt à partir. Il nous fait entrer à minuit, on décolle à deux heures, on est à Londres à sept. Qu'est-ce que tu en dis ?

Boris n'en disait rien. Il tâtait sa cicatrice, il pensait : « Ils sont vernis, et il se sentait de plus en plus triste. Il va me demander ce que j'ai décidé. »

— Hein ? Hein ? qu'est-ce que tu en penses ?

— Je pense que vous êtes vernis, dit Boris.

— Comment, vernis ? Tu n'as qu'à venir avec nous. Tu ne diras pas qu'on ne te l'a pas demandé.

— Non, reconnut Boris. Je ne dirai pas ça.

— Eh bien, qu'est-ce que tu as décidé ?

— J'ai décidé peau de balle, dit-il avec humeur.

— Tu ne vas pourtant pas rester en France ?

— Je ne sais pas.

— La guerre n'est pas finie, dit Francillon d'un air buté. Ceux qui disent qu'elle est finie sont des foireux et des menteurs. Faut que tu sois où l'on se bat ; tu n'as pas le droit de rester en France.

— Tu me dis ça à moi, dit Boris amèrement.

— Alors ?

— Alors, rien. J'attends une copine, je te l'ai dit. Je déciderai quand je l'aurai vue.

— Il n'y a pas de copine qui tienne : c'est une affaire d'hommes.

— Eh bien, c'est comme ça, dit Boris sèchement.

Francillon parut intimidé et se tut. S'il allait croire que j'ai les foies ? Boris le scruta dans les yeux pour voir ; mais Francillon lui adressa un sourire confiant qui le rassura.

— A sept heures, vous arrivez ? demanda Boris.

— A sept heures.

— Ça doit être fameux les côtes d'Angleterre au petit jour. Il y a de grandes falaises blanches du côté de Douvres.

— Ah! dit Francillon.

— Je ne suis jamais monté en avion, dit Boris.

Il retira la main de dessous sa chemise.

— Ça t'arrive, à toi, de te gratter la cicatrice ?

— Non.

— Je me la gratte tout le temps : ça m'agace.

— Vu l'endroit où la mienne est placée, dit Francillon, ça serait difficile que je me la gratte en société.

Il y eut un silence, puis Francillon reprit :

— Quand viendra-t-elle, ta copine ?

— Je ne sais pas. Elle devait venir de Paris, tu te rends compte!

— Faut qu'elle se manie le pot, dit Francillon. Parce que nous autres, on ne peut pas attendre.

Boris soupira et se tourna sur le ventre. Francillon poursuivit sur un ton détaché :

— La mienne, je la laisse dans l'ignorance et pourtant je la vois tous les jours. Le soir du départ, je lui mettrai un mot : quand elle le recevra, nous serons déjà à Londres.

Boris hocha la tête sans répondre.

— Tu m'étonnes! dit Francillon. Serguine, tu m'étonnes!

— Tu ne peux pas comprendre, dit Boris.

Francillon se tut, allongea la main et prit un livre. Ils passeront au-dessus des falaises de Douvres par le petit matin. Il ne fallait pas y penser : Boris ne croyait pas au Père Noël, il savait que Lola dirait non.

— *Guerre et Paix*, lut Francillon. Qu'est-ce que c'est que ça?

— C'est un roman sur la guerre.

— Sur celle de 14?

— Non. Une autre. Mais c'est toujours pareil.

— Oui, dit Francillon en riant, c'est toujours pareil.

Il avait ouvert le livre au hasard et lisait en fronçant les sourcils avec un air d'intérêt douloureux.

Boris se laissa retomber sur son lit. Il pensait : « Je ne peux pas *lui* faire ça, je ne peux pas m'en aller pour la deuxième fois sans lui demander son avis. Si je restais pour elle, pensa-t-il, ça serait une preuve d'amour. Ah! là! là! pensa-t-il, une drôle de preuve d'amour. Mais avait-on le droit de rester pour une femme? Francillon et Gabel diraient que non, bien entendu. Mais ils étaient trop jeunes, ils ne savaient pas ce que c'était que l'amour. Ce que je voudrais qu'on me dise, pensa Boris, ça n'est pas ce que c'est que l'amour : je suis payé pour le savoir. C'est ce que ça vaut. A-t-on le droit de rester pour rendre une femme heureuse? Présenté comme ça, je penserais plutôt que non. Mais a-t-on le droit de partir, si ça fait le malheur de quel-qu'un? » Il se rappelait un mot de Mathieu : « Je ne suis pas assez lâche pour avoir peur de faire souffrir quelqu'un quand il le faut. » Oui, bien sûr : seulement Mathieu faisait toujours le contraire de ce qu'il disait; il n'avait jamais le courage de faire de la peine aux gens. Boris s'arrêta, le souffle coupé : « Si ce n'était qu'un coup de tête? Si mon envie de partir m'était dictée par le pur égoïsme, par la frousse de m'emmerder dans la vie civile? Peut-être que je suis un aventurier. Peut-être qu'il est plus facile de se faire tuer que de vivre. Et si je restais par goût du confort, par peur, pour avoir une femme sous la main? » Il se retourna : Francillon se penchait sur le livre avec une application pleine de dé-fiance, comme s'il se fût proposé de déceler les mensonges de l'auteur. « Si je peux lui dire : je pars, si le mot peut sortir de ma bouche, je le dis. » Il se racla la gorge, en-

trouvrit les lèvres et attendit. Mais le mot ne vint pas ;
« je ne peux pas lui faire cette peine. » Boris comprit
qu'il ne voulait pas partir sans avoir consulté Lola.
« Elle dira sûrement non et puis ce sera réglé. Et si elle
n'arrivait pas à temps ? pensa-t-il, saisi. Si elle n'était
pas là pour le 18 ? Il faudrait décider seul ? Supposons
que je sois resté, qu'elle arrive le 20 et qu'elle me dise :
je t'aurais laissé partir. J'aurais bonne mine. Autre
supposition : je pars, elle arrive le 19, elle se tue. Oh!
merde. » Tout se brouilla dans sa tête, il ferma les yeux
et se laissa couler dans le sommeil.

— Serguine, cria Berger de la porte. Il y a une môme
qui t'attend dans la cour.

Boris sursauta et Francillon leva la tête.

— C'est ta copine.

Boris sortit les jambes du lit et se frotta le cuir che-
velu.

— Ça serait trop beau, dit-il en bâillant. Non : c'est
le jour de ma sœur.

— Ah! répéta Francillon d'un air stupide, c'est le
jour de ta sœur? C'est la môme qui était avec toi,
l'autre fois ?

— Oui.

— Elle est pas mal, dit Francillon sans enthousiasme.

Boris enroula ses molletières et mit sa veste ; il salua
Francillon avec deux doigts de la main, traversa la
salle et descendit l'escalier en sifflotant. Au milieu des
marches il s'arrêta et se mit à rire : « C'est marrant!
pensa-t-il. C'est marrant ce que je suis triste. » Ça ne
l'amusait guère de voir Ivich. « Quand on est triste,
elle n'aide pas, pensa-t-il, elle accable. »

Elle l'attendait dans la cour de l'hôpital : des soldats
qui tournaient en rond la dévisageaient au passage, mais
elle ne prenait pas garde à eux. Elle lui sourit de loin :

— Bonjour, petit frère!

En voyant apparaître Boris, les soldats rirent et
crièrent ; ils l'aimaient bien. Boris les salua de la main,
mais il constata sans plaisir que personne ne lui disait :

« Veinard », ou « J'aimerais mieux l'avoir dans mon lit que le tonnerre ». Par le fait, Ivich avait beaucoup vieilli et enlaidi depuis sa fausse couche. Naturellement, Boris était toujours fier d'elle, mais d'une autre façon.

— Bonjour, petit monstre, dit-il en effleurant le cou d'Ivich du bout de ses doigts.

Il flottait toujours autour d'elle, à présent, une odeur de fièvre et d'eau de Cologne. Il la considéra avec impartialité :

— Tu as mauvaise mine, lui dit-il.

— Je sais. Je suis moche.

— Tu ne te mets plus jamais de rouge sur les lèvres.

— Non, dit-elle durement.

Ils se turent. Elle portait une blouse sang de bœuf, à col montant, très russe, qui la faisait paraître encore plus pâle. Si au moins elle avait consenti à découvrir un peu de ses épaules ou de sa gorge : elle avait de très belles épaules rondes. Mais elle s'était fixée sur les corsages montants et les jupes trop longues : on aurait dit qu'elle avait honte de son corps.

— On reste ici ? demanda-t-elle.

— Je peux sortir ; j'ai le droit.

— L'auto nous attend, dit Ivich.

— Il n'est pas là ? demanda Boris effrayé.

— Qui ?

— Le beau-père.

— Penses-tu !

Ils traversèrent la cour et franchirent le portail. En voyant l'immense Buick verte de M. Sturel, Boris se sentit contrarié :

— La prochaine fois, fais-la attendre au coin de la rue, dit-il.

Ils montèrent dans la voiture ; elle était ridiculement vaste, on s'y perdait.

— On pourrait y jouer à cache-cache, dit Boris entre ses dents.

Le chauffeur se retourna et sourit à Boris ; c'était un

type râblé et obséquieux avec des moustaches grises. Il demanda :

— Où dois-je conduire Madame?

— Qu'en dis-tu? demanda Boris.

Ivich réfléchit :

— Je veux voir du monde.

— Sur la Canebière, alors?

— La Canebière, oh! non. Oui, oui, si tu veux.

— Sur les quais, au coin de la Canebière, dit Boris.

— Bien, monsieur Serguine.

Feignant! pensa Boris. La voiture démarra et Boris se mit à regarder par la vitre : il n'avait pas envie de parler, parce que le chauffeur pouvait les entendre.

— Et Lola? demanda Ivich.

Il se retourna vers elle : elle avait l'air tout à fait à son aise ; il mit un doigt sur sa bouche, mais elle répéta d'une voix pleine et forte, comme si le chauffeur ne comptait pas plus qu'une rave cuite :

— Lola. Tu as des nouvelles?

Il haussa les épaules sans répondre.

— Hé!

— Pas de nouvelles, dit-il.

Quand Boris était soigné à Tours, Lola était venue s'installer près de lui. Au début de juin, on l'avait évacué à Marseille et elle était repassée par Paris, en prévision du pire, pour prendre de l'argent à la banque, avant de le rejoindre. Depuis, il y avait eu « les événements » et il ne savait plus rien. Un cahot le jeta contre Ivich ; ils tenaient si peu de place sur la banquette de la Buick que ça lui rappela le temps où ils venaient de débarquer à Paris : ils s'amusaient à se croire deux orphelins perdus dans la capitale et, souvent, ils se serraient comme ça, l'un contre l'autre, sur une banquette du Dôme ou de la Coupole. Il leva la tête pour en parler à Ivich, mais il vit son air morne et dit seulement :

— Paris est pris, tu as vu?

— Oui, j'ai vu, dit Ivich avec indifférence.

— Et ton mari?

— Pas de nouvelles non plus.

Elle se pencha vers lui et dit vite et bas :

— Je voudrais qu'il crève.

Boris jeta un coup d'œil vers le chauffeur et vit qu'il les regardait dans le rétroviseur. Il poussa le coude d'Ivich qui se tut : mais elle gardait sur les lèvres un sourire méchant et sérieux La voiture s'arrêta au bas de la Canebière. Ivich sauta sur le trottoir et dit au chauffeur avec une aisance impérieuse :

— Vous reviendrez me prendre au café Riche à cinq heures.

— Au revoir, monsieur Serguine, dit le chauffeur d'une voix douce.

— Salut, dit Boris agacé.

Il pensa : « Je rentrerai par le tramway. » Il prit le bras d'Ivich et ils remontèrent la Canebière. Des officiers passèrent ; Boris ne les salua pas et ils ne parurent pas s'en soucier. Boris était outré parce que les femmes se retournaient sur son passage.

— Tu ne salues plus les officiers ? demanda Ivich.

— Pour quoi faire ?

— Les femmes te regardent, dit-elle encore.

Boris ne répondit pas ; une brune lui sourit, Ivich se retourna vivement :

— Mais oui, mais oui, il est beau, dit-elle dans le dos de la brune.

— Ivich! supplia Boris, ne nous fais pas remarquer.

C'était la nouvelle scie. Un matin quelqu'un lui avait dit qu'il était beau et, depuis, tout le monde le lui répétait, Francillon et Gabel l'appelaient « Gueule d'Amour ». Naturellement, Boris ne marchait pas, mais c'était agaçant parce que la beauté n'est pas une qualité d'homme. Il eût été préférable que toutes ces grognasses s'occupassent de leurs fesses et que les types fissent, en passant, un peu de gringue à Ivich, pas trop : juste assez pour qu'elle se sente jolie.

A la terrasse du café Riche, presque toutes les tables étaient occupées ; ils s'assirent au milieu de belles

gueuses brunes, d'officiers, d'élégants soldats, d'hommes
âgés aux mains grasses ; tout un monde inoffensif et bien
pensant, de gens à tuer, mais sans leur faire mal. Ivich
s'était mise à tirer sur ses boucles. Boris lui demanda :

— Ça ne va pas ?

Elle haussa les épaules. Boris étendit les jambes et
constata qu'il s'emmerdait.

— Qu'est-ce que tu veux boire ? demanda-t-il.

— Il est bon, leur café ?

— Comme ça.

— Je meurs d'envie de boire un café. Là-bas ils en
font d'infect.

— Deux cafés, dit Boris au garçon. — Il se tourna vers
Ivich et demanda : « Comment ça marche, avec les
beaux-parents ? »

La passion s'éteignit sur le visage d'Ivich.

— Ça marche, dit-elle. Je deviens pareille à eux. Elle
ajouta, avec un petit rire : « Ma belle-mère dit que je
lui ressemble.

— Qu'est-ce que tu fais, toute la journée ?

— Eh bien, hier, je me suis levée à dix heures, j'ai
fait ma toilette le plus lentement que j'ai pu, ça m'a
conduit à onze heures et demie, j'ai lu les journaux...

— Tu ne sais pas lire les journaux, dit Boris sévèrement.

— Non. Je ne sais pas. A déjeuner, on a parlé de la
guerre et la mère Sturel a versé un pleur en pensant à
son cher fils ; quand elle pleure, ses lèvres remontent,
je crois toujours qu'elle va se mettre à rire. Après, nous
avons tricoté et elle m'a fait des confidences de femme :
Georges était de santé délicate quand il était petit,
figure-toi, il a eu de l'entérite sur le coup de huit ans,
si elle devait choisir entre son fils et son mari, ce serait
affreux, mais elle préférerait que son mari meure parce
qu'elle est plus mère qu'épouse. Ensuite elle m'a parlé
de ses maladies, la matrice, les intestins et la vessie,
il paraît que ça ne va pas du tout. »

Boris avait sur les lèvres une excellente *plaisanterie* :

71

elle lui était venue si vite qu'il doutait encore s'il ne l'avait pas lue quelque part. Pourtant non. « Les femmes entre elles parlent de leur intérieur ou de leurs intérieurs. » C'était un peu pédant sous cette forme, ça ressemblait à une maxime de La Rochefoucauld. « Une femme, faut que ça parle de son intérieur ou de ses intérieurs », ou « quand une bonne femme ne parle pas de son intérieur, c'est qu'elle est en train de parler de ses intérieurs ». Comme ça, oui, peut-être... Il se demanda s'il allait en faire part à Ivich. Mais Ivich comprenait de moins en moins la plaisanterie. Il dit simplement :

— Je vois. Et après ?

— Après, je suis remontée dans ma chambre jusqu'au dîner.

— Et qu'est-ce que tu y as fait ?

— Rien. Après dîner, on a écouté les nouvelles à la radio et puis on les a commentées. Il paraît que rien n'est perdu, qu'il faut garder tout notre sang-froid et que la France en a vu de pires. Après, je suis remontée dans ma chambre et je me suis fait du thé sur mon réchaud électrique. Je le cache parce qu'il fait sauter les plombs une fois sur trois. Je me suis assise dans un fauteuil et j'ai attendu qu'ils dorment.

— Et alors ?

— J'ai respiré.

— Tu devrais prendre un abonnement de lecture, dit Boris.

— Quand je lis, les lettres dansent devant mes yeux, dit-elle. Je pense tout le temps à Georges. Je ne peux pas m'empêcher d'espérer qu'on va recevoir la nouvelle de sa mort.

Boris n'aimait pas son beau-frère et n'avait jamais compris ce qui avait poussé Ivich en septembre 38 à s'enfuir de la maison pour aller se jeter à la tête de cette grande asperge. Mais il se plaisait à reconnaître que ce n'était pas le mauvais cheval ; quand il avait su qu'elle avait le ballon, Georges s'était même montré très régulier : c'était lui qui avait insisté pour l'épouser. Seulement il était trop tard : Ivich le haïssait parce qu'il lui avait fait un môme. Elle disait qu'elle se faisait horreur, elle s'était cachée à la campagne et n'avait même pas voulu revoir son frère. Sûrement elle se serait tuée, si elle n'avait eu si peur de mourir.

— Quelle saleté!

Boris sursauta.

— Quoi?

— Ça! dit-elle en désignant sa tasse de café.

Boris goûta le café et dit paisiblement.

— Il n'est pas fameux, faut dire! Il réfléchit un instant et fit observer : « Il va devenir de plus en plus mauvais, j'imagine.

— Pays de vaincus! dit Ivich.

Boris regarda prudemment autour de lui. Mais personne ne faisait attention à eux : les gens parlaient de la guerre avec décence et componction. On aurait dit qu'ils revenaient d'un enterrement. Le garçon passa portant un plateau vide. Ivich tourna vers lui des yeux d'encre.

— Il est infect! lui lança-t-elle.

Le garçon la regarda avec surprise : il avait une moustache grise ; Ivich aurait pu être sa fille.

— Ce café, dit Ivich. Il est infect ; vous pouvez l'emporter.

Le garçon les toisait avec curiosité : elle était beaucoup trop jeune pour l'intimider. Quand il eut compris à qui il avait affaire, il eut un sourire brutal :

— Vous voudriez un moka? Vous ne savez peut-être pas qu'il y a la guerre?

— Je ne le sais peut-être pas, répondit-elle vivement, mais mon frère qui vient de se faire blesser le sait sûrement mieux que vous.

Boris, rouge de confusion, détourna les yeux. Elle était devenue culottée et ne manquait pas de repartie, mais il regrettait le temps où elle râlait en silence, avec tous ses cheveux dans la figure : ça faisait moins d'histoires.

— C'est pas le jour où les Boches sont entrés à Paris que j'irais me plaindre pour un café, grommela le garçon, dépité.

Il s'en alla : Ivich frappa du pied.

— Ils n'ont que la guerre à la bouche ; ils n'en finissent pas de se faire battre et on dirait qu'ils en sont fiers. Qu'ils la perdent leur guerre, qu'ils la perdent une bonne fois et qu'on n'en parle plus.

Boris étouffa un bâillement : les éclats d'Ivich ne l'amusaient plus. Quand elle était jeune fille, c'était un plaisir de la voir se tirer les cheveux, en trépignant et en louchant, ça vous rendait gai pour la journée. A présent, ses yeux restaient mornes, on aurait dit qu'elle en remettait ; dans ces moments-là, elle ressemblait à leur mère. « C'est une femme mariée, pensa-t-il, scandalisé. Une femme mariée avec des beaux-parents, un mari au front et une auto familiale. » Il la regarda avec perplexité et détourna les yeux parce qu'il sentait qu'elle allait lui faire horreur. « Je partirai! » Il se redressa brusquement : sa décision était prise. « Je partirai, je partirai avec eux, je ne peux plus rester en France. » Ivich parlait.

— Quoi ? demanda-t-il.

— Les parents.

— Eh bien?

— Je dis qu'ils auraient dû rester en Russie ; tu ne m'écoutes pas.

— S'ils y étaient restés, ils se seraient fait mettre en tôle.

— En tout cas ils ne devaient pas nous faire naturaliser. Nous aurions pu rentrer chez nous.

— Chez nous, c'est en France, dit Boris.

— Non, c'est en Russie.

— C'est en France, puisqu'ils nous ont fait naturaliser.

— Justement, dit Ivich, c'est pour ça qu'ils ne devaient pas le faire.

— Oui, mais ils l'ont fait.

— Ça m'est bien égal. Puisqu'ils ne devaient pas le faire, c'est comme s'ils n'avaient rien fait du tout.

— Si tu étais en Russie, dit Boris, tu en baverais.

— Ça me serait égal, parce que c'est un grand pays et que je me sentirais fière. Ici je passe mon temps à avoir honte.

Elle se tut un instant, elle avait l'air d'hésiter. Boris la regardait benoîtement ; il n'avait aucune envie de la contredire. « Elle sera bien obligée de s'arrêter, pensa-t-il avec optimisme. Je ne vois pas ce qu'elle pourrait ajouter. » Mais Ivich avait de l'invention : elle leva une main en l'air et fit un drôle de petit plongeon, comme si elle se jetait à l'eau.

— Je déteste les Français, dit-elle.

Un monsieur qui lisait son journal à côté d'eux leva la tête et les considéra d'un air rêveur. Boris le regarda droit dans les yeux. Mais, presque aussitôt, le monsieur se leva : une jeune femme venait vers lui ; il lui fit une révérence, elle s'assit et ils se prirent les mains en souriant. Rassuré, Boris se retourna vers Ivich. C'était la grande corrida : elle marmottait entre ses dents :

— Je les déteste, je les déteste.

— Tu les détestes parce qu'ils font du mauvais café !

— Je les déteste pour tout.

Boris avait espéré que l'orage s'apaiserait de lui-même ; mais il voyait bien à présent qu'il s'était trompé et qu'il fallait faire face, courageusement.

— Moi je les aime bien, dit-il. A présent qu'ils ont perdu la guerre, tout le monde va leur tomber dessus ; mais je les ai vus en première ligne et je t'assure qu'ils ont fait tout ce qu'ils ont pu.

— Tu vois ! dit Ivich, tu vois !

— Qu'est-ce que je vois ?

— Pourquoi dis-tu : *ils* ont fait ce qu'ils ont pu ? Si tu te sentais Français, tu dirais *nous*.

C'était par modestie que Boris n'avait pas dit « nous ». Il secoua la tête et fronça les sourcils.

— Je ne me sens ni Français ni Russe, dit-il. Mais

quand j'étais là-haut, avec les autres grivetons, je me plaisais avec eux.

— Ce sont des lapins, dit-elle.

Boris feignit de se méprendre.

— Oui : de fameux lapins.

— Non, non : des lapins qui se sauvent. Comme ça! dit-elle en faisant courir sa main droite sur la table.

— Tu es comme toutes les femmes, dit Boris. Tu n'apprécies que l'héroïsme militaire.

— C'est pas ça. Mais puisqu'ils voulaient la faire, cette guerre, ils n'avaient qu'à la faire jusqu'au bout.

Boris leva la main d'un geste harassé : « Puisqu'ils voulaient la faire, ils n'avaient qu'à la faire jusqu'au bout. » Bien sûr. C'est ce qu'il répétait la veille encore avec Gabel et Francillon. Mais... sa main retomba mollement : quand une personne ne pense pas comme vous, c'est déjà difficile et fatigant de lui prouver qu'elle a tort. Mais quand elle est de votre avis et qu'il faut lui expliquer qu'elle se trompe, on s'y perd.

— Lâche-moi, dit-il.

— Des lapins! dit Ivich en souriant de fureur.

— Les types qui étaient avec moi n'étaient pas des lapins, dit Boris. Il y en avait même de drôlement culottés.

— Tu m'as dit qu'ils avaient peur de mourir.

— Et toi? Tu n'as pas peur de mourir?

— Moi, je suis une femme.

— Eh bien eux, ils avaient peur de mourir et c'étaient des hommes, dit Boris. C'est ça qui s'appelle du courage. Ils savaient ce qu'ils risquaient.

Ivich le regarda d'un air soupçonneux :

— Tu ne vas pas me dire que *toi*, tu avais peur?

— Je n'avais pas peur de mourir parce que je croyais que j'étais là pour ça.

Il regarda ses ongles et ajouta d'un air détaché :

— Ce qu'il y a de marrant, c'est que j'ai eu les jetons tout de même.

Ivich eut un haut-le-corps :

— Mais à cause de quoi?

— Je ne sais pas. Du bruit peut-être.

En fait, ça n'avait pas duré plus de dix minutes — vingt peut-être, juste au début de l'attaque. Mais il n'était pas fâché qu'Ivich le prît pour un trouillard : ça lui ferait les pieds. Elle le regardait d'un air indécis, stupéfaite qu'on pût avoir peur quand on était un Russe, un Serguine et son propre frère. A la fin il eut honte et se hâta d'ajouter :

— Enfin, je n'ai pas eu peur tout le temps.

Elle lui sourit, soulagée, et il pensa tristement : « Nous ne sommes plus d'accord sur rien. » Il y eut un silence ; Boris but une gorgée de son café et faillit le recracher : c'était comme si on lui avait mis toute sa tristesse dans la bouche. Mais il pensa qu'il allait partir et se sentit un peu réconforté.

— Qu'est-ce que tu vas faire, à présent? demanda Ivich.

— Je pense qu'ils vont me démobiliser, dit Boris. En fait, nous sommes presque tous guéris, mais ils nous gardent ici parce qu'ils ne savent pas que faire de nous.

— Et après?

— Je... demanderai un poste de professeur.

— Tu n'es pas agrégé.

— Non. Mais je peux être professeur dans un collège.

— Ça t'amusera de faire des cours?

— Ah! non, dit-il avec élan. — Il rougit et ajouta humblement : Je ne suis pas fait pour ça.

— Et pourquoi es-tu fait, mon petit frère?

— Je me le demande.

Les yeux d'Ivich brillèrent :

— Tu veux que je te dise pour quoi nous étions faits? Pour être riches.

— C'est pas ça, dit-il, agacé.

Il la regarda un moment et il répétait : « C'est pas ça! » en serrant sa tasse entre ses doigts.

— Qu'est-ce que c'est alors?

— J'étais gonflé à bloc, dit-il, et puis on m'a volé

ma mort. Je ne sais rien, je ne suis doué pour rien, je n'ai plus goût à rien.

Il soupira et se tut, honteux d'avoir parlé de lui-même: ce qu'il y a, c'est que je ne peux pas me résigner à vivre médiocrement. Au fond c'est un peu ce qu'elle vient de dire.

Ivich suivait son idée.

— Lola n'a donc pas d'argent? demanda-t-elle.

Boris bondit et frappa sur la table : elle avait le don de lire sa pensée et de la traduire en termes inacceptables :

— Je ne veux pas de l'argent de Lola!

— Pourquoi? Elle t'en donnait, avant la guerre.

— Eh bien, elle ne m'en donnera plus.

— Alors tuons-nous tous les deux, dit-elle avec feu.

Il soupira : « Voilà qu'elle recommence », pensa-t-il avec ennui. Ce n'est plus de son âge. Ivich le regardait en souriant :

— Louons une chambre sur le Vieux Port et ouvrons le gaz.

Boris agita simplement l'index de la main droite en signe de refus. Ivich n'insista pas : elle baissa la tête et se mit à tirer sur ses boucles : Boris comprit qu'elle avait quelque chose à lui demander. Au bout d'un moment, elle dit sans le regarder :

— J'avais pensé...

— Hé?

— J'avais pensé que tu me prendrais avec toi et que nous vivrions tous les trois sur l'argent de Lola.

Boris put avaler sa salive sans s'étrangler.

— Ah, dit-il, tu avais pensé ça.

— Boris, dit Ivich avec une passion soudaine, je ne peux plus vivre avec ces gens.

— Ils te maltraitent?

— Au contraire, ils me mettent dans du coton : la femme de leur fils, tu penses. Mais je les déteste, je déteste Georges, je déteste leurs domestiques...

— Tu détestes aussi Lola, fit observer Boris.

78

— Lola, ce n'est pas pareil.

— Ce n'est pas pareil parce qu'elle est loin et que tu ne l'as pas revue depuis deux ans.

— Lola chante et puis elle boit et puis elle est belle... Boris! cria-t-elle, ils sont *laids*! Si tu me laisses entre leurs mains, je me tuerai, non, je ne me tuerai pas, ce sera pire. Si tu savais comme je me sens vieille et méchante quelquefois!

Patatras, pensa Boris. Il but un peu de café pour faire glisser sa salive au fond de sa gorge ; il pensait : « On ne peut pas mécontenter *deux* personnes. » Ivich ne tirait plus sur ses cheveux. Sa large face blême s'était colorée, elle le regardait d'un air ferme et anxieux, elle ressemblait un peu à l'Ivich d'autrefois. « Peut-être qu'elle rajeunira ? Peut-être qu'elle redeviendra jolie. » Il dit :

— A condition que tu nous fasses la cuisine, petit monstre.

Elle lui prit la main et la serra de toutes ses forces :

— Tu veux bien ? Oh! Boris! Tu veux bien ?

— Je serai professeur à Guéret. Non, pas à Guéret : c'est un lycée. A Castelnaudary. J'épouserai Lola : un professeur au collège ne peut pas vivre avec une concubine ; dès demain je vais commencer à préparer mes cours. Il se passa la main dans les cheveux et tira doucement sur une mèche pour en vérifier la solidité : « Je serai chauve, décida-t-il ; à présent c'est sûr : mes cheveux tomberont avant que je meure. »

« Naturellement, je veux bien. »

Il voyait un avion tourner dans le petit matin et il se répétait : « Les falaises, les belles falaises blanches, les falaises de Douvres. »

Trois heures à Padoux.

Mathieu s'était assis dans l'herbe ; il suivait des yeux les tourbillons noirs, au-dessus du mur. De temps en temps, un cœur de feu montait dans la fumée, la teignait de son sang, éclatait : alors des étincelles sautaient dans le ciel comme des puces.

— Ils vont foutre le feu, dit Charlot.

Des papillons de suie vagabondaient autour d'eux ; Pinette en saisit un et l'écrasa pensivement entre ses doigts.

— Tout ce qui reste d'une carte au dix millième, dit-il en montrant son pouce noirci.

Longin poussa la porte à claire-voie et entra dans le jardin : il pleurait.

— Longin qui pleure! dit Charlot.

Longin s'essuya les yeux.

— Les vaches! J'ai cru qu'ils auraient ma peau.

Il se laissa tomber sur l'herbe ; il tenait un livre à la couverture déchirée.

— Il a fallu que j'attise le feu avec un soufflet pendant qu'ils jetaient leurs papiers dedans. Je recevais toute la fumée dans la gueule.

— C'est fini ?

— Je t'en fous. Ils nous ont vidés parce qu'ils vont brûler les documents secrets. Tu parles d'un secret : des ordres que j'ai tapés moi-même.

— Ça sent mauvais, dit Charlot.

— Ça sent le roussi.

— Non, je dis : s'ils brûlent les archives, ça sent mauvais.

— Eh bien oui : ça sent mauvais, ça sent le roussi. C'est ce que je dis.

Ils rirent. Mathieu désigna le livre et demanda :

— Où l'as-tu trouvé ?

— Là-bas, dit Longin vaguement.

— Où, là-bas ? Dans l'école ?

— Oui, dit-il.

Il serra le livre contre lui d'un air méfiant.

— Il y en a d'autres ? demanda Mathieu.

— Il y en avait d'autres, mais les types de l'Inten-dance se sont servis.

— Qu'est-ce que c'est?

— Un bouquin d'histoire.

— Mais lequel?

— Je ne sais pas le titre.

Il jeta un coup d'œil sur la couverture, puis ajouta de mauvaise grâce :

— *Histoire des deux Restaurations.*

— De qui est-ce? demanda Charlot.

— Vau-la-belle, lut Longin.

— Vaulabelle, qui c'est?

— Que veux-tu que j'en sache?

— Tu me le prêteras? demanda Mathieu.

— Quand je l'aurai lu.

Charlot se coula dans l'herbe et lui prit le livre des mains :

— Dis donc! C'est le tome trois.

Longin le lui arracha :

— Qu'est-ce que ça peut foutre? C'est pour me fixer l'attention.

Il ouvrit le livre au hasard et fit semblant de lire, pour mieux en prendre possession. La formalité accomplie, il releva la tête.

— Le capitaine a brûlé les lettres de sa femme, dit-il.

Il le regardait, les sourcils hauts, l'air simple, mimant par avance des yeux et des lèvres l'étonnement qu'il comptait provoquer. Pinette sortit de sa rêverie boudeuse et se tourna vers lui avec intérêt :

— Sans blague?

— Oui. Et ses photos aussi il les a brûlées, je l'ai vue dans les flammes. Elle est gironde.

— Sans blague!

— Puisque je te le dis.

— Qu'est-ce qu'il disait?

— Il ne disait rien. Il les regardait brûler.

— Et les autres?

— Ils ne disaient rien non plus. Il y a Ullrich qui a sortir des lettres de son portefeuille et qui les a jetées au feu.

— Drôle d'idée, murmura Mathieu.

Pinette se tourna vers lui :

— Tu ne brûleras pas les photos de ta souris ?

— J'ai pas de souris.

— Ah ! C'est pour ça.

— Tu as brûlé celles de ta femme, toi ? demanda Mathieu.

— J'attends que les Fridolins soient en vue.

Ils se turent ; Longin s'était mis à lire pour de bon. Mathieu lui jeta un coup d'œil d'envie et se leva. Charlot mit la main sur l'épaule de Pinette.

— La revanche ?

— Si tu veux.

— A quoi jouez-vous ? demanda Mathieu.

— Au morpion.

— Ça peut se jouer à trois ?

— Non.

Pinette et Charlot s'assirent à califourchon sur le banc ; le sergent Pierné, qui écrivait sur ses genoux, se poussa un peu pour leur faire place.

— Tu écris tes mémoires ?

— Non, dit Pierné, je fais de la physique.

Ils se mirent à jouer. Couché sur le dos, les bras en croix, Nippert dormait ; avec un gargouillis d'évier l'air du ciel se vidait dans sa bouche ouverte. Schwartz s'était assis à l'écart et rêvait. Personne ne parlait, la France était morte. Mathieu bâilla, il regarda les documents secrets s'évanouir en fumée dans le ciel, il regarda la grasse terre noire entre les légumes et sa tête se vida : il était mort ; cet après-midi blanc et mort, c'était une tombe.

Lubéron entra dans le jardin. Il mangeait, ses cils palpitaient sous ses gros yeux d'albinos, ses oreilles remuaient en même temps que ses mâchoires.

— Qu'est-ce que tu manges ? demanda Charlot.

— Un bout de pain.

— Où l'as-tu pris ?

Il désigna le dehors sans répondre et continua de

82

mâcher. Charlot se tut brusquement et le considéra avec une sorte d'effroi : le sergent Pierné, le crayon levé, la tête renversée, le regardait aussi. Lubéron mâchait toujours sans hâte : Mathieu remarqua son air important et comprit qu'il apportait des nouvelles ; alors il eut peur comme les autres et fit un pas en arrière. Lubéron acheva paisiblement de déguster et s'essuya les mains à sa culotte. « Ce n'était pas du pain », pensa Mathieu. Schwartz se rapprocha et ils attendirent en silence.

— Eh ben, ça y est! dit Lubéron.
— Quoi ? Quoi ? demanda Pierné brutalement. Qu'est-ce qui y est ?
— Ça y est.
— Le...
— Oui.

Un éclair d'acier, puis le silence ; la molle viande bleue de cette journée avait reçu l'éternité comme un coup de faux. Pas un bruit, pas un souffle d'air, le temps s'était figé, la guerre s'était retirée : tout à l'heure ils étaient en elle, à l'abri, ils pouvaient croire encore aux miracles, à la France immortelle, à l'aide américaine, à la défense élastique, à l'entrée en guerre de la Russie ; à présent la guerre était derrière eux, close, parfaite, perdue. Les derniers espoirs de Mathieu devinrent des souvenirs d'espoir.

Longin se reprit le premier. Il avança ses longues mains comme pour tâter précautionneusement la nouvelle. Il demanda avec timidité :

— Alors... il est signé ?
— Depuis ce matin.

Pendant neuf mois, Pierné avait souhaité la paix. La paix à tout prix. A présent il était là, pâle et suant ; le saisissement l'avait rendu furieux.

— Comment le sais-tu ? cria-t-il.
— C'est Guiccioli qui vient de me le dire.
— Comment le sait-il ?
— Radio. Ils ont pris l'écoute tout à l'heure.

Il avait pris la voix patiente et neutre d'un speaker ;
il s'amusait à faire l'inexorable.

— Mais le canon ?

— Le cessez-le-feu est à minuit.

Charlot était rouge aussi, mais ses yeux pétillaient :

— Sans blague !

Pierné se leva. Il demanda :

— Il y a des détails ?

— Non, dit Lubéron.

Charlot se racla la gorge :

— Et nous ?

— Quoi, nous ?

— Quand est-ce qu'on va rentrer chez nous ?

— Je te dis qu'il n'y a pas de détails.

Ils se taisaient. Pinette donna un coup de pied à un
caillou qui roula au milieu des carottes.

— L'armistice ! dit-il rageusement. L'armistice !

Pierné hocha la tête ; sa paupière gauche s'était mise
à battre dans son visage cendreux comme un volet par
un jour de vent.

— Les conditions seront dures, dit-il avec un ricanement satisfait.

Ils se mirent tous à ricaner.

— Tu parles ! dit Longin. Tu parles !

Schwartz ricanait aussi ; Charlot se tourna vers lui
et le regarda avec surprise. Schwartz cessa de rire et
rougit violemment. Charlot le regardait toujours : on
aurait dit qu'il le voyait pour la première fois.

— Te voilà Fritz, à cette heure, lui dit-il doucement.

Schwartz fit un geste violent et vague, tourna les
talons et quitta le jardin ; Mathieu se sentit écrasé de
fatigue. Il se laissa tomber sur le banc.

— Ce qu'il fait chaud, dit-il.

On nous regarde. De plus en plus dense, la foule les
regardait avaler cette pilule historique, elle vieillissait
et s'éloignait à reculons, en chuchotant : « Les vaincus
de 40, les soldats de la défaite, c'est à cause d'eux que
nous sommes dans les chaînes. » Ils restaient là, inchan-

gés sous ces regards changeants, jugés, jaugés, expliqués, accusés, excusés, condamnés, emprisonnés dans cette journée ineffaçable, ensevelis dans le bourdonnement des mouches et du canon, dans l'odeur de verdure chauffée, dans l'air qui tremblait au-dessus des carottes, coupables à l'infini, aux yeux de leurs fils, de leurs petits-fils et de leurs arrière-petits-enfants, les vaincus de 40 pour toujours. Il bâilla, les millions d'hommes le virent bâiller : « Il bâille, c'est du propre, un vaincu de 40 qui a le culot de bâiller! » Mathieu coupa net ce bâillement innombrable, il pensa : nous ne sommes pas seuls.

Il regarda ses camarades, son regard périssable rencontra sur eux le regard éternel et médusant de l'histoire : pour la première fois la grandeur était descendue sur leurs têtes : ils *étaient* les soldats fabuleux d'une guerre perdue. Statufiés! Mon Dieu, j'ai lu, j'ai bâillé, j'agitais le grelot de mes problèmes, je ne me décidais pas à choisir et pour de vrai j'avais déjà choisi, j'avais choisi cette guerre, cette défaite et j'étais attendu au cœur de cette journée. Tout est à refaire, il n'y a plus rien à faire : les deux pensées entrèrent l'une dans l'autre et s'abolirent ensemble ; resta la calme surface du Néant.

Charlot secoua les épaules et la tête ; il se mit à rire et le temps recommença à couler. Charlot riait, il riait contre l'Histoire, il se défendait par le rire contre la pétrification, il la regardait avec malice, il disait :

— On a bonne mine, les gars. Pour ça, on a bonne mine.

Ils se tournèrent vers lui, interdits et puis Lubéron prit le parti de rire. Il plissait le nez d'un air peineux et le rire lui sortait par les narines :

— Tu peux le dire! Comment qu'ils nous ont eus!

— C'est la dérouillée, dit Charlot avec une sorte d'ivresse, c'est la déculottée, la fessée!

Longin rit à son tour :

— Les soldats de 40 ou les rois du sprint! dit-il.

— Les géants de la route.

— Champions olympiques de course à pied.

— Vous en faites pas, dit Lubéron : on sera bien reçus quand on va rentrer ; on va nous voter des félicitations!

Longin eut un râle heureux :

— Y viendront nous chercher à la gare. Avec l'orphéon et les sociétés de gymnastique.

— Et moi qui suis juif, dis donc! dit Charlot riant aux larmes. Vous vous rendez compte, les antisémites de mon quartier!

Mathieu se laissa gagner par ce rire désagréable, il y eut un moment atroce : on l'avait jeté, tremblant de fièvre, dans des draps glacés ; puis son éternité de statue se cassa, vola en éclats de rire. Ils riaient, ils refusaient les obligations de la grandeur au nom de la canaille, faut pas s'en faire pourvu qu'on ait la santé, le boire et le manger, j'emmerde la moitié du monde et je chie sur l'autre moitié, ils refusaient les consolations de la grandeur par austère lucidité, ils se refusaient même le droit de souffrir ; *tragiques :* même pas, *historiques :* même pas, nous sommes des cabotins, nous ne valons pas une larme ; *prédestinés :* même pas, le monde est un hasard. Ils riaient, ils se cognaient aux murs de l'Absurde et du Destin qui se les renvoyaient ; ils riaient pour se punir, pour se purifier, pour se venger : inhumains, trop humains, au-delà et en deçà du désespoir : des hommes. Un moment encore les bouches ouvrirent vers l'azur le reproche de leurs plaies noires ; Nippert ronflait toujours, sa bouche bée, elle aussi, était un grief. Puis le rire s'alourdit, se traîna, s'arrêta après quelques secousses : la cérémonie était terminée, l'armistice consacré ; ils étaient officiellement *après*. Le temps coulait doucement, tisane attiédie par le soleil : il fallait se remettre à vivre.

— Et voilà! dit Charlot.

— Voilà! dit Mathieu.

Lubéron sortit furtivement une main de sa poche,

l'appliqua contre ses lèvres et se mit à mâcher ; sa bouche sautait au-dessous de ses yeux de lapin.

— Voilà, dit-il. Voilà, voilà.

Pierné prit un air tatillon et vainqueur :

— Qu'est-ce que je vous avais dit ?

— Qu'est-ce que tu nous avais dit ?

— Ne faites pas les idiots. Delarue, tu te rappelles ce que j'ai dit après la Finlande ? Et après Narvik, tu te rappelles ? Tu me traitais d'oiseau de malheur et comme tu as plus de facilité que moi, tu m'embrouillais toujours.

Il avait rosi : derrière ses lunettes ses yeux pétillaient de rancune et de gloire.

— Il ne fallait pas la faire, cette guerre ; j'ai toujours dit qu'il ne fallait pas la faire : nous n'en serions pas là.

— Ça serait pire, dit Pinette.

— Ça ne pourrait pas être pire : rien n'est pire que la guerre.

Il se frottait les mains avec onction et son visage brillait d'innocence : il se frottait les mains, il se lavait les mains de cette guerre, il ne l'avait pas faite, il ne l'avait pas même vécue ; il avait boudé dix mois, refusant de voir, de parler, de sentir, protestant contre les ordres par le zèle maniaque qu'il mettait à les exécuter, distrait, nerveux, guindé dans une absence de l'âme. A présent il était payé de sa peine. Il avait les mains pures et ses prédictions s'étaient accomplies : les vaincus, c'étaient les *autres*, les Pinette, les Lubéron, les Delarue, les autres. Pas lui. Les lèvres de Pinette se mirent à trembler.

— Alors ? demanda-t-il d'une voix entrecoupée. Tout va bien ? Tu es content ?

— Content ?

— Tu l'as eue, ta défaite !

— *Ma* défaite ? Dis donc, elle est à toi autant qu'à moi.

— Tu l'espérais : elle est à toi. Nous qu'on l'espérait pas, on ne voudrait pas t'en priver.

Pierné eut un sourire d'incompris :

— Qui est-ce qui t'a dit que je l'espérais? demanda-t-il patiemment.

— Toi, pas plus tard que tout de suite.

— J'ai dit que je l'avais prévue. La prévoir et l'espérer, ça fait deux, non?

Pinette le regardait sans répondre, tout son visage s'était tassé, ses lèvres avançaient comme un mufle; il roulait de gros beaux yeux mystifiés. Pierné poursuivit son avantage :

— Et pourquoi l'aurais-je espérée? Tu peux me le dire? Je suis de la cinquième colonne, peut-être?

— Tu es pacifiste, répondit Pinette péniblement.

— Et alors?

— Ça revient au même.

Pierné haussa les épaules en écartant les mains avec accablement. Charlot courut à Pinette et lui mit son bras autour du cou.

— Ne vous disputez donc pas, dit-il avec bonté. A quoi ça sert, de se disputer? On a perdu, c'est la faute de personne, personne a rien à se reprocher. On a eu du malheur, c'est tout.

Longin eut un sourire de politique :

— Est-ce que c'est un malheur?

— Si! dit Charlot d'une voix conciliante, faut être juste : pour un malheur, c'est un malheur. Et même un grand malheur. Mais qu'est-ce que tu veux, moi, je me dis : chacun son tour. La dernière fois c'est nous qu'on a gagné, ce coup-ci c'est eux, le coup prochain ce sera nous.

— Il n'y aura pas de prochain coup, dit Longin.

Il leva le doigt et ajouta, d'un air paradoxal :

— Nous avons fait la der des der, voilà la vérité. Vainqueurs ou vaincus, c'est du pareil au même : les petits gars de 40 ont réussi ce que leurs papas avaient manqué. Finies les nations, finie la guerre. Aujourd'hui, on est à genoux; demain ce sera les Anglais : les Boches prennent tout, mettent de l'ordre partout et en avant pour les États-Unis d'Europe.

— Les États-Unis de mon cul, dit Pinette. On sera les larbins d'Hitler.

— Hitler? Qu'est-ce que c'est que ça, Hitler? demanda Longin superbement. Naturellement qu'il en fallait un. Comment veux-tu que les pays s'entendent, si tu les laisses libres? Ils sont comme des personnes, chacun tire de son côté. Mais qui est-ce qui causera de ton Hitler, dans cent ans? Il sera bien crevé, va, et le nazisme avec.

— Espèce de con! cria Pinette. Qui c'est qui va les vivre, ces cent ans?

Longin parut scandalisé :

— Faut pas penser comme ça, petite tête : faut voir un petit peu plus loin que le bout de son nez; faut songer à l'Europe d'après-demain.

— Et c'est-il l'Europe d'après-demain qui me donnera ma bouffe?

Longin leva une main pacifiante et la balança dans le soleil :

— Bah! dit-il. Bah! Bah! les démerdards s'en tireront toujours.

La main épiscopale s'abaissa, caressa les cheveux frisés de Charlot :

— C'est pas ton avis?

— Moi, dit Charlot, je sors pas de là : puisqu'on devait le signer, cet armistice, c'est bien que ça se soit fait tout de suite : il y aura moins de morts et puis les Fritz n'auront pas eu le temps de se foutre en colère.

Mathieu le regardait avec stupeur. Tous! Tous! Ils se défilaient : Schwartz muait, Nippert se cramponnait au sommeil, Pinette à la colère, Pierné à l'innocence ; terré dans l'instant, Lubéron bouffait, bouchait tous ses trous avec de la bouffe ; Longin avait quitté le siècle. Chacun d'eux, hâtivement, s'était composé l'attitude qui lui permettait de vivre. Il se redressa brusquement et dit d'une voix forte :

— Vous me dégoûtez.

Ils le considérèrent sans surprise, avec de pauvres sourires : il était plus étonné qu'eux ; la phrase résonnait encore à son oreille et il se demandait comment il avait pu la prononcer. Il hésita un instant entre la confusion et la colère, puis prit le parti de la colère : il leur tourna le dos, poussa le portillon et traversa la route. Elle était éblouissante et déserte ; Mathieu sauta dans les ronces qui griffèrent ses molletières et dévala la pente du petit bois, jusqu'au ruisseau. « Merde », dit-il à haute voix. Il regarda le ruisseau et répéta : « Merde! Merde! » sans savoir pourquoi. A cent mètres de lui, nu jusqu'à la ceinture, zébré de soleil, un soldat lavait son linge, il est là, il sifflote, il pétrit cette farine humide, il a perdu la guerre et il ne le sait pas. Mathieu s'assit ; il avait honte : qui m'a donné le droit d'être si sévère ? Ils viennent d'apprendre qu'ils sont foutus, ils se débrouillent comme ils peuvent parce qu'ils n'ont pas l'habitude. Moi, j'ai l'habitude et je n'en vaux pas mieux pour ça. Et après tout, moi aussi, j'ai choisi la fuite. Et la colère. Il entendit un craquement léger et Pinette vint s'asseoir au bord de l'eau. Il sourit à Mathieu, Mathieu lui sourit et ils restèrent un long moment sans se parler.

— Vise le gars là-bas, dit Pinette. Il est dans l'ignorance.

Le soldat, courbé sur l'eau, lavait son linge avec une obstination périmée ; un avion anachronique ronronnait au-dessus d'eux. Le soldat leva la tête et regarda le ciel à travers les feuillages avec une appréhension qui les fit rire : toute cette petite scène avait le pittoresque des reconstitutions historiques.

— On lui dit ?

— Oh! ça va, dit Mathieu, laisse pisser.

Ils se turent. Mathieu plongea sa main dans l'eau et remua les doigts. Sa main était pâle et argentée, avec un halo bleu de ciel autour d'elle. Des bulles montèrent à la surface. Une brindille, emportée par un tourbillon local, vint se coller en tournoyant contre son poignet, rebondit, se cogna encore. Mathieu retira sa main.

— Il fait chaud, dit-il.

— Oui, dit Pinette. Ça donne envie de dormir.

— Tu as envie de dormir?

— Non, mais je vais essayer tout de même.

Il s'étendit sur le dos, les mains nouées derrière la nuque et ferma les yeux. Mathieu plongea une branche morte dans le ruisseau et l'agita. Au bout d'un moment, Pinette rouvrit les yeux.

— Merde!

Il se redressa et se mit à fourrager des deux mains dans ses cheveux.

— Je ne peux pas dormir.

— Pourquoi?

— Je râle.

— Il n'y a pas de mal à ça, dit Mathieu. C'est sain.

— Quand je râle, dit Pinette, faut que je cogne; sans ça, j'étouffe.

Il regarda Mathieu avec curiosité :

— Tu ne râles pas toi?

— Si.

Pinette se pencha sur ses souliers et entreprit de les délacer :

— J'aurai même pas tiré un coup de fusil, dit-il avec amertume.

Il ôta ses chaussettes, il avait de petits pieds enfantins et tendres, rayés par des traînées de crasse.

— Je vais prendre un bain de pieds.

Il trempa son pied droit dans l'eau, le prit dans sa main et commença à le frotter. La crasse s'en allait par boulettes. Brusquement il regarda Mathieu par en dessous.

— Ils vont nous ramasser, hein?

Mathieu fit un signe de tête.

— Et nous emmener chez eux?

— Probable.

Pinette se frotta le pied avec rage :

— Sans cet armistice, ils ne m'auraient pas eu si facilement.

— Qu'est-ce que tu aurais fait?

— J'aurais fait de la casse.

— Petit taureau! dit Mathieu.

Ils se sourirent, mais Pinette s'assombrit tout à coup et ses yeux devinrent défiants :

— Tu as dit qu'on te dégoûtait.

— Je n'ai pas dit ça pour toi.

— Tu l'as dit pour tout le monde.

Mathieu souriait toujours.

— C'est sur moi que tu veux cogner?

Pinette baissa la tête sans répondre.

— Cogne, dit Mathieu. Moi je cognerai aussi. Peut-être que ça nous calmera.

— J'oserais pas te faire mal, dit Pinette avec humeur.

— Tant pis.

Le pied gauche de Pinette ruisselait d'eau et de soleil. Ils le regardèrent tous les deux et Pinette remua les orteils.

— Ils sont marrants, tes pieds, dit Mathieu.

— Ils sont tout petits, hein? Je peux prendre une boîte d'allumettes et l'ouvrir.

— Avec tes doigts de pieds?

— Je veux.

Il souriait ; mais la rage le secoua tout à coup et il s'empoigna la cheville avec brutalité.

— J'aurai même pas descendu un Fritz! Ils vont s'amener et ils n'auront qu'à me cueillir.

— Eh ben oui, dit Mathieu.

— C'est pas juste.

— Ça n'est ni juste ni injuste : c'est comme ça.

— C'est pas juste : on paie pour les autres, pour les gars de l'armée Corap et pour Gamelin.

— Si nous avions été dans l'armée Corap, nous aurions fait comme les copains.

— Parle pour toi.

Il ouvrit les bras, respira fortement, serra les poings en gonflant la poitrine et regarda Mathieu avec morgue :

92

— Est-ce que j'ai une gueule à foutre le camp devant l'ennemi ?

Mathieu lui sourit :

— Non.

Pinette fit saillir les longs biceps de ses bras blonds et jouit un moment, pour lui seul, de sa jeunesse, de sa force, de son courage. Il souriait, mais ses yeux restaient orageux et ses sourcils bas.

— Je me serais fait tuer sur place.

— On dit ça.

Pinette sourit et mourut : une balle lui traversa le cœur. Mort et triomphant, il se tourna vers Mathieu. La statue de Pinette, mort pour la patrie, répéta :

— Je me serais fait tuer.

Et puis de nouveau la colère et la vie réchauffèrent ce corps pétrifié.

— Je ne suis pas coupable ; j'ai fait tout ce qu'on m'a dit de faire. C'est pas ma faute, s'ils n'ont pas su m'employer.

Mathieu le regardait avec une sorte de tendresse ; Pinette était transparent au soleil, la vie montait, descendait, tournoyait si vite dans l'arbre bleu de ses veines, il devait se sentir si maigre, si sain, si léger : comment aurait-il pu croire à la maladie indolore qui avait commencé de le ronger, qui courberait son jeune corps tout neuf sur les champs de pommes de terre silésiens ou sur les autostrades de Poméranie, qui le gonflerait de fatigue, de tristesse et de pesanteur. La défaite, ça s'apprend.

— Je ne demandais rien à personne, dit Pinette. Je faisais tranquillement mon boulot ; les Fritz, j'étais pas contre : j'en avais pas vu la queue d'un ; le Nazisme, le Fascisme, je savais même pas ce que c'était ; et Dantzig, alors, tu permets : la première fois que j'ai vu ce patelin sur une carte, j'étais déjà mobilisé. Bon : là-dessus, il y a Daladier qui déclare la guerre et Gamelin qui la perd. Qu'est-ce que je fais là-dedans, moi ? Où est ma faute ? Tu crois peut-être qu'ils m'ont consulté ?

Mathieu haussa les épaules :

— Voilà quinze ans qu'on la voit venir. Il fallait s'y prendre à temps pour l'éviter ou pour la gagner.

— Je ne suis pas député.

— Tu votais.

— Évidemment, dit Pinette sans assurance.

— Pour qui ?

Pinette resta silencieux.

— Tu vois bien, dit Mathieu.

— Il a fallu que je fasse mon service militaire, dit Pinette avec humeur. Et puis je suis tombé malade : il n'y a qu'une seule fois où j'aurais pu voter.

— Et cette fois-là, tu l'as fait ?

Pinette ne répondit pas. Mathieu sourit :

— Moi non plus, je ne votais pas, dit-il doucement.

Le soldat tordait ses chemises, en amont. Il les enveloppa dans une serviette rouge et remonta sur la route en sifflotant.

— Tu reconnais l'air qu'il siffle ?

— Non, dit Mathieu.

— Nous ferons sécher notre linge sur la ligne Siegfried.

Ils rirent. Pinette semblait un peu détendu.

— J'ai travaillé dur, dit-il. Et j'ai pas toujours mangé à ma faim. Ensuite j'ai trouvé cette place à la T. C. R. P. et j'ai épousé ma femme : fallait que je la nourrisse, non ? Elle est de bonne famille, tu sais. Même qu'au début ça n'allait pas tout seul entre nous. Après, ajouta-t-il vivement, ça s'est tassé, mais c'est pour te dire : on ne peut pas s'occuper de tout à la fois.

— Ben non ! dit Mathieu.

— Qu'est-ce que je pouvais faire d'autre ?

— Rien.

— J'avais pas le temps de m'occuper de politique. Je rentrais chez moi, crevé, et puis il y avait les disputes, et puis si t'es marié, c'est pour baiser ta femme tous les soirs, non ?

— Je suppose.

— Alors ?

— Alors rien. C'est comme ça qu'on perd une guerre.

Pinette eut un nouveau sursaut de fureur.

— Tu me fais marrer ! Même que je me serais occupé de politique : même que je n'aurais fait que ça, qu'est-ce que ça aurait changé ?

— Tu aurais fait ton possible.

— Tu l'as fait, toi ?

— Non.

— Et si tu l'avais fait, tu pourrais te dire que c'est pas toi qui as perdu ta guerre ?

— Non.

— Alors ?

Mathieu ne répondit pas, il entendit le chantonnement tremblant d'un moustique et agita la main à la hauteur de son front. Le chantonnement cessa. « Cette guerre, moi aussi, au début, je croyais que c'était une maladie. Quelle connerie ! C'est moi, c'est Pinette, c'est Longin. Pour chacun de nous, c'est lui-même ; elle est faite à notre image et l'on a la guerre qu'on mérite. » Pinette renifla longuement sans quitter Mathieu du regard ; Mathieu lui trouva l'air bête et une marée de colère lui déferla dans la bouche et dans les yeux : « Assez ! assez ! J'en ai marre d'être le type qui voit clair ! » Le moustique vibrait autour de son front, dérisoire couronne de gloire. « Si je m'étais battu, si j'avais appuyé sur la gâchette, un type serait tombé quelque part... » Il leva brusquement la main et s'envoya une bonne claque contre la tempe ; il baissa les doigts et vit sur son index une minuscule dentelle sanglante, un type qui saignerait sa vie sur les cailloux, une claque sur la tempe, une pression de l'index sur la détente, les verres multicolores du kaléidoscope s'arrêteraient net, le sang dentellerait les herbes du sentier, j'en ai marre ! j'en ai marre ! S'enfoncer dans un acte inconnu comme dans une forêt. Un acte. Un acte qui engage et qu'on ne comprend jamais tout à fait. Il dit passionnément :

— S'il y avait *quelque chose* à faire...

Pinette le regarda avec intérêt :

— Quoi ?

Mathieu haussa les épaules.

— Il n'y a rien, dit-il. Rien pour le moment.

Pinette enfilait ses chaussettes ; ses pâles sourcils se fronçaient en haut de son front. Il demanda brusquement :

— Je t'ai montré ma femme ?

— Non, dit Mathieu.

Pinette se redressa, fouilla dans la poche de sa veste et sortit une photo de son portefeuille. Mathieu vit une assez belle femme à l'air dur, avec une ombre de moustache aux coins des lèvres. En travers de la photo elle avait écrit : « Denise à sa poupée, 12 janvier 1939. » Pinette rosit :

— C'est comme ça qu'elle m'appelle. Je ne peux pas l'en déshabituer.

— Il faut bien qu'elle te donne un nom.

— C'est parce qu'elle a cinq ans de plus que moi, dit Pinette avec dignité.

Mathieu lui rendit la photo.

— Elle est bien.

— Au lit, dit Pinette, elle est formidable. Tu ne peux même pas t'imaginer.

Il était devenu encore plus rouge. Il ajouta d'un air perplexe :

— Elle est d'une bonne famille.

— Tu me l'as déjà dit.

— Ah ? dit Pinette étonné. Je te l'ai déjà dit ? Je t'ai dit que son père était professeur de dessin ?

— Oui.

Pinette remit soigneusement la photo dans son portefeuille.

— Ça me fait chier.

— Qu'est-ce qui te fait chier ?

— Ça la fout mal de rentrer comme ça.

Il avait croisé les mains sur ses genoux.

— Bah! dit Mathieu.

— Son père est un héros de 14, dit Pinette. Trois citations, la croix de guerre. Il en cause tout le temps.

— Et alors?

— Eh bien, ça la fout mal de rentrer comme ça.

— Pauvre petite tête, dit Mathieu. Tu ne rentreras pas de sitôt.

La colère de Pinette était tombée. Il hocha la tête tristement.

— J'aime autant ça, dit-il. J'ai pas envie de rentrer.

— Pauvre petite tête, répéta Mathieu.

— Elle m'aime, dit Pinette, mais c'est un caractère difficile : elle s'en croit. Il y a sa mère aussi, qui se pousse du col. Une souris, faut que ça te respecte, non? Sans ça, c'est le diable à la maison.

Il se releva tout d'un coup :

— J'en ai marre d'être ici. Tu viens?

— Où ça? dit Mathieu.

— Je ne sais pas. Avec les autres.

— Si tu veux, dit Mathieu sans enthousiasme.

Il se leva à son tour, ils remontèrent sur la route.

— Tiens, dit Pinette, voilà Guiccioli.

Guiccioli, les jambes écartées, une main en visière au-dessus des sourcils, les regardait en rigolant.

— Elle est bien bonne! dit-il.

— Quoi?

— Elle est bien bonne. Vous avez marché comme des tambours.

— Mais quoi?

— L'armistice, dit Guicciloi, qui riait toujours.

Pinette s'illumina.

— C'était de la colle?

— Un peu! dit Guiccioli. Il y a Lequier qui est venu nous faire chier : il voulait des nouvelles, on lui en a donné.

— Alors, dit Pinette avec entrain, pas d'armistice?

— Pas plus d'armistice que de beurre aux fesses.

Mathieu regarda Pinette du coin de l'œil :

— Qu'est-ce que ça change ?

— Ça change tout, dit Pinette. Tu verras ! Tu verras ce que ça change.

4 heures.

Personne sur le boulevard Saint-Germain ; rue Danton personne. Les rideaux de fer n'étaient même pas baissés, les vitrines étincelaient : simplement ils avaient ôté le loquet de la porte en s'en allant. C'était dimanche. Depuis trois jours c'était dimanche ; il n'y avait plus à Paris qu'une seule journée pour toute la semaine. Un dimanche tout fait, quelconque, à peine un peu plus raide qu'à l'ordinaire, un peu plus chimique, trop silencieux, déjà plein de croupissures secrètes. Daniel s'approcha d'un grand magasin, lainages et tissus ; les pelotons multicolores disposés en pyramides étaient en train de jaunir, ils sentaient le vieux ; dans la boutique voisine, les layettes et les blouses se fanaient ; une poussière farineuse s'accumulait sur les rayons. De longues traînées blanches salissaient les glaces. Daniel pensa : « Les vitres pleurent. » Derrière les vitres, c'était la fête : les mouches bourdonnaient par millions. Dimanche. Quand ils reviendraient, les Parisiens trouveraient un dimanche pourri affalé sur leur ville morte. S'ils reviennent ! Daniel donna libre cours à cette formidable envie de rire qu'il promenait à travers les rues depuis le matin. S'ils reviennent !

La petite place Saint-André-des-Arts, inerte, s'abandonnait au soleil ; il faisait nuit noire en pleine lumière. Le soleil, c'était un artifice : un éclair de magnésium qui cachait la nuit, qui allait s'éteindre dans un vingtième de seconde, et qui ne s'éteignait pas. Il colla son front à la grande glace de la Brasserie Alsacienne, j'y ai déjeuné, avec Mathieu : c'était en février pendant sa permission, ça grouillait de héros et d'anges. Il finit par distinguer dans la pénombre des taches hésitantes, des champignons de cave : c'étaient des nappes de papier. Où sont les héros ? Où sont les anges ? Deux chaises de fer étaient restées sur la terrasse ; Daniel en prit une par le dossier, la porta sur le bord du trottoir et s'assit en rentier sous le ciel militaire, dans cette chaleur blanche qui foisonnait de souvenirs d'enfance. Il sentait dans son dos la pression magnétique du silence, il regardait le pont désert, les boîtes des quais cadenassées, l'horloge sans aiguille. « Ils auraient dû taper un peu sur tout ça, pensa-t-il. Quelques bombes, pour nous faire voir. » Une silhouette glissa le long de la préfecture de police, de l'autre côté de la Seine, comme emportée par un trottoir roulant. Paris n'était pas vide à proprement parler : il se peuplait de petites déroutes-minutes qui jaillissaient dans tous les sens et se résorbaient aussitôt sous cette lumière d'éternité. « La ville est creuse », pensa Daniel. Il sentait sous ses pieds les galeries du métro, derrière lui, devant lui, au-dessus de lui des falaises trouées : entre ciel et terre des milliers de salons Louis-Philippe, de salles à manger Empire et de cosy-corners craquaient à l'abandon, c'était à mourir de rire. Il se retourna brusquement : quelqu'un a cogné à la vitre. Daniel regarda longtemps la grande glace, mais ne vit que son propre reflet. Il se leva, la gorge serrée par une drôle d'angoisse, mais pas trop mécontent : c'était amusant d'avoir des peurs nocturnes en plein jour. Il s'approcha de la fontaine Saint-Michel et regarda le dragon verdi. Il pensait : « Tout est permis. » Il pouvait baisser son pantalon sous le regard vitreux de toutes ces fenêtres noires, déchausser un pavé et le balancer dans la glace de la Brasserie, il pouvait crier : « Vive l'Allemagne », il n'arriverait rien. Tout au plus, au sixième étage de quelque immeuble, une face effarée se collerait au carreau, mais c'était sans conséquence, ils n'avaient plus la force de s'indigner : l'homme de bien, là-haut, se tournerait vers sa femme et lui dirait sur un ton purement objectif : « Il y a un type, sur la place, qui vient d'ôter sa culotte », et elle lui répondrait, du fond de la chambre : « Ne te mets donc pas à la fenêtre, on ne sait pas ce qui peut arriver. » Daniel bâilla. Casser la glace ? Bah ! On verrait tellement mieux quand ils commenceraient le pillage. « J'espère bien, pensa-t-il, qu'ils mettront tout à feu et à sang. » Il bâilla encore : il sentait en lui une liberté immense et vaine. Par instants, sa joie lui tournait le cœur.

Comme il s'éloignait, une caravane débouchait de la rue de la Huchette. « Ils se déplacent en convois, à présent. » C'était le dixième qu'il rencontrait depuis le matin. Daniel compta neuf personnes : deux vieilles qui portaient des cabas, deux fillettes, trois hommes durs et noueux, avec des moustaches ; derrière eux venaient deux jeunes femmes, l'une belle et pâle, l'autre superbement enceinte et qui gardait sur ses lèvres une manière de sourire. Ils marchaient lentement : personne ne parlait. Daniel toussa et ils se tournèrent vers lui, tous ensemble : il n'y avait ni sympathie ni blâme dans leurs yeux, rien d'autre qu'un étonnement incrédule. L'une des deux fillettes se pencha vers l'autre sans cesser de regarder Daniel, elle murmura quelques mots et toutes deux rirent d'un air émerveillé : Daniel se sentait aussi insolite qu'un chamois fixant sur des alpinistes son lent regard vierge. Ils passèrent fantastiques et périmés, noyés dans leur solitude, Daniel traversa la chaussée pour aller s'accouder à l'entrée du pont Saint-Michel sur le parapet de pierre. La Seine étincelait ; très loin, au nord-ouest, une fumée s'élevait au-dessus des maisons. Tout à coup, le spectacle lui parut insupportable, il se détourna, revint sur ses pas et se mit à remonter le boulevard.

La caravane s'était évanouie. Le silence et le vide à perte de vue : un gouffre horizontal. Daniel était las : les rues ne menaient nulle part ; sans les hommes, elles se ressemblaient toutes. Le boulevard Saint-Michel, hier longue coulée d'or vers le sud, c'était cette baleine

100

crevée, le ventre en l'air. Daniel fit sonner ses pas sur ce gros ventre creux et ballonné, il se força à frissonner de jouissance, il dit à voix haute : « Je détestais Paris. » En vain : plus rien de vivant sauf la verdure, sauf les grands bras verts des marronniers ; il avait l'impression fade et doucereuse de marcher dans un sous-bois. Déjà l'aile immonde de l'ennui le frôlait quand, par bonheur, il aperçut une affiche blanche et rouge, collée à une palissade. Il s'approcha et lut : « Nous vaincrons parce que nous sommes les plus forts », écarta les bras et sourit avec délices, délivré : ils courent, ils courent, ils n'ont pas fini de courir. Il avait levé la tête et tourné son sourire vers le ciel, il respirait largement : un procès en cours depuis vingt ans, des espions jusque sous son lit ; chaque passant, c'était un témoin à charge ou un juge ou les deux ; tout ce qu'il disait pouvait être retenu contre lui. Et puis, d'un seul coup, la débandade. Ils courent, les témoins, les juges, les hommes de bien, ils courent sous le soleil et l'azur pond des avions sur leurs têtes. Les murailles de Paris criaient encore leur orgueil et leurs mérites : nous sommes les plus forts, les plus vertueux, les croisés de la démocratie, les défenseurs de la Pologne, de la dignité humaine et de l'hétérosexualité, la route du fer restera barrée, nous ferons sécher notre linge sur la ligne Siegfried. Sur les murs de Paris les affiches claironnaient encore tout un petit chant de gloire refroidi. Mais eux, *eux*, ils couraient, fous de peur, ils s'aplatissaient dans les fossés, ils demandaient pardon. Pardon dans l'honneur, bien entendu, tout est perdu fors l'honneur, prenez tout dans l'honneur : voilà mon cul, bottez-le dans l'honneur, prenez tout dans l'honneur, je vous lécherai le vôtre si vous me laissez la vie. Ils courent, ils rampent. Moi, le Coupable, je règne sur leur ville.

Il marchait les yeux baissés, il jouissait, il entendait les autos glisser tout près de lui sur la chaussée, il pensait : « Marcelle torche son môme à Dax, Mathieu doit être prisonnier. Brunet s'est probablement fait tuer, tous mes témoins sont morts ou distraits ; je me suis récupéré... » Tout à coup, il se dit : « *Quelles* autos ? », il releva brusquement la tête, son cœur se mit à battre jusque dans ses tempes et il *les* vit. Ils étaient debout, purs et graves, par quinze ou par vingt sur de longues autos camouflées qui roulaient lentement vers la Seine, ils glissaient emportés tout droits et debout, ils l'effleuraient de leur regard inexpressif et d'autres venaient après eux, d'autres anges tout pareils et qui le regardaient pareillement. Daniel entendit au loin une musique militaire, il lui sembla que le ciel se remplissait d'étendards et il dut s'appuyer à un marronnier. *Seul* dans cette longue avenue, seul Français, seul civil, et toute l'armée ennemie le regardait. Il n'avait pas peur, il s'abandonnait avec confiance à ces milliers d'yeux, il pensait : « Nos vainqueurs! » et il était enveloppé de délices. Il leur rendit hardiment leur regard, il se gorgea de ces cheveux blonds, de ces visages hâlés où les yeux semblaient des lacs de glacier, de ces tailles étroites, de ces cuisses incroyablement longues et musculeuses. Il murmura : « Comme ils sont beaux! » Il ne touchait plus terre : ils l'avaient enlevé dans leurs bras, ils le serraient contre leurs poitrines et leurs ventres plats. Quelque chose dégringola du ciel : c'était l'antique loi. Effondrée la société des juges, effacée la sentence ; en déroute les affreux petits soldats kaki, champions des droits de l'homme et du citoyen. « Quelle liberté! » pensa-t-il, et ses yeux se mouillaient. Il était seul survivant du désastre. Seul *homme* en face de ces anges de haine et de colère, de ces anges exterminateurs dont les regards lui rendaient une enfance. « Voilà les nouveaux juges, pensa-t-il, voilà la nouvelle loi! » Comme elles paraissaient dérisoires, au-dessus de leur tête, les merveilles du ciel doux, l'innocence des petits cumulus : c'était la victoire du mépris, de la violence et de la mauvaise foi, c'était la victoire de la Terre. Un char passa, majestueux et lent, couvert de feuillage, il ronronnait à peine. Un tout jeune homme à l'arrière, sa veste jetée

sur ses épaules, les manches de sa chemise roulées au-
dessus du coude, croisait ses beaux bras nus. Daniel lui
sourit, le jeune homme le regarda longtemps, d'un air
dur, ses yeux étincelaient, puis, tout à coup, pendant
que le char s'éloignait, il se mit à sourire. Il fouilla rapidement dans la poche de son pantalon et jeta un petit
objet que Daniel attrapa au vol : c'était un paquet de
cigarettes anglaises. Daniel serrait le paquet si fort qu'il
sentait les cigarettes éclater sous ses doigts. Il souriait
toujours. Un trouble insupportable et délicieux lui
remonta des cuisses jusqu'aux tempes ; il n'y voyait
plus très clair, il répétait en haletant un peu : « Comme
dans du beurre — ils entrent dans Paris comme dans
du beurre. » D'autres visages passèrent devant son regard
embué, d'autres encore et d'autres, toujours aussi
beaux ; ils vont nous faire du Mal, c'est le Règne du Mal
qui commence, délices! Il aurait voulu être une femme
pour leur jeter des fleurs.

Envol criard, merde, merde, maniez-vous le train, la
rue se vida, un bruit de casseroles la remplit à ras bords,
un éclair d'acier laboura le ciel, ils passent entre les
maisons, Charlot collé contre Mathieu lui cria dans
l'ombre de la grange : ils volent en rase-mottes. Les
mouettes avides et indolentes tournèrent un peu au-
dessus du village, cherchant leur pâture, puis s'en
allèrent en traînant après elles leur casserole qui rebon-
dissait de toit en toit, des têtes se montrèrent prudemment, des types sortirent de la grange, des maisons,
d'autres sautèrent par les fenêtres, ça grouillait, c'était
la foire. Silence. Ils étaient tous là en silence, une centaine, génie, radio, poste de sondage, téléphonistes,
secrétaires, observateurs, tous sauf les chauffeurs qui
attendaient depuis la veille au volant de leurs voitures ;
ils prirent place — pour *quel* spectacle ? — ils s'assirent
au milieu de la chaussée, en tailleurs, parce que la route
était morte et que les autos ne passaient plus, ils s'assirent sur le bord du trottoir, sur l'entablement des
fenêtres et d'autres restaient debout, adossés aux façades

des maisons. Mathieu s'était assis sur un petit banc, devant l'épicerie ; Charlot et Pierné le rejoignirent. Personne ne parlait, ils étaient là pour être ensemble et pour se regarder ; ils se voyaient comme ils étaient : la grande foire, la foule, beaucoup trop calme, avec cent faces grises ; la rue se calcinait de soleil, se tordait sous le ciel éventré, brûlait les talons et les fesses, ils se laissaient brûler ; le général logeait chez le médecin : la troisième fenêtre du premier étage, c'était son œil, mais ils se foutaient du général : ils se regardaient et ils se faisaient peur. Ils souffraient d'un départ rentré, personne n'en parlait, mais il cognait à grands coups dans les poitrines, on le sentait dans les bras, dans les cuisses, douloureux comme une courbature, c'était une toupie qui tournait dans les cœurs. Un type soupira, comme un chien qui rêve ; il dit en rêve : « A l'Intendance il y a des boîtes de singe. » Mathieu pensa : « Oui, mais ils ont fait garder la porte par les gendarmes » et Guiccioli répondit : « Eh! pochetée, ils ont mis les gendarmes à garder la porte. » Un type rêva à son tour d'une voix blanche et endormie : « C'est comme le boulanger, il en a, du pain, je te le dis, j'ai vu les miches, mais il a barricadé sa boutique. » Mathieu continua le rêve, mais sans parler, il vit un tournedos et sa bouche s'emplit de salive ; Grimaud se souleva un peu, montra les rangées de volets clos et dit : « En douce qu'est-ce qu'ils ont dans ce bled ? Hier ils nous faisaient la causette, à présent ils se cachent. » Les maisons, la veille, bâillaient comme des huîtres, à présent elles s'étaient refermées ; au-dedans, des hommes et des femmes faisaient les morts, suaient dans l'ombre et les haïssaient ; Nippert dit : « C'est pas parce qu'on est vaincus qu'on est des pestiférés. » L'estomac de Charlot chanta, Mathieu dit : « Ton estomac chante. » Et Charlot répondit : « Il ne chante pas, il crie. » Une balle de caoutchouc tomba au milieu d'eux, Latex l'attrapa au vol, une petite fille de cinq à six ans apparut, et le regarda timidement. « C'est ta balle ? » demanda Latex. « Viens la chercher. » Tout le monde la regardait, Mathieu avait envie de la prendre sur ses genoux ; Latex essayait d'adoucir sa grosse voix : « Allons, viens! viens! viens sur mes genoux. » Des chuchotements fusèrent un peu partout : viens! viens! viens! La petite ne bougeait pas ; Viens, mon poulet, Viens, viens, ma cocotte, viens! « Bon Dieu, dit Latex, on fait peur aux mômes, à cette heure. » Les types riaient, ils lui dirent : « C'est toi qui lui fais peur, avec ta gueule! » Mathieu riait, Latex répétait d'une voix chantante : « Viens, ma crotte! » Tout d'un coup, pris de rage, il cria : « Si tu ne viens pas, je la garde. » Il éleva la balle au-dessus de sa tête pour la lui montrer, fit mine de l'empocher, la petite hurla, tout le monde se leva, tout le monde se mit à crier : « Rends-la-lui ; salaud, tu fais pleurer un enfant, non, non, mets-la dans ta poche, fous-la sur le toit. » Mathieu, debout, gesticulait, Guiccioli, les yeux brillants de rage, l'écarta, alla se planter devant Latex : « Rends-la-lui, nom de Dieu, on n'est pas des sauvages! » Mathieu frappa du pied enivré de colère ; Latex se calma le premier, il baissa les yeux et dit : « Vous fâchez pas! on va la lui rendre. » Il lança la balle, maladroitement, elle vint frapper un mur, rebondit, la petite se jeta dessus et s'enfuit. Le calme. Tout le monde se rassit, Mathieu se rassit, triste et apaisé ; il pensait : « On n'est pas des pestiférés. » Rien d'autre : rien d'autre que les pensées de tout le monde. Par moments il n'était qu'un vide anxieux et à d'autres moments, il devenait tout le monde, son angoisse se calmait, les pensées de tout le monde sourdaient en lourdes gouttes dans sa tête et roulaient hors de sa bouche, on n'est pas des pestiférés. Latex étendit les mains et les considéra tristement : « J'en ai six, moi qui vous cause, mon aîné a sept ans et j'ai jamais levé la main sur eux. »

Ils s'étaient rassis, pestiférés, affamés, ternis, sous le ciel habité, contre ces grandes maisons aveugles qui suaient la haine. Ils se taisaient : elles n'avaient qu'à se taire, les abjectes vermines qui souillaient cette belle journée de juin. Patience! L'exterminateur viendra, on passera toutes les rues au Flytox. Longin montra les volets et dit : « Ils attendent que les Fritz viennent les débarrasser de nous. » Nippert dit : « Avec les Fritz, tu peux parier qu'ils seront plus aimables. » Et Guiccioli : « Dame! A tant faire que d'être occupés, vaut mieux que ce soit par des vainqueurs. C'est plus gai et puis le commerce marche. Nous autres, on est des porte-malheur. » « Six enfants, dit Latex, l'aîné a sept ans. Jamais je leur ai fait peur. » Et Grimaud dit : « On est détestés. »

Un bruit de pas fit lever toutes les têtes, mais elles se baissèrent aussitôt et le commandant Prat traversa la rue entre des crânes. Personne ne le salua ; il s'arrêta devant la maison du médecin, les têtes se redressèrent et les regards se fixèrent sur ses épaules rembourrées pendant qu'il soulevait le heurtoir de fer et frappait trois fois. La porte s'entrebâilla et il se glissa dans la maison par l'étroite ouverture ; de cinq heures quarante-cinq à cinq heures cinquante-six, un à un, tous les officiers d'état-major passèrent, raides et gênés entre les soldats silencieux : les têtes se couchaient sur leur passage et, tout de suite après, se relevaient. Payen dit : « Il y a la fête chez le général. » Charlot se tourna vers Mathieu et dit : « Qu'est-ce qu'ils peuvent bien fabriquer ? » Mathieu répondit : « Ta gueule. » Charlot le regarda et se tut. Depuis le passage des officiers, les types étaient plus gris, plus ternes, plus tassés ; Pierné regardait Mathieu avec une surprise inquiète : c'est sa propre pâleur qu'il surprend sur mes joues.

On entendit chanter, Mathieu sursauta, le chant se rapprocha :

Tant qu'il y aura de la merde dans le pot,
ça puera dans la chambre.

Une trentaine de gaillards tournèrent le coin de la rue, soûls, sans fusils ni veste ni calot ; ils dévalaient

la rue à grands pas, ils chantaient, ils avaient l'air irrité
et joyeux ; leurs faces étaient rouges de soleil et de vin.
Quand ils aperçurent cette larve grise qui remuait doucement à ras du sol et poussait vers eux ses têtes mul-
tiples, ils s'arrêtèrent net et cessèrent de chanter. Un
gros barbu fit un pas en avant ; il était nu jusqu'à la
ceinture et noir, avec des muscles en boule et une chaînette d'or autour du cou. Il demanda :

— C'est-il que vous êtes morts ?

Personne ne répondit ; il détourna la tête et cracha ; il
avait de la peine à garder son équilibre.

Charlot les regarda d'un air myope, en clignant des
yeux. Il demanda :

— Vous n'êtes pas de chez nous ?

— Et ça, c'est-il de chez nous ? demanda le barbu en
se tapant sur le sexe. Sacré nom de Dieu non, on n'est
pas de chez vous, ça me ferait mal.

— D'où venez-vous ?

Il eut un geste vague :

— De là-haut.

— Il y a eu de la casse, là-haut ?

— Merde alors ! Non, il n'y a pas eu de casse, à part
que notre pitaine s'est tiré quand ça s'est mis à sentir
mauvais et que nous, on a fait pareil, mais pas du même
côté, pour pas le rencontrer.

Derrière le barbu, les types rigolèrent et deux grands
gaillards se mirent à chanter avec défi :

> *Traîne tes couilles par terre*
> *Prends ta pine à la main, mon copain*
> *Nous partons en guerre*
> *A la chasse aux putains.*

Toutes les têtes se tournèrent vers l'œil du général ;
Charlot agita la main d'un air effrayé :

— Taisez-vous.

Les chanteurs se turent ; ils restaient là, bouche bée,
oscillants ; ils avaient l'air éreintés, tout à coup.

— Nos officemars sont là, expliqua Charlot, en montrant la maison.

— Je chie sur vos officemars, dit le barbu d'une voix forte. — Sa chaîne d'or étincelait au soleil ; il abaissa son regard vers les types assis sur la chaussée et ajouta : Et s'ils vous emmerdent, les gars, vous avez qu'à venir avec nous, comme ça ils vous emmerderont plus.

— Avec nous ! scandaient les autres derrière lui. Avec nous ! Avec nous ! Avec nous !

Il y eut un silence. Le regard du barbu s'était arrêté sur Mathieu. Mathieu détourna les yeux.

— Alors ? Qui c'est qui vient ? Une fois, deux fois, trois fois.

Personne ne bougea. Le barbu conclut avec mépris :

— C'est pas des hommes, c'est des enculés. Amenez-vous, les gars, je veux pas moisir ici : ils me feraient dégueuler.

Ils se remirent en marche ; les types s'écartaient pour les laisser passer. Mathieu ramena ses pieds sous le banc.

Traîne tes couilles par terre.

Les types regardaient l'œil du général : des visages s'étaient collés aux carreaux, mais les officiers ne se montrèrent pas.

Nous partons en guerre...

Ils disparurent : personne ne souffla mot : le chant finit par se perdre. Alors seulement, Mathieu respira.

— D'abord, dit Nippert sans regarder ses camarades, ça n'est même pas prouvé qu'on ne part pas. Et d'une !

— Si, dit Longin. C'est prouvé.

— Qu'est-ce qui est prouvé ?

— C'est prouvé qu'on ne part pas.

— Pourquoi ?

— Plus d'essence.

— Il en reste pour les officiers, toujours, dit Guiccioli. Les réservoirs sont pleins.

— C'est nos camions qui n'ont plus d'essence.

Guiccioli eut un rire sec :

— Naturellement.

— Je vous dis qu'on est trahis! cria Longin en enflant sa voix grêle. Trahis, livrés aux Allemands, trahis!

— Lâche-nous, dit Ménard avec lassitude.

— Lâche-nous, répéta Mathieu, lâche-nous!

— Et puis merde, quoi! dit un téléphoniste. Parlez pas tout le temps de départ, on verra bien. C'est casse-cul à la fin.

Mathieu les imaginait, marchant et chantant sur la route, cueillant des fleurs, peut-être. Il avait honte, mais c'était la grosse honte commune. Il ne trouvait pas ça tellement désagréable.

— Enculés, dit Latex. Il nous a traités d'enculés, ce moutard. Nous qu'on est père de famille. Et t'as visé la chaîne qu'il porte au cou? Petite lope, va! Tu peux parler.

— Écoutez! dit Charlot, Écoutez!

On entendit un ronflement d'avion, une voix lasse murmura :

— Planquez-vous, les gars. Ils remettent ça.

— C'est la dixième fois depuis ce matin, dit Nippert.

— Tu as compté? moi, je compte même plus.

Ils se levèrent sans hâte, se plaquèrent contre la porte, entrèrent dans les couloirs. Un avion rasa les toits, le bruit décrut, ils ressortirent, scrutant le ciel, et se rassirent.

— C'était un chasseur, dit Mathieu.

— Pet! Pet! dit Lubéron.

On entendit au loin le claquement sec d'une mitrailleuse.

— D. C. A.?

— D. C. A., mon cul! C'est l'avion qui tire, oui! Ils se regardèrent.

— Fait pas bon se promener sur les routes au jour d'aujourd'hui, dit Grimaud.

Ils ne répondirent pas, mais les yeux brillaient et un

petit sourire de coin se promenait sur les bouches. Un moment plus tard, Longin dit simplement :

— Ils n'auront pas été loin.

Guiccioli se leva, mit les mains dans ses poches et plia trois fois les genoux, pour se dégourdir ; il leva vers le ciel une face vide avec un pli mauvais autour de la bouche.

— Où vas-tu ?

— Faire un tour.

— Où ?

— Par là. Je vais voir ce qui leur est arrivé.

— Prends garde aux macaronis !

— As pas peur.

Il s'éloigna paresseusement. Tout le monde avait envie de l'accompagner, mais Mathieu n'osa pas se lever, il y eut un long silence ; les visages avaient repris des couleurs et se tournaient les uns vers les autres avec animation.

— Ça serait trop beau si on pouvait faire sa petite promenade sur les routes comme en temps de paix.

— Qu'est-ce qu'ils croyaient ? Qu'ils iraient à pinces jusqu'à Paname ? Il y a des gars qui ne doutent de rien.

— Si c'était faisable, nous ne les aurions pas attendus pour le faire.

Ils se turent, nerveux et tendus ; ils attendaient ; un grand type maigre, adossé au rideau de fer de l'épicerie, tremblait des mains. Au bout d'un moment, Guiccioli revint du même pas nonchalant.

— Eh bien ? cria Mathieu.

Guiccioli haussa les épaules : les types s'étaient soulevés sur les mains et tournaient sur lui des yeux étincelants.

— Ratatinés, dit-il.

— Tous ?

— Comment veux-tu que je le sache ? J'ai pas compté.

Il était blême, des renvois silencieux lui gonflaient les lèvres.

— Où étaient-ils? Sur la route?

— Merde! Si vous êtes curieux, vous avez qu'à y aller.

Il se rassit ; à son cou une chaînette d'or se mit à briller : il y porta la main, la tourna entre ses doigts, puis la lâcha brusquement. Il dit, comme à regret :

— J'ai prévenu les brancardiers.

Pauvres types! La chaînette brillait, fascinait. Quelqu'un dirait-il « Pauvres types »? C'était sur toutes les lèvres ; quelqu'un aurait-il l'hypocrisie de dire : pauvres types? Serait-ce même une hypocrisie? La chaînette d'or étincelait sur le cou brun ; la cruauté, l'horreur, la pitié, la rancune tournaient en rond, c'était atroce et confortable ; nous sommes le rêve d'une vermine, nos pensées s'épaississent, deviennent de moins en moins humaines ; des pensées velues, pattues courent partout, sautent d'une tête à l'autre : la vermine va se réveiller.

— Delarue, nom de Dieu! Tu es sourd?

Delarue, c'est moi. Il se retourna brusquement ; Pinette lui souriait de loin : *il voit Delarue.*

— Hé!

— Viens!

Il frissonna, soudain seul et nu, un homme. *Moi.* Il fit un geste pour chasser Pinette, mais déjà le groupe s'était reformé contre lui ; les yeux de vermine l'exilaient, ils le regardaient avec une gravité étonnée comme s'ils ne l'avaient jamais vu, comme s'ils le voyaient à travers des profondeurs de vase. Je ne vaux pas mieux qu'eux, je n'ai pas le droit de les trahir.

— Viens donc.

Delarue se leva. L'inénarrable Delarue, le scrupuleux Delarue, le professeur Delarue s'en fut à pas lents retrouver Pinette. Derrière lui le marécage, la bête aux deux cents pattes. Derrière lui, deux cents yeux : il avait peur dans son dos. Et de nouveau, l'angoisse. Elle commença prudemment, comme une caresse et puis elle s'installa, modeste et familière, au creux de son estomac. Ce n'était rien : tout juste du vide. Du vide en lui et

autour de lui. Il se promenait dans un gaz raréfié. Le
brav' soldat Delarue souleva son calot, le brav' Delarue
se passa la main dans les cheveux, le brav' soldat Delarue tourna vers Pinette un sourire éreinté :

— Qu'est-ce qu'il y a, petite tête ? demanda Delarue.
— Tu t'amuses avec eux ?
— Non.
— Pourquoi restes-tu ?
— On est pareils, dit Mathieu.
— Qui ça, pareils ?
— Eux et nous.
— Alors ?
— Alors, c'est mieux de rester ensemble
Les yeux de Pinette flambèrent :
— Je ne suis pas pareil qu'eux! dit-il en rejetant la
tête en arrière.
Mathieu se tut. Pinette dit :
— Amène-toi.
— Où ?
— A la poste.
— A la poste ? Il y a une poste ?
— Je veux. Il y a une recette auxiliaire en bas du
village.
— Et qu'est-ce que tu veux y faire, à la poste ?
— T'en fais pas.
— Elle est sûrement fermée.
— Pour moi elle sera ouverte, dit Pinette.
Il passa son bras sous celui de Mathieu et l'entraîna.
— J'ai trouvé une petite, ajouta-t-il.
Ses yeux brillaient d'une gaieté fiévreuse, il souriait
d'un air distingué :
— Je veux te la présenter.
— Pour quoi faire ?
Pinette le regarda sévèrement :
— Tu es mon pote, pas ?
— Bien sûr, dit Mathieu. — Il demanda : C'est la pos-
tière, ta petite ?
— C'est la demoiselle des postes, oui.

— Je croyais que tu ne voulais pas d'histoires de femme?

Pinette eut un rire forcé :

— Puisqu'on se bat pas, faut bien passer le temps.

Mathieu se tourna vers lui et lui trouva l'air fat.

— Tu ne te ressembles plus, mon petit gars. C'est l'amour qui te transforme?

— Hé, hé! dit Pinette, hé! hé! J'aurais pu tomber plus mal. Tu verrais ses roberts : aux pommes. Et instruite : pour la géographie ou le calcul tu pourrais toujours t'aligner.

— Et ta femme? demanda Mathieu.

Pinette changea de visage :

— Au cul! dit-il brutalement.

Ils étaient arrivés devant une maisonnette à un étage, les volets étaient clos, on avait ôté le loquet de la porte. Pinette frappa trois fois :

— C'est moi, cria-t-il.

Il se tourna vers Mathieu en souriant :

— Elle a peur qu'on ne la viole.

Mathieu entendit un bruit de clef :

— Entrez vite, dit une voix de femme.

Ils plongèrent dans une odeur d'encre, de colle et de papier. Une longue banque surmontée d'un grillage divisait la pièce en deux. Au fond, Mathieu distingua une porte ouverte. La femme recula jusqu'à cette porte et la tira sur elle ; on l'entendit tourner un verrou. Ils demeurèrent quelques instants dans l'étroit couloir réservé au public, puis la postière réapparut derrière son guichet, à l'abri. Pinette se pencha et appuya son front au grillage.

— Vous nous mettez en pénitence? Ce n'est pas gentil.

— Ah! dit-elle, il faut être sage.

Elle avait une belle voix, chaude et sombre. Mathieu vit briller ses yeux noirs.

— Alors, dit Pinette, on a peur de nous!

Elle rit :

— On n'a pas peur, mais on n'a pas confiance non plus.

— C'est à cause de mon ami ? Mais justement il est comme vous, il est fonctionnaire : vous êtes en pays de connaissance, ça devrait vous rassurer.

Il parlait d'une voix élégante en souriant finement.

— Allons, dit-il, passez au moins un doigt par la grille. Juste un doigt.

Elle passa un long doigt maigre à travers le grillage et Pinette lui déposa un baiser sur l'ongle.

— Cessez, dit-elle, ou je le retire.

— Ce ne serait pas poli, dit-il. Il faut que mon ami vous serre le doigt.

Il se tourna vers Mathieu.

— Permets-moi de te présenter mademoiselle qui-ne-veut-pas-dire-son-nom. C'est une courageuse petite Française : elle pouvait se faire évacuer, mais elle n'a pas voulu quitter son poste en cas qu'on aurait eu besoin d'elle.

Il remuait les épaules et souriait : il n'arrêtait pas de sourire. Sa voix était molle et chantante, avec un léger accent anglais.

— Bonjour, mademoiselle, dit Mathieu.

Elle agita le doigt à travers la grille et il le serra entre les siens.

— Vous êtes fonctionnaire ? demanda-t-elle.

— Je suis professeur.

— Et moi postière.

— Je vois bien.

Il avait chaud et s'ennuyait ; il pensait aux visages gris et lents qu'il avait laissés derrière lui.

— C'est mademoiselle, dit Pinette, qui a la responsabilité de toutes les lettres d'amour du village.

— Oh! vous savez, dit-elle d'un air modeste, les lettres d'amour, ici...

— Eh bien, moi, dit Pinette, si j'habitais dans votre bled, j'enverrais des lettres d'amour à toutes les filles d'ici pour qu'elles passent par vos mains. Vous seriez la postière de l'amour.

Il riait avec un peu d'égarement :

— La postière de l'amour! la postière de l'amour!

— Ça serait du propre, dit-elle. Ça doublerait mon travail.

Il y eut un long silence. Pinette avait gardé son sourire nonchalant, mais il avait l'air tendu et son regard furetait partout. Un porte-plume était attaché par une ficelle au grillage ; Pinette le prit, le trempa dans l'encre et traça quelques mots sur un formulaire de mandat-carte.

— Voilà, dit-il en lui tendant le mandat.

— Qu'est-ce que c'est? demanda-t-elle sans le prendre.

— Mais prenez-le donc! Vous êtes postière : faites votre métier.

Elle finit par le prendre et lut :

— Payez mille baisers à mademoiselle Sans-Nom... Ah! dit-elle, partagée entre la colère et le fou rire, voilà qu'il m'a gâché un mandat-carte!

Mathieu en avait plein le dos.

— Eh bien, dit-il, je vous laisse.

Pinette parut déconcerté.

— Tu ne restes pas?

— Il faut que je retourne là-bas.

— Je te raccompagne, dit Pinette précipitamment. Si! si! je te raccompagne.

Il se tourna vers la postière.

— Je reviens dans cinq minutes : vous me rouvrirez la porte?

— Oh! qu'il est assommant, gémit-elle. Tout le temps à entrer et à sortir. Décidez-vous, à la fin!

— Bon, bon! Je reste. Mais vous vous rappellerez : c'est vous qui m'avez demandé de rester.

— Je n'ai rien demandé du tout.

— Si!

— Non!

— Oh! merde! dit Mathieu entre ses dents.

Il se tourna vers la petite :

— Au revoir, mademoiselle.

— Au revoir, dit la postière assez froidement.

Mathieu sortit et marcha, la tête vide. La nuit tombait ; les soldats étaient assis comme il les avait laissés. Il passa au milieu d'eux et des voix montèrent du sol :

— Quelles nouvelles ?

— Il n'y a pas de nouvelles, dit Mathieu.

Il regagna son banc et s'assit entre Charlot et Pierné. Il demanda :

— Les officiers sont toujours chez le général ?

— Toujours.

Mathieu bâilla ; il regardait tristement les types noyés dans l'ombre ; il murmura : « *Nous.* » Mais ça ne prenait plus : il était seul. Il renversa la tête en arrière et regarda les premières étoiles. Le ciel était doux comme une femme ; tout l'amour de la terre était remonté au ciel. Mathieu cligna des yeux :

— Une étoile filante, les gars. Faites un vœu.

Lubéron péta :

— Le voilà, mon vœu, dit-il.

Mathieu bâilla de nouveau.

— Bon, dit-il, eh bien, je vais me plumer. Tu viens, Charlot ?

— Je me tâte : des fois qu'on partirait cette nuit, j'aime mieux être prêt.

Mathieu rit grossièrement :

— Tête de con ! dit-il.

— Ça va, ça va ! dit Charlot précipitamment. Je viens.

Mathieu rentra dans la grange et se jeta tout habillé dans le foin. Il mourait de sommeil : il avait toujours sommeil quand il était malheureux. Une boule rouge se mit à tourner, des visages de femmes se penchèrent au balcon et se mirent à tourner aussi. Mathieu rêvait qu'il était le ciel ; il se penchait au balcon et regardait la terre. La terre était verte avec un ventre blanc, elle faisait des bonds de puce. Mathieu pensa : il ne faut pas qu'elle me touche. Mais elle leva cinq doigts énormes et saisit Mathieu par l'épaule.

116

— Lève-toi! Vite!

— Quelle heure est-il? demanda Mathieu. Il sentait un souffle chaud sur son visage.

— Dix heures vingt, dit la voix de Guiccioli. Lève-toi en douce, va jusqu'à la porte et regarde sans te montrer.

Mathieu s'assit et bâilla.

— Qu'est-ce qu'il y a?

— Les autos des officiers attendent sur la route à cent mètres d'ici.

— Alors?

— Fais ce que je te dis, tu verras.

Guiccioli disparut; Mathieu se frotta les yeux. Il appela à voix basse:

— Charlot! Charlot! Longin! Longin!

Pas de réponse. Il se leva et marcha en titubant de sommeil jusqu'à la porte. Elle était grande ouverte. Un homme se cachait dans l'ombre.

— Qui est là?

— C'est moi, dit Pinette.

— Je te croyais en train de baiser.

— Elle fait des manières; je ne l'aurai pas avant demain. Bon Dieu, soupira-t-il, j'ai les lèvres qui me font mal à force d'avoir souri.

— Où est Pierné?

Pinette désigna un porche sombre, de l'autre côté de la rue.

— Là-bas, avec Longin et Charlot.

— Qu'est-ce qu'on fait ici?

— Sais pas.

Ils attendirent en silence. La nuit était froide et claire, sous la lune. En face d'eux, sous le porche un paquet d'ombres remuait vaguement. Mathieu tourna la tête vers la maison du médecin: l'œil du général était clos, mais une lumière pâle fusait sous la porte. *Moi, je suis là.* Le Temps s'effondra, avec son grand avenir-épouvantail. Il ne resta qu'une vacillante petite durée locale. Il n'y avait plus ni Paix ni Guerre, ni

France ni Allemagne : tout juste cette lueur pâle sous une porte qui allait peut-être s'ouvrir. S'ouvrira-t-elle ? Rien d'autre ne comptait, Mathieu n'avait plus rien à lui que cet avenir minuscule. S'ouvrira-t-elle ? Une joie aventureuse illumina son cœur flétri. S'ouvrira-t-elle ? C'était important : il lui semblait que la porte, en s'ouvrant fournirait enfin une réponse à toutes les questions qu'il s'était posées durant sa vie. Mathieu sentit qu'un frisson de joie allait naître au creux de ses reins ; il eut honte, il se dit avec application : nous avons perdu la guerre. A l'instant, le Temps lui fut restitué, la petite perle d'avenir se dilua dans un avenir immense et sinistre. Le Passé, le Futur à perte de vue, depuis les Pharaons jusqu'aux États-Unis d'Europe. Sa joie s'éteignit, la lumière s'éteignit sous la porte, la porte grinça, tourna lentement, s'ouvrit sur des ténèbres ; l'ombre palpita sous le porche, la rue craqua comme une forêt, puis retomba dans le silence. Trop tard : il n'y a pas d'aventure.

Au bout d'un moment, des silhouettes apparurent sur le perron ; l'un après l'autre, les officiers descendirent les marches ; les premiers descendus s'arrêtèrent au milieu de la chaussée pour attendre les autres et la rue se métamorphosa : 1912, une rue de garnison sous la neige, il était tard, la fête de nuit chez le général avait pris fin ; beaux comme des images, les lieutenants Sautin et Cadine se tenaient par le bras ; le commandant Prat avait posé la main sur l'épaule du capitaine Mauron, ils se cambraient, souriaient, posaient obligeamment sous le magnésium de la lune, encore une, la dernière, je prends le groupe entier, c'est fini. Le commandant Prat virevolta sur les talons, regarda le ciel et leva deux doigts en l'air, comme pour bénir le village. Le général sortit à son tour, un colonel ferma doucement la porte derrière lui : l'état-major divisionnaire était au complet, une vingtaine d'officiers, c'était un soir de neige, au ciel pur, on avait dansé jusqu'à minuit, le plus beau souvenir de garnison. La petite troupe se mit en marche à pas de loup. Au premier étage une fenêtre s'était ouverte sans bruit ; une forme blanche se penchait au-dehors et les regardait partir.

— Sans blague! murmura Pinette.

Ils marchaient tranquillement, avec une douce solennité ; sur leurs visages de statue, ruisselants de lune, il y avait tant de solitude et tant de silence que c'était un sacrilège de les regarder ; Mathieu se sentait coupable et purifié.

— Sans blague! Sans blague!

Le capitaine Mauron hésita. Avait-il entendu? Son grand corps gracieux et voûté oscilla un peu et se tourna vers la grange ; Mathieu voyait ses yeux briller. Pinette grogna et fit un mouvement pour se jeter au-dehors. Mais Mathieu lui attrapa le poignet et le saisit fortement. Un moment encore, le capitaine fouilla du regard les ténèbres puis il se détourna et bâilla avec indifférence en se tapotant les lèvres du bout de ses doigts gantés. Le général passa, Mathieu ne l'avait jamais vu de si près. C'était un gros homme imposant, au visage schisteux, qui s'appuyait lourdement au bras du colonel. Les ordonnances suivaient, portant les cantines, un groupe chuchotant et rieur de sous-lieutenants fermait la marche.

— Des officiers! dit Pinette à voix presque haute. « Plutôt des dieux », pensa Mathieu. Des dieux qui regagnent l'Olympe après un court séjour sur la terre. Le cortège olympien s'enfonça dans la nuit ; une lampe électrique fit un rond dansant sur la route et s'éteignit. Pinette se tourna vers Mathieu ; la lune éclairait son joli visage désespéré.

— Des officiers!

— Eh oui.

Les lèvres de Pinette se mirent à trembler ; Mathieu avait peur qu'il n'éclatât en sanglots.

— Allons! Allons! dit Mathieu. Allons, petite tête, remets-toi.

— Il faut le voir pour le croire, dit Pinette. C'est le monde renversé.

Il agrippa la main de Mathieu et la serra, comme s'il conservait un dernier espoir :

— Peut-être que les chauffeurs refuseront de partir ?

Mathieu haussa les épaules : déjà les moteurs s'étaient mis à ronfler, ça faisait un agréable chant de cigale, très loin, au fond de la nuit. Au bout d'un moment, les autos démarrèrent et le bruit des moteurs se perdit. Pinette se croisa les bras :

— Des officiers! Pour le coup, je commence à croire que la France est foutue.

Mathieu se détourna : des ombres se détachaient par grappes de la muraille, des soldats sortaient silencieusement des ruelles, des portes cochères, des granges. De vrais soldats, des deuxième classe, fagotés, mal bâtis, qui glissaient contre l'obscure blancheur des façades ; en un instant la rue fut pleine. Ils avaient des visages si tristes que le cœur de Mathieu se serra.

— Viens, dit-il à Pinette.

— Où ça ?

— Dehors avec les copains.

— Oh! merde! dit Pinette, je me plume : j'ai pas le cœur à causer.

Mathieu hésita : il avait sommeil et des élancements violents lui trouaient le crâne ; il aurait aimé dormir et ne plus penser à rien. Mais ils avaient l'air triste et il voyait leurs dos qui moutonnaient sous la lune et il se sentait un des leurs.

— Moi, j'ai envie de causer, dit-il. Bonsoir.

Il traversa la rue et il s'engloutit dans la foule. La lumière crayeuse de la lune éclairait des faces pétrifiées, personne ne parlait. Tout à coup, on perçut distinctement le bruit des moteurs.

— Ils reviennent! dit Charlot. Ils reviennent!

— Mais non, couillon! Ils ont pris la route départementale.

Ils écoutèrent tout de même, avec un vague espoir.

Le ronflement décrut et s'évanouit. Latex soupira :

— C'est fini.

— Enfin seuls! dit Grimaud.

Personne ne rit. Quelqu'un demanda d'une voix basse et anxieuse :

— Qu'est-ce que nous allons devenir?

Il n'y eut aucune réponse; les types se foutaient de ce qu'ils allaient devenir ; ils avaient un autre souci, une peine obscure qu'ils désespéraient d'exprimer. Lubéron bâilla ; il dit, après un long silence :

— Ça n'avance à rien de veiller. Au dodo, les gars, au dodo!

Charlot fit un grand geste découragé :

— Bon! dit-il, je vais me coucher : mais c'est de misère.

Les types se regardaient avec inquiétude : ils n'avaient aucune envie de se séparer, aucune raison de rester ensemble. Tout à coup une voix s'éleva, une voix amère :

— Ils ne nous ont jamais aimés.

Celui-là parlait pour tout le monde, tout le monde se mit à parler :

— Non! Non, non! Ça, tu peux le dire, t'as raison, t'es dans le vrai. Ils ne nous ont jamais aimés, jamais, jamais, jamais! L'ennemi pour eux, c'était pas les Fritz, c'était nous autres ; on a fait toute la guerre ensemble et ils nous ont plaqués.

A présent, Mathieu répétait avec les autres :

— Ils ne nous ont jamais aimés! jamais!

— Quand je les ai vus passer, dit Charlot, j'étais tellement déçu que j'ai failli tomber raide.

Un bruissement inquiet couvrit sa voix : ce n'était déjà plus tout à fait ce qu'il fallait dire. A présent il fallait vider l'abcès, on ne pouvait plus s'arrêter, il fallait dire : personne ne nous aime. Personne ne nous aime : les civils nous reprochent de n'avoir pas su les défendre et nos femmes ne sont pas fières de nous, nos officiers nous ont laissés tomber, les villageois nous haïssent et les Fritz s'avancent dans la nuit. Il fallait dire : nous sommes les boucs émissaires, les vaincus, les lâches, la vermine, la lie de la terre, nous avons perdu la guerre, nous sommes laids, nous sommes coupables et personne, personne, et personne au monde ne nous aime. Mathieu n'osa pas, mais Latex dit derrière lui, sur un ton objectif :

— On est des parias.

Des voix fusèrent un peu partout ; elles répétaient durement, sans pitié :

— Des parias!

Les voix se turent. Mathieu regardait Longin, sans raison particulière, comme ça, parce qu'il lui faisait face et Longin le regardait. Charlot et Latex se regardaient ; tout le monde se regardait, tout le monde avait l'air d'attendre comme s'il restait quelque chose à dire. Il ne restait rien à dire, mais tout à coup Longin sourit à Mathieu et Mathieu lui rendit son sourire ; Charlot sourit, Latex sourit ; sur toutes les bouches la lune fit éclore des fleurs pâles.

Lundi, 17 juin.

— Viens, dit Pinette. Allez, viens!

— Non.

— Allez, allez! viens donc.

Il regardait Mathieu d'un air implorant et charmeur.

— Ne fais pas chier l'homme, dit Mathieu.

Ils étaient tous deux sous les arbres, au milieu de la place, l'église en face d'eux, la mairie à droite. Devant la mairie, assis sur la première marche du perron, Charlot rêvait. Il avait un livre sur les genoux. Des soldats se promenaient à pas lents, seuls ou par petits groupes : ils ne savaient que faire de leur liberté. Mathieu avait la tête lourde et douloureuse comme s'il avait bu.

— Tu as l'air de mauvais poil, dit Pinette.

— Je suis de mauvais poil, dit Mathieu.

Il y avait eu cette épuisante ivresse d'amitié : les types flambaient sous la lune et ça valait la peine de vivre. Et puis les torches s'étaient éteintes ; ils étaient allés se coucher parce qu'ils n'avaient rien d'autre à faire et parce qu'ils n'avaient pas encore l'habitude de s'aimer. A présent, c'était un lendemain de fête, on avait envie de se tuer.

— Quelle heure est-il ? demanda Pinette.

— Cinq heures dix.

— Merde ! Je suis déjà en retard.

— Eh bien, magne-toi, vas-y.

— Je ne veux pas y aller seul.

— Tu as peur qu'elle te bouffe ?

— C'est pas ça, dit Pinette. C'est pas ça...

Nippert passa près d'eux sans les voir, les yeux en dedans, recueilli.

— Emmène Nippert, dit Mathieu.

— Nippert ? T'es pas fou ?

Ils suivirent des yeux Nippert, intrigués par son air aveugle et son pas dansant.

— Qu'est-ce que tu paries qu'il entre à l'église ? demanda Pinette.

Il attendit un moment puis se claqua la cuisse :

— Il y entre, il y entre ! J'ai gagné.

Nippert avait disparu ; Pinette se tourna vers Mathieu et le considéra d'un air perplexe :

— Paraît qu'ils sont plus de cinquante là-dedans, depuis ce matin. De temps en temps il y en a un qui sort pour pisser et il rentre tout de suite après. Qu'est-ce que tu crois qu'ils fabriquent ?

Mathieu ne répondit pas. Pinette se gratta le crâne :

— J'ai envie d'y jeter un coup d'œil.

— Tu es déjà en retard pour ton rancart, dit Mathieu.

— Merde pour le rancart, dit Pinette.

Il s'éloigna nonchalamment ; Mathieu s'approcha d'un marronnier. Un gros paquet lâché sur la route ; voilà ce qui restait de l'état-major divisionnaire ; il y en avait comme ça dans tous les villages ; les Fritz les ramasse-

raient en passant. « Qu'est-ce qu'ils attendent, bon Dieu ?
Qu'ils se pressent ! » La défaite était devenue quoti-
dienne : c'était le soleil, les arbres, l'air du temps et cette
envie sournoise d'être mort ; mais il lui restait de la
veille, au fond de la bouche, un goût refroidi de frater-
nité. Le vaguemestre s'approchait encadré par les deux
cuistots ; Mathieu les regarda : dans la nuit, sous la lune,
ces bouches lui avaient souri. Plus rien ; leurs durs visages fermés proclamaient qu'il faut se méfier des coups
de lune et des extases de minuit : chacun pour soi et Dieu
pour tous, on n'est pas sur terre pour se marrer. Eux
aussi, ils étaient au lendemain d'une fête. Mathieu tira
son canif de sa poche et commença de tailler l'écorce
du marronnier. Il avait envie d'inscrire son nom quelque
part dans le monde.

— T'écris ton nom ?
— Ben oui.
— Ha ! Ha !

Ils rirent et passèrent. D'autres soldats les suivaient
de près : des types que Mathieu n'avait jamais vus. Mal
rasés, avec des yeux brillants et de drôles d'airs ; il y en
avait un qui boitait. Ils traversèrent la place pour aller
s'asseoir sur le trottoir, devant la boulangerie fermée.
Ensuite, il en vint d'autres et d'autres encore que Mathieu ne connaissait pas non plus, sans fusils ni molletières, avec des visages gris et de la vieille boue sur
leurs souliers. Ceux-là, on aurait pu les aimer. Pinette,
en rejoignant Mathieu, leur jeta un regard malveillant.

— Alors ? demanda Mathieu.
— L'église est pleine. — Il ajouta d'un air déçu : Ils
chantent.

Mathieu referma son canif ; Pinette demanda :

— Tu écris ton nom ?
— Je voulais, dit Mathieu en mettant son canif dans
sa poche. Mais ça prend trop de temps.

Un grand gaillard s'arrêta près d'eux ; il avait un
visage las et flou : un brouillard au-dessus de son col
déboutonné.

124

— Salut les gars, dit-il sans sourire.

Pinette le dévisagea.

— Salut, dit Mathieu.

— Il y a des officiers, par ici?

Pinette se mit à rire.

— Tu l'entends? demanda-t-il à Mathieu. — Il se tourna vers le type et ajouta : Non, mon vieux, non. Il n'y a pas d'officiers : on est en république.

— Je vois, dit le type.

— De quelle division tu es?

— La quarante-deux.

— La quarante-deux? grommela Pinette. Jamais entendu parler. Où êtes-vous?

— Épinal.

— Alors qu'est-ce que vous foutez ici?

Le soldat haussa les épaules, Pinette demanda soudain avec inquiétude :

— Elle va se ramener ici, votre division? Avec les officemars et tout le bordel?

Le soldat rit à son tour et montra quatre types assis sur le trottoir.

— La voilà, la division, dit-il.

Les yeux de Pinette étincelèrent :

— Ça chie dur à Épinal?

— Ça chiait. A présent ça doit être très calme.

Il tourna les talons et s'en fut rejoindre ses copains. Pinette le suivait des yeux.

— La quarante-deux, tu te rends compte! Tu connais ça, toi, la quarante-deux? Jamais entendu parler jusqu'à présent.

— C'était pas une raison pour le snober, dit Mathieu.

Pinette haussa les épaules.

— Il vient tout le temps **des** types que tu ne sais même pas d'où ça sort, dit-il **avec** mépris. Tu n'es plus chez toi.

Mathieu ne répondit pas : il regardait les éraflures sur le tronc du marronnier.

— Allez! dit Pinette. Viens donc! On ira dans les

champs, tous les trois ; on ne verra plus personne, on
sera bien.

— Qu'est-ce que tu veux que j'aille foutre entre toi
et ta môme ? Pour faire ce que vous allez faire, vous
n'avez pas besoin de moi.

— On ne le fera pas tout de suite, dit Pinette lamentablement. Faudra causer.

Il s'interrompit brusquement :

— Regarde-moi ça ! Mais regarde-moi ça : encore un
étranger.

Un soldat marchait vers eux, court et trapu, très
raide. Un bandeau maculé de sang lui cachait l'œil
droit.

— On est peut-être au centre d'une grande bataille, dit
Pinette d'une voix vibrante d'espoir. Peut-être bien
que ça va chier !

Mathieu ne répondit pas. Pinette héla le type au
bandeau :

— Dis donc !

Le type s'arrêta et le regarda de son œil unique.

— Il y a eu de la casse là-bas ?

Le type le regardait sans répondre. Pinette se tourna
vers Mathieu.

— On ne peut rien tirer d'eux.

Le type reprit sa marche. Au bout de quelques mètres,
il s'arrêta, appuya son dos contre un marronnier et se
laissa glisser jusqu'à terre. Il était assis, à présent, les
genoux au menton.

— Ça va mal, dit Pinette.

— Viens ! dit Mathieu.

Ils s'approchèrent.

— Ça ne va pas, vieux ? demanda Pinette.

Le soldat ne répondit pas.

— Hé ? Ça ne va pas ?

— On va t'aider, dit Mathieu au soldat.

Pinette se pencha pour le prendre aux aisselles et se
releva aussitôt.

— Pas la peine.

Le type restait assis, l'œil béant, la bouche entrouverte. Il avait l'air doux et souriant.

— Pas la peine?

— Eh dis! Regarde-le.

Mathieu se baissa et posa la tête contre la veste du soldat.

— Tu as raison, dit-il.

— Eh bien, dit Pinette, il faut lui fermer les yeux.

Il le fit du bout des doigts, appliqué, la tête enfoncée dans le cou, la lèvre inférieure avançante. Mathieu le regardait, et ne regardait pas le mort : le mort ne comptait plus.

— On dirait que tu as fait ça toute ta vie, dit-il.

— Oh! dit Pinette, pour ce qui est de voir des morts, j'en ai vu. Mais c'est le premier depuis qu'on est en guerre.

Le mort, l'œil clos, souriait à ses pensées. Ça paraissait facile de mourir. Facile et presque gai. « Mais alors, pourquoi vivre? » Tout se mit à flotter dans le ciel. Les vivants, les morts, l'église, les arbres. Mathieu sursauta. Une main avait touché son épaule. C'était le grand gaillard au visage de brume, il regardait le mort de ses yeux délavés.

— C'qu'il a?

— Il est mort.

— C'est Gérin, expliqua-t-il.

Il se tourna vers l'est :

— Hé, les gars! Ramenez-vous en vitesse!

Les quatre soldats se levèrent et se mirent à courir.

— Il y a Gérin qui est mort! leur cria-t-il.

— Merde!

Ils entouraient le mort et le regardaient avec méfiance.

— C'est marrant qu'il soye pas tombé.

— Des fois, ça arrive. Il y en a qui restent debout.

— Tu es sûr qu'il est mort?

— C'est eux qui le disent.

Ils se penchèrent tous à la fois sur le mort. Il y en avait un qui lui tenait le poignet, un autre qui lui écoutait le cœur, le troisième sortit une glace de poche et la lui appliqua sur la bouche, comme dans les romans policiers. Ils se redressèrent, satisfaits :

— Ce con-là! dit le grand type en hochant la tête.

Ils hochèrent leurs quatre têtes et répétèrent en chœur :

— Ce con-là!

Un petit gros se tourna vers Mathieu :

— Il s'est tapé vingt kilomètres. S'il était resté peinard il vivrait encore.

— Il ne voulait pas que les Fritz le prennent, dit Mathieu, en manière d'excuse.

— Et après? Ils ont des ambulances, les Fritz. Je lui ai causé moi, sur la route. Il saignait comme un cochon, mais tu pouvais rien lui dire. Monsieur n'en faisait qu'à sa tête. Il disait qu'il voulait rentrer chez lui.

— Où c'est, chez lui? demanda Pinette.

— A Cahors. Il est boulanger là-bas.

Pinette haussa les épaules.

— De toute façon, c'est pas le chemin.

— Non.

Ils se turent et considérèrent le mort avec embarras.

— Qu'est-ce qu'on en fait? On le porte en terre?

— Y a plus rien d'autre à faire.

Ils le prirent aux aisselles et sous les genoux. Il leur souriait toujours, mais, de minute en minute, il avait l'air plus mort.

— On va vous donner un coup de main.

— Pas la peine.

— Si! Si! dit vivement Pinette. On n'a rien à faire, ça nous distraira.

Le grand soldat le regarda fermement.

— Non, dit-il. Faut que ça reste entre nous. Il est de chez nous, c'est nous qu'on doit l'enterrer.

— Où c'est que vous allez le mettre?

D'un coup de tête, le petit gros indiqua le nord :

— Par là.

Ils se mirent en marche, en portant le cadavre : ils avaient l'air aussi morts que lui.

— Si ça se trouve, demanda Pinette, il avait peut-être de la religion, ce copain-là ?

Ils le regardèrent avec stupeur. Pinette désigna l'église :

— C'est plein de curetons, là-dedans.

Le grand soldat leva la main d'un air noble et farouche :

— Non. Non, non. Faut que ça reste entre nous.

Il fit demi-tour et suivit les autres. Ils traversèrent la place et disparurent.

— Qu'est-ce qu'il avait le gars ? cria Charlot.

Mathieu se retourna : Charlot avait relevé la tête et posé son livre à côté de lui, sur la marche.

— Il avait qu'il était mort.

— C'est con, dit Charlot, j'ai pas pensé à regarder ; je l'ai vu seulement quand ils l'emportaient. Il est pas de chez nous, au moins ?

— Non.

— Ah ! bon, dit-il.

Ils s'approchèrent. Par les fenêtres de la mairie, sortaient des chants et des cris inhumains.

— Qu'est-ce qui se passe là-dedans ? demanda Mathieu.

Charlot sourit :

— C'est le bordel, dit-il simplement.

— Et tu peux lire ?

— Je ne lis pas tout à fait, dit Charlot avec humilité.

— Qu'est-ce que c'est, le bouquin ?

— C'est le Vaulabelle.

— Je croyais que c'était Longin qui le lisait.

— Longin ! dit Charlot ironiquement. Ah ! Je pense bien ! Il n'est plus en état de lire, Longin.

Du pouce, il indiqua le bâtiment, par-dessus son épaule :

— Il est là-dedans, bourré comme un cochon.

— Longin ? Il ne boit que de l'eau.

— Eh ben, vas-y voir, s'il n'est pas bourré !

— Quelle heure est-il ? demanda Pinette.

— Cinq heures trente-cinq.

Pinette se tourna vers Mathieu.

— Tu ne viens pas ? C'est bien entendu ?

— C'est bien entendu. Je ne viens pas.

— Alors va te faire tâter.

Il abaissa vers Charlot ses beaux yeux myopes :

— Ce que ça peut m'emmerder.

— Qu'est-ce donc qui t'emmerde, petite tête ?

— Il a trouvé une morue, dit Mathieu.

— Si elle t'emmerde, tu n'as qu'à me la refiler.

— Peux pas, dit Pinette. Elle m'adore.

— Alors, démerde-toi.

Pinette fit un geste d'imprécation, leur tourna le dos et s'en fut. Charlot le suivit des yeux en souriant :

— Il plaît aux femmes.

— Ben oui, dit Mathieu.

— Je ne l'envie pas, dit Charlot. Moi, de ce moment, rien qu'à l'idée de sauter une gonzesse...

Il regarda Mathieu avec curiosité :

— On dit que la peur fait bander.

— Eh bien ?

— C'est pas mon cas : elle s'est recroquevillée.

— Tu as peur ?

— Peur, non. C'est quelque chose qui me pèse sur l'estomac.

— Je vois.

Charlot agrippa soudain Mathieu par la manche ; il baissa la voix.

— Assieds-toi, j'ai quelque chose à te dire.

Mathieu s'assit :

— Il y en a qui racontent des conneries grosses comme eux, dit Charlot à voix basse.

— Quelles conneries ?

— Tu sais, dit Charlot gêné, ce sont *vraiment* des conneries.

— Vas-y toujours.

— Eh bien, il y a le caporal Cabel qui dit que les Fritz vont nous châtrer.

Il rit sans quitter Mathieu du regard.

— Eh bien oui, dit Mathieu. Ce sont des conneries.
Charlot riait toujours :

— Je n'y crois pas, remarque. Ça leur donnerait beaucoup trop de travail.

Ils se turent. Mathieu avait pris le Vaulabelle et le
feuilletait, il espérait sournoisement que Charlot le lui
laisserait emporter. Charlot dit négligemment :

— Les juifs, chez eux, ils les châtrent ?

— Mais non.

— On m'avait parlé de ça, dit Charlot sur le même
ton.

Brusquement il prit Mathieu aux épaules. Mathieu
ne put supporter la vue de ce visage terrorisé et baissa
son regard sur ses genoux.

— Qu'est-ce qu'ils vont me faire ? demanda Charlot.

— Rien de plus qu'aux autres.

Il y eut un silence. Mathieu ajouta :

— Déchire ton livret et fous ta plaque en l'air.

— Il y a beau temps que c'est fait.

— Alors ?

— Regarde-moi, dit Charlot.

Mathieu ne pouvait se décider à relever la tête.

— Je te dis de me regarder !

— Je te regarde, dit Mathieu. Eh bien ?

— Est-ce que j'ai l'air juif ?

— Non, dit Mathieu, tu n'as pas l'air juif.

Charlot soupira : un soldat sortit de la mairie en chancelant, descendit trois marches, rata la quatrième et fila
entre Mathieu et Charlot pour aller s'écraser au milieu
de la chaussée.

— Qu'est-ce qu'il tient ! dit Mathieu.

Le type se releva sur les coudes et vomit, puis sa tête
retomba et il ne bougea plus.

— Ils ont chauffé du vin à l'Intendance, expliqua
Charlot. Tu les aurais vus passer, avec des carafes qu'ils
ont trouvées je ne sais où et une grande bassine pleine
de pinard ! C'était dégoûtant.

Longin parut à une fenêtre du rez-de-chaussée et rota.

Il avait les yeux rouges et une joue toute noire.

— Tu t'es bien arrangé! lui cria Charlot sévèrement.

Longin les regarda en clignant des yeux ; quand il les eut reconnus, il leva les bras en l'air, tragique :

— Delarue!

— Hé?

— Je me déconsidère.

— Tu n'as qu'à t'en aller.

— Je ne peux pas m'en aller tout seul.

— Je viens, dit Mathieu.

Il se leva, serrant le Vaulabelle contre lui.

— Tu as de la bonté de reste, dit Charlot.

— Faut bien passer le temps.

Il monta deux marches et Charlot cria derrière lui :

— Hé! rends-moi mon Vaulabelle.

— Ça va, crie pas si fort, dit Mathieu dépité.

Il lui jeta le livre, poussa la porte, entra dans un couloir aux murs blancs et s'arrêta, pris d'angoisse : une voix criarde et somnolente chantait l'*Artilleur de Metz*. Ça lui rappela l'asile de Rouen, en 24, quand il allait voir sa tante, veuve et folle de chagrin : des fous chantaient derrière les fenêtres. Au mur de gauche, une affiche était placardée sous un grillage ; il s'approcha, lut : « Mobilisation générale » et pensa : « J'ai été civil. » La voix s'endormait par moments, retombait sur elle-même et se vidait en gargouillant pour se réveiller dans un cri. « J'ai été civil, c'est loin. » Il regardait, sur l'affiche, les deux petits drapeaux croisés et il se voyait avec un veston d'alpaga et un col dur. Il n'avait jamais porté ni l'un ni l'autre ; mais il se représentait les civils comme ça. « J'aurais horreur de redevenir civil, pensa-t-il. D'ailleurs, c'est une race qui s'éteint. » Il entendit Longin qui criait « Delarue », vit une porte ouverte sur sa gauche, entra. Le soleil était déjà bas ; ses longs rayons poussiéreux tranchaient la pièce en deux sans l'éclairer. Pris à la gorge par une puissante odeur de vin, Mathieu cligna des yeux et ne distingua d'abord qu'une carte murale qui faisait tache sur la blancheur du mur ; puis il vit Ménard, assis, jambes pendantes, sur le haut d'une petite armoire, qui agitait ses godillots dans la pourpre du couchant. C'était lui qui chantait ; ses yeux affolés de gaieté roulaient au-dessus de sa gueule ouverte ; sa voix se tirait de lui toute seule, elle vivait de lui comme un énorme parasite qui lui eût pompé les tripes et le sang pour les changer en chansons ; inerte, bras ballants, il regardait avec stupeur cette vermine qui lui sortait de la bouche. Pas un meuble : on avait dû faire main basse sur les tables et les chaises. Un cri de bienvenue courut dans la pièce :

— Delarue! Bonjour, Delarue!

Mathieu baissa les yeux et vit des hommes. Un type était affalé dans son vomissement, un autre ronflait, étendu tout de son long ; un troisième s'adossait au mur ; il avait la bouche ouverte comme Ménard, mais il ne chantait pas ; une barbe grisâtre lui courait d'une oreille à l'autre et, derrière ses lorgnons, ses yeux étaient clos.

— Salut, Delarue! Delarue, salut!

A sa droite, il y avait d'autres types, un peu moins mal en point. Guiccioli était assis sur le plancher, une gamelle remplie de vin entre ses jambes écartées ; Latex et Grimaud s'étaient accroupis à la turque : Grimaud tenait son quart par l'anse et le heurtait contre le sol pour scander les chants de Ménard ; la main de Latex disparaissait jusqu'au poignet dans sa braguette. Guiccioli dit quelques mots qui furent couverts par la voix du chanteur.

— Qu'est-ce que tu dis? demanda Mathieu en mettant la main en cornet contre son oreille.

Guiccioli leva des yeux furieux sur Ménard :

— Tais-toi un moment, bon Dieu! Tu nous casses les oreilles.

Ménard cessa de chanter. Il dit lamentablement :

— Je peux pas m'arrêter.

Et, tout aussitôt, en proie à sa voix, il entonna *Les Filles de Camaret*.

133

— Nous voilà beaux! dit Guiccioli.

Il n'était pas trop mécontent; il regarda Mathieu avec fierté :

— Ah! C'est qu'il est gai, dit-il. Ici, on est tous gais : on est des truands, des têtes brûlées ; c'est le gang des casseurs d'assiettes!

Grimaud approuva de la tête et rit. Il dit avec application, comme s'il parlait dans une langue étrangère :

— On n'engendre pas la mélancolie.

— Je vois, dit Mathieu.

— Tu veux boire un coup? demanda Guiccioli.

Au milieu de la pièce, il y avait une bassine de cuivre remplie de gros vin rouge de l'Intendance. Des choses flottaient dedans.

— C'est une bassine à confitures, dit Mathieu. Où l'avez-vous prise?

— T'occupe pas, dit Guiccioli. Tu bois, oui ou merde?

Il s'exprimait avec difficulté et il avait peine à tenir les yeux ouverts, mais il gardait l'air agressif.

— Non, dit Mathieu. Je viens pour emmener Longin.

— L'emmener où?

— Prendre l'air.

Guiccioli prit sa gamelle à deux mains et but :

— C'est pas moi qui t'empêcherai de l'emmener, dit-il. Il est tout le temps à parler de son frangin, il fait chier son monde. Rappelle-toi que c'est la bande des rigolos, ici ; un type qui a le vin triste, on n'en veut pas.

Mathieu prit Longin par le bras.

— Allons, viens!

Longin se dégagea avec irritation :

— Minute! Laisse-moi le temps de m'habituer.

— Tu as tout le temps, dit Mathieu.

Il tourna les talons pour aller jeter un coup d'œil à l'armoire. A travers les vitres, il vit de gros volumes recouverts de toile. De quoi lire. Il aurait lu n'importe quoi : même le Code civil. L'armoire était fermée à clef : il tenta vainement de l'ouvrir.

— Casse la vitre, dit Guiccioli.

— Mais non! dit Mathieu agacé.

— Pourquoi que tu ne la casses pas? Attends voir un peu si les Fritz vont se gêner.

Il se tourna vers les autres :

— Les Fritz vont foutre le feu partout et Delarue veut pas casser l'armoire.

Les types se mirent à rigoler.

— Bourgeois! dit Grimaud avec mépris.

Latex tirait Mathieu par la veste.

— Hé! Delarue, viens voir.

Mathieu se retourna.

— Voir quoi?

Latex sortit son sexe de sa braguette.

— Regarde! dit-il, et tire ton chapeau : j'en ai fait six avec.

— Six quoi?

— Six lards. Et des beaux, t'sais, qui pesaient à chaque coup dans les vingt livres ; je sais pas qui va les nourrir à présent. Mais vous nous en ferez d'autres, dit-il, tendrement penché sur son gland. Vous nous en ferez d'autres par douzaines, polisson!

Mathieu détourna les yeux :

— Tire ton chapeau, l'apprenti! cria Latex en colère.

— Je n'ai pas de chapeau, dit Mathieu.

Latex jeta un coup d'œil à la ronde :

— Six en huit ans. Qui dit mieux?

Mathieu revint à Longin :

— Alors? Tu t'amènes?

Longin le regarda d'un air sombre :

— J'aime pas qu'on me brusque.

— Je ne te brusque pas, c'est toi qui m'as appelé.

Longin lui mit son doigt sous le nez :

— Je ne t'aime pas beaucoup, Delarue. Je ne t'ai jamais beaucoup aimé.

— C'est réciproque, dit Mathieu.

— Bon! dit Longin satisfait, comme ça, on va peut-être s'entendre. D'abord, demanda-t-il en regardant

Mathieu avec suspicion, pourquoi je ne boirais pas ?
Quel intérêt j'aurais à ne pas boire ?

— Tu as le vin triste, dit Guiccioli.

— Si je ne buvais pas, ça serait pire.

Ménard chanta :

> *Si je meurs, je veux qu'on m'enterre*
> *Dans la cave où y a du bon vin.*

Mathieu regarda Longin.

— Tu peux boire tant que tu veux, lui dit-il.

— Hein ? grogna Longin, déçu.

— Je dis, cria Mathieu, que tu peux boire tant que
tu veux : je m'en balance.

Il pensait : « Je n'ai plus qu'à m'en aller. » Mais il
ne pouvait s'y décider. Il se courbait au-dessus d'eux,
il respirait la riche odeur sucrée de leur ivresse et de
leur malheur ; il pensait : « Où irais-je ? » et il avait le
vertige. Ils ne lui faisaient pas horreur, ces vaincus qui
buvaient la défaite jusqu'à la lie. S'il avait horreur de
quelqu'un, c'était de lui-même. Longin se baissa pour
ramasser son quart et tomba sur les genoux.

— Merde.

Il rampa jusqu'à la bassine, plongea le bras
dans le vin jusqu'au coude, retira le quart ruisselant et se
pencha pour boire. Par les deux coins de sa bouche
tremblante, le liquide dégoulinait dans la bassine.

— Je suis pas bien, dit-il.

— Fais-toi dégueuler, conseilla Guiccioli.

— Comment fais-tu ? demanda Longin. Il était bla-
fard et respirait péniblement.

Guiccioli s'introduisit deux doigts dans la bouche,
s'inclina sur le côté, râla un peu et vomit quelques
glaires.

— Comme ça, dit-il en s'essuyant la bouche d'un
revers de main.

Longin, toujours à genoux, fit passer son quart dans
sa main gauche et s'enfonça la main droite dans la gorge.

— Eh ! cria Latex, tu vas dégueuler dans le pinard.

— Delarue! cria Guiccioli, pousse-le! pousse-le vite!
Mathieu poussa Longin qui tomba assis sans avoir
sorti les doigts de sa bouche. Tout le monde le regardait
d'un air encourageant. Longin retira ses doigts et rota.

— Change pas de main, dit Guiccioli. V'là que ça
vient.

Longin toussa et devint écarlate.

— Ça ne vient pas du tout, protesta-t-il en toussant.

— Ce que tu es casse-cul! cria Guiccioli courroucé.
Quand on ne sait pas vomir, on ne boit pas.

Longin fouilla dans sa poche, se remit à genoux, puis
s'accroupit près de la bassine.

— Qu'est-ce que tu fais? cria Grimaud.

— Je me fais une compresse humide, dit Longin
en retirant du chaudon son mouchoir dégouttant de vin.
Il l'appliqua sur son front et dit d'une voix enfantine :

— Delarue, s'il te plaît, tu pourrais pas me le nouer
par-derrière?

Mathieu prit les deux coins du mouchoir et les noua
sur la nuque de Longin.

— Ah! dit Longin, ça va mieux.

Le mouchoir lui cachait l'œil gauche ; des filets de
vin rouge lui coulaient le long des joues et dans le cou.

— T'as l'air de Jésus-Christ, dit Guiccioli en riant.

— Pour ça t'as raison, dit Longin. Je suis un type
dans le genre de Jésus-Christ.

Il tendit son quart à Mathieu pour qu'il le remplisse.

— Ah! non, dit Mathieu. Tu as assez bu comme ça.

— Fais ce que je te dis, cria Longin. Fais ce que je
te dis, bon Dieu! — Il ajouta d'une voix plaintive : J'ai
le bourdon!

— Nom de Dieu, dit Guiccioli, donne-lui vite à
boire : il va nous remettre ça avec son frère.

Longin le regarda avec hauteur :

— Pourquoi que je ne parlerais pas de mon frère si
j'en ai envie? C'est-il toi qui m'en empêcheras?

— Oh! lâche-nous, dit Guiccioli.

Longin se tourna vers Mathieu :

— Il est à Hossegor, mon frère, expliqua-t-il.

— Il n'est donc pas soldat ?

— Penses-tu : c'est un affranchi. Il se promène dans les pins avec sa petite femme ; ils se disent : « Pauvre Paul n'a pas eu de veine », et ils se frottent en pensant à moi. Je leur en foutrai, tiens, du pauvre Paul.

Il se recueillit un instant et conclut :

— J'aime pas mon frère.

Grimaud riait aux larmes.

— Qu'est-ce que t'as à rire ? demanda Longin irrité.

— Tu vas peut-être lui défendre de rire ? demanda Guiccioli avec indignation. Continue, mon petit gars, dit-il paternellement à Grimaud, marre-toi bien, rigole un bon coup, on est là pour s'amuser.

— Je ris à cause de ma femme, dit Grimaud.

— Je me fous de ta femme, dit Longin.

— Tu parles de ton frère, je peux bien causer de ma femme.

— Qu'est-ce qu'elle a ta femme ?

Grimaud mit un doigt sur ses lèvres :

— Chut ! dit-il. — Il se pencha vers Guiccioli et dit en confidence : J'ai une femme qu'est moche comme un derrière.

Guiccioli voulut parler.

— Pas un mot ! dit Grimaud impérieusement. Comme un derrière, y a pas à discuter. Attends, ajouta-t-il en se soulevant un peu et en passant sa main gauche sous ses fesses pour atteindre sa poche-revolver. Je vais te la montrer, ça te fera dégueuler.

Après quelques efforts infructueux, il se laissa retomber.

— Enfin quoi : elle est moche comme un derrière, tu me crois sur parole. Je vais pas te mentir là-dessus, j'y ai pas d'intérêt.

Longin parut intéressé :

— Elle est *vraiment* moche ? demanda-t-il.

— Je te dis : comme un derrière.

— Mais qu'est-ce qu'elle a de moche ?

— Tout. Elle a les seins aux genoux, et le cul sur les talons. Et tu verrais ses jambes, funérailles! Elle pisse entre parenthèses.

— Alors, dit Longin en riant, faut que tu me la passes, c'est une femme pour moi. Je me suis jamais farci que des poufliasses, moi, les belles, c'était pour mon frère.

Grimaud cligna de l'œil avec malice.

— Oh! non, je te la passerai pas, mon petit pote. Parce que, si je te la passe, c'est pas dit que j'en retrouverai une autre, vu que je suis pas beau non plus. C'est la vie, conclut-il avec un soupir. Faut se contenter de ce qu'on a.

— *Et voilà*, chanta Ménard, *la vie la vie*
Que les bons moines ont.

— C'est la vie! dit Longin. C'est la vie! On est des morts qui se rappellent leurs vies. Et, nom de Dieu, c'étaient pas des belles vies.

Guiccioli lui jeta sa gamelle à la figure. La gamelle effleura la joue de Longin et tomba dans la bassine.

— Change de disque, dit Guiccioli avec rage. Moi aussi, j'ai mes ennuis, mais je fais pas chier le monde avec. On est entre rigolos, comprends-tu?

Longin tourna vers Mathieu des yeux désespérés :

— Emmène-moi d'ici, dit-il à voix basse. Emmène-moi d'ici!

Mathieu se baissa pour l'attraper sous les aisselles ; Longin se tordit comme une couleuvre et lui échappa.

Mathieu perdit patience :

— J'en ai marre, dit-il. Tu viens ou tu viens pas?

Longin s'était couché sur le dos et le regardait malicieusement :

— Tu voudrais bien que je vienne, hein? Tu voudrais bien.

— Je m'en fous. Je voudrais seulement que tu te décides, dans un sens ou dans l'autre.

— Eh bien, dit Longin, bois un coup. T'as le temps de boire un coup pendant que je réfléchis.

Mathieu ne répondit pas. Grimaud lui tendit son quart.

— Tiens!

— Merci, dit Mathieu en le refusant du geste.

— Pourquoi tu ne bois pas? demanda Guiccioli stupéfait. Il y en a pour tout le monde : tu n'as pas à te gêner.

— Je n'ai pas soif.

Guiccioli se mit à rire.

— Il dit qu'il n'a pas soif! Tu ne sais donc pas, malheureux, qu'on est la bande des boit-sans-soif?

— Je n'ai pas envie de boire.

Guiccioli haussa les sourcils :

— Pourquoi tu n'as pas envie comme les autres? Pourquoi?

Il regarda Mathieu sévèrement :

— Je te croyais dessalé. Delarue, tu me déçois!

Longin se redressa sur un coude :

— Vous ne voyez donc pas qu'il nous méprise?

Il y eut un silence. Guiccioli leva sur Mathieu des yeux interrogateurs, puis, tout d'un coup, il se tassa et ses paupières se fermèrent. Il sourit misérablement et dit en gardant les yeux clos :

— Ceux-là qui nous méprisent, ils n'ont qu'à s'en aller. On ne retient personne, on est entre nous.

— Je ne méprise personne, dit Mathieu.

Il s'arrêta : « Ils sont ivres et je n'ai pas bu. » Ça lui conférait malgré lui une supériorité qui lui faisait honte. Il avait honte de la voix patiente qu'il était contraint de prendre avec eux. « Ils se sont soûlés parce qu'ils n'en pouvaient plus! » Mais personne ne pouvait partager leur misère, à moins d'être aussi soûl qu'eux. « Je n'aurais jamais dû venir », pensa-t-il.

— Il nous méprise, répéta Longin avec une colère lymphatique. Il est là comme au cinéma, ça le fait marrer de voir des types saouls qui débloquent.

— Parle pour toi! dit Latex. Je débloque pas.

— Oh! laisse tomber, dit Guiccioli avec lassitude.

Grimaud regardait pensivement Mathieu :

— S'il nous méprise, je lui pisse à la raie.

Guiccioli se mit à rire :

— On te pisse à la raie, répéta-t-il. On te pisse à la raie.

Ménard avait cessé de chanter ; il se laissa glisser de l'armoire, regarda autour de lui d'un air traqué, puis il parut se rassurer, poussa un soupir de délivrance et tomba évanoui sur le plancher. Personne ne fit attention à lui : ils regardaient droit devant eux et, de temps en temps, jetaient à Mathieu un coup d'œil mauvais. Mathieu ne savait plus que faire de lui-même : il était entré sans penser à mal, pour porter secours à Longin. Mais il aurait dû prévoir que la honte et le scandale entreraient avec lui. A cause de lui ces types avaient pris conscience d'eux-mêmes ; il ne parlait plus leur langage et pourtant il était devenu sans le vouloir leur juge et leur témoin. Elle lui répugnait, cette bassine pleine de vin et d'ordures et, en même temps, il se reprochait cette répugnance : « Qui suis-je pour refuser de boire quand mes copains sont soûls ? »

Latex se caressait pensivement le bas-ventre. Tout à coup, il se tourna vers Mathieu, un éclair de défi dans les yeux ; puis il attira sa gamelle entre ses jambes et fit barboter son sexe dans le vin.

— Je lui fais faire trempette, parce que c'est fortifiant.

Guiccioli pouffa. Mathieu détourna la tête et rencontra le regard ironique de Grimaud :

— Tu te demandes où c'est que t'es tombé ? demanda Grimaud. Ah ! tu nous connais pas, mon petit pote : avec nous, faut s'attendre à tout.

Il se pencha en avant et cria, avec un clin d'œil complice :

— Eh ! Latex, chiche que tu le bois pas, le pinard ?

Latex lui rendit son clin d'œil.

— Je vais me gêner.

Il éleva la gamelle et but bruyamment en surveillant Mathieu. Longin ricanait ; tout le monde souriait. Ils en remettent à cause de moi. Latex reposa sa gamelle et fit claquer sa langue :

— Ça donne du goût.

— Alors, demanda Guiccioli, qu'est-ce que t'en dis ? On n'est pas des rigolos, nous autres ? On n'est pas des petits rigolos ?

— Et t'as rien vu, dit Grimaud. T'as encore rien vu. De ses mains tremblantes il cherchait à déboutonner sa braguette ; Mathieu se pencha sur Guiccioli :

— Donne-moi ta gamelle, dit-il doucement. Je m'en vais rigoler avec vous.

— Elle est tombée dans la bassine, dit Guiccioli avec humeur. Tu n'as qu'à la repêcher.

Mathieu plongea la main dans la bassine, remua les doigts dans le vin, tâta le fond, sortit la gamelle pleine. Les mains de Grimaud s'immobilisèrent ; il les regarda, puis les remit dans ses poches et regarda Mathieu.

— Ah ! dit Latex radouci. Je savais bien que tu pourrais pas t'en empêcher.

Mathieu but. Dans le vin, il y avait des boulettes d'une substance molle et incolore. Il les recracha et remplit de nouveau la gamelle. Grimaud riait d'un air bon :

— Celui qui nous voit, dit-il, c'est plus fort que lui : faut qu'il boive. Ah ! C'est qu'on fait envie.

— Vaut mieux faire envie que pitié, dit Guiccioli rigolard.

Mathieu prit le temps de sauver une mouche qui se débattait dans le vin, puis il but. Latex le regardait d'un air connaisseur :

— C'est pas une cuite, dit-il. C'est un suicide.

La gamelle était vide.

— J'ai beaucoup de peine à me soûler, dit Mathieu.

Il remplit la gamelle une troisième fois. Le vin était lourd avec un étrange goût sucré.

— Vous n'avez pas pissé dedans ? demanda Mathieu, pris d'un soupçon.

— T'es pas tocbombe ? demanda Guiccioli indigné. Tu penses comme on irait gâcher du pinard, eh !

— Oh ! dit Mathieu, et puis je m'en fous.

Il but d'un trait et souffla.

— Alors? demanda Guiccioli avec intérêt. Tu te sens mieux?

Mathieu secoua la tête :

— C'est pas encore ça.

Il prit la gamelle ; il se penchait, les dents serrées, au-dessus de la bassine quand il entendit, derrière son dos, la voix ricanante de Longin :

— Il veut nous montrer qu'il tient l'alcool mieux que nous.

Mathieu se retourna :

— C'est pas vrai! Je me soûle pour rigoler.

Longin s'était assis, tout raide ; le bandeau lui avait glissé le long du nez. Au-dessus du bandeau, Mathieu voyait ses yeux fixes et ronds de vieille poule.

— Je ne t'aime pas beaucoup, Delarue! dit Longin.

— Tu l'as déjà dit.

— Les copains non plus ne t'aiment pas beaucoup, dit Longin. Tu les intimides parce que tu as de l'instruction, mais faut pas croire qu'ils t'aiment.

— Pourquoi m'aimeraient-ils? demanda Mathieu entre ses dents.

— Tu ne fais rien comme tout le monde, poursuivit Longin. Même quand tu te soûles, c'est pas comme nous.

Mathieu regarda Longin avec perplexité puis il se retourna et jeta sa gamelle dans la vitre de l'armoire.

— Je ne peux pas me soûler, dit-il d'une voix forte. Je ne peux pas. Vous voyez bien que je ne peux pas.

Personne ne souffla mot ; Guiccioli posa sur le plancher un grand éclat de verre qui lui était tombé sur les genoux. Mathieu s'approcha de Longin, le prit solidement par le bras et le remit sur ses pieds.

— Qu'est-ce que c'est? De quoi je me mêle? cria Longin. Occupe-toi de tes fesses, eh! l'aristo.

— Je suis venu pour t'emmener, dit Mathieu, et je partirai avec toi.

Longin se débattait furieusement.

— Fous-moi la paix, je te dis, lâche-moi. Lâche-moi, nom de Dieu, ou je fais la vache.

Mathieu entreprit de le tirer hors de la pièce. Longin leva la main et tenta de lui enfoncer les doigts dans les yeux.

— Salaud, dit Mathieu.

Il lâcha Longin et lui envoya deux crochets pas trop secs à la base du menton ; Longin devint flasque et tourna sur lui-même ; Mathieu le rattrapa au vol et le chargea sur ses épaules comme un sac.

— Vous voyez, dit-il. Moi aussi, quand je m'y mets, je peux faire le rigolo.

Il les haïssait. Il sortit et descendit les marches du perron avec son fardeau. Charlot éclata de rire sur son passage.

— Qu'est-ce qu'il tient, le frère!

Mathieu traversa la chaussée et déposa Longin contre un marronnier. Longin ouvrit un œil, voulut parler et vomit.

— Ça va mieux ? demanda Mathieu.

Longin vomit de nouveau.

— Ça fait du bien, dit-il entre deux hoquets.

— Je te laisse, dit Mathieu. Quand tu auras fini de dégueuler, tâche de pioncer un bon coup.

Il était hors d'haleine quand il arriva au bureau de poste. Il frappa. Pinette vint lui ouvrir et le considéra d'un air ravi.

— Ah! dit-il, tu as fini par te décider.

— Finalement oui, dit Mathieu.

La postière apparut dans l'ombre, derrière Pinette.

— Mademoiselle n'a plus peur, aujourd'hui, dit Pinette. On va faire une petite promenade à travers champs.

La petite lui jeta un regard sombre. Mathieu lui sourit. Il pensait : « Elle ne m'a pas à la bonne », mais il s'en foutait éperdument.

— Tu sens le vin, dit Pinette.

Mathieu rit, sans répondre. La postière enfila ses

gants noirs, ferma la porte à double tour et ils se mirent en route. Elle avait posé sa main sur le bras de Pinette et Pinette donnait le bras à Mathieu. Des soldats les saluèrent en passant.

— On fait la promenade du dimanche, leur cria Pinette.

— Ah! dirent-ils, sans les officiers, c'est dimanche tous les jours.

Silence de lune sous le soleil ; de grossières effigies de plâtre, en rond dans le désert, *rappelleront aux espèces futures ce que fut la race humaine*. De longues ruines blanches pleuraient en rigoles leur suint noir. Au nord-ouest un arc de triomphe, au nord un temple romain ; au sud un pont mène à un autre temple ; de l'eau croupit dans un bassin, un couteau de pierre pointe vers le ciel. De la pierre ; de la pierre confite dans les sucres de l'histoire ; Rome, l'Égypte, l'âge de pierre : voilà ce qui reste d'une place célèbre. Il répéta : « Tout ce qui reste », mais le plaisir s'était un peu émoussé. Rien n'est plus monotone qu'une catastrophe ; il commençait à s'y habituer. Il s'adossa à la grille, encore heureux mais las, avec, dans le fond de sa bouche, un goût fiévreux d'été : il s'était promené tout le jour; à présent ses jambes avaient peine à le porter et il fallait marcher tout de même. Dans une ville morte, il faut qu'on marche. « Je mérite une petite aubaine », se dit-il. N'importe quoi, quelque chose qui fleurirait pour lui seul au coin d'une rue. Mais il n'y avait rien. Le désert partout : de menus éclats de palais y sautillaient, noirs et blancs, pigeons, oiseaux immémoriaux devenus pierre à force de se nourrir de statues. La seule note un peu gaie dans ce paysage minéral, c'était le drapeau nazi sur l'hôtel Crillon.

Oh! le pavillon en viande saignante sur la soie des mers et des fleurs arctiques.

Au milieu du chiffon de sang le rond, blanc comme celui des lanternes magiques sur les draps de mon

145

enfance; au milieu du rond, le nœud de serpents noirs, Sigle du Mal, mon Sigle. Une goutte rouge se forme à chaque seconde dans les plis de l'étendard, se détache, tombe sur le macadam : la Vertu saigne. Il murmura : « La vertu saigne! » Mais ça ne l'amusait plus tout à fait autant que la veille. Durant trois jours il n'avait adressé la parole à personne et sa joie s'était durcie ; un instant la fatigue lui brouilla la vue et il se demanda s'il n'allait pas rentrer. Non. Il ne pouvait pas rentrer : ma présence est réclamée *partout*. Marcher. Il accueillit avec soulagement la déchirure sonore du ciel : l'avion brillait au soleil, c'était la relève, la ville morte avait un autre témoin, elle levait vers d'autres yeux ses mille têtes mortes. Daniel souriait : c'était lui que l'avion cherchait entre les tombes. C'est pour moi seul qu'il est là. Il avait envie de se jeter au milieu de la place et d'agiter son mouchoir. S'ils lâchaient leurs bombes! Ce serait une résurrection, la ville retentirait de bruits de forge comme lorsqu'elle était en travail, de belles fleurs parasitaires s'accrocheraient aux façades. L'avion passa ; autour de Daniel un silence planétaire se reforma. Marcher! Marcher sans trêve à la surface de cet astre refroidi.

Il reprit sa marche en traînant les pieds ; la poussière blanchissait ses souliers. Il sursauta : collant son front à quelque vitre, un général oisif et vainqueur, les mains derrière le dos, observait peut-être cet indigène égaré dans le musée des antiquités parisiennes. Toutes les fenêtres devinrent des yeux allemands; il se redressa et se mit à marcher avec souplesse, en se déhanchant un peu, pour rire : je suis le gardien de la Nécropole. Les Tuileries, le quai des Tuileries; avant de traverser la chaussée, il tourna la tête à gauche et à droite, par habitude, mais sans rien voir qu'un long tunnel de feuillage. Il allait s'engager sur le pont de Solferino quand il s'arrêta, le cœur battant : l'aubaine. Un frisson le parcourut des jarrets à la nuque, ses mains et ses pieds se refroidirent, il s'immobilisa et retint son souffle, toute sa vie se réfugia dans ses yeux : il mangeait des yeux le mince jeune homme qui lui tournait le dos innocemment et se penchait au-dessus de l'eau. « La merveilleuse rencontre ! » Daniel n'aurait pas été plus ému si le vent du soir s'était fait voix pour l'appeler ou si les nuages avaient écrit son nom dans le ciel mauve, tant il était manifeste que cet enfant avait été mis là pour lui, que ses longues et larges mains, au bout des manchettes de soie, étaient des paroles de sa langue secrète : il m'est donné. Le petit était long et doux, avec des cheveux blonds ébouriffés et des épaules rondes, presque féminines, des hanches étroites, une croupe ferme et un peu forte, d'exquises petites oreilles ; il pouvait avoir dix-neuf ou vingt ans. Daniel regardait ces oreilles, il pensait : « La merveilleuse rencontre » et il avait presque peur. Tout son corps *faisait le mort*, comme les insectes qu'un danger menace ; le pire danger pour moi, c'est la beauté. Ses mains se refroidissaient de plus en plus, des doigts de fer s'incrustaient dans son cou. La beauté, le plus sournois des pièges, s'offrait avec un sourire de connivence et de facilité, lui faisait signe, se donnait l'air de l'attendre. Quel mensonge : cette douce nuque offerte n'attendait rien ni personne : elle se caressait à ce col de veste et jouissait d'elle-même, elles jouissaient d'elles-mêmes et de leur chaleur ces longues cuisses chaudes et blondes qu'on devinait dans la flanelle grise. Il vit, il regarde le fleuve, il pense, inexplicable et solitaire comme un palmier ; il est à moi et il m'ignore. Daniel eut une nausée d'angoisse et, pendant une seconde, tout bascula : l'enfant, minuscule et lointain, l'appelait du fond de l'abîme ; la beauté l'appelait ; Beauté, mon Destin. Il pensa : « Tout va recommencer. Tout : l'espoir, le malheur, la honte, les folies. » Et puis, soudain il se rappela que la France était foutue : « *Tout est permis !* » La chaleur rayonna de son ventre au bout de ses doigts, sa fatigue fut effacée, le sang afflua à ses tempes : « Seuls représentants visibles de l'espèce humaine, uniques survivants

147

d'une nation disparue, il est inévitable que nous nous adressions la parole : quoi de plus naturel ? » Il fit un pas en avant vers celui qu'il baptisait déjà le Miracle, il se sentait jeune et bon, lourd de la révélation exaltante qu'il lui apportait. Et presque aussitôt, il s'arrêta : il venait de remarquer que le Miracle tremblait de tous ses membres, un mouvement convulsif tantôt rejetait son corps en arrière et tantôt plaquait son ventre contre la balustrade en lui courbant la nuque au-dessus de l'eau. « Le petit imbécile ! » pensa Daniel irrité. L'enfant n'était pas digne de cette minute extraordinaire, il n'était pas tout à fait présent au rendez-vous, des soucis puérils distrayaient cette âme qui devait se tenir vacante pour la bonne nouvelle. « Le petit imbécile ! » Tout à coup, le Miracle leva le pied droit d'un geste bizarre et contraint, comme s'il voulait enjamber le parapet. Daniel s'apprêtait à bondir quand le petit se retourna, inquiet, la jambe en l'air. Il aperçut Daniel et Daniel vit des yeux d'orage dans un visage de craie; le petit hésita une seconde, son pied retomba en raclant la pierre, puis il se mit en marche avec nonchalance en laissant traîner sa main sur le rebord du parapet. Toi, tu veux te tuer !

L'émerveillement de Daniel se gela d'un seul coup. Ce n'était que ça : un sale gosse affolé, incapable de supporter les conséquences de ses sottises. Une bouffée de désir lui enflamma le sexe ; il se mit à marcher derrière le gosse avec la joie glacée du chasseur. Il exultait à froid ; il se sentait délivré, tout propre, aussi méchant que possible. Dans le fond il aimait mieux ça, mais il s'amusait à garder rancune au petit : tu veux te tuer, petit idiot ? Si tu crois que c'est facile ! De plus malins que toi n'y ont pas réussi. Le gosse avait conscience d'une présence dans son dos; il faisait à présent de grandes enjambées de cheval trop hautes et trop raides. Au milieu du pont, il s'aperçut brusquement de l'existence de sa main droite qui frôlait la balustrade au passage : elle se leva au bout de son bras, raide et fatidique, il l'abaissa de force, la fourra dans sa poche, et poursuivit sa marche en rentrant le cou dans les épaules. Il a l'air *louche*, pensa Daniel, c'est comme ça que je les aime. Le jeune homme pressa le pas; Daniel en fit autant. Un rire dur lui montait aux lèvres : il souffre, il a hâte d'en finir, mais il ne peut pas parce que je suis derrière lui. Va, va, je ne te quitterai pas. Au bout du pont, le petit hésita puis prit par le quai d'Orsay; il parvint à la hauteur d'un escalier qui accédait à la berge, s'arrêta, se tourna vers Daniel avec impatience et attendit. En un éclair Daniel vit un ravissant visage blême, un nez court, une bouche petite et veule, des yeux fiers. Il baissa les paupières d'un air cagot, s'approcha lentement, dépassa l'enfant sans le regarder, puis après quelques pas jeta un coup d'œil par-dessus son épaule : le petit avait disparu. Daniel se pencha sans hâte au-dessus du parapet et l'aperçut sur la berge, la tête basse, absorbé dans la contemplation d'un anneau d'amarrage auquel il donnait pensivement des coups de pied; il fallait descendre au plus vite et sans se faire remarquer. Par chance, il y avait à vingt mètres un autre escalier, étroite échelle de fer qu'une saillie de la muraille dissimulait. Daniel descendit lentement et sans bruit : il s'amusait follement. En bas de l'escalier, il se plaqua contre le mur : l'enfant, à l'extrême bord de la berge, regardait l'eau. La Seine, verdâtre avec des reflets soufrés, charriait d'étranges objets mous et sombres; ça n'était pas très tentant de faire un plongeon dans ce fleuve malade. Le petit se baissa, ramassa un caillou et le laissa tomber dans l'eau, puis il revint à sa contemplation maniaque; allons, allons, ce ne sera pas pour aujourd'hui; dans cinq minutes il se dégonfle. Faut-il lui en laisser le temps ? Rester caché, attendre qu'il soit bien pénétré de son abjection et, quand il s'éloignera, partir d'un grand éclat de rire ? C'est chanceux : je peux me faire détester pour toujours. Si je me jette sur lui tout de suite, comme pour l'empêcher de se noyer, il me saura gré de l'en avoir cru capable, même s'il grogne pour la forme, et surtout de lui éviter un tête-à-tête avec lui-même. Daniel se passa la langue sur les lèvres, respira profondément et bondit hors de sa cachette. Le jeune homme se retourna, épouvanté ; il serait tombé si Daniel ne l'avait saisi par le bras ; il dit :

— Je vous...

Mais il reconnut Daniel et parut se rassurer ; dans ses yeux l'épouvante fit place à la rage. C'est *d'un autre* qu'il a peur.

— Qu'est-ce que c'est ? demanda-t-il avec hauteur.

Daniel ne put lui répondre tout de suite : le désir lui coupait le souffle.

— Jeune Narcisse ! dit-il péniblement. Jeune Narcisse !

Il ajouta au bout d'un instant :

— Narcisse s'est trop penché, jeune homme : il est tombé à l'eau.

— Je ne suis pas Narcisse, dit le petit, j'ai le sens de l'équilibre et je peux me passer de vos services.

« C'est un étudiant », pensa Daniel. Il demanda brutalement :

— Tu voulais te tuer ?

— Vous êtes fou ?

Daniel se mit à rire et l'enfant rougit :

— Fichez-moi la paix ! dit-il d'un air morne.

— Quand ça me plaira ! dit Daniel en resserrant son étreinte.

Le petit baissa ses beaux yeux et Daniel eut juste le temps de se rejeter en arrière pour éviter un coup de talon. Des coups de pied ! pensa Daniel en reprenant son équilibre. Des coups de pied au hasard, sans même me regarder. Il était ravi. Ils soufflèrent en silence : le petit gardait la tête basse et Daniel pouvait admirer l'étonnante finesse de ses cheveux.

— Alors ? On donne des coups de pied en vache comme une femme ?

Le petit remua la tête de droite à gauche comme s'il essayait vainement de la relever. Au bout d'un moment, il dit avec une grossièreté appliquée :

— Allez vous faire foutre.

Il y avait dans sa voix plus d'obstination que d'assurance, mais il avait fini par relever la tête et regardait Daniel en face, avec une hardiesse qui s'effrayait elle-même. Finalement, ses yeux glissèrent de côté et Daniel put contempler à son aise cette jolie tête morne et comme offerte. « Orgueil et faiblesse, pensa-t-il. Et mauvaise foi. Un petit visage bourgeois bouleversé par un égarement abstrait ; des traits charmants, mais sans générosité. » Au même instant, il reçut un coup de pied dans le mollet et ne put retenir une grimace de douleur :

— Sacré petit imbécile ! Je ne sais pas ce qui me retient de te réchauffer le derrière avec une bonne fessée.

Les yeux du gosse étincelèrent :

— Essayez !

Daniel se mit à le secouer :

— Et si j'essayais ? S'il me prenait fantaisie de te déculotter séance tenante, crois-tu que c'est toi qui m'en empêcherais ?

Le petit rougit violemment et se mit à rire.

— Vous ne me faites pas peur.

— Sacredieu ! dit Daniel.

Il l'empoigna par la nuque et tenta de le courber en avant.

— Non ! Non, cria le gosse d'une voix désespérée. Non, non !

— Tu essaieras encore de me donner des coups de pied ?

— Non, mais laissez-moi.

Daniel le laissa se redresser. Le petit se tint coi ; il avait l'air traqué. « Tu as déjà connu le mors, petit cheval ; quelqu'un m'a rendu le service de commencer le dressage. Un père ? Un oncle ? Un amant ? Non, pas un amant : plus tard nous adorerons ça, mais pour l'instant nous sommes pucelle. »

— Donc, dit-il sans le lâcher, tu voulais te tuer, pourquoi ?

Le petit gardait un silence buté.

— Boude tant que tu voudras, dit Daniel. Qu'est-ce que ça me fait? De toute façon tu as raté ton coup.

Le petit s'adressa à lui-même un pâle sourire entendu.

« Nous piétinons, pensa Daniel contrarié; il faut sortir de l'impasse. » Il se remit à le secouer :

— Pourquoi souris-tu? Veux-tu me le dire?

Le jeune homme le regarda dans les yeux.

— Il faudra bien que vous finissiez par me lâcher.

— Très juste, dit Daniel. Je vais même te lâcher tout de suite.

Il desserra son étreinte et mit les mains dans ses poches :

— Et après? demanda-t-il.

Le petit ne bougea pas, il souriait toujours. « Il se paie ma tête. »

— Écoute bien, je suis excellent nageur, j'ai déjà sauvé deux personnes, dont une en mer par gros temps.

Le petit eut un rire de fille sournois et moqueur :

— C'est une manie!

— Peut-être bien, dit Daniel. Peut-être bien que c'est une manie. Plonge! ajouta-t-il en écartant les bras. Plonge donc si le cœur t'en dit. Je te laisserai boire un bon coup, tu verras comme c'est agréable. Ensuite je me déshabille posément, je saute à l'eau, je t'assomme et je te ramène à demi mort.

Il se mit à rire.

— Tu dois savoir qu'on recommence rarement un suicide manqué! Quand je t'aurai ranimé, tu n'y penseras plus.

Le petit fit un pas vers lui comme s'il allait le frapper :

— Qu'est-ce qui vous donne le droit de me parler sur ce ton? Qu'est-ce qui vous en donne le droit?

Daniel riait toujours.

— Ha! ha! Qu'est-ce qui m'en donne le droit? Cherche! cherche bien!

Il lui serra le poignet brusquement :

— Tant que je serai là, tu ne pourras pas te tuer.

même si tu en meurs d'envie. Je suis le maître de ta vie et de ta mort.

— Vous ne serez pas toujours là, dit le petit d'un air étrange.

— C'est ce qui te trompe, dit Daniel. Je serai *toujours là*.

Il tressaillit de plaisir : il avait surpris dans les beaux yeux noisette un éclair de curiosité.

— Même si c'était vrai que je veux me tuer, qu'est-ce que ça peut vous faire ? Vous ne me connaissez même pas.

— Tu l'as dit : c'est une manie, répondit Daniel gaiement. J'ai la manie d'empêcher les gens de faire ce qu'ils veulent.

Il le regarda avec bonté :

— C'est donc si grave ?

Le petit ne répondit pas. Il faisait tous ses efforts pour s'empêcher de pleurer. Daniel fut si ému que les larmes lui vinrent aux yeux. Heureusement, le gosse était trop absorbé pour s'en apercevoir. Pendant quelques secondes encore, Daniel parvint à contenir son envie de lui caresser les cheveux ; puis sa main droite quitta sa poche d'elle-même et vint se poser d'un geste tâtonnant d'aveugle sur le crâne blond. Il la retira comme s'il s'était brûlé : « Trop tôt! C'est une maladresse... » Le petit secoua violemment la tête et fit quelques pas le long de la berge. Daniel attendait en retenant son souffle : « Trop tôt, imbécile, c'était beaucoup trop tôt. » Il conclut avec colère pour se punir : « S'il s'en va, je le laisserai partir sans un geste. » Mais dès qu'il entendit les premiers sanglots, il courut à lui et l'entoura de ses bras. Le petit se laissa aller contre sa poitrine.

— Pauvre petit! dit Daniel bouleversé. Pauvre petit!

Il aurait donné sa main droite pour pouvoir le consoler ou pleurer avec lui. Au bout d'un instant le petit releva la tête. Il ne pleurait plus, mais deux larmes roulaient sur son visage exquis; Daniel eût voulu les ramasser de deux coups de langue et les boire pour

153

sentir au fond de sa gorge le goût salé de cette douleur. Le jeune homme le regardait avec défiance :

— Comment se fait-il que vous vous soyez trouvé là ?

— Je passais, dit Daniel.

— Vous n'êtes donc pas soldat ?

Daniel entendit la question sans plaisir.

— Leur guerre ne m'intéresse pas.

Il enchaîna rapidement :

— Je vais te faire une proposition. Tu es toujours décidé à te tuer ?

Le petit ne répondit pas, mais il prit un air sombre et déterminé.

— Très bien, dit Daniel. Alors écoute. Je me suis amusé à te faire peur, mais je n'ai rien contre le suicide s'il est mûrement réfléchi et je me soucie de ta mort comme d'une guigne puisque je ne te connais pas. Je ne vois pas pourquoi je t'empêcherais de te tuer, si tu en as des raisons valables.

Il vit avec joie la couleur disparaître des joues du jeune homme. « Tu t'en croyais déjà quitte », pensa-t-il.

— Regarde, poursuivit-il en lui montrant le gros chaton de sa bague. J'ai là-dedans un poison foudroyant. Je porte toujours cette bague, même la nuit, et si je me trouvais dans une situation que mon orgueil ne puisse pas supporter...

Il s'arrêta de parler et dévissa le chaton. Le petit regarda les deux pastilles brunes avec une méfiance pleine de répulsion.

— Tu vas m'expliquer ton affaire. Si je juge tes motifs recevables, une de ces pilules est à toi : c'est tout de même plus agréable qu'un bain froid. La veux-tu tout de suite ? demanda-t-il, comme s'il avait brusquement changé d'avis.

Le petit passa, sans répondre, sa langue sur ses lèvres.

— La veux-tu ? Je te la donne ; tu l'avaleras sous mes yeux et je ne te quitterai pas. — Il lui prit la main et dit : Je te tiendrai la main, et te fermerai les yeux.

Le petit secoua la tête :

— Qu'est-ce qui me prouve que c'est du poison? demanda-t-il avec effort.

Daniel éclata d'un rire jeune et léger :

— Tu as peur que ce ne soit une purge? Avale, tu verras bien.

Le petit ne répondit pas : ses joues restaient pâles et ses prunelles dilatées, mais il fit un sourire sournois et coquet en regardant Daniel de côté :

— Alors, tu n'en veux pas?

— Pas tout de suite.

Daniel revissa le chaton de sa bague :

— Ce sera comme tu voudras, dit-il froidement. Comment t'appelles-tu?

— C'est nécessaire que je vous dise mon nom?

— Ton petit nom, oui.

— Eh bien, si c'est nécessaire... Philippe.

— Eh bien, Philippe, dit Daniel en passant son bras sous celui du jeune homme, puisque tu tiens à t'expliquer, montons chez moi.

Il le poussa dans l'escalier et lui fit gravir lestement les marches ; ensuite, ils suivirent les quais, bras dessus bras dessous. Philippe baissait obstinément la tête ; il s'était remis à trembler, mais il s'abandonnait contre Daniel et le frôlait de sa hanche à chaque pas. Beaux souliers de pécari presque neufs mais qui datent d'au moins un an, complet de flanelle bien coupé, cravate blanche sur une chemisette de soie bleue. C'était à la mode en 38, à Montparnasse, coiffure soigneusement négligée : il y a pas mal de narcissisme, dans tout cela. Pourquoi n'est-il pas soldat? Trop jeune, sans doute ; mais il se pourrait qu'il fût plus vieux qu'il n'en a l'air ; l'enfance se prolonge chez les gosses opprimés. En tout cas, ce n'est sûrement pas la misère qui le pousse au suicide. Il demanda brusquement, comme ils passaient devant le pont Henri IV :

— C'est à cause des Allemands que tu voulais te noyer?

Philippe parut étonné et secoua la tête. Il était beau comme un ange. « Je t'aiderai pensa Daniel avec passion, je t'aiderai. » Il voulait sauver Philippe, en faire un homme, « je te donnerai tout ce que j'ai, tu sauras tout ce que je sais ». Les Halles étaient vides et noires, elles ne sentaient plus. Mais la ville avait changé d'aspect. Une heure auparavant, c'était la fin du monde et Daniel se sentait historique. A présent, les rues revenaient lentement à elles, Daniel se promenait au fond d'un dimanche d'avant-guerre, à cette heure tournante où, dans l'agonie de la semaine et du soleil, un beau lundi tout neuf s'annonce. Quelque chose allait commencer : une semaine nouvelle, une nouvelle histoire d'amour. Il leva la tête et sourit : une vitre en feu lui renvoyait tout le couchant, c'était un signe ; une odeur exquise de fraise écrasée lui emplit soudain les narines, c'était un autre signe ; une ombre, au loin, traversa la rue Montmartre en courant, signe encore. Chaque fois que la fortune plaçait sur sa route la rayonnante beauté d'un enfant-Dieu, le ciel et la terre lui faisaient des clins d'œil malicieux. Il défaillait de désir, le souffle lui manquait à chaque pas, mais il avait tellement l'habitude de marcher en silence auprès de jeunes vies sans soupçon qu'il avait fini par aimer pour elle-même la longue patience pédérastique. « Je t'épie, tu es nu dans le creux de mon regard, je te possède à distance, sans rien donner de moi, par l'odorat et la vue ; je connais déjà tes flancs creux, je les caresse de mes mains immobiles, je m'enfonce en toi et tu ne t'en doutes même pas. » Il se pencha pour respirer le parfum de cette nuque courbée et fut frappé tout à coup par une forte odeur de naphtaline. Il se redressa aussitôt, refroidi, amusé : il adorait ces alternatives de trouble et de sécheresse, il adorait l'énervement. « Voyons si je suis bon détective, se dit-il avec gaieté. Voilà un jeune poète qui veut se jeter à l'eau le jour où les Allemands font leur entrée à Paris ; pourquoi ? Indice unique, mais capital : son complet sent la naphtaline, c'est donc qu'il ne le portait plus. Pourquoi changer de vêtements le jour de son suicide ? Parce qu'il ne pouvait plus mettre ceux qu'il portait encore hier. Donc c'était un uniforme qui l'eût fait reconnaître et prendre. C'est un soldat. Mais que fait-il ici ? Mobilisé à l'Hôtel Continental ou dans les services du ministère de l'Air, il y a beau temps qu'il aurait fichu le camp à Tours avec les autres. Alors ? Alors c'est clair. Tout à fait clair. » Il s'arrêta pour désigner la porte cochère :

— C'est là.

— Je ne veux pas, dit Philippe brusquement.

— Quoi ?

— Je ne veux pas monter.

— Tu aimes mieux te faire ramasser par les Allemands ?

— Je ne veux pas, répéta Philippe en regardant ses pieds. Je n'ai rien à vous dire et je ne vous connais pas.

— Ah ! c'est donc ça ! dit Daniel. C'est donc ça !

Il lui prit la tête à deux mains et la releva de force :

— Tu ne me connais pas, mais je te connais, lui dit-il. Je peux te la raconter, ton histoire.

Il poursuivit en plongeant son regard dans les yeux de Philippe :

— Tu étais dans les armées du Nord, la panique s'est mise dans les rangs et tu as décampé. Après, plus moyen de retrouver ton régiment, je suppose. Tu es rentré chez toi, ta famille avait mis les voiles et toi tu t'es habillé en civil et tu es allé droit te jeter dans la Seine. Ce n'est pas que tu sois spécialement patriote, mais tu ne peux pas supporter l'idée que tu es un lâche. Est-ce que je me suis trompé ?

Le petit ne bougeait pas, mais ses yeux s'étaient encore élargis ; Daniel avait la bouche sèche, il sentait l'angoisse monter en lui comme une marée ; il répéta d'une voix plus violente qu'assurée :

— Est-ce que je me suis trompé ?

Philippe émit un léger grognement et son corps se détendit ; l'angoisse recula, la joie coupa le souffle de

Daniel, son cœur s'affola et tapa comme un sourd dans sa poitrine.

— Monte, murmura-t-il. Je sais le remède.

— Le remède à quoi ?

— A tout ça. J'ai beaucoup de choses à t'apprendre.

Philippe avait l'air las et soulagé ; Daniel le poussa sous le porche. Les beaux mômes qu'il chassait à Montmartre ou à Montparnasse, jamais encore il n'avait osé les ramener chez lui. Mais aujourd'hui la concierge et la plupart des locataires galopaient sur les routes entre Montargis et Gien, aujourd'hui, c'était fête. Ils montèrent en silence. Daniel mit la clef dans la serrure sans lâcher le bras de Philippe. Il ouvrit la porte et s'effaça :

— Entre.

Philippe entra d'un pas somnolent.

— La porte en face : c'est le salon.

Il lui tourna le dos, referma la porte à clef, mit la clef dans sa poche. Quand il rejoignit Philippe, celui-ci s'était planté devant l'étagère et regardait les statuettes d'un air animé.

— Elles sont formidables.

— Pas mal, dit Daniel. Elles ne sont pas mal. Et surtout elles sont *vraies*. Je les ai achetées moi-même aux Indiens.

— Et ça ? demanda Philippe.

— Ça, c'est le portrait d'un enfant mort. Au Mexique, quand un type cassait sa pipe, on faisait venir le peintre des morts. Il s'installait et peignait le cadavre sous les traits d'un vivant. Voilà ce que ça donnait.

— Vous avez été au Mexique ? demanda Philippe avec une nuance de considération.

— J'y suis resté deux ans.

Philippe regardait avec extase le portrait de ce bel enfant pâle et dédaigneux qui lui retournait son regard du sein de la mort avec la suffisance et le sérieux d'un initié. Ils se ressemblent, pensa Daniel. Blonds tous les deux, tous les deux insolents et blêmes, l'un de ce côté-ci du tableau et l'autre de l'autre côté, l'enfant qui avait voulu mourir et l'enfant qui était mort pour de bon se regardaient ; la mort, c'était ce qui les séparait : rien, la surface plate de la toile.

— Formidable ! répéta Philippe.

Une fatigue énorme terrassa Daniel tout à coup. Il soupira et se laissa tomber dans un fauteuil. Malvina sauta sur ses genoux.

— Là ! Là ! dit-il en la caressant. Soyez sage, Malvina, soyez belle.

Il se tourna vers Philippe et dit d'une voix faible :

— Il y a du whisky dans la cave à liqueurs. Non : à droite, le petit meuble chinois ; là. Tu trouveras aussi des verres. Tu nous sers ; tu fais la jeune fille de la maison.

Philippe remplit deux verres, en tendit un à Daniel et resta debout devant lui. Daniel vida son verre d'un coup et se sentit ragaillardi.

— Si vous étiez poète, dit-il en le vouvoyant subitement, vous sentiriez ce qu'il y a d'extraordinaire dans notre rencontre.

Le petit eut un drôle de rire provocant :

— Qui vous dit que je ne le suis pas ?

Il regardait Daniel bien en face : depuis qu'il était entré dans la pièce, il avait changé d'air et de manières. Ce sont les pères de famille qui l'intimident, pensa Daniel contrarié : il n'a plus peur de moi parce qu'il a deviné que je n'en suis pas un. Il feignit d'hésiter :

— Je me demande, dit-il pensivement, si tu m'intéresseras.

— Vous auriez mieux fait, dit Philippe, de vous demander ça un peu plus tôt.

Daniel sourit :

— Il est encore temps. Si tu m'ennuies, je te mets dehors.

— Ne vous donnez pas cette peine, dit Philippe.

Il se dirigeait vers la porte.

— Reste, dit Daniel. Tu sais bien que tu as besoin de moi.

Philippe sourit tranquillement et revint s'asseoir sur une chaise. Poppée passait près de lui, il l'attrapa et la mit sur ses genoux sans qu'elle protestât. Il la caressait doucement, voluptueusement.

— Un bon point pour toi, dit Daniel étonné. C'est la première fois qu'elle se laisse faire.

Philippe eut un long sourire sinueux et fat.

— Combien avez-vous de chats? demanda-t-il, les yeux baissés.

— Trois.

— Un bon point pour vous.

Il grattait le crâne de Poppée qui s'était mise à ronronner. « Cette petite frappe a l'air plus à l'aise que moi, pensa Daniel ; il sait qu'il me plaît. » Il demanda brusquement pour le décontenancer.

— Alors? Comment est-ce arrivé?

Philippe lâcha Poppée en écartant les genoux ; la chatte sauta sur le sol et s'enfuit.

— Eh bien, dit-il, comme vous l'avez deviné. Il n'y a rien de plus à dire.

— Où étais-tu?

— Dans le Nord. Un patelin qui s'appelle Parny.

— Et alors?

— Alors rien. On tenait depuis deux jours et puis il y a eu les tanks et les avions.

— A la fois?

— Oui.

— Et tu as eu peur?

— Même pas. Ou alors c'est que la peur n'est pas ce qu'on pense.

Son visage avait durci et vieilli. Il regardait dans le vide, d'un air las :

— Les types couraient ; j'ai couru avec eux.

— Après?

— J'ai marché, puis j'ai trouvé un camion, puis j'ai marché de nouveau ; je suis arrivé ici avant-hier.

— A quoi pensais-tu quand tu marchais?

— Je ne pensais pas.

— Pourquoi as-tu attendu jusqu'à aujourd'hui pour te tuer?

— Je voulais revoir ma mère, dit Philippe.

— Elle n'était pas là?

— Non. Elle n'était pas là.

Il releva la tête et considéra Daniel avec des yeux étincelants.

— Vous auriez tort de me prendre pour un lâche, dit-il d'une voix nette et coupante.

— Vraiment? Alors pourquoi t'être enfui?

— J'ai couru parce que les autres couraient.

— Tu voulais te tuer, pourtant.

— Eh bien, oui. Enfin, j'y pensais.

— Pourquoi?

— Ce serait trop long à vous expliquer.

— Qu'est-ce qui te presse? dit Daniel. Tiens, verse-toi du whisky.

Philippe se versa à boire. Ses joues avaient rosi. Il eut un petit rire :

— S'il n'y avait que moi, ça me serait égal d'être lâche, dit-il. Je suis pacifiste. La vertu militaire, qu'est-ce que c'est? Du manque d'imagination. Les gens courageux là-bas c'étaient des cul-terreux, de vraies brutes. Seulement le malheur a voulu que je naisse dans une famille de héros.

— Je vois, dit Daniel. Ton père est officier de carrière.

— Officier de réserve, dit Philippe. Mais il est mort en 27 des suites de la guerre : il avait été gazé un mois avant l'armistice. Cette mort glorieuse a mis ma mère en goût : en 1933, elle s'est remariée avec un général.

— Elle risque d'être déçue, dit Daniel. Les généraux meurent dans leur lit.

— Pas celui-là, dit Philippe haineusement : c'est Bayard : il baise, tue, prie et ne pense pas.

— Il est au front?

— Où voulez-vous qu'il soit? Il doit manœuvrer lui-même une mitrailleuse ou ramper vers l'ennemi à la tête de ses troupes. Comptez sur lui pour faire massacrer ses hommes jusqu'au dernier.

— Je l'imagine noir et poilu avec des moustaches.

— Exactement, dit Philippe. Les femmes l'adorent parce qu'il sent le bouc.

Ils rirent en se regardant.

— Tu n'as pas l'air de l'aimer beaucoup, dit Daniel.

— Je le déteste, dit Philippe.

Il rosit et regarda Daniel fixement.

— J'ai le complexe d'Œdipe, dit-il. Le cas type.

— C'est de ta mère que tu es amoureux? demanda Daniel avec incrédulité.

Philippe ne répondit pas : il avait un air important et fatal. Daniel se pencha en avant.

— Ça ne serait pas plutôt de ton beau-père? demanda-t-il avec douceur.

Philippe sursauta et devint écarlate, puis il éclata de rire en regardant Daniel dans les yeux :

— Vous en avez de bonnes! dit-il.

— Dame, écoute donc! dit Daniel en riant aussi, c'est tout de même à cause de lui que tu voulais te tuer.

Philippe riait toujours.

— Mais pas du tout! Absolument pas.

— Alors à cause de qui? Tu cours à la Seine parce que tu as manqué de courage et pourtant tu proclames que tu détestes le courage. Tu as peur de son mépris.

— J'ai peur du mépris de ma mère, dit Philippe.

— De ta mère? Je suis sûr qu'elle a toutes les indulgences.

Philippe se mordit les lèvres sans répondre.

— Quand je t'ai mis la main sur l'épaule, tu étais épouvanté, dit Daniel. Tu croyais que c'était lui, n'est-ce pas?

Philippe se leva, ses yeux étincelaient.

— Il a... il a levé la main sur moi.

— Quand?

— Il y a moins de deux ans. Depuis, je le sens toujours derrière moi.

— Tu n'as jamais rêvé que tu étais nu dans ses bras?

— Vous êtes fou, dit Philippe, sincèrement indigné.

— En tout cas, ce qu'il y a de certain, c'est qu'il te possède. Tu marches à quatre pattes, le général te monte, il te fait caracoler comme une jument. Tu n'es jamais toi-même : tantôt tu penses comme lui et tantôt contre lui. Le pacifisme, Dieu sait que tu t'en fous, tu n'y aurais même pas songé si ton beau-père n'avait été soldat.

Il se leva et prit Philippe par les épaules.

— Veux-tu que je te délivre?

Philippe se dégagea, repris par la méfiance.

— Comment le pourriez-vous?

— Je t'ai dit, j'ai beaucoup de choses à t'apprendre.

— Vous êtes psychanalyste?

— Quelque chose comme ça.

Philippe hocha la tête.

— En admettant que ce soit vrai, demanda-t-il, pour quelle raison vous intéresseriez-vous à moi?

— Je suis un amateur d'âmes, dit Daniel en souriant. — Il ajouta avec émotion : La tienne doit être exquise, pour peu qu'on la débarrasse de tout ce qui la gêne.

Philippe ne répondit pas, mais il parut flatté ; Daniel fit quelques pas en se frottant les mains :

— Il faudra, dit-il avec une excitation joyeuse, commencer par liquider toutes les valeurs. Tu es étudiant?

— Je l'étais, dit Philippe.

— Le Droit?

— Les Lettres.

— Très bien. Alors tu comprends ce que je veux dire : le doute méthodique, hein? le dérèglement systématique de Rimbaud. Nous détruisons tout. Mais pas par des mots : par des actes. Tout ce que tu as emprunté s'évanouira en fumée. Ce qui restera, c'est toi. D'accord?

Philippe le regardait avec curiosité.

— Au point où tu en es, reprit Daniel, qu'est-ce que tu risques?

Philippe haussa les épaules.

163

— Rien.

— C'est parfait, dit Daniel, je t'adopte. Nous commençons tout de suite la descente aux enfers. Mais surtout, ajouta-t-il en lui jetant un regard aigu, ne va pas faire un transfert sur moi.

— Pas si bête, dit Philippe, en lui rendant son regard.

— Tu seras guéri quand tu m'auras rejeté comme une vieille épluchure, dit Daniel sans le quitter des yeux.

— N'ayez pas peur, dit Philippe.

— Comme une vieille épluchure! dit Daniel en riant.

— Comme une vieille épluchure! répéta Philippe.

Ils riaient tous les deux ; Daniel remplit le verre de Philippe.

— Asseyons-nous là, dit la fille tout à coup.

— Pourquoi là?

— C'est plus doux.

— Voyez-vous ça, dit Pinette. Elles aiment ce qui est doux, ces demoiselles de la poste.

Il ôta sa veste et la jeta sur le sol :

— Tiens, dit-il, pose ta douceur sur ma veste.

Ils se laissèrent tomber dans l'herbe au bord d'un champ de blé. Pinette ferma le poing gauche, en surveillant la petite du coin de l'œil, introduisit son pouce dans sa bouche et fit semblant de souffler : son biceps saillit, comme gonflé par une pompe et la petite rit un peu :

— Tu peux toucher.

Elle posa un doigt timide sur le bras de Pinette : à l'instant le muscle disparut et Pinette imita le bruit d'un ballon qui se dégonfle.

— Oh! fit la petite.

Pinette se tourna vers Mathieu :

— Tu te rends compte? Mauron, s'il me voyait sans ma veste, assis au bord de la route, qu'est-ce qu'il tousserait!

— Mauron, dit Mathieu, il court encore.

— S'il court aussi vite que je l'emmerde! Il — expliqua, penché vers la postière : Mauron, c'est le pitaine. Il est dans la nature.

— Dans la nature ? répéta-t-elle.

— Il croit que c'est meilleur pour sa santé. — Il ricana : On est notre propre maître ; il n'y a plus personne pour commander, on peut faire ce qu'on veut : si ça te chante on peut monter à l'école et faire dodo dans les draps du pitaine ; le village est à nous.

— Pas pour longtemps, dit Mathieu.

— Raison de plus pour en profiter.

— J'aime mieux rester ici, dit la petite.

— Mais pourquoi ? Je te dis que personne ne peut y trouver à redire.

— Il y a encore des gens dans le village.

Pinette la toisa superbement :

— C'est vrai, dit-il, tu es fonctionnaire. Faut que tu fasses gaffe à cause de ton administration. Nous, dit-il en riant vers Mathieu d'un air complice, on n'a personne à ménager, on est sans feu ni lieu. Sans foi ni loi. On passe : vous autres, vous restez et nous, on passe, on s'en va, on est des oiseaux de passage, des romanichels. Hein ? On est des loups, des bêtes de combat, on est de grands méchants loups, ha !

Il avait arraché un brin d'herbe et en chatouillait le menton de la petite ; il chanta en la regardant profondément et sans cesser de sourire :

— Qui craint le grand méchant loup ?

La petite rougit, sourit et chanta :

— C'est pas nous ! C'est pas nous !

— Ha ! dit Pinette réjoui. Ha, poupée ! Ha, poursuivit-il d'un air absent, petite poupée, petite poupée, mademoiselle Poupée !

Il se tut brusquement. Le ciel était rouge ; sur terre, il faisait frais et bleu. Sous ses mains, sous ses fesses, Mathieu sentait la vie enchevêtrée de l'herbe, des insectes et de la terre, une grande chevelure rêche et mouillée, pleine de poux ; c'était de l'angoisse nue contre ses paumes. Coincés ! Des millions d'hommes coincés, entre les Vosges et le Rhin par l'impossibilité d'être hommes : cette forêt plate allait leur survivre, comme si l'on ne pouvait demeurer dans le monde, à moins d'être paysage ou prairie ou n'importe quelle impersonnelle ubiquité. Sous les mains, l'herbe était tentante comme un suicide ; l'herbe et la nuit qu'elle écrasait contre le sol et les pensées captives qui couraient ventre à terre dans cette nuit et ce faucheux qui se balançait près de son soulier, qui se fendit brusquement de toutes ses pattes immenses et disparut. La fille soupira.

— Qu'est-ce qu'il y a, bébé ? demanda Pinette.

Elle ne répondit pas. Elle avait un petit visage décent et fiévreux avec un long nez et une bouche mince dont la lèvre inférieure avançait un peu.

— Qu'est-ce qu'il y a ? Hein, qu'est-ce qu'il y a ? Dis-moi ce qu'il y a.

Elle se taisait. A cent mètres d'eux, entre le soleil et le champ, quatre soldats passaient, obscurs dans une fumée d'or. Un d'eux s'arrêta et se tourna vers l'est, effacé par la lumière, pas noir, plutôt mauve contre les rouges du couchant ; il était nu-tête. Le suivant vint buter contre lui, le poussa et leurs torses filèrent au-dessus des blés comme des navires ; un autre glissa derrière eux, les bras levés ; un retardataire fouettait les épis avec une badine.

— Encore ! dit Pinette.

Il avait pris la fille par le menton et la regardait : elle avait les yeux pleins de larmes.

— Dis donc, tu n'es pas marrante.

Il s'appliquait à lui parler avec une brutalité militaire, mais il manquait d'assurance : en passant par sa bouche enfantine, les mots s'imprégnaient de fadeur.

— C'est plus fort que moi, dit-elle.

Il l'attira contre lui.

— Faut pas pleurer, voyons. Est-ce que nous pleurons, nous autres ? ajouta-t-il en riant.

Elle laissa aller sa tête contre l'épaule de Pinette et il lui caressa les cheveux ; il avait l'air fier.

— Ils vont vous emmener, dit-elle.

— Bah! Bah!

— Ils vont vous emmener, répéta-t-elle en pleurant.

Le visage de Pinette se durcit :

— J'ai pas besoin qu'on me plaigne.

— Je ne veux pas qu'ils vous emmènent.

— Qui t'a dit qu'ils nous emmèneraient? Tu verras comment les Français se battent ; tu seras aux premières loges.

Elle leva sur lui ses grands yeux dilatés ; elle avait si peur qu'elle ne pleurait plus.

— Il ne faut pas vous battre.

— Ta, ta, ta.

— Il ne faut pas vous battre, la guerre est finie.

Il la considéra d'un air amusé.

— Ha! dit-il. Ha! Ha!

Mathieu se détourna, il avait envie de s'en aller.

— On se connaît d'hier, reprit la petite.

Sa lèvre inférieure tremblait, elle inclinait sa longue figure, elle avait l'air noble, ombrageux et triste, comme un cheval.

— Demain, dit-elle.

— Oh! d'ici demain... dit Pinette.

— D'ici demain, il n'y a qu'une nuit.

— Justement : une nuit, dit-il en clignant de l'œil. Le temps de s'amuser un peu.

— Je n'ai pas envie de m'amuser.

— Tu n'as pas envie de t'amuser? C'est vrai que tu n'as pas envie de t'amuser?

Elle le regardait sans répondre. Il dit :

— Tu as de la peine?

Elle le regardait toujours, la bouche entrouverte.

— A cause de moi? demanda-t-il.

Il se pencha sur elle avec une tendresse un peu hagarde, mais, presque aussitôt, il se redressait en tordant les lèvres, il avait l'air mauvais.

— Allons, dit-il, allons! Faut pas t'en faire, poupée : il en viendra d'autres. Un de perdu, dix de retrouvés.

— Les autres ne m'intéressent pas.

— Tu ne diras pas ça quand tu les auras vus. Ce sont de drôles de gars, tu sais. Et balancés! Des épaules comme ça, des hanches comme ça!

— De qui parlez-vous?

— Des Fritz, donc!

— Ce ne sont pas des hommes.

— Qu'est-ce qu'il te faut?

— Pour moi, ce sont des bêtes.

Pinette eut un sourire objectif :

— Tu as tort, dit-il posément. Ce sont de beaux gosses et de bons soldats. Ils ne valent pas le Français, mais ce sont de bons soldats.

— Pour moi, ce sont des bêtes, répéta-t-elle.

— Ne le répète pas trop, lui dit-il, parce que tu seras bien embêtée de l'avoir dit quand tu auras changé d'avis. Ils sont vainqueurs, tu comprends. Un malabar qui vient de gagner la guerre, tu peux pas lutter contre, faut que tu y passes, ça te démange là. Va demander aux Parisiennes, tiens! Elles se marrent bien, en ce moment, les Parisiennes. Ha! Elles font des parties de jambe en l'air.

La fille se dégagea brusquement.

— Vous me dégoûtez.

— Qu'est-ce qui te prend, la môme? demanda Pinette.

— Je suis Française! dit la fille.

— Les Parisiennes aussi sont Françaises, ça n'empêche pas.

— Laissez-moi, dit-elle. Je veux m'en aller.

Pinette pâlit et se mit à ricaner.

— Ne vous fâchez pas, dit Mathieu. Il a dit ça pour vous charrier.

— Il exagère, dit-elle. Il me prend pour qui?

— Ça n'est pas commode d'être vaincu, dit Mathieu doucement. Il faut le temps de s'habituer. Vous ne savez pas comme il est gentil d'ordinaire, c'est un agneau.

— Ha! dit Pinette. Ha! Ha!

— Il est jaloux, dit Mathieu.

— De moi? demanda la petite radoucie.

— Bien sûr, il pense à tous les types qui essaieront de vous faire la cour pendant qu'il cassera les cailloux.

— Ou qu'il mangera des pissenlits par la racine, dit Pinette qui ricanait toujours.

— Je vous défends de vous faire tuer, s'écria-t-elle. Il sourit.

— Tu parles comme une femme, dit-il. Comme une petite fille, comme une toute petite fille, ajouta-t-il en la chatouillant.

— Méchant! dit-elle en se tordant sous les chatouilles. Méchant! Méchant!

— Ne vous en faites pas trop pour lui, dit Mathieu agacé. Ça va se passer très simplement et d'ailleurs nous n'avons pas de munitions.

Ils se tournèrent vers lui en même temps et lui jetèrent le même regard haineux et dégrisé, comme s'il les avait empêchés de faire l'amour. Mathieu regarda Pinette avec dureté; au bout d'un moment Pinette baissa la tête et arracha boudeusement une touffe d'herbe entre ses genoux. Sur la route, des soldats flânaient. Il y en avait un qui portait un fusil; il le tenait comme un cierge en bouffonnant.

— Chiche, dit un petit brun trapu et cagneux.

Le soldat prit le fusil à deux mains par le canon, le balança un moment comme une canne de golf et frappa rudement de la crosse un caillou qui sauta à vingt pas. Pinette les regardait faire, les sourcils froncés.

— Il y en a qui abusent tout de suite, dit-il.

Mathieu ne répondit pas. La petite avait pris la main de Pinette sur ses genoux et jouait avec.

— Vous avez une alliance, dit-elle.

— Tu ne l'avais pas vue? demanda-t-il en crispant un peu la main.

— Si, je l'avais vue. Vous êtes marié?

— Puisque j'ai une alliance.

— Oui, dit-elle tristement.

— Regarde ce que j'en fais de mon alliance.

Il tira sur son doigt en grimaçant, arracha l'alliance et la jeta dans les blés.

— Oh! tout de même, dit la petite scandalisée.

Il prit le couteau sur la table, Ivich saignait, il s'envoya un bon coup dans la paume, des gestes, des gestes, de petites destructions, ça vous avance à quoi, j'ai pris ça pour la liberté, il bâilla.

— Elle était en or?

— Oui.

Elle se haussa et l'embrassa légèrement sur les lèvres. Mathieu se redressa et s'assit :

— Je me tire! dit-il.

Pinette le regarda avec inquiétude.

— Reste encore un peu.

— Vous n'avez pas besoin de moi.

— Reste donc! dit Pinette, pour ce que tu as à faire.

Mathieu sourit et montra la petite :

— Elle n'a pas tellement envie que je reste.

— Elle? Mais bien sûr que si, elle t'aime bien. — Il se pencha sur elle et dit d'une voix pressante : C'est un copain. N'est-ce pas que tu l'aimes bien?

— Oui, dit la petite.

Elle me déteste, pensa Mathieu ; mais il resta. Le temps ne coulait même plus : il tremblotait, affalé sur cette plaine rousse. Un mouvement trop brusque et Mathieu le sentirait de nouveau dans ses os, comme l'élancement d'un vieux rhumatisme. Il s'étendit sur le dos. Le ciel, le ciel, rose et nul ; si l'on pouvait tomber dans le ciel! Rien à faire, on est des créatures d'en dessous, tout le mal vient de là.

Les quatre soldats qu'il avait vus glisser le long des blés avaient tourné autour du champ pour rejoindre la route : ils débouchèrent sur le pré, en file indienne. C'étaient des types du génie, Mathieu ne les connaissait pas ; le caporal, qui marchait en tête, ressemblait à Pinette, il était en bras de chemise, comme lui, il avait ouvert sa chemise sur sa gorge velue ; le suivant, un brun hâlé, avait jeté sa veste sur ses épaules sans l'enfiler, il tenait un épi dans sa main gauche, de la main droite il en cueillait les grains ; il renversa la main, la porta à sa bouche, sortit sa langue et lapa avec un mouvement de la tête ces petits fuseaux dorés. Le troisième, plus grand et plus âgé, peignait avec ses doigts ses cheveux blonds. Ils marchaient lentement, rêveusement, avec une souplesse de civil ; le blond abaissa les mains qui fourrageaient dans sa chevelure, il les passa doucement sur ses épaules et son cou comme pour jouir des arêtes de ce corps enfin jailli sous le soleil hors de l'informe emballage militaire. Ils s'arrêtèrent l'un derrière l'autre, presque en même temps, et regardèrent Mathieu. Sous ces yeux d'un autre âge, Mathieu se sentit fondre en herbe, il était une prairie regardée par des bêtes. Le brun dit :

— J'ai perdu mon ceinturon.

La voix ne dérangea pas ce doux monde inhumain : ce n'était pas une parole ; tout juste un des bruissements qui concourent à faire le silence. Des lèvres du blond, un bruissement tout pareil s'échappa :

— T'en fais donc pas, les Fritz l'auraient pris.

Le quatrième arrivait sans bruit, ; il s'arrêta, leva le nez et son visage refléta la vacance du ciel.

— Hé! fit-il.

Il s'accroupit, cueillit un coquelicot, le mit à sa bouche. En se relevant, il vit Pinette qui serrait la petite contre lui ; il se mit à rire :

— Ça chasse dur.

— Assez dur, reconnut Pinette.

— Le temps se rafraîchit, hein?

— On dirait.

— C'est pas dommage.

Les quatre têtes se hochèrent avec un air d'intelligence bien français ; l'intelligence s'effaça, il ne resta qu'un immense loisir et les têtes continuèrent à branler.

« Pour la première fois de leur vie, pensa Mathieu, ils se reposent. »

Ils se reposaient des marches forcées, des revues d'habillement, de l'exercice, des permissions, de leurs attentes, de leurs espoirs, ils se reposaient de la guerre et d'une fatigue plus ancienne encore : de la paix. Au milieu des blés, à la lisière du bois, à la sortie du village il y en avait d'autres par petits groupes, qui se reposaient aussi : des cortèges de convalescents parcouraient la campagne.

— Ho Pirard! cria le caporal.

Mathieu se retourna. Pirard, l'ordonnance du capitaine Mauron, s'était arrêté au bord de la route et pissait : c'était un paysan breton, ladre et brutal. Mathieu le regarda avec surprise : le couchant rougissait sa face terreuse, ses yeux s'étaient dilatés, il avait perdu son air défiant et rusé ; pour la première fois, peut-être, il regardait les signes tracés dans le ciel et le chiffre mystérieux du soleil. Un jet clair sourdait de ses mains, qui semblaient oubliées autour de sa braguette.

— Ho Pirard!

Pirard sursauta.

— Qu'est-ce que tu fais? demanda le caporal.

— Je prends le frais, dit Pirard.

— Tu pisses, cochon! Il y a des demoiselles.

Pirard baissa les yeux sur ses mains, parut étonné et se reboutonna hâtivement.

— C'était sans y penser, dit-il.

— Il n'y a pas d'offense, dit la fille.

Elle se blottit contre la poitrine de Pinette et sourit au caporal. Sa robe s'était relevée, elle ne songeait pas à la rabaisser : on vivait dans l'innocence. Ils lui regardèrent les cuisses, mais gentiment, avec un émerveillement triste : c'étaient des anges, ils avaient des regards plats.

— Bon, dit le brun. Eh bé, salut. On la continue, la promenade.

— La promenade apéritive, dit le grand blond en riant.

— Bon appétit, dit Mathieu.

Ils rirent : tout le monde savait qu'il n'y avait plus rien à manger dans le village ; toutes les réserves de l'Intendance avaient été pillées aux premières heures du matin.

— Ça n'est pas l'appétit qui manque.

Ils ne bougeaient pas ; ils cessèrent de rire et un peu d'angoisse remonta aux yeux du caporal : on aurait dit qu'ils avaient peur de partir. Mathieu faillit leur dire de s'asseoir.

— Allons! dit le caporal d'une voix trop calme.

Ils se remirent en marche pour gagner la route ; leur départ fit une rapide lézarde dans la fraîcheur du soir; un peu de temps coula par cette déchirure, les Allemands firent un bond en avant, cinq doigts de fer se crispèrent sur le cœur de Mathieu. Et puis la saignée s'arrêta, le temps se cailla de nouveau, il n'y eut qu'un parc où flânaient des anges. « Que c'est vide! » pensa Mathieu. Quelqu'un d'immense avait brusquement décampé, laissant la Nature à la garde des soldats de deuxième classe. *Une voix court sous un antique soleil: Pan est mort, ils ont éprouvé la même absence.* Qui est-ce qui est mort, ce coup-ci? La France? La chrétienté? L'espoir? La terre et les champs retournaient doucement à leur inutilité première ; au milieu des champs qu'ils ne pouvaient ni cultiver ni défendre, ces hommes devenaient gratuits. Tout semblait neuf et pourtant le soir était bordé par la lisière noire de la prochaine nuit ; au cœur de cette nuit, une comète se jetterait sur la terre. Bombarderont-ils? On attendait sous peu la cérémonie. Était-ce le premier jour du monde ou le dernier? Les blés, les coquelicots qui noircissaient à vue d'œil, tout semblait naître et mourir à la fois. Mathieu parcourut du regard cette tranquille ambiguïté, il pensa : « C'est le paradis du désespoir. »

— Tes lèvres sont froides, dit Pinette.

Il était penché sur la petite et l'embrassait.

— Tu as froid? demanda-t-il.

— Non.

— Tu aimes que je t'embrasse?

— Oui. Beaucoup.

— Alors? Pourquoi tes lèvres sont froides?

— C'est vrai qu'ils violent les femmes? demanda-t-elle.

— Tu es folle.

— Embrasse-moi, dit-elle passionnément. Je ne veux plus penser à rien.

Elle lui prit la tête dans ses mains et l'attira contre elle en se renversant.

— Poupée, dit-il. Poupée!

Il se coucha sur elle, Mathieu ne vit plus que des cheveux dans les herbes. Mais presque aussitôt la tête se releva, le masque hargneux et superbe en était tombé; les yeux, dans une douce nudité lisse, regardaient Mathieu sans le voir; ils débordaient de solitude.

— Mon chéri, viens, viens, soupira la petite.

Mais la tête ne s'abaissait pas, raide, blanche, aveugle. Il fait son métier d'homme, pensa Mathieu en regardant ces yeux obscurs. Pinette avait couché cette femme sous lui, il l'écrasait dans la terre, il la fondait à la terre, à l'herbe hésitante; il tenait la prairie couchée sous son ventre, elle l'appelait, il s'enracinerait en elle par le ventre, elle était eau, femme, miroir; elle reflétait sur toute sa surface le vierge héros des batailles futures, le mâle, le soldat glorieux et vainqueur; la Nature, haletante, à la renverse, l'absolvait de toutes les défaites, murmurait : mon chéri, viens, viens. Mais il voulait jouer à l'homme jusqu'au bout, il s'appuyait des paumes contre le sol et ses bras raccourcis semblaient des ailerons, il dressait sa tête au-dessus de cette docilité touffue, il voulait être admiré, reflété, désiré par en dessous, dans l'ombre, à son insu, négliger cette gloire qui passait de la terre à son corps comme une chaleur animale, émerger dans le vide, dans l'angoisse, pour penser : « Et après? » La petite lui noua le bras autour du cou et pesa sur sa nuque. La tête plongea dans la gloire et l'amour, la prairie se referma. Mathieu se releva sans bruit et s'en alla ; il traversa le pré, il devint un des anges qui flânaient sur la route encore claire, entre les taches des peupliers. Le couple avait disparu dans l'herbe noire ; des soldats passèrent avec des bouquets ; un d'eux, tout en marchant, leva son bouquet vers son visage, plongea le nez dans les fleurs, respira au milieu des fleurs, son loisir, sa peine et son injustifiable gratuité. La nuit rongeait les feuillages, les visages : tout le monde se ressemblait ; Mathieu pensa : « Je leur ressemble. » Il marcha encore un peu, vit s'allumer une étoile et frôla un promeneur obscur qui sifflait. Le promeneur se retourna, Mathieu vit ses yeux et ils se sourirent, c'était un sourire de la veille, un sourire d'amitié.

— Il fait frais, dit le type.

— Oui, dit Mathieu, il commence à faire frais.

Ils n'avaient rien d'autre à se dire et le promeneur s'en alla. Mathieu le suivit du regard ; faut-il donc que les hommes aient tout perdu, même l'espoir, pour qu'on lise dans leurs yeux que l'homme pourrait gagner ? Pinette faisait l'amour ; Guiccioli et Latex avaient roulé ivres morts sur le plancher de la mairie ; par les chemins, des anges solitaires promenaient leur angoisse : personne n'a besoin de moi. Il se laissa tomber par terre, sur le bord de la route, parce qu'il ne savait plus où aller. La nuit lui entra dans la tête par la bouche, par les yeux, par les narines, par les oreilles : il ne fut plus personne et plus rien. Plus rien que le malheur et la nuit. Il pensa : « Charlot ! » et bondit sur ses pieds : il pensait à Charlot, tout seul avec sa peur, et il avait honte ; j'ai fait le grand funeste avec ces cochons ivres et pendant ce temps-là il était seul et il avait peur, modestement, et j'aurais pu l'aider.

Charlot était assis à la même place ; il se penchait sur son livre. Mathieu s'approcha et lui passa la main dans les cheveux.

— Tu t'arraches les yeux.

— Je ne lis pas, dit Charlot. Je pense.

Il avait relevé la tête et ses grosses lèvres ébauchaient un sourire.

— Tu penses à quoi ?

— A mon magasin. Je me demande s'ils l'ont saccagé.

— C'est peu probable, dit Mathieu.

Il désigna de la main les fenêtres noires de la mairie.

— Qu'est-ce qu'ils font là-dedans ?

— Je ne sais pas, dit Charlot. Il y a un moment que je n'entends plus rien.

Mathieu s'assit sur une marche.

— Ça ne va pas fort, hein ?

Charlot sourit tristement.

— C'est à cause de moi que tu es revenu ? demanda-t-il.

— Je m'emmerde. J'ai pensé que tu avais peut-être besoin de compagnie. Ça m'arrangerait plutôt.

Charlot secoua la tête, sans répondre.

— Tu veux que je m'en aille ? demanda Mathieu.

— Non, dit Charlot, tu ne me gênes pas. Mais tu ne peux pas m'aider. Qu'est-ce que tu me diras : que les Allemands ne sont pas des sauvages ? Qu'il faut avoir du courage ? Je sais tout ça.

Il soupira et posa le livre à côté de lui, précautionneusement :

— Il faudrait que tu sois juif, dit-il. Autrement tu ne peux pas comprendre. — Il posa la main sur le genou de Mathieu et lui dit sur un ton d'excuse : C'est pas moi qui ai peur, c'est ma race au-dedans de moi. On ne peut rien faire à ça.

Mathieu se tut ; ils restèrent côte à côte, silencieux, l'un désemparé, l'autre tout à fait inutile, attendant que l'obscurité les ensevelît.

C'était l'heure où les objets débordent leurs contours et fusent dans la brume cotonneuse du soir ; les fenêtres glissaient dans la pénombre d'un long mouvement immobile, la chambre, c'était une péniche, elle errait ;

176

la bouteille de whisky, c'était un dieu aztèque ; Philippe, c'était cette longue plante grise qui n'intimidait pas ; l'amour, c'était beaucoup plus que l'amour, et l'amitié, ce n'était pas tout à fait l'amitié. Daniel, caché, parlait d'amitié, il n'était plus qu'une voix chaude et calme. Il reprit son souffle et Philippe en profita pour dire :

— Ce qu'il fait noir ! Vous ne croyez pas qu'on pourrait allumer ?

— Si l'électricité n'est pas coupée, dit Daniel sèchement.

Il se leva de mauvaise grâce : le moment était venu de subir l'épreuve de la lumière. Il ouvrit la fenêtre, se pencha au-dessus du vide et respira l'odeur de violette du silence : tant de fois, à cette même place, j'ai voulu me fuir et j'entendais croître des pas, ils marchaient sur mes pensées. La nuit était douce et sauvage, la chair tant de fois déchirée de la nuit s'était cicatrisée. Une nuit pleine et vierge, belle nuit sans hommes, belle sanguine sans pépins. Il tira les persiennes à regret, tourna le commutateur et la chambre se jeta hors de l'ombre, les choses rentrèrent en elles-mêmes. Le visage de Philippe se poussa contre les yeux de Daniel, Daniel sentait remuer dans son regard cette tête énorme et précise, fraîchement coupée, renversée, avec ces deux yeux pleins de stupeur qui se fascinaient sur lui comme s'ils le voyaient pour la première fois. « Il faut jouer serré », pensa-t-il. Il leva la main, gêné, pour mettre un terme à toute la fantasmagorie, pinça le revers de son veston entre ses doigts, sourit : il avait peur d'être découvert.

— Qu'est-ce que tu as à me regarder ? Tu me trouves beau ?

— Très beau, dit Philippe d'une voix neutre.

Daniel se tourna et retrouva dans la glace, sans déplaisir, son beau visage sombre. Philippe avait baissé les paupières ; il pouffa derrière sa main.

— Tu ris comme une pensionnaire.

Philippe cessa de rire. Daniel insista :

— Pourquoi ris-tu ?

— Comme ça.

Il était à moitié ivre, de vin, d'incertitude, de fatigue. Daniel pensa : il est à point. Pourvu que tout fût fait *en riant*, comme une farce de collège, le petit se laisserait renverser sur le divan, cajoler, embrasser derrière l'oreille : il ne se défendrait que par le fou rire. Daniel lui tourna brusquement le dos et fit quelques pas à travers la chambre : trop tôt, beaucoup trop tôt, pas de bêtises ! Demain il irait se tuer ou c'est moi qu'il essaierait de descendre. Avant de revenir vers Philippe, il boutonna son veston et le tira sur ses cuisses pour dissimuler l'évidence de son trouble.

— Enfin voilà ! dit-il.

— Voilà, dit Philippe.

— Regarde-moi.

Il lui plongea son regard dans les yeux et hocha la tête avec satisfaction ; il dit lentement :

— Tu n'es pas un lâche, j'en étais sûr.

Il avança l'index et lui frappa la poitrine :

— Toi, fuir par panique ? Allons donc ! Ça ne te ressemble pas. Tu es parti, tout simplement ; tu as laissé cette affaire se régler sans toi. Pourquoi te serais-tu fait tuer pour la France ? Hein ? Pourquoi ? Tu t'en fous de la France, hein ? Tu t'en fous, petite frappe !

Philippe fit un signe de tête, Daniel reprit sa marche à travers la chambre.

— Fini tout ça, dit-il, avec une agitation pleine de gaieté. Fini, liquidé. Tu as une chance que je n'ai pas eue à ton âge. Non, non, dit-il vivement avec un geste de la main, non, non, je ne veux pas parler de notre rencontre. Ta chance c'est la coïncidence *historique* : tu veux saper la morale bourgeoise ? Eh bien, les Allemands sont là pour t'aider. Ha ! tu verras ce coup de balai ; tu verras ramper les pères de famille, tu les verras lécher les bottes et tendre leurs gros culs aux coups de pieds ; tu verras ton beau-père à plat ventre : c'est lui le grand vaincu de cette guerre, comme tu vas pouvoir le mépriser.

Il rit aux larmes en répétant : « Quel coup de balai! », puis il se tourna brusquement vers Philippe :

— Il faut les aimer.

— Qui? demanda Philippe, effrayé.

— Les Allemands. Ce sont nos alliés.

— Aimer les Allemands, répéta Philippe. Mais je... je ne les connais pas.

— Nous en connaîtrons, n'aie pas peur : nous dînerons chez les gauleiter, chez les feldmarschal ; ils nous promèneront dans leurs grosses Mercédès noires pendant que les Parisiens iront à pied.

Philippe étouffa un bâillement ; Daniel le secoua par les épaules :

— Il faut aimer les Allemands, lui dit-il, d'un air intense. Ce sera ton premier exercice spirituel.

Le petit n'avait pas l'air autrement ému ; Daniel le lâcha, ouvrit tout grands les bras et dit avec une pompe malicieuse :

— Voici venir le temps des assassins.

Philippe bâilla pour la seconde fois : Daniel vit sa langue pointue.

— J'ai sommeil, dit Philippe d'un air d'excuse. Voilà deux nuits que je n'ai pas fermé l'œil.

Daniel pensa se fâcher, mais il était éreinté, lui aussi, comme après chaque nouvelle rencontre. A force d'avoir désiré Philippe, il avait attrapé une lourdeur dans l'aine. Il eut soudain hâte de se retrouver seul.

— Très bien, dit-il, je te laisse. Tu trouveras des pyjamas dans le tiroir de la commode.

— Ce n'est pas la peine, dit le petit mollement, il faut que je rentre.

Daniel le regarda en souriant :

— Tu feras ce que tu voudras ; mais tu risques de tomber sur une patrouille et Dieu sait ce qu'ils feront de toi : tu es joli comme une fille et les Allemands sont tous pédérastes. Et puis, même en admettant que tu arrives chez toi, tu vas y retrouver ce que tu veux fuir. Il y a des photos de ton beau-père sur les murs, hein? Et le parfum de ta mère flotte dans sa chambre?

Philippe ne semblait pas l'entendre. Il fit un effort pour se lever, mais retomba sur le divan :

— Haaâh, dit-il d'une voix endormie.

Il regarda Daniel et lui sourit d'un air perplexe :

— Je crois que je ferais mieux de rester ici.

— Alors, bonsoir.

— Bonsoir, dit Philippe en bâillant.

Daniel traversa la pièce ; en passant près de la cheminée, il appuya sur une moulure et un rayon de la bibliothèque pivota sur lui-même, démasquant une rangée de livres à couverture jaune.

— Ça, dit-il, c'est l'Enfer. Tu liras tout ça plus tard : on y parle de toi.

— De moi? répéta Philippe sans comprendre.

— Oui, enfin de ton cas.

Il repoussa le rayon et ouvrit la porte. La clef était restée à l'extérieur. Daniel la prit et la jeta à Philippe :

— Si tu as peur des fantômes ou des voleurs, tu peux t'enfermer, dit-il avec ironie.

Il referma la porte sur lui, gagna dans le noir le fond de la chambre, alluma sa lampe de chevet et s'assit sur son lit. Enfin seul! Six heures de marche et, pendant quatre heures, ce rôle corseté de prince du mal : je suis flapi. Il soupira, pour le plaisir d'éprouver sa solitude ; pour le plaisir de n'être pas entendu, il gémit douillettement : « J'ai tellement mal aux couilles. » Pour le plaisir de n'être pas vu, il fit une grimace pleurarde. Puis il sourit et se laissa aller en arrière comme dans un bon bain : il avait l'habitude de ces longs désirs abstraits, de ces vaines et furtives érections ; il savait d'expérience qu'il souffrirait moins s'il restait étendu. La lampe faisait un rond de lumière au plafond, les oreillers étaient frais. Daniel inerte, mort, souriant, se reposait. « Tranquille, tranquille : j'ai fermé à clef la porte d'entrée, j'ai la clef dans ma poche ; d'ailleurs il va s'écrouler de fatigue, il dormira jusqu'à midi. Pacifiste : je vous demande un peu! Somme toute, ça n'a pas très bien rendu. Il y avait sûrement des fils à tirer, mais je n'ai pas su les trouver. » Les Nathanaël, les Rimbaud, Daniel en faisait son affaire ; mais la nouvelle génération le déconcertait : « Quel drôle de mélange : du narcissisme et des idées sociales, ça n'a pas le sens commun. » Tout de même, en gros, ça n'avait pas si mal marché : le petit était là, sous clef. Dans le doute, il ne serait pas mauvais de jouer à fond la carte du dérèglement systématique. Ça prenait toujours un peu, ça flattait : « Je t'aurai, pensa-t-il, je lessiverai tes principes, mon ange. Des idées sociales! Tu vas voir ce qu'elles deviendront! » Cette ferveur refroidie lui pesait sur l'estomac, il avait envie d'un bon coup de cynisme pour la balayer : « Si je peux le garder longtemps, c'est une bonne affaire : j'ai besoin de dételer, il me faut quelqu'un à domicile. Les kermesses, Graff et Toto, ma Tante d'Honfleur, Marius, le Sens interdit : finis. Finies les attentes aux abords de la gare de l'Est et la vulgarité abjecte des permissionnaires aux pieds odorants : je me range. (*Finie la Terreur!*) » Il s'assit sur le lit et commença à se déshabiller : ce sera une liaison sérieuse, décida-t-il. Il avait sommeil, il était calme, il se leva pour prendre ses effets, il constata qu'il était calme, il pensa : c'est curieux que je ne sois pas angoissé. A l'instant il y eut quelqu'un derrière son dos, il se retourna, ne vit personne et l'angoisse le fendit en deux. « Encore une fois! Encore une fois! » Tout recommençait, il savait tout, il pouvait tout prévoir, il pouvait raconter minute par minute les années de malheur qui allaient suivre, les longues, longues années quotidiennes, ennuyeuses et sans espoir et puis la fin immonde et douloureuse : tout était là. Il regarda la porte close, il souffrait, il pensait : « Cette fois-ci, j'en crèverai » et il avait dans la bouche le fiel des souffrances futures.

— Ça brûle bien! dit un vieux.

Tout le monde était sur la route, soldats, vieux et filles. L'instituteur pointait sa canne vers l'horizon ; au bout de la canne tournait un faux soleil, une boule de feu qui cachait des aurores blêmes : c'était Roberville qui brûlait.

— Ça brûle bien!

— Eh oui! Eh oui!

Les vieux se dandinaient un peu, les mains derrière le dos, ils disaient : eh oui! eh oui! de leurs voix profondes et calmes. Charlot lâcha le bras de Mathieu, il dit :

— C'est malheureux!

Un vieux lui répondit :

— C'est le sort du paysan. Quand c'est pas la guerre, c'est la grêle ou la gelée : pour le paysan, il n'y a point de paix sur la terre.

Les mains des soldats tâtaient les filles dans l'ombre et faisaient lever des rires ; dans son dos, Mathieu entendait les cris des gamins qui jouaient dans les ruelles abandonnées du village. Une femme s'avança : elle tenait un enfant dans ses bras.

— C'est-il les Français qui ont mis le feu? demandat-elle.

— Vous êtes pas cinglée, la petite mère? dit Lubéron. C'est les Frisous, oui.

Un vieux hochait la tête, incrédule :

— Les Frisous?

— Eh oui, les Frisous : les Boches, quoi!

Le vieux n'avait pas l'air convaincu :

— Ils sont déjà venus, les Boches, à l'autre guerre. Et ils n'ont point fait grand mal : c'étaient pas de mauvais gars.

— Pourquoi qu'on aurait mis le feu? demanda Lubéron indigné. On n'est pas des sauvages.

— Et pourquoi qu'ils l'auraient mis, eux? Où c'est qu'ils cantonneront?

Un soldat barbu leva la main :

— Ça sera des couillons de chez nous qui auront voulu faire les marioles : ils auront tiré. Si les Fritz ont eu seulement un mort, ils ont brûlé le village.

La femme se tourna vers lui, inquiète.

— Et vous ? demanda-t-elle.

— Quoi, nous ?

— Vous n'allez pas faire de bêtises ?

Les soldats se mirent à rire :

— Ah ! dit l'un d'eux avec conviction, avec nous, vous pouvez dormir sur vos deux oreilles. On connaît la vie.

Ils se regardaient et riaient d'un air de connivence :

— On connaît la vie, on connaît la chanson.

— Vous pensez comme on irait chercher des crosses aux Frisés la veille de la paix.

La femme caressait la tête de son petit ; elle demanda d'une voix hésitante :

— C'est la paix ?

— Oui, c'est la paix, dit l'instituteur avec force. C'est la paix. Voilà ce qu'il faut se dire.

Il y eut un frisson dans la foule ; Mathieu entendit dans son dos un petit vent confus de paroles presque joyeuses.

— C'est la paix, c'est la paix.

Ils regardaient brûler Roberville et répétaient entre eux : la guerre est finie, c'est la paix ; Mathieu regardait la route : elle s'échappait de la nuit, à deux cents mètres, coulait en blancheur incertaine jusqu'à ses pieds et s'en allait baigner derrière lui les maisons aux volets clos. Belle route aventureuse et mortelle, belle route à sens unique. Elle avait retrouvé la sauvagerie des fleuves antiques : demain elle portera jusque dans le village des navires chargés d'assassins. Charlot soupira et Mathieu lui serra le bras sans rien dire.

— Les voilà ! dit une voix.

— Eh ?

— Les Fritz, je te dis : les voilà !

L'ombre avait remué, des soldats en tirailleurs, le fusil sous le bras, sortaient un à un de l'eau noire de la nuit. Ils avançaient lentement, prudemment, prêts à tirer.

— Les voilà! Les voilà!

Mathieu fut heurté, bousculé : une oscillation ample et vague secouait la foule autour de lui.

— Foutons le camp, les gars, cria Lubéron.

— T'es pas sinoc? Ils nous ont vus, y a plus qu'à les attendre.

— Les attendre? Ils vont nous tirer dessus, oui.

La foule lâcha un énorme soupir accablé ; la voix aiguë de l'instituteur troua la nuit :

— Les femmes en arrière. Les hommes, lâchez vos fusils si vous en avez. Et mettez les mains en l'air.

— Bande de cons! cria Mathieu outré. Vous voyez bien que ce sont des Français.

— Des Français...

Il y eut un temps d'arrêt, un piétinement sur place et puis quelqu'un dit avec défiance :

— Des Français? D'où qu'ils sortent?

C'étaient des Français, une quinzaine d'hommes commandés par un lieutenant. Ils avaient des visages noirs et durs. Les gens du village se rangèrent sur les bas-flancs de la route et les regardèrent venir, sans amitié. Des Français, oui, mais qui venaient d'une contrée étrangère et dangereuse. Avec des fusils. A la nuit tombée. Des Français qui sortaient de l'ombre et de la guerre, qui ramenaient la guerre dans ce bourg déjà pacifié. Des Français. Des Parisiens, peut-être, ou des Bordelais ; pas tout à fait des Allemands. Ils passèrent entre deux haies d'hostilité molle, sans regarder personne ; ils avaient l'air fier. Le lieutenant lança un ordre et ils s'arrêtèrent.

— Qu'est-ce que c'est comme division ici? demanda-t-il.

Il ne s'adressait à personne en particulier. Il y eut un silence et il répéta sa question.

— La soixante et une, dit un type de mauvaise grâce.

— Où sont vos chefs?

— Barrés.

— Quoi?

— Barrés, répéta le soldat avec une complaisance manifeste. Le lieutenant tordit la bouche et n'insista pas :

— Où est la mairie?

Charlot, toujours obligeant, s'avança :

— A gauche, au bout de la route. Vous avez cent mètres à faire.

L'officier se retourna brusquement sur lui et le toisa :

— Qu'est-ce que c'est que ces manières de parler à un supérieur? Vous ne pouvez pas rectifier la position? Et ça vous étoufferait de me dire : mon lieutenant?

Il y eut quelques secondes de silence. L'officier regardait Charlot dans les yeux ; autour de Mathieu, les types regardaient l'officier. Charlot se mit au garde-à-vous.

— A vos ordres, mon lieutenant.

— Ça va.

L'officier jeta un coup d'œil méprisant à la ronde, fit un geste et la petite troupe se remit en marche. Les types le regardèrent s'enfoncer dans la nuit sans souffler mot.

— On n'en a donc pas fini avec les officiers? demanda péniblement Lubéron.

— Avec les officiers? répéta une voix nerveuse et amère. Tu les connais pas. Ils nous feront chier jusqu'au bout.

Une femme cria brusquement :

— Ils ne vont pas se battre, ici, au moins?

Il y eut des rires dans la foule et Charlot dit d'une voix débonnaire :

— Pensez-vous, maman : ils sont pas fous.

De nouveau le silence : toutes les têtes s'étaient retournées vers le nord. Roberville, isolé, hors d'atteinte, déjà légendaire, brûlait de malchance en pays étranger, de l'autre côté de la frontière. La bagarre, le casse-pipe, l'incendie, c'est bon pour Roberville ; c'est pas des choses qui peuvent nous arriver à nous. Lentement, nonchalamment, des types se détachèrent de la foule et se dirigèrent vers le village. Ils rentraient, ils allaient faire leur petit somme, pour être tout frais quand les Fritz s'amèneraient au petit matin. « Quelle cochonnerie ! » pensa Mathieu.

— Eh bien, dit Charlot, je me tire.
— Tu vas te plumer ?
— On en cause.
— Tu veux que je t'accompagne ?
— C'est pas la peine, dit Charlot en bâillant.

Il s'éloigna ; Mathieu resta seul. « Nous sommes des esclaves, pensa-t-il, des esclaves, oui. » Mais il n'en voulait pas aux copains, ça n'était pas leur faute : ils avaient tiré dix mois de travaux forcés ; à présent, il y avait transmission de pouvoir, ils passaient aux mains des officiers allemands, ils salueraient le Feldwebel et l'Ober-leutnant ; ça ne faisait pas grande différence, la caste des officiers est internationale ; les travaux forcés continuaient, voilà tout. C'est à moi que j'en veux, pensa-t-il. Mais il se reprochait de s'en vouloir parce que c'était une manière de se placer au-dessus des autres. Indulgent pour tout le monde, sévère pour soi : encore une ruse de l'orgueil. Innocent et coupable, trop sévère et trop indulgent, impuissant et responsable, solidaire de tous et rejeté par chacun, parfaitement lucide et totalement dupe, esclave et souverain : je suis comme tout le monde, quoi. Quelqu'un lui agrippa le bras. C'était la postière. Ses yeux brûlaient son visage.

— Empêchez-le, si vous êtes son ami.
— Eh ?
— Il veut se battre : empêchez-le.

Pinette apparut derrière elle, blême, les yeux morts, avec un mauvais sourire.

— Qu'est-ce que tu veux donc faire, petite tête ? demanda Mathieu.

— Je vous dis qu'il veut se battre, je l'ai entendu : il est allé trouver le capitaine et il lui a dit qu'il voulait se battre.

— Quel capitaine?

— Celui qui vient de passer avec ses hommes.

Pinette ricanait, les mains derrière le dos.

— C'était pas un pitaine, c'était un lieutenant.

— C'est vrai que tu veux te battre? lui demanda Mathieu.

— Vous me faites tous chier, répondit-il.

— Vous voyez! dit la postière. Vous voyez! Il a dit qu'il voulait se battre. Je l'ai entendu.

— Mais qu'est-ce qui vous dit qu'ils vont se battre?

— Vous ne les avez donc pas vus? Ils ont le crime dans les yeux. Et lui, dit-elle en tendant le doigt vers Pinette, regardez-le donc, il me fait peur, c'est un monstre!

Mathieu haussa les épaules :

— Que voulez-vous que j'y fasse?

— Vous n'êtes pas son ami?

— C'est justement pour ça.

— Si vous êtes son ami, vous devez lui dire qu'il n'a plus le droit de se faire tuer.

Elle s'accrocha aux épaules de Mathieu.

— Il n'en a plus le droit!

— Pourquoi ça?

— Vous le savez bien.

Pinette eut un sourire cruel et mou :

— Je suis soldat, faut que je me batte : les soldats sont faits pour ça.

— Alors, il ne fallait pas venir me chercher!

Elle lui saisit le bras et ajouta d'une voix tremblante :

— Tu es à moi!

Pinette se dégagea :

— Je suis à personne.

— Si! dit-elle, tu es à moi! — Elle se tourna vers Mathieu et l'interpella avec feu : Mais dites-le-lui donc, vous! Dites-lui qu'il n'a plus le droit de se faire tuer! C'est votre devoir de le lui dire.

Mathieu se tut ; elle marcha sur lui, son visage flambait ; pour la première fois Mathieu la trouva désirable.

— Vous vous prétendez son ami et ça vous est égal qu'il attrape un mauvais coup?

— Non, ça ne m'est pas égal.

— Vous trouvez que c'est bien qu'il aille tirailler comme un gamin sur une armée entière? Si encore ça servait à quelque chose! Mais vous savez bien que personne ne se bat plus.

— Je sais! dit Mathieu.

— Alors? Qu'est-ce que vous attendez pour le lui dire?

— Qu'il me demande mon avis.

— Henri! Je t'en supplie, demande-lui conseil : il est plus âgé que toi, il doit savoir.

Pinette leva la main pour refuser, mais une idée lui vint et il laissa tomber son bras en plissant les yeux d'un air sournois que Mathieu ne lui connaissait pas :

— Tu veux que je discute le bout avec lui?

— Oui, puisque tu ne m'aimes pas assez pour m'écouter.

— Bon. Eh bien, c'est d'accord. Mais va-t'en alors.

— Pourquoi?

— Je n'ai pas à discuter devant toi.

— Mais pourquoi?

— Parce que! Ce ne sont pas des affaires de femme.

— Ce sont *mes* affaires, puisqu'il s'agit de toi.

— Ah! dit-il exaspéré, tu me casses les couilles.

Il enfonça son coude dans les côtes de Mathieu. Mathieu dit vivement :

— Ça n'est même pas la peine que vous vous en alliez : on va faire les cent pas sur la route ; vous n'avez qu'à nous attendre ici.

— Oui et puis vous ne reviendrez pas.

— Tu es cinglée! dit Pinette. Où veux-tu qu'on aille? On sera à vingt mètres de toi, tu nous verras tout le temps.

— Et si ton ami te dit de ne pas te battre, tu l'écouteras?

— Certainement, dit Pinette. Je fais toujours ce qu'il dit.

Elle se pendit au cou de Pinette :

— Tu me jures que tu reviendras ? Même si tu décidais de te battre ? Même si ton ami te le conseillait ? J'aime mieux tout que de ne pas te revoir. Tu me le jures ?

— Oui, oui, oui.

— Dis que tu le jures ! Dis : je le jure.

— Je le jure, dit Pinette.

— Et vous, dit-elle à Mathieu, vous jurez de me le ramener ?

— Naturellement.

— Ne restez pas longtemps, dit-elle, et ne vous écartez pas.

Ils firent quelques pas sur la route, dans la direction de Roberville ; des buissons et des arbres jaillissaient de l'ombre. Au bout d'un moment, Mathieu se retourna : toute droite, tendue, presque effacée par la nuit, la postière cherchait à les distinguer dans les ténèbres. Un pas de plus et elle s'effaça tout à fait. Au même instant elle cria :

— N'allez pas trop loin, je ne vous vois plus !

Pinette se mit à rire ; il mit les mains en cornet devant sa bouche et cria :

— Oho ! Ohoho ! Ohohoho !

Ils continuèrent leur marche. Pinette riait toujours :

— Elle voudrait me faire croire qu'elle est pucelle ; c'est pour ça.

— Ah !

— C'est elle qui le dit, t'sais. Moi, je ne m'en suis pas aperçu.

— Il y a des filles comme ça : tu crois qu'elles te mentent et puis elles sont vierges pour de bon.

— Penses-tu ! dit Pinette en ricanant.

— Ça arrive.

— Tu parles ! Et même en admettant, ça serait une drôle de coïncidence que ça m'arrive justement à moi.

189

Mathieu sourit sans répondre ; Pinette donna un coup de tête dans le vide :

— Et puis, dis donc! Je ne l'ai pas violée. Quand une fille est sérieuse, tu peux toujours courir pour la sauter. Tiens, prends ma femme : on en mourait d'envie tous les deux, eh bien, il n'y a pas eu mèche avant la nuit de noces.

Il fendit l'air d'une main péremptoire :

— Pas de salades : cette môme-là, ça la démangeait où je pense et je crois bien que c'est moi qui lui ai rendu service.

— Et si tu lui as fait un gosse?

— Moi? dit Pinette stupéfait. Ah! là, là! Tu me connais pas! Je suis le mec régulier. Ma femme n'en voulait pas parce qu'on était trop pauvres et j'ai appris à me surveiller. Non, dit-il, non. Elle a eu son plaisir, moi le mien : on est quittes.

— Si c'est vraiment la première fois, dit Mathieu, ce serait bien rare qu'elle ait eu du plaisir.

— Eh bien, tant pis! dit-il sèchement. Dans ce cas-là, c'est elle qui est fautive.

Ils se turent. Au bout d'un moment, Mathieu leva la tête et chercha les yeux de Pinette dans l'ombre.

— C'est vrai qu'ils vont se battre?

— C'est vrai.

— Dans le village?

— Où veux-tu qu'ils se battent?

Le cœur de Mathieu se serra. Et puis, brusquement, il pensa à Longin vomissant sous son arbre, à Guiccioli vautré sur le plancher, à Lubéron qui regardait brûler Roberville en criant : c'est la paix. Il rit de colère.

— Pourquoi ris-tu?

— A cause des copains, dit Mathieu. Ils vont avoir une drôle de surprise.

— Tu parles.

— Le lieutenant veut bien de toi?

— Si j'ai un fusil. Il m'a dit : « Viens si tu as un fusil. »

— Tu es bien décidé?

Pinette eut un rire farouche.

— Il y a... commença Mathieu.

Pinette se tourna brusquement vers lui :

— Je suis majeur. J'ai pas besoin de conseil.

— Bon, dit Mathieu. Eh bien, retournons.

— Non, dit Pinette. Avance!

Ils firent quelques pas. Pinette dit tout à coup :

— Saute dans le fossé.

— Quoi?

— Allez! Saute!

Ils sautèrent, grimpèrent sur le talus et se trouvèrent au milieu des blés.

— Sur la gauche, expliqua Pinette, il y a un sentier qui ramène au village.

Mathieu buta et tomba sur un genou.

— Nom de Dieu! dit-il. Quelle connerie me fais-tu faire?

— Je ne peux plus la voir en peinture, répondit Pinette.

Ils entendirent une voix de femme qui venait de la route :

— Henri! Henri!

— Ce qu'elle est crampon! dit Pinette.

— Henri! ne me laisse pas!

Pinette tira Mathieu par le bras et ils s'aplatirent dans les blés; on entendait courir la postière sur la route; une barbe d'épi racla la joue de Mathieu, une bête s'enfuit entre ses mains.

— Henri! ne me laisse pas, tu feras ce que tu voudras mais ne me laisse pas, reviens; Henri, je ne dirai rien, je te le promets, mais reviens, ne me quitte pas comme ça! Henri-i-i-i-i! Ne me quitte pas sans m'embrasser!

La petite passa près d'eux, haletante.

— Heureusement qu'il n'y a pas encore de lune, souffla Pinette.

Mathieu respirait une forte odeur de terre; la terre était humide et molle sous ses mains, il entendait le souffle rauque de Pinette et il pensait : « Ils vont se battre dans le village. » La petite cria encore deux fois, d'une voix enrouée par l'angoisse et tout à coup, elle rebroussa chemin et se mit à courir en sens inverse.

— Elle t'aime, dit Mathieu.

— Merde pour elle! répondit Pinette.

Ils se relevèrent, Mathieu vit au nord-est, juste au-dessus des épis, la boule de feu qui clignotait. *S'ils ont eu seulement un mort, les Fritz auront tout brûlé.*

— Alors? demanda Pinette avec défi. Tu ne vas pas la consoler?

— Elle m'agace, dit Mathieu. Et puis, de toute façon, les histoires de cul ne me passionnent pas aujourd'hui. Mais tu as eu tort de la sauter, si c'était pour la laisser tomber ensuite.

— Ah! merde! dit Pinette. Avec toi, on a toujours tort.

— Voilà le sentier, dit Mathieu.

Ils marchèrent un moment. Pinette dit :

— La lune!

Mathieu leva la tête et vit un autre feu à l'horizon : c'était un incendie d'argent.

— On fera de beaux cartons! dit Pinette.

— De toute façon, dit Mathieu, je ne crois pas qu'ils viennent avant demain matin.

Il ajouta, au bout d'un instant, sans regarder Pinette :

— Vous allez vous faire tuer jusqu'au dernier.

— C'est la guerre, dit Pinette d'un ton rauque.

— Justement non, dit Mathieu, justement ce n'est *plus* la guerre.

— L'armistice n'est pas signé.

Mathieu prit la main de Pinette et la serra légèrement entre ses doigts : elle était glacée.

— Tu es sûr que tu as envie de te faire ratatiner?

— J'ai pas envie de me faire ratatiner : j'ai envie de descendre un Fridolin.

— Ça va ensemble.

Pinette dégagea sa main sans répondre. Mathieu voulut parler, il pensait : « Il meurt pour rien », et ça

192

l'étouffait. Mais brusquement il eut froid et se tut : « De quel droit l'en empêcher ? Qu'ai-je à lui offrir ? » Il se tourna vers Pinette, le regarda et siffla doucement : Pinette était hors d'atteinte ; il marchait en aveugle dans sa dernière nuit ; il marchait, mais il n'avançait pas : il était déjà arrivé ; sa mort et sa naissance s'étaient rejointes, il marchait sous la lune et le prochain soleil éclairait déjà ses blessures. Il avait cessé de se courir après, il était présent tout entier en lui-même, tout Pinette à la fois, dense et clos. Mathieu soupira et lui prit le bras en silence, prit le bras d'un jeune employé de métro, noble, doux, courageux et tendre qui avait été tué le 18 juin 1940. Il lui sourit ; du fond du passé Pinette lui sourit ; Mathieu vit le sourire et se sentit tout à fait seul. Pour briser cette coquille qui le sépare de moi, il faudrait ne plus vouloir d'autre avenir que le sien, plus d'autre soleil que celui qu'il verra demain pour la dernière fois ; pour vivre en même temps les mêmes minutes, il faudrait vouloir mourir de la même mort. Il dit lentement :

— Dans le fond, c'est moi qui devrais aller au casse-pipe à ta place. Parce que moi, je n'ai plus tellement de raisons de vivre.

Pinette le regarda joyeusement ; ils étaient redevenus presque contemporains.

— Toi ?

— Je me suis trompé depuis le commencement.

— Eh bien, dit Pinette, t'as qu'à venir. On efface tout et on recommence.

Mathieu sourit :

— On efface tout mais on ne recommence pas, dit-il.

Pinette lui mit son bras autour du cou.

— Delarue, mon petit pote, dit-il passionnément, viens avec moi, viens. Ça me ferait plaisir, tu sais, qu'on soye tous les deux : les autres, je les connais pas.

Mathieu hésita : mourir, entrer dans l'éternité de cette vie déjà morte, mourir à deux... Il secoua la tête :

— Non.

— Quoi, non?

— Je ne veux pas.

— Tu as les foies?

— Non. Je trouve ça con.

Se fendre la main d'un coup de couteau, jeter son anneau de mariage, tirailler sur les Fridolins : et puis après? Casser, détériorer, ça n'est pas une solution; un coup de tête, ce n'est pas la liberté. Si seulement je pouvais être *modeste*.

— Pourquoi c'est-il con? demanda Pinette irrité. Je veux descendre un Fridolin; ça n'a rien de con.

— Tu peux en descendre cent, la guerre sera perdue tout de même.

Pinette ricana.

— Je sauverai l'honneur!

— Aux yeux de qui?

Pinette marchait tête basse, sans répondre.

— Et même si on t'élevait un monument? dit Mathieu. Même si on foutait tes cendres sous l'Arc de Triomphe. Est-ce que ça vaudrait le coup de faire brûler tout un village?

— Qu'il brûle, dit Pinette. C'est la guerre.

— Il y a des femmes et des gosses.

— Ils n'ont qu'à se barrer dans les champs. Ah! dit-il d'un air idiot, faut que ça pète!

Mathieu lui posa la main sur l'épaule :

— Tu l'aimes donc tant que ça, ta femme?

— Qu'est-ce qu'elle vient faire là-dedans?

— C'est pas pour elle que tu veux te faire descendre? demanda Mathieu.

— Me fais pas chier! cria Pinette. J'en ai marre de tes enculages de mouche. Si c'est tout ce que ça donne, l'instruction, je me consolerai de ne pas en avoir.

Ils avaient atteint les premières maisons du village; tout d'un coup, Mathieu se mit à crier, lui aussi :

— J'en ai marre! cria-t-il. J'en ai marre! J'en ai marre!

Pinette s'arrêta pour le regarder :

— Qu'est-ce qui te prend ?

— Rien, dit Mathieu stupéfait. Je deviens cinglé.

Pinette haussa les épaules.

— Il faut que j'entre à l'école, dit-il. Les fusils sont dans la salle de classe.

La porte était ouverte : ils entrèrent. Sur le carrelage du vestibule, des soldats dormaient. Pinette sortit sa lampe de poche ; un rond lumineux se découpa sur le mur.

— C'est là.

Il y avait des fusils, en tas. Pinette en prit un, l'inspecta longtemps à la lumière de sa lampe, le reposa, en prit un autre qu'il examina avec soin. Mathieu avait honte d'avoir crié : il faut attendre et garder la tête claire. Se réserver pour une bonne occasion. Les coups de tête n'arrangent rien. Il sourit à Pinette.

— Tu as l'air de choisir un cigare.

Pinette, satisfait, mit l'arme à la bretelle.

— Je le prends. Allons-nous-en.

— Donne-moi ta lampe, dit Mathieu.

Il promena la lampe sur les fusils : ils avaient l'air ennuyeux et administratifs, comme des machines à écrire. C'était difficile de croire qu'on pouvait donner la mort avec ces engins-là. Il se baissa et en prit un au hasard.

— Qu'est-ce que tu fais ? demanda Pinette étonné.

— Tu vois, dit Mathieu : je prends un fusil.

— Non, dit la femme en lui claquant la porte au nez.

Il reste sur le perron, les bras ballants, avec l'air opprimé qu'il prend quand il ne peut plus intimider, il murmure : vieille sorcière, assez haut pour que je l'entende, assez bas pour qu'elle ne l'entende pas, non, mon pauvre Jacques : tout, mais pas « vieille sorcière ». Baisse, à présent, baisse tes yeux bleus, regarde entre tes pieds : la justice, ton beau jouet d'homme, est en miettes, reviens vers l'auto de *ton* pas infiniment douloureux, je sais : le bon Dieu te doit des comptes, mais vous vous arrangerez au jour du Jugement (il revint vers l'auto de *son* pas infiniment douloureux). Pour « vieille sorcière » non ; il aurait trouvé autre chose, il aurait dit « vieille peau, vieux débris, vieux machin », mais pas « vieille sorcière », tu lui envies son argot ; non, il n'aurait rien dit, les gens nous auraient ouvert la porte à deux battants, ils nous auraient donné leur lit, leurs draps, leurs chemises, il se serait assis au bord du lit, sa grande main posée à plat sur la courtepointe rouge, il aurait dit en rougissant : « Odette, ils nous prennent pour mari et femme » et je n'aurais rien dit, il aurait dit : « Je vais coucher sur le plancher » et j'aurais dit : « Mais non, tant pis, une nuit est vite passée, tant pis, dormons dans le même lit ; viens, Jacques, viens, bouche mes yeux, écrase ma pensée, occupe-moi, sois pesant, exigeant, accaparant, ne me laisse pas seule avec lui » ; il vint, il descendit les marches, si transparent, si prévisible qu'il ressemblait à un souvenir, tu renifleras en haussant le sourcil droit, tu tambourineras sur le capot, tu me regarderas profondément, il fit *son* reniflement, *son* haussement de sourcil, *son* regard profond et pensif, il était là, penché au-dessus d'elle ; il flottait dans cette grosse nuit brute qu'elle caressait du bout des doigts, il flotte, inconsistant, routinier et antique, je vois au travers de lui la ferme obscure et dense, la route, le chien qui rôde, tout est neuf, tout sauf lui, ce n'est pas un mari, c'est une idée générale ; je l'appelle, mais il n'aide pas. Elle lui sourit parce qu'il faut toujours leur sourire, elle lui offrit le calme et la douceur de la nature, l'optimisme confiant de la femme heureuse ; par en dessous elle se fondait à la nuit, elle se diluait dans cette grande nuit féminine qui recelait, quelque part dans son cœur, Mathieu ; il ne sourit pas, il se frotta le nez, c'est un geste qu'il a emprunté à son frère, elle sursauta : mais qu'est-ce que j'ai pensé, je dors debout, je ne suis pas encore cette vieille femme cynique, j'ai rêvé, la parole s'enfonça dans la nuit de sa gorge, tout est oublié, il ne restait plus en surface que leur double et calme généralité. Elle demanda gaiement :

— Alors ?

— Pas question. Ils prétendent qu'ils n'ont pas de grange ; mais je la vois, moi, leur grange. Elle est au fond de la cour. Je n'ai pourtant pas l'air d'un voleur de grand chemin.

— Tu sais, dit-elle, après quatorze heures de route, nous ne devons pas être très reluisants.

Il la regarda plus attentivement et elle sentit, sous le regard, son nez s'allumer comme un phare ; il va me dire que mon nez brille. Il dit :

— Tu as des poches sous les yeux, ma pauvre chérie : tu dois être éreintée.

Elle sortit vivement son poudrier de son sac et se regarda dans le miroir avec sévérité, je suis à faire peur : à la clarté de la lune, son visage semblait marbré de taches noires ; la laideur, passe encore, mais j'ai horreur de la saleté.

— Qu'est-ce que nous allons faire ? demanda Jacques avec perplexité.

Elle avait tiré sa houppette et la passait légèrement sur ses pommettes et sous ses yeux.

— Ce que tu voudras, dit-elle.

— Je te demande un conseil.

Il avait saisi au passage la main qui tenait la houppette et l'immobilisait avec une autorité souriante. Je te demande un conseil, pour une fois que je te demande un conseil, chaque fois que je te demande un conseil ; mon pauvre ami, tu sais bien que tu ne le suivras pas. Mais il avait besoin de critiquer la pensée des autres pour prendre conscience de la sienne. Elle dit au hasard :

— Continuons, peut-être que nous trouverons des gens plus aimables.

— Merci bien ! L'expérience me suffit. Ha ! dit-il avec force, je déteste les paysans !

— Veux-tu que nous roulions toute la nuit ?

Il ouvrit de grands yeux :

— Toute la nuit ?

— Nous serions demain matin à Grenoble, nous pourrions nous reposer chez les Blériot, repartir dans l'après-midi et coucher à Castellane : nous arriverions à Juan après-demain.

— Tu n'y penses pas !

Il prit son air sérieux pour ajouter :

— Je suis beaucoup trop fatigué. Je m'endormirais au volant et nous nous réveillerions dans le fossé.

— Je peux te remplacer.

— Mon chéri, mets-toi bien dans l'idée que je ne te laisserai jamais conduire la nuit. Avec ta myopie, ce serait un assassinat. Les routes sont encombrées de charrettes, de camions, d'autos : des gens qui n'ont jamais touché à un volant et qui sont partis à l'aveuglette, par frousse. Non, non : il faut des réflexes d'homme.

Des volets s'ouvrirent ; une tête apparut à la fenêtre :

— Est-ce qu'on va pouvoir dormir tranquille ? demanda une voix rude. Allez causer plus loin, nom de Dieu !

— Merci beaucoup, monsieur, dit Jacques avec une ironie cinglante, vous êtes très poli et très hospitalier.

Il plongea dans l'auto, claqua la portière et démarra brutalement. Odette le regarda du coin de l'œil : le mieux était de se taire ; il fait au moins du quatre-vingts, tous feux éteints parce qu'il a peur des avions ; heureusement, la lune est pleine ; elle fut précipitée contre la portière :

— Qu'est-ce que tu fais ?

Il avait, presque sans ralentir, jeté la voiture dans un chemin de traverse. Ils roulèrent encore un moment puis il freina brusquement et rangea l'auto au bout du chemin sous un bouquet d'arbres.

— Nous allons dormir ici.

— Ici ?

Il ouvrit la portière et descendit sans répondre. Elle se glissa derrière lui, l'air était presque frais.

— Tu veux dormir dehors ?

— Non.

Elle regarda avec regret l'herbe noire et douce, elle se baissa et la tâta comme de l'eau.

— Oh ! Jacques ! Nous serions si bien ; nous pourrions sortir les couvertures et un coussin.

— Non, répéta-t-il. — Il ajouta fermement : Nous dormirons dans la voiture, on ne sait pas qui traîne sur les routes en ce moment.

Elle le regardait marcher de long en large, les mains dans les poches, de son pas jeune et dansant ; le violon du Diable joue dans les arbres, Jacques est forcé de sauter et de danser en mesure. Il tourna vers elle une face soucieuse et vieillie, aux yeux fuyants : il y a quelque chose qui ne va pas ; on dirait qu'il a honte ; il revint vers l'auto, la jeunesse et l'entrain de l'instrument magique avaient fondu sur lui, s'étaient coulés jusque dans ses pieds et le soulevaient allégrement. Il déteste dormir dans la voiture. Qui punit-il ? Lui ou moi ? Elle se sentait coupable sans savoir de quoi.

— Pourquoi fais-tu cette tête ? demanda-t-il. Nous voilà sur les grands chemins, à l'aventure : tu devrais être contente.

Elle baissa les yeux : je ne voulais pas partir, Jacques, je me moque des Allemands, je voulais rester chez moi ; si la guerre dure, nous serons coupés de lui, nous ne saurons même pas s'il est tué. Elle dit :

— Je pense à mon frère et à Mathieu.

— En ce moment, dit Jacques avec un sourire amer, Raoul est à Carcassonne, dans son lit.

— Mathieu n'est pas...

— Dis-toi bien, répondit Jacques avec humeur, que mon frère a été versé dans le service auxiliaire et, par conséquent, ne court aucun danger. Il sera fait prisonnier, voilà tout. Tu te figures que tous les soldats sont des héros. Mais non, ma pauvre amie : Mathieu est scribouillard dans un vague état-major ; il est aussi tranquille qu'à l'arrière ; peut-être même plus que nous ne le sommes en ce moment. Ils appellent ça une « planque » dans leur argot. Je m'en félicite pour lui, d'ailleurs.

— Ce n'est pas drôle d'être prisonnier, dit Odette sans lever les yeux.

Il la considéra gravement :

— Ne me fais pas dire ce que je n'ai pas dit! Le sort de Mathieu me cause de très grandes inquiétudes. Mais c'est un type solide et débrouillard. Si, si, beaucoup plus débrouillard que tu ne penses, sous ses allures de distrait, de Triplepatte ; je le connais mieux que toi : il y a de la pose dans ses perpétuelles hésitations, il s'est fait un personnage. Une fois là-bas, il s'arrangera pour trouver la bonne place : je le vois très bien servant de secrétaire à un officier allemand ou bien il sera cuistot... ça lui ira comme un gant! Il sourit et répéta complaisamment : « Cuistot, oui, cuistot ; comme un gant! Si tu veux savoir le fond de ma pensée, ajouta-t-il en confidence, j'estime que la captivité lui mettra du plomb dans la tête ; il nous reviendra un autre homme. »

— Combien de temps durera-t-elle ? demanda Odette, la gorge serrée.

— Comment veux-tu que je le sache ?

Il hocha la tête et ajouta :

— Ce que je peux te dire, c'est que je ne vois pas que la guerre puisse continuer bien longtemps. Le prochain objectif de l'armée allemande, c'est l'Angleterre... et le Channel est bien étroit...

— Les Anglais vont se défendre, dit Odette.

— Bien sûr, bien sûr. — Il écarta les bras avec accablement. — Je ne sais même pas si nous devons le souhaiter.

Qu'est-ce que nous devons souhaiter ? Qu'est-ce que je dois souhaiter ? Au début, ça semblait tout simple : elle avait cru qu'il fallait souhaiter la victoire, comme en 14. Mais personne n'avait l'air de la désirer. Elle avait souri avec gaieté, comme elle avait vu sa mère sourire au moment de l'offensive Nivelle, elle avait répété fortement : « Mais oui, nous vaincrons! Il faut se dire

que nous ne *pouvons pas* ne pas vaincre. » Et ça lui
donnait horreur d'elle-même, parce qu'elle détestait la
guerre jusque dans la victoire. Mais les gens hochaient
la tête sans répondre, comme si elle avait manqué de
tact. Alors elle s'était tue, elle avait essayé de se faire
oublier de tout le monde ; elle les écoutait parler de
l'Allemagne, de l'Angleterre, de la Russie, elle n'arrivait
même pas à comprendre ce qu'ils voulaient ; elle pensait :
« S'il était là, il m'expliquerait. » Mais il n'était pas là,
il n'écrivait même pas : en neuf mois il avait envoyé
deux lettres à Jacques. Qu'est-ce qu'il pense ? Il doit
savoir, il doit comprendre. Et s'il ne comprenait pas ?
Si personne ne comprenait ? Elle releva brusquement la
tête : elle aurait voulu retrouver chez Jacques cet air
d'assurance confortable qui la tranquillisait encore
quelquefois, elle aurait voulu lire dans son regard que
tout allait bien, que les hommes avaient des raisons
d'espérer qui lui échappaient. D'espérer quoi ? Est-ce
que c'était vrai qu'une victoire des Alliés ne pouvait
profiter qu'à la Russie ? Elle interrogeait ce visage trop
connu et tout à coup il lui parut neuf : elle vit des yeux
noirs d'inquiétude ; il restait un peu de morgue aux
coins des lèvres, mais c'était l'arrogance boudeuse d'un
enfant pris en faute. « Il a quelque chose ; il n'est pas
dans son assiette. » Depuis leur départ de Paris, il était
bizarre, tantôt trop violent, tantôt presque trop doux.
C'était terrible quand les hommes eux-mêmes avaient
l'air de se sentir coupables. Il dit :

— Je meurs d'envie de fumer.

— Tu n'as plus de cigarettes ?

— Non.

— Tiens, dit-elle. Il m'en reste quatre.

C'étaient des « De Rezske » ; il fit la moue, en prit
une avec défiance :

— De la paille ! dit-il en glissant le paquet dans sa poche.

A la première bouffée qu'il tira, Odette sentit l'odeur
du tabac ; l'envie de fumer lui sécha la gorge. Pendant
longtemps, bien après qu'elle eut cessé de l'aimer, il

lui plaisait de ressentir la soif quand il buvait à côté d'elle, la faim pendant qu'il mangeait, d'avoir sommeil et de le regarder dormir, c'était rassurant : il lui prenait ses désirs, les sanctifiait et les assouvissait pour elle, d'une manière plus virile, plus morale et plus définitive. A présent...

Elle dit avec un rire léger :

— Donne-m'en au moins une.

Il la regarda sans comprendre, puis il leva les sourcils.

— Oh! pardon, ma pauvre chérie : c'était un geste machinal.

Il sortit le paquet de sa poche.

— Tu peux garder le paquet, dit-elle, mais donne-m'en une.

Ils fumèrent en silence. Elle avait peur d'elle-même ; elle se rappelait les envies violentes et irrésistibles qui la bouleversaient quand elle était jeune fille. Peut-être qu'elles allaient revenir, à présent. Il toussa deux ou trois fois pour s'éclaircir la voix : il veut me parler. Mais il prend son temps, comme toujours. Elle fumait patiemment : il va entrer dans son sujet comme les crabes, de côté. Il s'était redressé ; il composa son visage et la regarda avec sévérité.

— Eh bien, ma pauvre Odette! dit-il.

Elle lui sourit vaguement en tout état de cause ; il lui posa la main sur l'épaule.

— Tu dois reconnaître à présent que c'est une équipée.

— Oui, dit-elle. Oui : c'est une équipée.

Il la regardait toujours. Il éteignit sa cigarette contre le marchepied de la voiture et l'écrasa sous son pied ; il s'approcha d'elle et lui dit avec force, comme pour l'en persuader :

— Nous ne courions aucun risque.

Elle ne répondit pas ; il poursuivit d'une voix insistante et douce :

— Je suis sûr que les Allemands se conduiront bien ; ils auront à cœur de bien se conduire.

C'était ce qu'elle avait toujours pensé. Mais elle lut

dans les yeux de Jacques la réponse qu'il attendait d'elle. Elle dit :

— Sait-on jamais ? Et s'ils avaient mis Paris à feu et à sang !

Il haussa les épaules :

— Mais comment veux-tu ? Voilà bien des idées de femme !

Il se pencha sur elle et lui expliqua patiemment :

— Écoute, Odette, tâche de comprendre : Berlin aura certainement le désir, tout de suite après l'armistice, de faire figurer la France parmi les partenaires de l'Axe ; peut-être même compte-t-on là-bas sur notre prestige en Amérique pour maintenir les États-Unis en dehors de la guerre. Tu me suis bien ? En un mot, même battus, nous avons des atouts. Il y aura même, ajouta-t-il avec un petit rire, une belle partie à jouer pour nos hommes politiques s'ils s'en sentent capables. Bon. Eh bien, dans ces conditions, il n'est même pas imaginable que les Allemands risquent de dresser l'opinion française contre eux par des violences inutiles.

— C'est bien mon avis, dit-elle, agacée.

— Ah ?

Il la regardait en se mordant la lèvre ; il avait l'air si déconcerté qu'elle se hâta d'ajouter :

— Mais tout de même, comment peut-on être sûr ? Suppose qu'on tire sur eux par les fenêtres...

Les yeux de Jacques étincelèrent.

— S'il y avait eu du danger, je serais resté, je me suis résigné à partir parce que j'étais sûr qu'il n'y en avait pas.

Elle le revoyait, entrant au salon avec un grand calme affolé, elle l'entendait encore dire de sa voix la plus posée, en allumant une cigarette d'une main qui tremblait : « Odette, fais tes bagages, la voiture est en bas, dans trente minutes nous partons. » Où veut-il en venir ? Il eut un rire désagréable.

— Enfin, dit-il en manière de conclusion, c'est ce qu'on appelle un abandon de poste.

— Mais tu n'avais pas de poste.

— J'étais chef d'îlot, dit-il. — Il repoussa de la paume une objection possible : Je sais, c'est ridicule ; et je n'avais accepté que sur l'insistance de Champenois. Mais même là j'aurais pu me rendre utile. Et puis nous devions donner l'exemple.

Elle le regardait sans amitié : eh bien oui, oui, *oui*, tu aurais dû rester à Paris, ne compte pas sur moi pour te dire le contraire. Il soupira :

— Enfin ! Ce qui est fait est fait. Ce serait trop commode si on n'avait que des devoirs conciliables entre eux. Je t'ennuie, ma pauvre chérie ! ajouta-t-il. Ce sont des scrupules masculins.

— Je crois que je peux les comprendre, dit-elle.

— Naturellement, ma petite enfant, naturellement. — Il eut un sourire viril et solitaire, puis il lui prit le poignet et lui dit d'une voix rassurante : Qu'est-ce qui pouvait m'arriver, voyons ? Au pis ils auraient emmené les hommes valides en Allemagne, et après ? Mathieu y est bien. Il est vrai qu'il n'a pas mon maudit cœur. Tu te rappelles, quand cet imbécile de major m'a réformé ?

— Oui.

— J'étais fou de rage, j'aurais fait n'importe quoi : tu te rappelles ? Tu te rappelles comme j'étais en colère ?

— Oui.

Il s'assit sur le marchepied de la voiture et mit la tête dans ses mains ; il regardait droit devant lui.

— Charvoz est resté, dit-il, les yeux fixes.

— Hé ?

— Il est resté. Je l'ai rencontré ce matin au garage, il avait l'air étonné que je parte.

— Lui, ça n'est pas pareil, dit-elle machinalement.

— Non, en effet, dit-il avec amertume. Lui, il est célibataire.

Odette se tenait debout à sa gauche, elle regardait son crâne qui luisait par places, sous les cheveux, elle pensait : « C'est donc ça ! »

Il avait les yeux vagues. Il dit entre ses dents :

— Je n'avais personne à qui te confier.

Elle se raidit :

— Plaît-il ?

— Je dis que je ne pouvais te confier à personne. Si j'avais osé te laisser aller seule chez ta tante...

— Tu veux dire, demanda-t-elle d'une voix tremblante, que tu es parti à cause de moi ?

— C'était un cas de conscience, répondit-il.

Il la regardait affectueusement :

— Ces derniers jours, tu étais si nerveuse : tu me faisais peur.

Elle était muette de stupeur : « Mais pourquoi faut-il ? Pourquoi se croit-il obligé ? » Il poursuivait avec une gaieté nerveuse :

— Tu gardais les volets clos, on vivait dans le noir toute la journée, tu entassais les conserves, je marchais sur les boîtes de sardines... Et puis je crois que Lucienne te faisait beaucoup de mal, tu n'étais pas la même quand elle sortait de chez nous : elle est très affolée, très gobeuse aussi, très portée à croire les histoires de viol et de mains coupées.

« Je ne veux pas. Je ne veux pas lui dire ce qu'il veut me faire dire. Qu'est-ce qui me restera au monde, si je le méprise ? » Elle fit un pas en arrière. Il fixait sur elle un regard d'acier, il avait l'air de dire : « Dis-le. Mais dis-le donc ! » Et de nouveau, sous ce regard d'aigle, sous ce regard de mari, elle se sentait coupable, « peut-être a-t-il cru que j'avais envie de partir, peut-être avais-je l'air d'avoir peur, peut-être avais-je peur sans le savoir. Qu'est-ce qui est vrai ? Jusqu'ici, ce qui était vrai, c'était ce que disait Jacques ; si je ne le crois plus, à quoi pourrais-je croire » ; elle dit, baissant la tête :

— Je n'aurais pas aimé rester à Paris.

— Tu avais peur ? demanda-t-il avec bonté.

— Oui, dit-elle. J'avais peur.

Quand elle releva la tête, il la regardait en riant.

— Allons ! dit-il, tout ça n'est pas bien grave : une nuit à la belle étoile, ce n'est plus tout à fait de notre âge. Mais nous sommes encore assez jeunes pour y trouver du charme. — Il lui caressa légèrement la nuque : Hyères, en 36, tu te rappelles? Nous avions dormi sous la tente, c'est un de mes bons souvenirs.

Elle ne répondit pas ; elle avait saisi le loquet de la portière et le serrait de toutes ses forces. Il réprima un bâillement :

— Mais c'est qu'il est tard. Veux-tu que nous nous couchions?

Elle fit un signe de tête. Une bête de nuit cria et Jacques éclata de rire.

— C'est champêtre! dit-il. Mets-toi au fond de la voiture, ajouta-t-il avec sollicitude. Tu pourras étendre un peu tes jambes ; moi je dormirai au volant.

Ils entrèrent dans l'auto ; il ferma à clef la portière de droite et poussa le taquet de celle de gauche.

— Tu es bien?

— Très bien.

Il sortit le revolver et l'examina avec amusement :

— Voilà une situation qui aurait ravi mon vieux pirate de grand-père, dit-il. — Il ajouta gaiement : Nous sommes tous un peu corsaires dans la famille.

Elle ne disait rien. Il se détourna sur son siège et lui prit le menton.

— Embrasse-moi, ma chérie.

Elle sentit sa bouche chaude et ouverte qui se pressait contre la sienne ; il lui lécha légèrement les lèvres comme autrefois et elle frissonna ; en même temps elle sentit une main qui se glissait sous son aisselle et qui lui caressait le sein.

— Ma pauvre Odette, dit-il tendrement. Ma pauvre petite fille, ma pauvre petite enfant.

Elle se rejeta en arrière. Elle dit :

— Je meurs de sommeil.

— Bonsoir, mon amour, dit-il en souriant.

Il se retourna, croisa ses bras sur le volant et laissa tomber sa tête sur ses mains. Elle restait assise, le buste droit, oppressée : elle guettait. Deux soupirs, ce n'est pas encore ça. Il bouge encore. Elle ne pouvait penser à rien tant qu'il veillait avec cette image d'elle dans sa tête; « Je n'ai jamais pu penser à rien quand il était près de moi. Ça y est » : il avait poussé *ses* trois grognements; elle se détendit un peu : ce n'est plus qu'une bête. Il dormait, la guerre dormait, le monde des hommes dormait englouti dans cette tête; droite dans l'ombre, entre les deux fenêtres crayeuses, au fond d'un lac de lune, Odette veillait, une impression très ancienne lui revint à l'esprit, je courais sur un petit chemin rose, j'avais douze ans, je me suis arrêtée, le cœur battant d'une joie inquiète, j'ai dit à haute voix : je suis indispensable. Elle répéta : « Je suis indispensable », mais elle ne savait pas à quoi; elle essaya de penser à la guerre, il lui semblait qu'elle allait trouver la vérité : « Est-ce que c'est vrai que la victoire ne profitera qu'à la Russie? » Elle abandonna tout de suite et sa joie se changea en écœurement : je n'en sais pas assez.

Elle eut envie de fumer. Pas vraiment envie, c'est de la nervosité. L'envie enfla, enfla, lui gonfla les seins. Une envie péremptoire et conquérante comme au temps de son impérieuse enfance; il a mis le paquet dans sa poche de veston. Pourquoi fumerait-il? Ce goût de tabac, dans sa bouche à lui, doit être tellement ennuyeux, tellement conventionnel, pourquoi fumerait-il plutôt que moi? Elle se pencha sur lui; il soufflait, elle glissa la main dans la poche, retira les cigarettes puis elle ouvrit doucement la portière en rabattant le taquet et se glissa au-dehors. La lune à travers les feuilles, les flaques de lune sur la route, ce souffle frais, ce cri de bête, c'est à moi. Elle alluma une cigarette, la guerre dort, Berlin dort, Moscou, Churchill, le Politburo, nos hommes politiques dorment, tout dort, personne ne voit *ma* nuit, je suis indispensable; les boîtes de conserves c'était pour mes filleuls de guerre. Elle s'aperçut soudain qu'elle détestait le tabac; elle tira encore deux bouffées de sa cigarette puis la jeta : elle ne savait même plus pourquoi elle avait voulu fumer. Le feuillage bruissait doucement, la campagne craquait comme un parquet. Les étoiles c'étaient des bêtes : elle avait peur ; il dormait et elle avait retrouvé le monde obscur de son enfance, la forêt des questions sans réponse ; c'était lui qui savait le nom des étoiles, la distance précise de la terre à la lune, le nombre des habitants de la région, leur histoire et leurs occupations ; il dort, je le méprise et je ne sais rien ; elle se sentait perdue dans ce monde inutilisable, dans ce monde *à voir* et *à toucher*. Elle courut à l'auto, elle voulait le réveiller tout de suite, réveiller la Science, l'Industrie et la Morale. Elle mit la main sur le loquet, elle se pencha sur la portière et vit, à travers la vitre, une grande bouche ouverte. A quoi bon ? se dit-elle. Elle s'assit sur le marchepied et se mit à penser, comme chaque soir, à Mathieu.

Le lieutenant grimpait en courant l'escalier sombre ; ils couraient et tournaient derrière lui. Il s'arrêta en pleine nuit, il poussa une trappe avec sa nuque et ils furent éblouis par une lumière d'argent.

— Suivez-moi.

Ils jaillirent dans le ciel froid et clair, plein de souvenirs et de bruits légers. Une voix dit :

— Qu'est-ce que c'est ?

— C'est moi, dit le lieutenant.

— Garde à vous !

— Repos, dit-il.

Ils se trouvaient sur une plate-forme carrée, au sommet du clocher. Quatre piliers soutenaient la toiture, aux quatre angles. Entre les piliers courait un parapet de pierre haut d'un mètre environ. Le ciel était partout. La lune projetait l'ombre oblique d'un pilier sur le plancher.

— Alors ? dit le lieutenant. Ça va, ici ?

— Ça va, mon lieutenant.

Trois types lui faisaient face ; tous trois longs et maigres avec des fusils. Mathieu et Pinette se tenaient derrière le lieutenant, intimidés.

— Nous restons ici, mon lieutenant? demanda un des trois chasseurs.

— Oui, dit le lieutenant. — Il ajouta : J'ai installé Closson et quatre types dans la mairie, les autres occupent l'école avec moi. Dreyer fera la liaison.

— Quels sont les ordres?

— Feu à volonté. Vous pourrez liquider les munitions.

— Qu'est-ce que c'est?

Des appels étouffés, des traînements de pieds : ça montait de la rue. Le lieutenant sourit :

— C'est les ravissants de l'état-major que je fais flanquer dans la cave de la mairie. Ils y seront un peu à l'étroit, mais c'est seulement pour la nuit : demain matin, les Boches en prendront livraison quand ils en auront fini avec nous.

Mathieu regarda les chasseurs : il avait honte pour les copains, mais les trois visages restèrent impassibles.

— Ah! dit le lieutenant : à onze heures, les habitants du patelin se réuniront sur la place; n'allez pas leur tirer dessus. Je les envoie passer la nuit dans les bois. Après leur départ, feu sur tout ce qui traversera la rue. Et ne descendez sous aucun prétexte : c'est nous qui tirerions sur vous.

Il se dirigea vers la trappe. Les chasseurs dévisageaient Mathieu et Pinette en silence.

— Mon lieutenant..., dit Mathieu.

Le lieutenant se retourna :

— Je vous avais oubliés. Ces types-là veulent se battre, dit-il aux autres. Ils ont des fusils et je leur ai fait donner des cartouchières. Voyez ce que vous pouvez faire d'eux. S'ils tirent trop mal, vous leur reprendrez les cartouchières.

Il regarda les chasseurs avec amitié.

— Adieu les gars. Adieu.

— Adieu, mon lieutenant, dirent-ils poliment.

Il hésita une seconde en secouant la tête puis descendit à reculons les premières marches de l'escalier et rabattit la trappe sur lui. Les trois types regardaient Mathieu et Pinette sans curiosité ni sympathie. Mathieu fit deux pas en arrière et s'adossa à un pilier. Son fusil le gênait : par moments il le portait avec trop de désinvolture et à d'autres moments il le tenait comme un cierge. Il finit par le coucher précautionneusement sur le plancher. Pinette le rejoignit; ils tournaient tous les deux le dos à la lune. Au contraire, les trois chasseurs étaient en pleine lumière. La même mousse noire salissait leurs faces crayeuses; ils avaient le même regard fixe d'oiseaux nocturnes.

— On se croirait en visite, dit Pinette.

Mathieu sourit; les trois types ne sourirent pas. Pinette se rapprocha de Mathieu et lui souffla :

— Ils ne nous ont pas à la bonne.

— Parbleu! dit Mathieu.

Ils se turent, gênés. Mathieu se pencha et vit, juste au-dessous de lui, le moutonnement sombre des marronniers.

— Je m'en vais leur causer, dit Pinette.

— Reste donc tranquille.

Déjà Pinette s'avançait vers les chasseurs.

— Je m'appelle Pinette. Cézigue, c'est Delarue.

Il s'arrêta et attendit. Le plus grand fit un signe de tête mais ils ne se nommèrent pas. Pinette se racla la gorge. Il dit :

— On est là pour se battre.

Ils ne répondaient toujours pas. Le grand blond se renfrogna et détourna la tête. Pinette hésita, déconcerté.

— Qu'est-ce que nous avons à faire?

Le grand blond s'était renversé en arrière; il bâilla. Mathieu vit qu'il était caporal.

— Qu'est-ce que nous avons à faire? répéta Pinette.

— Rien.

— Comment, rien?

— Rien pour le moment.

— Et ensuite?

— On vous le dira.

Mathieu leur sourit :

— On vous emmerde, hein ? Vous aimeriez mieux être seuls ?

Le grand blond le regarda pensivement, puis il se tourna vers Pinette :

— Qu'est-ce que tu es, toi ?

— Employé de métro.

Le caporal eut un rire bref. Mais ses yeux ne riaient pas :

— Tu te crois déjà civil ? Attends un peu.

— Ah ! Tu veux dire : ici ?

— Oui.

— Observateur.

— Et lui ?

— Téléphoniste.

— Auxiliaire ?

— Oui.

Le caporal le regardait avec application, comme s'il avait peine à fixer son attention sur lui :

— Qu'est-ce qui ne va pas ? Tu as l'air costaud....

— Le cœur.

— Avez-vous jamais tiré sur des hommes ?

— Jamais, dit Mathieu.

Le caporal se retourna vers ses copains. Tous trois hochèrent la tête.

— On fera de son mieux, dit Pinette d'une voix étranglée.

Il y eut un long silence. Le caporal les regardait en se grattant la tête. A la fin, il soupira et parut se décider. Il se leva et dit d'une voix abrupte :

— C'est moi Clapot. C'est à moi qu'il faudra obéir. Les autres, c'est Chasseriau et Dandieu et vous n'avez qu'à faire ce qu'ils vous diront parce que ça fait quinze jours qu'on se bat et on a l'habitude.

— Depuis quinze jours ? répéta Pinette incrédule. Comment ça se fait ?

— On couvrait votre retraite, répondit Dandieu. Pinette rougit et baissa le nez. Mathieu sentit ses mâchoires se contracter. Clapot expliqua d'un ton plus conciliant :

— Mission de retardement.

Ils se regardaient sans rien dire. Mathieu se sentait mal à l'aise ; il pensait : « Nous ne serons jamais des leurs. Ils se sont battus quinze jours d'affilée et nous, nous foutions le camp sur les routes. Ça serait trop commode s'il suffisait de se joindre à eux quand ils tirent le feu d'artifice final. Jamais des leurs, jamais. Les nôtres sont en bas, dans la cave, ils croupissent dans la honte et le malheur et notre place est parmi eux et nous les avons plaqués au dernier moment par orgueil. » Il se pencha, il vit les maisons noires, la route qui brillait ; il se répéta : « Ma place est en bas, ma place est en bas », et il savait en son cœur qu'il ne pourrait plus jamais redescendre. Pinette s'assit à califourchon sur le parapet, sans doute pour se donner une contenance.

— Descends de là ! dit Clapot. Tu vas nous faire repérer.

— Les Allemands sont encore loin.

— Qu'est-ce que tu en sais ? Je te dis de descendre.

Pinette sauta sur le plancher avec humeur et Mathieu pensa : « Ils ne nous accepteront jamais. » Pinette l'agaçait : il remuait, il parlait quand il eût fallu s'effacer, retenir son souffle et se faire oublier. Mathieu sursauta : une énorme détonation, pâteuse et lourde, lui avait éclaté dans l'oreille. Il y en eut une deuxième, une troisième : des cris de bronze, le plancher vibrait sous ses pieds. Pinette eut un rire nerveux :

— T'as pas besoin d'avoir peur : c'est l'horloge qui sonne.

Mathieu coula un regard vers les chasseurs et vit avec satisfaction qu'ils avaient sursauté, eux aussi.

— C'est onze heures, dit Pinette.

Mathieu frissonna : il avait froid, mais ce n'était pas désagréable. Il était très haut dans le ciel, au-dessus des toits, au-dessus des hommes et il avait froid, et il faisait noir. « Non, je ne redescendrai pas. Je ne redescendrai pour rien au monde. »

— Voilà les civils qui partent.

Ils se penchèrent tous au-dessus du parapet. Il vit des bêtes noires qui remuaient sous le feuillage, on aurait dit le fond de la mer. Dans la grand-rue, des portes s'ouvrirent doucement, des hommes, des femmes, des enfants se glissaient dehors. La plupart portaient des ballots ou des valises. De petits groupes se formèrent sur la chaussée : ils paraissaient attendre. Puis les groupes se fondirent en un seul cortège qui s'ébranla lentement vers le sud.

— On dirait un enterrement, dit Pinette.

— Pauvres gens! dit Mathieu.

— T'en fais pas pour eux! répondit sèchement Dandieu. Ils le retrouveront, leur bled. C'est bien rare si les Allemands y foutent le feu.

— Et ça? dit Mathieu en désignant Roberville.

— C'est pas pareil : les paysans tiraient avec nous.

Pinette se mit à rire :

— Eh bien, c'était pas comme ici, alors! Qu'est-ce qu'ils avaient comme pétoche, ici, les culs-terreux.

Dandieu le regarda :

— Vous ne vous battiez pas : c'était tout de même pas aux civelots à commencer.

— A qui la faute? demanda Pinette avec colère. A qui la faute si on ne se battait pas?

— J'en sais rien.

— Aux officiers! C'est les officiers qui ont perdu la guerre.

— Dis pas de mal des officiers, dit Clapot. Tu n'as pas le droit d'en dire du mal.

— Je vais me gêner.

— Tu n'en diras pas devant nous, dit Clapot fermement. Parce que je vais te dire : à part le lieutenant, que c'est pas sa faute, tous les nôtres y sont restés.

Pinette voulut s'expliquer; il étendit les bras vers Clapot et puis il les laissa retomber :

— On peut pas s'entendre, dit-il avec accablement.

Chasseriau regardait Pinette avec curiosité :

— Mais qu'est-ce que vous êtes venus foutre ici ?

— On est venu pour se battre, je te l'ai déjà dit.

— Mais pourquoi ? Vous n'y étiez pas forcés.

Pinette ricanait d'un air cancre :

— Comme ça. Pour se marrer.

— Eh bien, vous allez vous marrer ! dit Clapot sans douceur, c'est moi qui vous le dis.

Dandieu riait de pitié :

— Tu les entends : ils viennent nous faire une petite visite, pour se marrer, pour voir comment que c'est que le baroud ; ils veulent faire leur petit carton comme au tir aux pigeons. Et ils n'y sont même pas forcés !

— Et toi, pochetée ? lui demanda Pinette, qui c'est qui te force à te battre ?

— Nous, c'est pas pareil : on est chasseurs.

— Et alors ?

— Si tu es chasseur, tu te bats.

Il secoua la tête :

— Si c'était pas de ça, tu parles comme j'irais tirer sur des hommes pour mon plaisir.

Chasseriau regardait Pinette avec un mélange de stupeur et de répulsion :

— Est-ce que tu te rends compte que vous allez risquer votre peau ?

Pinette haussa les épaules sans répondre.

— Parce que si tu t'en rends compte, poursuivit Chasseriau, tu es encore plus con que tu n'en as l'air. Ça n'a pas de bon sens de risquer sa peau tant qu'on n'y est pas forcé.

— On y était forcés, dit brusquement Mathieu. On y était forcés. On en avait marre et puis on ne savait plus quoi faire.

Il désigna l'école au-dessous d'eux :

— Pour nous, c'était le clocher ou la cave.

Dandieu parut impressionné ; ses traits se détendirent un peu. Mathieu poursuivit son avantage :

214

— Qu'est-ce que vous auriez fait, à notre place?

Ils ne répondaient pas. Il insista :

— Qu'est-ce que vous auriez fait?

Dandieu hocha la tête :

— J'aurais peut-être choisi la cave. Tu verras : c'est pas marrant.

— Ben oui, dit Mathieu, mais c'est pas marrant non plus de rester dans une cave quand les autres se battent.

— Je ne dis pas, dit Chasseriau.

— Oui, reconnut Dandieu. On ne doit pas se sentir fiers.

Ils avaient l'air moins hostiles. Clapot dévisagea Pinette avec une sorte de surprise, puis il se détourna et s'approcha du parapet. La dureté fiévreuse de son regard s'effaça, il avait l'air vague et doux, il regardait vaguement la douce nuit, la campagne enfantine et légendaire, et Mathieu ne savait pas si c'était la douceur de la nuit qui se reflétait sur ce visage ou la solitude de ce visage qui se reflétait dans cette nuit.

— Ho! Clapot, dit Dandieu.

Clapot se redressa et reprit son air aigu de spécialiste.

— De quoi?

— Je vais faire un tour dans la carrée d'en dessous ; j'y ai vu quelque chose.

— Va.

Comme Dandieu soulevait la trappe, une voix de femme monta jusqu'à eux :

— Henri! Henri!

Mathieu se pencha au-dessus de la rue. Des retardataires couraient en tous sens, des fourmis affolées; sur la route, près de la poste il vit une petite ombre.

— Henri!

Le visage de Pinette noircit, mais il ne dit rien. Des femmes avaient pris la postière par le bras et tentaient de l'entraîner. Elle se débattait en criant.

— Henri! Henri!

Elle se dégagea, se jeta dans la poste et referma la porte sur elle.

— C'est con! dit Pinette entre ses dents.

Il raclait ses ongles contre la pierre du parapet :

— Fallait qu'elle aille avec les autres.

— Ben oui, dit Mathieu.

— Il va lui arriver du mal.

— A qui la faute?

Il ne répondit pas. La trappe se souleva :

— Aidez-moi.

Ils rabattirent la trappe en arrière : Dandieu émergea de l'ombre; il portait deux paillasses sur son dos.

— J'ai trouvé ça.

Clapot sourit pour la première fois : il avait l'air enchanté.

— On a du pot, dit-il.

— Qu'est-ce que vous voulez faire de ça? demanda Mathieu.

Clapot le regarda avec surprise.

— A quoi que tu crois que ça sert, une paillasse? A enfiler des perles?

— Vous allez dormir?

— On va d'abord casser la croûte, dit Chasseriau.

Mathieu les regarda s'affairer autour des paillasses, tirer des boîtes de singe de leurs musettes : est-ce qu'ils ne comprennent pas qu'ils vont mourir? Chasseriau avait découvert un ouvre-boîtes; il ouvrit trois boîtes avec des gestes rapides et précis puis ils s'assirent et tirèrent leurs couteaux de leurs poches.

Clapot jeta un regard à Mathieu, par-dessus son épaule :

— Vous avez faim, vous autres? demanda-t-il.

Il y avait deux jours que Mathieu n'avait pas mangé; la salive lui emplissait la bouche.

— Moi! dit-il. Non.

— Et ton copain?

Pinette ne répondit pas. Il était penché par-dessus le parapet et regardait la poste.

— Allez, dit Clapot. Mangez : c'est pas la bouffe qui manque.

216

— Celui qui se bat, dit Chasseriau, il a droit à manger.

Dandieu fouilla dans une musette et en retira deux boîtes qu'il tendit à Mathieu. Mathieu les prit et frappa sur l'épaule de Pinette. Pinette sursauta :

— Qu'est-ce que c'est?

— C'est pour toi : mange!

Mathieu prit l'ouvre-boîtes que Dandieu lui tendait ; il l'appuya sur le rebord de fer-blanc et pesa dessus de toutes ses forces. Mais la lame glissa sans mordre, sauta hors de la rainure et vint heurter son pouce gauche.

— Ce que tu es maladroit, dit Pinette. Tu t'es fait mal?

— Non, dit Mathieu.

— Donne.

Pinette ouvrit les deux boîtes et ils mangèrent en silence, près d'un pilier : ils n'avaient pas osé s'asseoir. Ils creusaient dans le singe avec leurs couteaux et piquaient les morceaux sur la pointe de leurs lames. Mathieu mâchait consciencieusement, mais sa gorge était paralysée : il ne sentait pas le goût de la viande et il avait peine à avaler. Assis sur les paillasses, les trois chasseurs se penchaient sur leur manger d'un air appliqué; leurs couteaux brillaient sous la lune.

— En douce, dit Chasseriau rêveusement, on mange dans le clocher d'une église.

Dans le clocher d'une église. Mathieu baissa les yeux. Sous leurs pieds il y avait cette odeur de poivre et d'encens, cette fraîcheur et les vitraux qui luisaient faiblement dans les ténèbres de la foi. Sous leurs pieds, il y avait la confiance et l'espoir. Il avait froid; il voyait le ciel, il respirait le ciel, il pensait avec du ciel, il était nu sur un glacier, très haut; très loin au-dessous de lui, il y avait son enfance.

Clapot avait renversé la tête, il mangeait en regardant le ciel :

— Vise la lune, dit-il à mi-voix.

— Hé? dit Chasseriau.

217

— La lune. Elle est pas plus grosse qu'à l'ordinaire?
— Non.
— Ah! Je la trouvais plus grosse qu'à l'ordinaire.
Il baissa les yeux tout à coup :
— Venez donc manger avec nous, vous autres : on ne mange pas debout.
Mathieu et Pinette hésitaient.
— Allez, allez! dit Clapot.
— Viens! dit Mathieu à Pinette.
Ils s'assirent ; Mathieu sentait la chaleur de Clapot contre sa hanche. Ils se taisaient : c'était leur dernier repas et il était sacré.
— On a du rhum, dit Dandieu. Pas chouya : juste une gorgée pour chacun.
Ils firent circuler un bidon et chacun mit ses lèvres où les autres avaient bu. Pinette se pencha vers Mathieu :
— Je crois qu'ils nous ont adoptés.
— Oui.
— C'est pas de mauvais gars. Je les blaire bien.
— Moi aussi.
Pinette se redressa dans un sursaut d'orgueil : ses yeux étincelèrent :
— On serait pareils comme eux si on avait été commandés.
Mathieu regarda leurs trois visages et hocha la tête.
— C'est pas vrai ce que je dis?
— Peut se faire, dit Mathieu.
Depuis un moment, Pinette regardait les mains de Mathieu ; il finit par lui toucher le coude.
— Qu'est-ce que tu as? Tu saignes?
Mathieu baissa les yeux sur ses mains : il s'était déchiré le pouce gauche.
— Ah! dit-il, ça doit être avec l'ouvre-boîtes, tout à l'heure.
— Et tu as laissé saigner, ballot?
— Je n'ai rien senti, dit Mathieu.

218

— Ah! dit Pinette grondeur et ravi, qu'est-ce que tu ferais si je n'étais pas là?

Mathieu regardait son pouce, surpris d'avoir un corps : il ne sentait plus rien, ni le goût de la viande, ni celui de l'alcool, ni la douleur. « Je me croyais de glace. » Il rit :

— Une fois, dans un dancing, j'avais un surin...

Il s'arrêta. Pinette le regardait avec surprise.

— Eh bien?

— Rien. Je n'ai pas de chance avec les instruments qui coupent.

— Donne ta main, dit Clapot.

Il avait sorti de son paquetage un rouleau de gaze et une fiole bleue. Il versa le liquide brûlant sur le pouce de Mathieu et l'entoura de gaze. Mathieu fit remuer la poupée et la considéra en souriant : tout ce soin pour empêcher le sang de couler trop tôt.

— Et voilà! dit Clapot.

— Voilà, dit Mathieu.

Clapot consulta sa montre :

— Au plume, les gars : il va être minuit.

Ils l'entourèrent.

— Dandieu! dit-il en lui désignant Mathieu. Tu prendras la garde avec lui.

— D'accord.

Chasseriau, Pinette et Clapot s'étendirent côte à côte sur les paillasses. Dandieu tira une couverture de son paquetage et la jeta sur leurs trois corps. Pinette s'étira voluptueusement, fit un clin d'œil malicieux à Mathieu et ferma les paupières.

— Moi, je surveille par là, dit Dandieu. Toi, par là. S'il y a du pet, tu ne fais rien sans me prévenir.

Mathieu s'en fut dans un coin et fouilla des yeux la campagne. Il pensait qu'il allait mourir et ça lui semblait drôle. Il regardait les toits obscurs, la douce phosphorescence de la route entre les arbres bleus, toute cette terre somptueuse et inhabitable et il pensait : je meurs pour rien. Un ronflement soyeux le fit

sursauter, il se retourna : les types dormaient déjà ;
Clapot, les yeux clos, rajeuni, souriait aux anges ;
Pinette souriait aussi. Mathieu se pencha sur lui et le
regarda longtemps ; il pensait : « C'est dommage ! » De
l'autre côté de la plate-forme, Dandieu s'était courbé
en avant, les mains à plat sur les cuisses dans l'attitude
d'un gardien de but.

— Hé ! dit Mathieu à voix basse.

— Hé !

— Tu étais goal ?

Dandieu se retourna vers lui, étonné :

— Comment que tu le sais ?

— Ça se voit.

Il ajouta :

— Ça gazait ?

— Avec de la chance, je serais passé pro.

Ils se firent un petit salut de la main et Mathieu
regagna son poste. Il pensait : « Je vais mourir pour
rien », et il avait pitié de lui-même. Une seconde ses
souvenirs bruissèrent comme un feuillage sous le vent.
Tous ses souvenirs : « J'aimais la vie. » Une interrogation inquiète restait au fond de sa gorge : « Avais-je
le droit de plaquer les copains ? ai-je le droit de mourir
pour rien ? » Il se redressa, il s'appuya des deux mains
au parapet, il secoua la tête avec colère. « Il y en a
marre. Tant pis pour ceux d'en dessous, tant pis pour
tout le monde. Finis les remords, les réserves, les res-
trictions : personne n'est mon juge, personne ne pense
à moi, personne ne se souviendra de moi, personne ne
peut décider pour moi. » Il décida sans remords, en
connaissance de cause. Il décida, et, à l'instant, son
cœur scrupuleux et pitoyable dégringola de branche
en branche ; plus de cœur : fini. « Je décide que la mort
était le sens secret de ma vie, que j'ai vécu pour mourir ;
je meurs pour témoigner qu'il est impossible de vivre ;
mes yeux éteindront le monde et le fermeront pour
toujours. »

La terre haussait vers ce mourant son visage renversé,

le ciel chaviré coulait à travers lui avec toutes ses étoiles : mais Mathieu guettait sans daigner ramasser ces cadeaux inutiles.

Mardi 18 juin, 5 h. 45.

— Lola!

Elle se réveilla dans le dégoût comme chaque matin, elle se réinstalla comme chaque matin dans son vieux corps pourri.

— Lola! Tu dors?

— Non, dit-elle, quelle heure est-il?

— Cinq heures quarante-cinq.

— Cinq heures quarante-cinq? Et ma petite frappe est réveillée? On me l'a changée.

— Viens! dit-il.

« Non, pensa-t-elle. Je ne veux pas qu'il me touche. »

— Boris...

« Mon corps me dégoûte, même s'il ne te dégoûte pas c'est une escroquerie, il est pourri et tu ne le sais pas; si tu le savais, il te ferait horreur. »

— Boris, je suis fatiguée...

Mais déjà il l'avait saisie par les épaules; il pesait sur elle. « C'est *dans une blessure* que tu vas entrer. Quand il me touchait, je devenais de velours. A présent, mon corps est de terre sèche; sous ses doigts je me lézarde et m'effrite, il me chatouille. » Il la déchirait jusqu'au fond du ventre, il remuait dans son ventre comme un couteau, il avait l'air seul et maniaque, un insecte, une mouche qui monte le long d'une vitre et tombe et remonte. Elle ne sentait que la douleur; il souffle, il est en nage, il jouit; c'est dans mon sang qu'il jouit, dans mon mal. Elle pensa : « Parbleu! il y a six mois qu'il n'a pas eu de femme; il fait l'amour comme un soldat dans un bordel. » Quelque chose remua en elle, un battement d'ailes; mais non : rien. Il se colla à elle, seuls

221

ses seins remuaient, puis il s'éloigna brusquement et les seins de Lola firent un bruit de ventouse qu'on décolle; elle eut envie de rire, mais elle regarda le visage de Boris et l'envie disparut ; il avait pris un air dur et tendu, il baise comme on se soûle, sûrement qu'il veut oublier quelque chose. Il finit par se laisser tomber sur elle, à demi mort ; elle lui caressa machinalement la nuque et les cheveux ; elle était froide et tranquille, mais elle sentait de grands coups de cloche qui lui remontaient à toute volée du ventre à la poitrine : c'était le cœur de Boris qui battait en elle. « Je suis trop vieille, je suis beaucoup trop vieille. » Toute cette gymnastique lui parut grotesque et elle le repoussa doucement.

— Ote-toi de moi.

— Hein ?

Il avait relevé la tête et la regardait d'un air surpris.

— C'est à cause de mon cœur, dit-elle. Il bat trop fort et tu m'étouffes.

Il lui sourit, se laissa glisser le long d'elle et resta couché sur le ventre, le front dans l'oreiller, les yeux clos, avec un drôle de pli au coin de la bouche. Elle se souleva sur un coude et le regarda : il avait l'air si familier, si habituel, elle ne pouvait plus l'observer. Pas plus que s'il avait été sa propre main ; je n'ai rien senti. Et hier quand il est apparu dans la cour, beau comme une fille, je n'ai rien senti. Rien, pas même ce goût de fièvre dans ma bouche, pas même cette lourdeur touffue dans mon ventre : elle regardait cette tête trop connue et pensait : « Je suis seule. » Petit crâne, petit crâne où roulaient si souvent des secrets sournois, combien de fois ne l'avait-elle pas pris dans ses mains et serré ; elle s'acharnait, interrogeait, suppliait, elle aurait voulu l'ouvrir comme une grenade et lécher ce qu'il y avait dedans ; finalement le secret s'échappait et, comme dans les grenades, ce n'était qu'un peu d'eau sucrée. Elle le regardait avec rancune, elle lui en voulait de n'avoir pas su la troubler, elle regardait le pli amer de sa bouche : s'il a perdu sa gaieté, qu'est-ce qui lui reste ? Boris ouvrit les yeux et lui sourit :

— Je suis drôlement content que tu sois là, vieille folle.

Elle lui rendit son sourire : « A présent, c'est moi qui ai un secret et tu peux toujours essayer de me le faire dire. » Il se redressa, rejeta le drap et regarda le corps de Lola avec attention ; il lui effleura les seins d'une main légère ; elle se sentait gênée.

— Du marbre, dit-il.

Elle pensa à la bête immonde qui proliférait dans la nuit de sa chair et le sang lui monta aux joues.

— Je suis fier de toi, dit Boris.

— Parce que ?

— Parce que ! les types, à l'hosto, tu les as mis sur le cul.

Lola eut un petit rire :

— Ils ne t'ont pas demandé ce que tu pouvais bien faire avec cette vioque ? Ils ne m'ont pas prise pour ta mère ?

— Lola, dit Boris avec reproche. Il rit, égayé par un souvenir et la jeunesse reparut un instant sur son visage.

— Qu'est-ce qui te fait rire ?

— C'est Francillon. Elle est drôlement roulée, sa souris, et elle n'a pas dix-huit ans ; eh bien, il m'a dit : « Si tu veux, je fais l'échange tout de suite. »

— Il est bien poli, dit Lola.

Une pensée glissa comme un nuage sur la face de Boris et ses yeux noircirent. Elle le regardait sans amitié : « Mais oui, mais oui, tu as tes petits soucis comme tout le monde. » Si je lui disais les miens, que ferait-il ? Que ferais-tu si je te disais : « J'ai une tumeur de la matrice, il faut que je me fasse opérer et, à mon âge, ça peut très mal tourner. » Tu ouvrirais tes grands châsses de putain, tu me dirais : « C'est pas vrai ! » Je te dirais que si, tu dirais que ça n'est pas possible, que ça se guérit très bien avec des drogues, avec des rayons, que je me fais des idées. Je te dirais : « C'est pas pour l'argent que je suis rentrée à Paris, c'était pour voir Le Goupil et il a été formel. » Tu me dirais que Le Goupil est un con, que ça n'était justement pas à lui qu'il aurait fallu s'adresser, tu nierais, tu protesterais, tu agiterais la tête d'un air traqué et finalement tu te tairais, coincé, tu me regarderais avec des yeux catastrophés et pleins de rancune. Elle leva son bras nu et saisit Boris par les cheveux.

— Allons, petite frappe! Accouche. Dis-moi ce qui ne va pas.

— Tout va bien, dit-il d'un air faux.

— Tu m'étonnes. Ce n'est pas dans tes habitudes de te réveiller à cinq heures du matin.

Il répéta sans conviction :

— Tout va bien.

— Je vois, dit-elle. Tu as quelque chose à me dire, mais tu veux que je te fasse accoucher.

Il sourit et mit sa tête dans le creux de l'aisselle de Lola. Il respira et dit :

— Tu sens bon.

Elle haussa les épaules :

— Alors ? Tu causes ou tu ne causes pas ?

Il secoua la tête, terrorisé. Elle se tut et se coucha sur le dos à son tour : « Eh bien, ne cause pas! Qu'est-ce que ça peut bien me faire. Il me parle, il me baise mais je mourrai seule. » Elle entendit Boris soupirer et tourna la tête vers lui. Il avait une gueule triste et dure qu'elle ne lui connaissait pas. Elle pensa, sans enthousiasme : « Bon! eh bien, je vais m'occuper de toi. » Il faudrait l'interroger, l'épier, interpréter ses mines, comme au temps où elle était jalouse, se donner un mal de chien pour qu'il avoue enfin ce qu'il mourait d'envie de lui avouer. Elle s'assit :

— Bon! Eh bien, donne-moi ma robe de chambre et une cigarette.

— Pourquoi la robe de chambre ? Tu es bien mieux comme ça.

— Donne-moi ma robe de chambre. J'ai froid.

Il se leva, nu et brun, elle détourna les yeux ; il prit

la robe de chambre, au pied du lit, et la lui tendit. Elle
l'enfila ; il hésita une seconde, puis se glissa dans son
pantalon et s'assit sur une chaise.

— Tu as trouvé une pucelle et tu veux te marier ?
demanda-t-elle.

Il la regarda avec un tel effarement qu'elle rougit.

— Bon, bon, dit-elle.

Il y eut un bref silence et elle reprit :

— Alors qu'est-ce que tu vas faire, quand ils t'auront
lâché ?

— Je t'épouserai, dit-il.

Elle prit une cigarette et l'alluma.

— Pourquoi ? demanda-t-elle.

— Faut que je sois respectable. Je ne peux pas t'emmener à Castelnaudary si tu n'es pas ma femme.

— Qu'est-ce que tu iras foutre à Castelnaudary ?

— Gagner ma vie, dit-il avec austérité. Non, sans
blague : je serai professeur au collège.

— Mais pourquoi à Castelnaudary ?

— Tu verras, dit-il, tu verras. Ce sera à Castelnaudary.

— Et tu veux dire que je m'appellerai Mme Serguine
et que je mettrai un chapeau pour aller voir la femme
du directeur d'école ?

— Ça s'appelle un principal, dit Boris. Oui, voilà
ce que tu feras. Et moi, à la fin de l'année, je ferai le
discours de distribution des prix.

— Hum ! fit Lola.

— Ivich viendra vivre avec nous, dit Boris.

— Elle ne peut pas me souffrir.

— Ben, non. Mais c'est comme ça.

— C'est elle qui veut ?

— Oui. Elle se fait chier chez ses beaux-parents ;
elle en devient dingue ; tu ne la reconnaîtrais pas.

Il y eut un silence ; Lola l'observait du coin de l'œil.

— Vous avez tout arrangé ? demanda-t-elle.

— Oui.

— Et si ça ne me plaisait pas ?

— Oh! Lola, comment veux-tu! dit-il.

— Parce que naturellement, dit Lola, du moment qu'il s'agit de vivre avec toi, tu penses que je serai toujours trop contente.

Elle crut voir une lueur s'allumer dans les yeux de Boris.

— Ça n'est pas vrai? demanda Boris.

— Si, c'est vrai, dit-elle. Mais tu es une petite frappe, tu es trop sûr de tes charmes.

La lueur s'éteignit; il regardait ses genoux et Lola voyait ses mâchoires qui remuaient.

— Et ça te plaît, cette vie-là? demanda-t-elle.

— Je serai toujours content si je peux vivre avec toi, dit Boris courtoisement.

— Tu disais que tu aurais horreur d'être professeur.

— Qu'est-ce que tu veux que je fasse d'autre, à présent? Je vais te dire ce qui en est, poursuivit-il. Quand je me battais, je ne me posais pas de questions. Mais à présent, je me demande pour quoi je suis fait.

— Tu voulais écrire.

— Je n'y ai jamais pensé sérieusement : je n'ai rien à dire. Tu comprends, je croyais que j'allais y rester, je suis pris au dépourvu.

Lola le regarda attentivement.

— Tu regrettes que la guerre soit finie?

— Elle n'est pas finie, dit Boris. Les Anglais se battent; avant six mois les Amerloques seront dans le coup.

— En tout cas, pour toi elle est finie.

— Oui, dit Boris, pour moi.

Lola le regardait toujours.

— Pour toi et pour tous les Français, dit-elle.

— Pas pour tous! dit-il avec feu. Il y en a qui sont en Angleterre et qui se battront jusqu'au bout.

— Je vois, dit Lola.

Elle tira une bouffée de sa cigarette et jeta le mégot sur le plancher. Elle dit doucement :

— Tu as les moyens d'aller là-bas?

— Oh! Lola, dit Boris avec un air d'admiration et

de reconnaissance. Oui, dit-il, oui. J'ai les moyens.

— Quels moyens ?

— Un zinc.

— Un zinc ? répéta-t-elle sans comprendre.

— Près de Marignane, il y a un petit aérodrome privé, entre deux collines. Un zinc militaire a atterri là il y a quinze jours parce qu'il était mal en point. A présent, il est réparé.

— Mais tu n'es pas aviateur.

— J'ai des copains qui le sont.

— Quels copains ?

— Il y a Francillon, le type que je t'ai présenté. Et puis Gabel et Terrasse.

— Ils t'ont proposé de partir avec eux ?

— Oui.

— Et alors ?

— J'ai refusé, dit-il précipitamment.

— C'est vrai ? Tu n'as pas accepté en douce, en te disant : je préparerai la vieille petit à petit ?

— Non, dit-il.

Il la regardait tendrement. C'était rare qu'il eût ces yeux presque liquides : autrefois je me serais tuée pour un regard comme ça.

— Tu es un vieux machin et une vieille cinglée, lui dit-il. Mais je ne peux pas t'abandonner. Tu ne ferais que des conneries si je n'étais pas là pour te faire marcher droit.

— Alors ? dit Lola. Quand nous marions-nous ?

— Quand tu voudras, dit-il avec indifférence. L'essentiel c'est que nous soyons mariés pour la rentrée des classes.

— La rentrée, c'est en septembre ?

— Non. En octobre.

— Très bien, dit-elle. Nous avons le temps.

Elle se leva et se mit à marcher à travers la chambre. Sur le plancher, il y avait des mégots tachés de rouge : Boris s'était baissé et il les ramassait d'un air idiot.

227

— Quand est-ce qu'ils doivent partir, tes copains?
demanda-t-elle.

Boris rangeait soigneusement les mégots sur le marbre
de la table de nuit.

— Demain soir, dit-il sans se retourner.

— Si tôt! dit-elle.

— Eh bien oui : il faut faire vite.

— Si tôt!

Elle marcha jusqu'à la fenêtre et l'ouvrit : elle regardait les mâts oscillants des barques de pêche, les quais
déserts, le ciel rose et elle pensait : demain soir. Il y
avait encore une amarre à rompre, une seule. Quand
l'amarre serait rompue, elle se retournerait. Autant
demain soir qu'un autre jour, pensa-t-elle. L'eau remuait
doucement ses flaques d'aurore. Lola entendit au loin
la sirène d'un bateau. Quand elle se sentit tout à fait
libre, elle se tourna vers lui.

— Si tu veux partir, dit-elle, ce n'est pas moi qui te
retiendrai.

La phrase avait eu du mal à sortir, mais, à présent,
Lola se sentait vide et soulagée. Elle regardait Boris et
pensait, sans savoir pourquoi : le pauvre petit, le pauvre
petit. Boris s'était levé brusquement. Il vint vers elle
et la saisit par le bras :

— Lola.

— Tu me fais mal, dit-elle.

Il la lâcha ; mais il la regardait d'un air soupçonneux.

— Ça ne te ferait pas de peine?

— Si, dit-elle d'une voix raisonnable. Ça me ferait
de la peine, mais j'aimerais encore mieux ça que si tu
étais prof à Castelnaudary.

Il parut un peu rassuré :

— Toi non plus, tu ne pourrais pas y vivre? demanda-
t-il.

— Non, dit-elle. Moi non plus.

Il courbait les épaules et laissait pendre les bras; pour
la première fois de sa vie, il avait l'air embarrassé de
son corps. Lola lui savait gré de ne pas afficher sa joie.

— Lola! dit-il.

Il avança la main et la posa sur l'épaule de Lola ; elle eut envie d'arracher cette main de son épaule, mais elle se contint. Elle lui souriait, elle sentait le poids de sa main et déjà il n'était plus à elle, il était en Angleterre, déjà ils étaient morts chacun de leur côté.

— J'avais refusé, tu sais ! dit-il d'une voix tremblante. J'avais refusé !

— Je sais.

— Je ne te tromperai pas, dit-il. Je ne coucherai avec personne.

Elle sourit.

— Mon pauvre petit.

Il était de trop à présent. Elle aurait voulu être déjà au lendemain soir. Il se frappa le front tout à coup.

— Merde !

— Qu'est-ce qu'il y a encore ? demanda-t-elle.

— Je ne pars pas ! Je ne peux pas partir !

— Pourquoi ?

— Ivich ! Je t'ai dit qu'elle voulait vivre avec nous.

— Boris ! dit Lola furieuse, si tu ne restes pas pour moi, je te défends de rester pour Ivich.

Mais c'était une colère d'*avant* qui s'éteignit tout de suite.

— Je m'occuperai d'Ivich, dit-elle.

— Tu la prendras avec toi ?

— Pourquoi pas ?

— Mais vous ne pouvez pas vous blairer.

— Qu'est-ce que ça peut faire ? dit Lola.

Elle se sentait horriblement lasse. Elle dit :

— Habille-toi ou couche-toi, tu vas prendre mal.

Il prit une serviette et commença à se frotter le torse. Il avait l'air ahuri. C'est marrant, pensa-t-elle : il vient de décider de toute sa vie. Elle s'assit sur le lit ; il se frottait énergiquement, mais il restait sombre.

— Qu'est-ce qu'il y a encore ? demanda-t-elle.

— Tout va bien, dit-il. Qu'est-ce que j'ai piqué comme suée.

Elle se mit debout péniblement, l'attrapa par sa mèche et lui releva la tête.

— Regarde-moi. Qu'est-ce qu'il y a encore ?

Boris détourna les yeux :

— Je te trouve drôle.

— Pourquoi drôle ?

— Tu n'as pas l'air plus fâchée que ça de me voir ' partir. Ça me choque.

— Ça te choque ? répéta Lola. Ça te choque ?

Elle éclata de rire.

6 heures du matin.

Mathieu grogna, s'assit et se frotta le crâne. Un coq chantait, le soleil était chaud et gai, mais encore bas.

— Il fait beau, dit Mathieu.

Personne ne répondit : ils étaient tous agenouillés derrière le parapet. Mathieu regarda son bracelet-montre et vit qu'il était six heures : il entendait un ronronnement lointain et nombreux. Il se mit à quatre pattes et rejoignit les copains.

— Qu'est-ce que c'est ? Un zinc ?

— Mais non : c'est eux. Infanterie motorisée.

Mathieu se haussa par-dessus leurs épaules.

— Fais gaffe, dit Clapot. Planque-toi bien : ils ont des jumelles.

Deux cents mètres avant les premières maisons, la route s'infléchissait vers l'ouest, disparaissait derrière un tertre herbu, filait entre les hauts bâtiments de la minoterie, qui la masquaient, pour venir aborder le village obliquement, en direction du sud-ouest. Mathieu vit des autos, très loin, qui semblaient immobiles, il pensa : « Ce sont des Allemands ! », et il eut peur. Une drôle de peur, presque religieuse, une espèce d'horreur sacrée. Par milliers, des yeux étrangers dévoraient le village. Des yeux de surhommes et d'insectes. Mathieu fut envahi par une évidence affreuse : « Ils *verront* mon cadavre. »

— Ils seront là dans une minute, dit-il malgré lui.

Ils ne répondirent pas. Au bout d'un moment Dandieu dit, d'une voix lourde et lente :

— Nous ne ferons pas long feu.

— En arrière, dit Clapot.

Ils reculèrent et s'assirent tous les quatre sur une paillasse. Chasseriau et Dandieu, on aurait dit deux pruneaux et Pinette s'était mis à leur ressembler : ils avaient le même teint terreux et les mêmes grands yeux doux, sans fond. « J'ai ces yeux de biche », pensa Mathieu. Clapot s'était laissé retomber sur les talons ; il se mit à leur parler par-dessus son épaule :

— Ils vont s'arrêter à l'entrée du bled et ils enverront des motards en reconnaissance. Surtout ne tirez pas dessus.

Chasseriau bâilla ; le même bâillement, doux comme une nausée, ouvrait la bouche de Mathieu. Il essaya de se débattre contre l'angoisse, de se réchauffer par la colère, il se dit : « Nous sommes des combattants, nom de Dieu! Pas des victimes! » Mais ça n'était pas une *vraie* colère. Il bâilla de nouveau. Chasseriau le regardait avec sympathie :

— C'est dur de s'y mettre, dit-il. Après, tu verras, ça va mieux.

Clapot tourna sur lui-même et s'accroupit en face d'eux :

— Il n'y a qu'une consigne, leur dit-il : c'est défendre l'école et la mairie ; faut pas qu'ils s'en approchent. C'est les copains d'en dessous qui donnent le signal ; dès qu'ils commencent à tirer, feu à volonté. Et rappelez-vous : tant qu'ils pourront se battre, nous n'aurons qu'un rôle de protection.

Ils le regardaient d'un air docile et appliqué :

— Et après? demanda Pinette.

Clapot haussa les épaules :

— Oh! après...

— Je crois pas qu'on tiendra longtemps, dit Dandieu.

— On peut pas savoir. Probable qu'ils ont leur petit canon d'infanterie : faudra tâcher moyen qu'ils puissent pas le mettre en place. On aura du coton, mais, si ça se trouve, eux aussi parce que la route et la place font un angle.

Il se remit à genoux et rampa jusqu'au parapet. Il observait la campagne, abrité derrière un pilier.

— Dandieu!

— Eh?

— Viens ici.

Il expliqua sans se retourner :

— Nous deux, Dandieu, on les prend de face. Chasseriau, tu te mets à droite et Delarue à gauche. Pinette, en cas où ils voudraient nous tourner, tu vas te porter de l'autre côté.

Chasseriau traîna une paillasse à l'ouest contre le parapet ; Mathieu prit la couverture et se laissa tomber dessus à genoux.

Pinette rageait :

— Je leur tourne le dos, à ces enfoirés.

— Plains-toi, dit Chasseriau. Moi j'aurai le soleil en pleine gueule.

Aplati contre son pilier, Mathieu faisait face à la mairie ; en se penchant légèrement sur sa droite, il pouvait apercevoir la route. La place, c'était une fosse d'ombre vénéneuse, un piège ; ça lui faisait mal de la regarder. Dans les marronniers, des oiseaux chantaient.

— Faites gaffe.

Mathieu retint son souffle : deux motocyclistes noirs avec des casques fonçaient dans la rue ; deux cavaliers surnaturels. Il chercha vainement à distinguer leurs visages : ils n'en avaient pas. Deux tailles fines, quatre longues cuisses parallèles, une paire de têtes rondes et lisses, sans yeux ni bouches. Ils roulaient avec des saccades mécaniques, avec la raide noblesse de personnages articulés qui s'avancent sous le cadran des vieilles horloges quand l'heure sonne. L'heure allait sonner.

— Tirez pas!

Les motocyclistes firent le tour du terre-plein en pétaradant. Rien ne bougea, sauf des moineaux qui s'envolèrent : cette place truquée faisait la morte. Mathieu, fasciné, pensait : « Ce sont des Allemands. » Ils caracolèrent devant la mairie, passèrent juste en dessous de Mathieu qui vit trembler leurs grosses pattes de cuir sur les guidons et s'engagèrent dans la grand-rue. Au bout d'un instant, ils reparurent, très droits, vissés sur leurs selles cahotantes, et reprirent à pleins gaz le chemin par où ils étaient venus. Mathieu était content que Clapot ait défendu de tirer : ils lui paraissaient invulnérables. Les oiseaux voletèrent un moment encore, puis s'enfoncèrent dans le feuillage. Clapot dit :

— C'est à nous.

Un frein crissa, des portières claquèrent, Mathieu entendit des voix et des pas : il tomba dans un écœurement qui ressemblait au sommeil, il devait lutter pour tenir les yeux ouverts. Il regardait la route à travers ses paupières mi-closes et se sentait conciliant. Si nous descendions en jetant nos fusils, ils nous entoureraient ; ils nous diraient peut-être : « Amis français, la guerre est finie. » Les pas se rapprochaient, ils ne nous ont rien fait, ils ne pensent pas à nous, ils ne nous veulent pas de mal. Il ferma les yeux tout à fait : la haine allait gicler jusqu'au ciel. Ils verront mon cadavre, ils lui donneront des coups de pied. Il n'avait pas peur de mourir, il avait peur de la haine.

Ça y est! Ça claquait dur dans ses oreilles, il rouvrit les yeux : la rue était déserte et silencieuse ; il essaya de croire qu'il avait rêvé. Personne n'a tiré, personne...

— Les cons! murmura Clapot.

Mathieu sursauta :

— Quels cons?

— Ceux de la mairie. Ils ont tiré trop tôt. Il doit y avoir de la pétoche dans l'air, sans ça ils les auraient laissés venir.

Le regard de Mathieu remonta péniblement le long

de la chaussée, glissa sur le pavé, sur des touffes d'herbe entre le pavé, jusqu'au coin de la rue. Personne. Le silence ; *c'est un village en août, les hommes sont aux champs.* Mais il savait qu'on inventait sa mort de l'autre côté de ces murs : ils cherchent à nous faire le plus de mal possible. Il sombra dans la douceur ; il aimait tout le monde, les Français, les Allemands, Hitler. Dans un rêve pâteux, il entendit des cris, suivis d'une violente explosion et d'un fracas de vitres, puis ça se remit à claquer. Il crispa le poing sur son fusil pour l'empêcher de tomber.

— Trop court, la grenade, dit Clapot entre ses dents.

Ça claquait sans arrêt ; les Fritz s'étaient mis à tirer ; deux autres grenades explosèrent. Si ça pouvait s'arrêter une minute pour que je me reprenne. Mais ça tirait, ça claquait, ça explosait de plus belle ; dans sa tête, une roue dentelée tournait de plus en plus vite : chaque dentelure était un coup de feu. Bon Dieu! Si, par-dessus le marché, j'étais un lâche! Il se retourna et regarda ses camarades : accroupis sur leurs talons, blêmes, les yeux brillants et durs, Clapot et Dandieu observaient. Pinette tournait le dos, la nuque raide ; il avait la danse de Saint-Guy ou le fou rire : ses épaules sautaient. Mathieu s'abrita derrière le pilier et se pencha prudemment. Il parvenait à garder les yeux ouverts, mais il ne put se contraindre à tourner la tête vers la mairie : il regardait le sud désert et calme, il fuyait vers Marseille, vers la mer. Il y eut une nouvelle explosion suivie par des dégringolades sèches sur les ardoises du clocher. Mathieu écarquilla les yeux, mais la route filait par-en dessous à toute allure, les objets filaient, glissaient, se brouillaient, s'éloignaient, c'était un rêve, la fosse se creusait, l'attirait, *c'était un rêve*, la route de feu tournoyait, tournoyait comme la roulette des marchands d'oublies, il allait se réveiller dans son lit quand il aperçut un crapaud qui rampait vers la bataille. Pendant un moment, Mathieu regarda cet animal plat avec indifférence, puis le crapaud devint un homme. Mathieu voyait avec une

234

netteté extraordinaire les deux plis de sa nuque rasée, sa veste verte, son ceinturon, ses bottes molles et noires. « Il a dû faire le tour à travers champs, à présent il rampe vers la mairie pour jeter sa grenade. » L'Allemand rampait sur les coudes et sur les genoux, sa main droite qu'il tenait en l'air serrait un bâton terminé par un cylindre de métal en forme de marmite. « Mais, dit Mathieu, mais, mais... »; la route s'arrêta de couler, la roue s'immobilisa, Mathieu sauta sur ses pieds, épaula, ses yeux durcirent : debout et dense, dans un monde de solides, il tenait un ennemi au bout du canon de son fusil et lui visait tranquillement les reins. Il eut un petit ricanement de supériorité : la fameuse armée allemande, l'armée de surhommes, l'armée de sauterelles, c'était ce pauvre type, attendrissant à force d'avoir tort, qui s'enfonçait dans l'erreur et dans l'ignorance, qui s'affairait avec le zèle comique d'un enfant. Mathieu ne se pressait pas, il reluquait son bonhomme, il avait tout son temps : l'armée allemande est *vulnérable*. Il tira, l'homme fit un drôle de bond sur le ventre en jetant les bras en avant : il avait l'air d'apprendre à nager. Amusé, Mathieu tira encore et le pauvre gars fit deux ou trois brasses en lâchant sa grenade qui roula sur la chaussée sans éclater. A présent il se tenait coi, inoffensif et grotesque, crevé. « Je l'ai calmé, dit Mathieu à mi-voix, je l'ai calmé. » Il regardait le mort, il pensait : « Ils sont comme tout le monde! » Et il se sentait gaillard.

Une main se posa sur son épaule : Clapot venait regarder le travail de l'amateur. Il contempla la bête crevée en hochant la tête puis il se retourna :

— Chasseriau!

Chasseriau se traîna sur les genoux jusqu'à eux :

— Surveille un peu par là, dit Clapot.

— Je n'ai pas besoin de Chasseriau, dit Mathieu vexé.

— Ils vont remettre ça, dit Clapot. S'ils viennent à plusieurs, tu seras débordé.

Il y eut une rafale de mitrailleuse. Clapot leva les sourcils :

— Hé! dit-il en regagnant sa place, ça commence à tirer gentiment.

Mathieu se tourna vers Chasseriau.

— Eh bien, dit-il avec animation, je crois qu'on leur donne du coton, aux Fritz.

Chasseriau ne répondit pas. Il avait l'air lourd, brut, presque endormi.

— Tu ne vois pas le temps qu'ils mettent ? demanda Mathieu agacé. J'aurais cru qu'ils nous régleraient notre compte en deux coups de cuiller à pot.

Chasseriau le considéra avec étonnement, puis consulta son bracelet-montre.

— Il n'y a pas trois minutes que les motards sont passés, dit-il.

L'excitation de Mathieu tomba ; il se mit à rire. Chasseriau guettait, Mathieu regardait son mort et riait. Pendant des années, il avait tenté d'agir en vain : on lui volait ses actes à mesure ; il comptait pour du beurre. Mais ce coup-ci, on ne lui avait rien volé du tout. Il avait appuyé sur la gâchette et, pour une fois, quelque chose était arrivé. « Quelque chose de définitif », pensa-t-il en riant de plus belle. Son oreille était criblée de détonations et de cris, mais il les entendait à peine ; il regardait son mort avec satisfaction ; il pensait : « Il l'a senti passer, nom de Dieu ! Il a compris, celui-là, il a compris ! » *Son* mort, *son* œuvre, la trace de *son* passage sur la terre. Le désir lui vint d'en tuer d'autres : c'était amusant et facile ; il voulait plonger l'Allemagne dans le deuil.

— Fais gaffe.

Un type rampait le long du mur, une grenade à la main. Mathieu visa cet être étrange et désirable ; son cœur battait à grands coups.

— Merde !

Manqué. La chose se recroquevilla, devint un homme égaré qui regardait autour de lui sans comprendre. Chasseriau tira. Le type se détendit comme un ressort, se dressa, sauta en l'air avec un moulinet du bras, lança sa grenade et s'écroula sur le dos au beau milieu de la chaussée. A l'instant des vitres sautèrent, Mathieu vit, dans un aveuglant jour blême, des ombres qui se tordaient au rez-de-chaussée de la mairie, puis la nuit ; des taches jaunes traînaient dans ses yeux. Il était furieux contre Chasseriau.

— Merde! répéta-t-il avec rage. Merde! Merde!

— T'en fais pas, dit Chasseriau. Il a loupé tout de même : les copains sont au premier.

Mathieu clignait des yeux et secouait la tête pour se débarrasser des taches jaunes qui l'éblouissaient.

— Fais gaffe, dit-il, je suis aveugle.

— Ça va passer, dit Chasseriau. Nom de Dieu, vise le type que j'ai descendu, s'il pédale.

Mathieu se pencha ; il y voyait un peu mieux. Le Fritz, couché sur le dos, les yeux grands ouverts, gigotait. Mathieu épaula.

— T'es pas fou! dit Chasseriau. Gaspille pas tes cartouches.

Mathieu reposa son fusil avec humeur. « Il va peut-être s'en tirer, ce con-là! » pensa-t-il.

La porte de la mairie s'ouvrit largement. Un type parut sur le seuil et s'avança avec une sorte de noblesse. Il était nu jusqu'à la ceinture : on aurait dit un écorché. De ses joues pourpres et comme rabotées, des copeaux de chair pendaient. Il se mit brusquement à hurler, vingt fusils partirent à la fois, il oscilla, piqua du nez et s'abattit sur les marches du perron.

— C'est pas un de chez nous, dit Chasseriau.

— Non, dit Mathieu d'une voix étranglée par la rage. Il est de chez nous, il s'appelle Latex.

Ses mains tremblaient, ses yeux lui faisaient mal : il répéta d'une voix chevrotante :

— Latex, il s'appelait. Il avait six enfants.

Et puis brusquement il se pencha, il visa le blessé dont les grands yeux semblaient le regarder.

— Tu vas le payer, salaud.

— T'es cinglé! dit Chasseriau. Je te dis de pas gaspiller les cartouches.

— Me fais pas chier, dit Mathieu.

Il ne se pressait pas de tirer : « S'il me voit, ce salaud, il ne doit pas être à la noce. » Il lui visait la tête, il tira : la tête éclata, mais le type pédalait toujours.

— Salaud! cria Mathieu. Salaud!

— Fais gaffe, nom de Dieu! Fais gaffe à gauche!

Cinq ou six Allemands venaient d'apparaître. Chasseriau et Mathieu se mirent à tirer, mais les Allemands avaient changé de tactique. Ils restaient debout, se cachaient dans les encoignures et paraissaient attendre.

— Clapot! Dandieu! ramenez-vous, dit Chasseriau. Il y a du pet.

— Peux pas, dit Clapot.

— Pinette! cria Mathieu.

Pinette ne répondit pas. Mathieu n'osa pas se retourner.

— Fais gaffe!

Les Allemands s'étaient mis à courir. Mathieu tira, mais déjà ils avaient traversé la chaussée.

— Bon Dieu! leur cria Clapot de sa place. Il y a des Fritz sous les arbres à cette heure. Qui c'est qui les a laissés passer?

Ils ne répondirent pas. Ça grouillait sous les arbres. Chasseriau tira au jugé.

— Ça va être le bordel pour les en déloger.

Les types de l'école s'étaient mis à tirer ; les Allemands, cachés derrière les arbres, leur répondaient. La mairie ne tirait plus guère. La rue fumait doucement, à ras de terre.

— Ne tirez pas dans les arbres, dit Clapot. C'est de la poudre perdue.

Au même instant, une grenade explosa contre la façade de la mairie à la hauteur du premier étage.

— Ils grimpent aux arbres, dit Chasseriau.

— S'ils grimpent aux arbres, dit Mathieu, on les aura.

Son regard cherchait à percer le feuillage ; il vit un bras qui se levait et tira. Trop tard : la mairie explosa, les fenêtres du premier furent arrachées ; de nouveau, il fut aveuglé par cette horrible lumière jaune. Il tira au hasard : il entendit de gros fruits mûrs qui dégringolaient de branche en branche ; il ne savait pas si les types tombaient ou descendaient.

— La mairie ne tire plus, dit Clapot.

Ils écoutèrent en retenant leur souffle. Les Allemands tiraient toujours, mais la mairie ne répondait plus. Mathieu frissonna. Morts. Des quartiers de viande saignante sur un plancher défoncé, dans des salles vides.

— C'est pas notre faute, dit Chasseriau. Ils étaient trop.

Brusquement des tourbillons de fumée sortirent par les fenêtres du premier étage ; à travers la fumée, Mathieu distingua des flammes rouges et noires. Quelqu'un se mit à crier dans la mairie, c'était une voix aiguë et blanche, une voix de femme. Mathieu sentit brusquement qu'il allait mourir. Chasseriau tira.

— Tu es fou! lui dit Mathieu. Tu tires sur la mairie à présent, toi qui me reproches de gaspiller les cartouches.

Chasseriau visait les fenêtres de la mairie ; il tira trois fois dans les flammes.

— C'est ce type qui gueule, dit-il. Je ne peux plus l'entendre.

— Il gueule toujours, dit Mathieu.

Ils écoutaient, glacés. La voix faiblit.

— C'est fini.

Mais, brusquement, les cris reprirent de plus belle, inhumains. C'étaient des sons énormes et graves qui grimpaient jusqu'à l'aigu. Mathieu tira à son tour dans la fenêtre, mais sans résultat.

— Il veut donc pas crever! dit Chasseriau.

Tout d'un coup les hurlements s'arrêtèrent.

— Ouf! dit Mathieu.

— Fini, dit Chasseriau. Crevé, rôti.

Plus rien ne bougeait ni sous les arbres ni dans la rue. Le soleil dorait le fronton de la mairie en feu. Chasseriau consulta sa montre.

— Sept minutes, dit-il.

Mathieu se tordait dans les flammes, il n'était plus qu'une brûlure, il suffoquait. Il dut plaquer les mains sur sa poitrine et les descendre lentement jusqu'à son ventre pour s'assurer qu'il était indemne. Clapot dit brusquement :

— Il y en a sur les toits.

— Sur les toits ?

— Juste en face de nous, ils tirent sur l'école. Merde, ça y est !

— Quoi ?

— Ils installent une mitrailleuse. Pinette ! cria-t-il.

Pinette se laissa glisser en arrière.

— Viens ici ! Les gars de l'école vont se faire seringuer.

Pinette se mit à quatre pattes : il les regardait d'un air absent.

Son visage était gris.

— Ça ne va pas ? demanda Mathieu.

— Ça va très bien, dit-il sèchement.

Il se traîna vers Clapot et s'agenouilla.

— Tire, dit Clapot. Tire dans la rue pour les occuper. Nous, on se charge de la mitrailleuse.

Pinette, sans mot dire, se mit à tirer.

— Mieux que ça, nom de Dieu ! dit Clapot. On ne tire pas les yeux fermés.

Pinette tressaillit et parut faire un violent effort sur lui-même ; un peu de sang revint à ses joues ; il visa en écarquillant les yeux. Clapot et Dandieu, à côté de lui, tiraient sans discontinuer. Clapot poussa un cri de triomphe.

— Ça y est ! cria-t-il. Ça y est ! Elle a tu sa gueule.

Mathieu prêta l'oreille : on n'entendait plus rien.

— Oui, dit-il. Mais les copains ne tirent plus.

L'école était silencieuse. Trois Allemands qui s'étaient cachés sous les arbres traversèrent la chaussée en courant et se jetèrent contre la porte de l'école qui s'ouvrit. Ils entrèrent et on les revit un instant après, penchés aux fenêtres du premier étage, qui faisaient des gestes et qui criaient. Clapot tira et ils disparurent. Quelques instants après, pour la première fois depuis le matin, Mathieu entendit le sifflement d'une balle. Chasseriau regarda sa montre :

— Dix minutes, dit-il.

— Oui, dit Mathieu, c'est le commencement de la fin.

La mairie brûlait, les Allemands occupaient l'école : c'était comme si la France était battue une seconde fois.

— Tirez, nom de Dieu!

Des Allemands s'étaient montrés, prudemment, à l'entrée de la grand-rue. Chasseriau, Pinette et Clapot firent feu. Les têtes disparurent.

— Ce coup-ci, on est repéré.

De nouveau le silence. Un long silence. Mathieu pensa : « Qu'est-ce qu'ils préparent? » Dans la rue vide, quatre morts; un peu plus loin, deux autres : tout ce que nous avons pu faire. A présent il fallait finir la besogne : se faire tuer. Et pour eux, qu'est-ce que c'est? Dix minutes de retard sur l'horaire prévu.

— A nous, dit Clapot tout à coup.

Un petit monstre trapu roulait vers l'église; il étincelait au soleil.

— Schnellfeuerkanon, dit Dandieu entre ses dents.

Mathieu rampa vers eux. Ils tiraient, mais on ne voyait personne : le canon avait l'air de rouler tout seul. Ils tiraient par acquit de conscience, parce qu'il y avait encore des cartouches. Ils avaient de beaux visages tranquilles et las, leurs derniers visages.

— En arrière!

Un gros homme en bras de chemise apparut tout à coup à gauche du canon. Il ne cherchait pas à s'abriter : il donnait paisiblement ses ordres, en levant le bras. Mathieu se redressa brusquement : ce petit homme à la gorge nue l'enflammait de désir.

— En arrière et à plat ventre!

La gueule du canon s'éleva lentement. Mathieu n'avait pas bougé : il était à genoux et visait le feldwebel.

— Tu entends! lui cria Clapot.

— La paix! grogna Mathieu.

Il tira le premier, la crosse de son fusil lui claqua l'épaule ; il y eut une énorme détonation, comme un écho simplifié de son coup de fusil, il vit du rouge, puis il entendit un long bruit mou de déchirure.

— Raté! dit Clapot. Ils ont visé trop haut.

Le feldwebel se débattait, les jambes en l'air. Mathieu le regardait en souriant. Il allait l'achever quand deux soldats apparurent, qui l'emportèrent. Mathieu rampa à reculons et vint s'étendre à côté de Dandieu. Déjà Clapot soulevait la trappe :

— Vite, descendons!

Dandieu secoua la tête.

— En dessous il y a pas de fenêtres.

Ils se regardèrent.

— On peut pas laisser perdre les cartouches, dit Chasseriau.

— Il t'en reste beaucoup?

— Deux chargeurs.

— Et toi, Dandieu?

— Un.

Clapot rabattit la trappe.

— On peut pas les laisser perdre, dit-il. T'as raison.

Mathieu entendait derrière lui un souffle rauque ; il se retourna : Pinette avait pâli jusqu'aux lèvres et respirait péniblement.

— Tu es blessé?

Pinette le regarda d'un air farouche.

— Non.

Clapot regarda Pinette attentivement :

— Si tu veux descendre, petit, t'es pas forcé de rester. On ne doit plus rien à personne. Nous, tu comprends, c'est nos cartouches. On peut pas les laisser perdre.

— Merde alors! dit Pinette. Pourquoi que je descendrais si Delarue ne descend pas?

Il se traîna jusqu'au parapet et se mit à tirailler.

— Pinette! cria Mathieu.

Pinette ne répondit pas. Les balles sifflaient au-dessus d'eux.

— Laisse-le donc, dit Clapot. Ça l'occupe.

Le canon tira deux fois, coup sur coup ; ils entendirent un choc sourd au-dessus de leur tête, une avalanche de plâtras se détacha du plafond ; Chasseriau tira sa montre.

— Douze minutes.

Mathieu et Chasseriau rampèrent jusqu'au parapet. Mathieu s'était accroupi, à côté de Pinette ; Chasseriau, à sa droite, se tenait debout et courbé en avant.

— C'est déjà pas si mal, douze minutes, dit Chasseriau. C'est déjà pas si mal.

L'air siffla, hurla, frappa Mathieu en pleine face : un air chaud et lourd comme de la bouillie. Mathieu tomba assis par terre. Le sang l'aveuglait ; il avait les mains rouges jusqu'aux poignets ; il se frottait les yeux et mêlait le sang de ses mains à celui de son visage. Mais ce n'était pas son sang : Chasseriau était assis sur le parapet sud, sans tête ; un gargouillis de sang et de bulles sortait de son cou.

— Je ne veux pas, dit Pinette, je ne veux pas!

Il se leva brusquement, courut à Chasseriau et le frappa en pleine poitrine avec la crosse de son fusil. Chasseriau oscilla et bascula par-dessus le parapet. Mathieu le vit tomber sans émotion : c'était juste le commencement de sa propre mort.

— Feu à volonté, cria Clapot.

La place, brusquement, grouillait de soldats. Mathieu reprit son poste et se mit à tirer, Dandieu tirait près de lui.

— C'est un massacre, dit Dandieu en riant.

Il lâcha son fusil qui tomba dans la rue, il se coucha sur Mathieu en disant :

— Mon vieux ! Mon vieux !

Mathieu le rejeta d'un coup d'épaule, Dandieu tomba en arrière et Mathieu continua à tirer. Il tirait encore quand le toit s'effondra sur lui. Il reçut une poutre sur la tête, lâcha son fusil et tomba. Quinze minutes ! pensait-il avec rage, je donnerais n'importe quoi pour tenir quinze minutes ! la crosse d'un fusil sortait du chaos de bois brisé et d'ardoises en éclats ; il le tira à lui : le fusil était gluant de sang mais chargé.

— Pinette ! cria Mathieu.

Personne ne répondit. L'effondrement du toit obstruait toute la partie nord de la plate-forme ; les gravats et les poutres bouchaient la trappe ; une barre de fer pendait du plafond béant ; Mathieu était seul.

— Nom de Dieu, dit-il à voix haute, il ne sera pas dit que nous n'aurons pas tenu quinze minutes.

Il s'approcha du parapet et se mit à tirer debout. C'était une énorme revanche ; chaque coup de feu le vengeait d'un ancien scrupule. Un coup sur Lola que je n'ai pas osé voler, un coup sur Marcelle que j'aurais dû plaquer, un coup sur Odette que je n'ai pas voulu baiser. Celui-ci pour les livres que je n'ai pas osé écrire, celui-là pour les voyages que je me suis refusés, cet autre sur tous les types, en bloc, que j'avais envie de détester et que j'ai essayé de comprendre. Il tirait, les lois volaient en l'air, tu aimeras ton prochain comme toi-même, pan dans cette gueule de con, tu ne tueras point, pan sur le faux jeton d'en face. Il tirait sur l'homme, sur la Vertu, sur le Monde : la Liberté, c'est la Terreur ; le feu brûlait dans la mairie, brûlait dans sa tête : les balles sifflaient, libre comme l'air, le monde sautera, moi avec, il tira, il regarda sa montre : quatorze minutes trente secondes ; il n'avait plus rien à demander sauf un délai d'une demi-minute, juste le temps de tirer sur le bel officier si fier qui courait vers l'église ; il tira sur le bel officier, sur toute la Beauté de la

Terre, sur la rue, sur les fleurs, sur les jardins, sur tout ce qu'il avait aimé. La Beauté fit un plongeon obscène et Mathieu tira encore. Il tira : il était pur, il était tout-puissant, il était libre.

Quinze minutes.

DEUXIÈME PARTIE

La nuit, les étoiles ; un feu rouge au nord, c'est un hameau qui brûle. A l'est et à l'ouest, de longs éclairs de chaleur, secs et clignotants : leurs canons. Ils sont partout, ils m'auront demain. Il entre dans le village endormi ; il traverse une place, il s'approche d'une maison au hasard, frappe, pas de réponse, pèse sur le loquet, la porte s'ouvre. Il entre, il referme la porte ; le noir. Une allumette. Il est dans le vestibule, une glace sort vaguement de l'ombre, il se voit dedans : j'ai drôlement besoin de me raser. L'allumette s'éteint. Il a eu le temps de distinguer un escalier qui descend sur la gauche. Il s'en approche à tâtons : l'escalier descend en tournant, Brunet tourne, aperçoit une vague clarté diffuse, tourne encore : la cave. Elle sent le vin et le champignon. Des tonneaux, un tas de paille. Un gros homme en chemise de nuit et en pantalon est assis sur la paille à côté d'une blonde à moitié nue qui tient un gosse dans ses bras. Ils regardent Brunet, leurs trois bouches sont ouvertes, ils ont peur. Brunet descend les marches de l'escalier, le type le regarde toujours, Brunet descend, le type dit tout d'un coup : « Ma femme est malade. — Et alors ? demande Brunet. — J'ai pas voulu qu'elle passe la nuit dans les bois. — Tu me dis ça à moi, dit Brunet. Mais je m'en fous. » Il est dans la cave, à présent. Le type le regarde avec défiance : « Alors, qu'est-ce que vous voulez ? — Dormir ici », dit

Brunet. Le type fait la grimace ; il le regarde toujours.
« Vous êtes adjudant ? » Brunet ne répond pas. « Où
sont vos hommes ? » demande le type soupçonneux.
« Morts », dit Brunet. Il s'approche du tas de paille, le
type dit : « Et les Allemands ? Où sont-ils ? — Partout. — Je ne veux pas qu'ils vous trouvent ici », dit
le type. Brunet ôte sa veste, la plie, la pose sur un ton-
neau. « Vous entendez ? crie le type. — J'entends,
dit Brunet. — J'ai une femme et un gosse, moi : je veux
pas payer pour vos bêtises. — T'en fais pas », dit
Brunet. Il s'assied, la femme le regarde avec haine :
« Il y a des Français qui vont se battre là-haut, vous
devriez être avec eux. » Brunet la regarde, elle remonte
sa chemise de nuit sur ses seins, elle crie : « Allez-vous-
en ! Allez-vous-en ! Déjà que vous avez perdu la guerre,
vous allez nous faire tuer par-dessus le marché. » Brunet lui dit : « Vous en faites pas. Vous n'aurez qu'à me
réveiller quand les Allemands seront là. — Et qu'est-ce
que vous ferez ? — J'irai me rendre. — Saleté ! dit la
femme, quand on pense qu'il y en a qui se sont fait
massacrer. » Brunet bâille, s'étire et sourit. Il se bat
depuis huit jours sans dormir et presque sans manger,
vingt fois il a manqué d'y rester. C'est fini de se battre,
à présent, la guerre est perdue et il y a du travail à
faire. Beaucoup de travail. Il s'étend sur la paille, il
bâille, il s'endort. « Allez ouste, dit le type, les voilà. »
Brunet ouvre les yeux, il voit une grosse face rouge, il
entend des claquements et des explosions. « Ils sont
là ? — Oui. Et ça cogne. Je ne peux pas vous garder
chez moi. » La femme n'a pas bougé. Elle regarde
Brunet de ses yeux farouches en serrant son enfant
endormi dans ses bras. « Je vais m'en aller », dit Brunet. Il se lève, il bâille, il s'approche d'un soupirail,
fouille dans sa musette, en sort un morceau de miroir et
un rasoir. Le type le regarde, stupide d'indignation :
« Vous n'allez tout de même pas vous raser, non ? —
Pourquoi pas ? » demande Brunet. Le type est rouge
de colère : « Je vous dis qu'ils me fusilleront, s'ils vous

trouvent ici. » Brunet dit : « J'aurai vite fait. » Le type le tire par le bras pour le faire sortir : « Je ne veux pas de ça, j'ai une femme et un gosse, si j'avais su, je vous aurais pas laissé entrer. » Brunet se dégage d'une secousse, il regarde avec dégoût ce gros mollasson qui s'obstine à vivre, qui vivra sous tous les régimes, humble, mystifié, coriace, qui vivra pour rien. Le bonhomme se ramène sur lui. Brunet l'envoie dinguer contre le mur. « La paix ou je cogne. » Le type se tient coi, il souffle, ramassé sur lui-même, il roule ses yeux d'alcoolique, il dégage une puissante odeur de mort et de purin. Brunet se met à se raser, sans savon et sans eau, la peau lui cuit ; à côté de lui, la femme frissonne de peur et de haine, Brunet se hâte : si ça dure trop longtemps, elle va devenir folle. Il range son rasoir dans sa musette : la lame servira encore deux fois : « Tu vois, j'ai fini. Ça n'était pas la peine de faire tant d'histoires. » Le type ne répond pas, la femme crie : « Allez-vous-en, sale type, sale froussard, vous allez nous faire fusiller ! » Brunet met sa veste, il se sent propre, neuf et raide, son visage est rouge. « Allez-vous-en ! Allez-vous-en ! » Il salue avec deux doigts, il dit : « Merci tout de même. » Il monte l'escalier sombre, traverse une antichambre : la porte d'entrée est grande ouverte ; dehors la cascade blanche du jour, le claquement maniaque de mitrailleuses, la maison est sombre et fraîche. Il s'approche de la porte d'entrée ; il faut plonger dans cette mousse de lumière. Une petite place, l'église, le monument aux morts, du fumier devant les portes. Entre deux maisons qui brûlent, la route nationale, toute rose de matin. Les Allemands sont là, une trentaine d'hommes affairés, des ouvriers en plein travail, ils tirent sur l'église avec un schnellfeuerkanon, on tire sur eux du clocher, c'est un chantier. Au milieu de la place, sous les feux croisés, des soldats français en bras de chemise, les yeux roses de sommeil, marchent sur les pointes, à petits pas pressés, comme s'ils défilaient pour un concours de beauté. Ils lèvent leurs mains pâles au-dessus de leurs têtes et le soleil se joue entre leurs doigts. Brunet les regarde, il regarde le clocher, à sa droite une grande bâtisse est en flammes, il sent la chaleur sur sa joue : il dit « Merde ». Il descend les trois marches du perron. Voilà : il est pris. Il garde les mains dans ses poches, elles sont lourdes comme du plomb. « Levez les mains! » Un Allemand le vise avec un fusil. Il rougit, ses mains se lèvent lentement, les voilà en l'air au-dessus de sa tête : ils me paieront ça avec du sang. Il rejoint les Français et danse avec eux, c'est du cinéma, rien n'a l'air vrai, ces balles qui sifflent ne peuvent pas tuer, le canon tire à blanc. Un Français fait la révérence et tombe, Brunet l'enjambe. Il tourne sans hâte le coin de la maison brune et s'engage sur la grand-route, au moment où le clocher s'effondre. Plus de Fritz, plus de balles, fini le cinéma, c'est la vraie campagne, il remet ses mains dans ses poches. On est entre Français. Une cohue de petits Français, en kaki, mal lavés, pas rasés, le visage noir de fumée, qui rient, plaisantent, chuchotent, un moutonnement de têtes nues, de bonnets de police, pas un casque : on se reconnaît, on se salue : « Je t'ai vu à Saverne au mois de décembre. Hé! Girard, salut, faut la défaite pour qu'on se retrouve, comment va Lisa ? » Un soldat allemand, l'air ennuyé, l'arme à la bretelle, garde le troupeau des petits vaincus, accompagne à larges et lentes foulées leur trottinement pressé. Brunet trottine avec les autres, mais il est aussi grand que le Fritz, aussi bien rasé. La route rose se coule entre les herbes, pas un souffle d'air, une chaleur de défaite. Les hommes sentent fort, ils jacassent et les oiseaux chantent. Brunet se tourne vers son voisin, un gros à l'air doux qui respire par la bouche : « D'où sortez-vous ? — Nous autres, on descendait de Saverne, on a passé la nuit dans des fermes. — Moi, je suis venu tout seul, dit Brunet. C'est marrant, je croyais le village désert. » Un jeune type blond et bronzé marche à deux rangs de lui, nu jusqu'à la ceinture, avec une grosse croûte sanglante entre les omoplates. Dans le dos de Brunet, une immense rumeur naturelle s'est élevée, des rires, des cris, le raclement des pieds contre la terre, ça ressemble au bruit du vent dans les arbres. Il se retourne : à présent il y a des milliers d'hommes derrière lui, on les a rabattus de partout, des champs, des hameaux, des fermes. Les épaules et la tête de Brunet se dressent solitaires au-dessus de cette plaine onduleuse : « Je m'appelle Moûlu, dit le gros type, je suis de Bar-le-Duc. » Il ajoute fièrement : « Je connais la région. » Au bord de la route, une ferme brûle, les flammes sont noires dans le soleil, un chien hurle. « T'entends le clebs ? dit Moûlu à son voisin, ils l'ont enfermé dedans. » Le voisin est sûrement du Nord, blond, pas trop petit, avec une peau de lait, il ressemble au Fritz qui les garde. Il fronce les sourcils et tourne ses gros yeux bleus vers Moûlu : « Hé ? — Le chien. Il est dedans. — Et alors ? dit le ch'timi. C'est un chien. » « Ouah, ouah ! ouah ! ouah ! » Ce n'est pas le chien qui aboie, cette fois : c'est le jeune type au dos nu. Quelqu'un l'entraîne et lui met la main sur la bouche, Brunet a eu le temps d'entrevoir sa grosse face pâle effarée aux yeux sans cils. « Charpin, ça n'a pas l'air d'aller fort », dit Moûlu au ch'timi. Le ch'timi le regarde : « Eh ? — Je dis : Charpin, ton copain, ça ne va pas fort. » Le ch'timi rit, ses dents sont blanches : « Il a toujours été particulier. » La route monte, une bonne odeur de pierre chauffée, de bois brûlé les accompagne, le chien hurle dans leur dos. Ils arrivent au sommet de la côte ; la route descend en pente raide. Moûlu montre du doigt l'interminable colonne : « Oh ! dis donc ! D'où qu'ils sortent, ceux-là ? » Il se retourne vers Brunet : « Combien qu'on est ? — Je ne sais pas. Peut-être dix mille, peut-être plus. » Moûlu le regarde, incrédule. « Tu peux voir ça comme ça, à vue de nez ? » Brunet pense aux Quatorze juillet, aux Premier mai ; on postait des types boulevard Richard-Lenoir, on faisait l'estimation d'après la durée du défilé. Des foules silencieuses et chaudes ; quand on était au milieu d'elles on brûlait. Celle-ci est bruyante mais froide et morte. Il sourit, il dit : « J'ai l'habitude. — Où c'est qu'on va ? » demande le ch'timi. « Sais pas. — Où sont les Frisés ? Qui est-cè qui commande ? » Il n'y a pas de Frisés sauf une dizaine qui s'égaillent sur la route. L'immense troupeau se laisse glisser jusqu'en bas de la côte, comme s'il obéissait à sa seule pesanteur. « C'est marrant, dit Moûlu. — Oui, dit Brunet, c'est marrant. » C'est marrant ; ils pourraient se jeter sur les Allemands, les étrangler, s'enfuir à travers champs : à quoi bon ? Ils vont droit devant eux, où la route les mène. Les voilà au bas de la côte, dans une cuvette ; à présent, ils remontent, ils ont chaud. Moûlu tire de sa poche une liasse de lettres retenues par un élastique et la tourne un moment entre ses gros doigts maladroits. La sueur fait des taches sur le papier, l'encre violette déteint par places. Il ôte l'élastique, il se met à déchirer les lettres sans les relire, méthodiquement, en menus morceaux qu'il disperse à mesure, d'un geste de semeur. Brunet suit des yeux le vol essoufflé des morceaux : la plupart retombent en confetti sur les épaules des soldats et de là sous leurs pieds ; il y en a un qui volette une seconde et se pose sur une touffe d'herbes. Les herbes plient un peu et le portent comme un dais. Il y a d'autres papiers, tout le long de la route, déchirés, froissés, roulés en boule, il y en a dans les fossés, entre les fusils brisés et les casques cabossés. Quand l'écriture est large et haute, Brunet attrape un mot au passage : mange bien, ne te découvre pas, Hélène est venue avec les petits, dans tes bras mon amour. La route entière est une longue lettre d'amour souillée. De petits monstres mous rampent à terre et regardent le gai troupeau des vaincus de leurs yeux sans prunelles : des masques à gaz ; Moûlu pousse le coude de Brunet, il montre un masque : « C'est tout de même de la chance qu'on n'ait pas eu besoin de s'en servir. » Brunet ne répond pas ; Moûlu cherche d'autres complices : « Eh ! Lambert ! » Un type, devant Brunet, se retourne, Moûlu lui désigne un masque, sans commentaires ; ils se mettent à rire et les types rient autour d'eux : ils les détestaient, ces larves parasitaires, ils en avaient peur et pourtant il fallait les nourrir, les soigner. A présent, elles gisent sous leurs pieds, crevées, ils les voient et ça leur rappelle que la guerre est finie. Des paysans qui sont venus, comme tous les jours, travailler aux champs, les regardent passer en s'appuyant sur leurs bêches ; Lambert s'égaie, il leur crie : « Salut, papa! C'est la classe. » Dix voix, cent voix répètent avec une sorte de défi : « C'est la classe, c'est la classe! On rentre chez nous. » Les paysans ne répondent rien, ils ne semblent même pas entendre. Un blond frisé qui a l'air parisien demande à Lambert : « Du combien que tu crois que c'est? — C'est du peu, dit Lambert, c'est du peu, Blondinet. — Tu crois? Tu en es sûr? — T'as qu'à voir. Où qu'ils sont, les types qui doivent nous garder? Si qu'on était prisonnier pour de vrai, tu verrais comme on serait encadrés. — Alors, pourquoi qu'ils nous ont pris? demande Moûlu. — Pris? Ils nous ont pas pris : ils nous ont mis de côté pour pas qu'on soit dans leurs jambes pendant ce temps qu'ils avancent. — Même comme ça, soupire le blondinet, ça peut durer longtemps. — T'es pas fou? Ils peuvent même pas courir aussi vite qu'on fout le camp. » Il a l'air guilleret, il ricane : « Ils s'en font pas, les Fridolins, ils se promènent : une petite poule à Paris, un coup de pinard à Dijon, une bouillabaisse à Marseille. Dame, à Marseille c'est fini, faudra bien qu'ils s'arrêtent : il y a la mer devant. A ce moment-là, ils nous lâcheront. A la mi-août, on sera chez nous. » Blondinet hoche la tête : « Deux mois, ça fait. C'est long. — T'es bien pressé : dis donc. Faut qu'ils réparent les voies pour que le dur puisse passer. — Le dur, je leur en fais cadeau, dit Moûlu. Si ça n'est que ça, je rentrerais bien à pince. — Merde alors, pas moi! Voilà quinze jours que je marche, j'en ai plein le cul, je veux me reposer. — T'as donc pas envie de faire joujou avec **ta** souris? — Eh dis! Avec quoi que je le ferais? J'ai trop marché, il ne me reste plus rien dans le pantalon. Je veux dormir et seul. » Brunet les écoute, il regarde leurs nuques, il pense qu'il y aura beaucoup de travail à faire. Peupliers, peupliers, un pont sur un ruisseau, peupliers. « Il fait soif », dit Moûlu. « C'est pas tellement la soif, dit le ch'timi, c'est la faim : j'ai rien croûté depuis hier. » Moûlu trottine et sue, il souffle, il ôte sa veste, il la met sur son bras, il déboutonne sa chemise, il dit avec un sourire : « A présent, on peut ôter sa veste, on est libres. » Arrêt brusque ; Brunet vient donner de la poitrine dans le dos de Lambert. Lambert se retourne ; il porte la barbe en collier, il a de petits yeux vifs sous d'épais sourcils noirs : « Tu peux pas regarder devant toi, pochetée? T'as pas les yeux en face des trous? » Il regarde l'uniforme de Brunet avec insolence : « Finis les juteux. Personne ne commande. Il n'y a que des hommes. » Brunet le regarde sans colère et le type se tait. Brunet se demande ce qu'il peut faire dans le civil. Petit commerçant? Employé? Classe moyenne, en tout cas. Ils sont des centaines de milliers comme ça : aucun sens de l'autorité ni de la propreté personnelle. Il faudra une discipline de fer. Moûlu demande : « Pourquoi qu'on s'est arrêté? » Brunet ne répond pas. Un petit bourgeois aussi, celui-là, tout pareil à l'autre, mais plus bête : ça ne sera pas commode de travailler là-dessus. Moûlu soupire d'aise et s'évente : « On a peut-être le temps de s'asseoir par terre. » Il pose sa musette sur la route et s'assoit dessus, le soldat allemand s'approche d'eux, tourne vers eux son long visage inexpressif et beau, une vague buée de sympathie affleure à ses yeux bleus. Il dit avec application : « Pauvres Français, finie la guerre. Rentrer chez vous. Rentrer chez vous. » « Qu'est-ce qu'il dit, qu'est-ce qu'il dit, qu'on va rentrer chez nous, bien sûr qu'on va rentrer chez nous, merde, Julien, t'entends, on rentre chez nous, demande-lui quand, eh! dis-lui quand est-ce qu'on va rentrer chez nous ? » « Dis, le Frisou, quand est-ce qu'on va rentrer chez nous ? » Ils le tutoient, serviles et familiers. C'est toute l'armée victorieuse et ce n'est qu'un griveton. L'Allemand répète, l'œil vide : « Rentrer chez vous, rentrer chez vous. » « Mais *quand*, eh ? » « Pauvres Français, rentrer chez vous. » On repart, peupliers, peupliers. Moûlu gémit, il a chaud, il a soif, il est las, il voudrait s'arrêter, mais personne ne peut freiner cette marche obstinée que personne ne commande. Un type gémit : « J'ai mal au crâne », et il marche, le jacassement s'alourdit, se coupe de longs silences, ils se disent : « On va pas marcher comme ça jusqu'à Berlin ? » Et ils marchent ; ils suivent ceux de devant, ils sont poussés par ceux de derrière. Un village, un monceau de casques, de masques et de fusils sur la grand-place. « Poudroux : j'y suis passé avant-hier, dit Moûlu. — Tiens, moi, hier soir, dit Blondinet ; en camion, j'étais : il y avait des gens sur le pas de leur porte, ils n'avaient pas l'air de nous avoir à la bonne. » Ils sont toujours là, sur le pas des portes, les bras croisés, silencieux. Des femmes aux cheveux noirs, aux yeux noirs, aux robes noires, des vieillards. Ils regardent. Devant ces témoins, les prisonniers se redressent, les visages deviennent cyniques et pointus, des mains s'agitent, on rit, on crie : « Salut la petite mère ! Salut papa ! C'est la classe, finie la guerre, salut. » Ils passent et saluent, ils envoient des œillades, des sourires provocants, les témoins se taisent et regardent. Seule l'épicière, grasse et bonne, murmure : « Pauvres gars. » Le ch'timi sourit béatement, il dit à Lambert : « C'est encore heureux qu'on est pas dans le Nord. — Pourquoi ? — Ils nous foutraient des meubles sur la gueule. » Une fontaine, dix types, cent types se détachent des rangs, vont y boire. Moûlu y court, il se penche maladroitement, goulûment ; ils se caressent à leur fatigue et leurs épaules tremblent ; l'eau ruisselle sur leurs visages. La sentinelle n'a pas même l'air de les voir : ils resteront au village s'ils veulent et s'ils ont le courage d'affronter les regards. Mais non ; ils reviennent un à un, ils se hâtent comme s'ils avaient peur de perdre leur place ; Moûlu court comme une femme, en tournant les genoux, ils se bousculent, ils rient, ils crient, scandaleux et provocants comme des tapettes ; leurs bouches se fendent en plaies hilares au-dessus de leurs yeux de chiens battus. Moûlu s'assuie les lèvres, il dit : « C'était bon. » Il regarde Brunet avec étonnement : « Tu n'as pas bu, toi ? Tu n'as pas soif ? » Brunet hausse les épaules sans répondre ; dommage que ce troupeau ne soit pas encadré par cinq cents soldats, baïonnette au canon, qui piquent les fesses des retardataires et assomment les bavards à coups de crosse : ça vous aurait plus de gueule. Il regarde à sa droite, à sa gauche, il se retourne, il cherche un visage pareil au sien parmi cette forêt de visages abandonnés, ivres, torturés par une gaieté irrépressible. Où sont les camarades ? Un communiste, ça se reconnaît au premier coup d'œil. Un visage. Un seul visage dur et calme, un visage d'homme. Mais non : petits, vifs et vils, ils marchent courbés en avant, la vitesse entraîne leurs corps malingres et fureteurs, toute l'intelligence française s'ébat sur leurs faces crasseuses, tirant les commissures des bouches avec des ficelles, pinçant ou dilatant les narines, plissant les fronts, enflammant les yeux ; ils apprécient, distinguent, débattent, jugent, critiquent, pèsent le pour et le contre, dégustent une objection, démontrent et concluent, interminable syllogisme dont chaque tête figure une proposition. Ils marchent docilement, ils raisonnent en marchant, ils sont tranquilles : la guerre est finie ; il n'y a pas eu de casse ; les Allemands n'ont pas l'air trop vaches. Tranquilles parce qu'ils croient avoir d'un coup d'œil apprécié leurs nouveaux maîtres ; leurs visages se sont remis à sécréter de l'intelligence parce que c'est un article de luxe spécifiquement français qu'on pourra refiler aux Fritz en temps voulu contre de menus avantages. Peupliers, peupliers, le soleil tape, il est midi : « Les voilà ! » L'intelligence

258

s'efface, le troupeau tout entier gémit de volupté, ce n'est pas un cri, pas même un soupir : une sorte d'effondrement admiratif, le chuintement doux d'un feuillage qui plie sous le poids de la pluie. « Les voilà! » Ça court d'avant en arrière, ça passe de tête en tête comme une bonne nouvelle, les voilà! les voilà! Les rangs se resserrent, se poussent sur les bas-côtés, la longue chenille frissonne : les Allemands passent sur la route, en motos, en chenillettes, en camions, rasés, reposés, bronzés, beaux visages calmes et vagues comme des alpages. Ils ne regardent personne, leur regard est fixé sur le Sud, ils s'enfoncent dans la France, debout et silencieux, tu te rends compte, on les transporte gratis, c'est la biffe à roulettes, moi j'appelle ça faire la guerre, vise-moi les mitrailleuses, oh! et les petits canons, dis! Ce que c'est bath, pas étonnant qu'on ait perdu la guerre. Ils sont ravis que les Allemands soient si forts. Ils se sentent d'autant moins coupables : « Imbattables, y a pas à chier, imbattables. » Brunet regarde ces vaincus émerveillés, il pense : c'est le matériau. Il vaut ce qu'il vaut mais tant pis, je n'en ai pas d'autre. On peut travailler partout et il y en a sûrement, dans le lot, qui sont récupérables. Les Allemands sont passés, la chenille rampe hors de la route, les voilà sur un terrain de basket-ball qu'ils remplissent de leur poix noire, ils s'asseyent, ils se couchent, ils se font, avec des journaux du mois de mai, de grands chapeaux contre le soleil ; on dirait la pelouse d'un champ de courses, ou le bois de Vincennes un dimanche. « Comment ça se fait qu'on se soit arrêtés? — Sais pas », dit Brunet. Il regarde avec irritation cette foule à la renverse, il n'a pas envie de s'asseoir, mais c'est idiot, il ne faut pas les mépriser, c'est le meilleur moyen de faire du mauvais travail, et puis qui sait où l'on va, il doit ménager ses forces, il s'assied. Un Allemand passe derrière lui, puis un autre : ils le regardent en riant amicalement, ils demandent avec une ironie paternelle : « Où sont les Anglais? » Brunet regarde leurs bottes noires et molles, il ne répond pas et ils s'en vont ; un long feldwebel reste en arrière et répète avec une tristesse pleine de reproches : « Où sont les Anglais ? Pauvres Français, où sont les Anglais ? » Personne ne répond ; il hoche la tête à plusieurs reprises. Quand les Fritz sont loin, Lambert leur répond entre ses dents : « Dans mon cul qu'ils sont les Anglais et tu peux pas courir aussi vite qu'ils t'emmerdent. — Ouais! dit Moûlu. — Eh ? — Les Anglais, explique Moûlu, ça se peut qu'ils emmerdent les Fritz, mais d'ici qu'ils soient emmerdés à leur tour, et salement, y a pas des kilomètres. — C'est pas dit. — Bien sûr que si, couillon! c'est couru. Ils font les fortiches parce qu'ils sont dans leur île, mais attends voir un peu que les Fridolins traversent la Manche et tu verras! Parce que moi je te le dis, si le soldat français a pas pu résister, ç'est pas les Engliches qui vont gagner la guerre. » Qù sont les camarades ? Brunet se sent seul. Voilà dix ans qu'il ne s'est pas senti aussi seul. Il a faim et soif, il a honte d'avoir faim et soif ; Moûlu se tourne vers lui : « Ils vont nous donner à croûter. — Vraiment ? — Il paraît que le feldwebel l'a dit : ils vont distribuer du pain et des conserves. » Brunet sourit : il sait qu'on ne leur donnera rien à manger. Il faut qu'ils en bavent ; ils n'en baveront jamais assez. Tout d'un coup des types se lèvent, puis d'autres, puis tout le monde se lève, on repart ; Moûlu est furieux, il maugrée : « Qui c'est qui a dit de repartir ? » Personne ne répond. Moûlu crie : « Partez pas, les gars, ils vont nous donner à croûter. » Aveugle et sourd le troupeau s'est déjà engagé sur la route. Ils marchent. Une forêt ; des rayons pâles et roux passent à travers les feuilles, trois canons de 75, abandonnés, menacent encore l'Est ; les types sont contents parce qu'il y a de l'ombre ; un régiment de pionniers allemands défile. Le blondinet les regarde passer avec un fin sourire, il se divertit à observer ses vainqueurs à travers ses paupières mi-closes, il joue avec eux comme le chat avec la souris, il jouit de sa supériorité ; Moûlu saisit le bras de Brunet et le secoue : « Là! Là! La cheminée grise. — Eh bien ? — C'est Baccarat. » Il se dresse sur la pointe des pieds, il met les mains en entonnoir autour de sa bouche, il crie : « Baccarat! Les gars, faites passer : on arrive à Baccarat! » Les hommes sont las, ils ont le soleil dans les yeux, ils répètent docilement : Baccarat, Baccarat, mais ils s'en foutent. Blondinet demande à Brunet : « Baccarat, c'est de la dentelle ? — Non, dit Brunet, c'est la verrerie. — Ah! dit Blondinet d'un air vague et respectueux. Ah! Ah! » La ville est noire sous le ciel bleu, les visages s'attristent, un type dit triste-ment : « Ça fait drôle de voir une ville. » Ils dévalent une rue déserte ; des éclats de verre jonchent le trottoir et la chaussée. Blondinet ricane, il les montre du doigt, il dit : « La voilà, la verrerie de Baccarat. » Brunet lève la tête : les maisons sont indemnes, mais toutes les vitres sont cassées, derrière lui une voix répète : « Ça fait drôle, une ville. » Un pont ; la colonne s'arrête ; des millions d'yeux se tournent vers la rivière : cinq Fritz tout nus jouent dans l'eau, s'éclaboussent en pous-sant de petits cris ; vingt mille Français gris et suants dans leurs uniformes regardent ces ventres et ces fesses qui furent protégés dix mois par le rempart des canons et des tanks et qui s'exhibent maintenant avec une inso-lence tranquille dans leur fragilité. C'était ça, ce n'était que ça : leurs vainqueurs c'était cette chair blanche et vulnérable. Un soupir bas et profond déchire la foule. Ils ont supporté sans colère le défilé d'une armée victo-rieuse sur des chars de triomphe ; mais ces Fritz à poil qui jouent à saute-mouton dans l'eau, c'est une insulte. Lambert se penche au-dessus du parapet, regarde l'eau et murmure : « Ce qu'elle doit être bonne! » C'est moins qu'un désir : tout juste le regret d'un mort. Morte, oubliée, ensevelie dans une guerre périmée, la foule se remet en marche dans la sécheresse, dans la chaleur et les tourbillons de poussière, un portail s'ouvre en grinçant, de hauts murs se rapprochent, au fond d'une cour immense, à travers l'air qui tremble,

Brunet voit une caserne aux volets clos ; il avance, on le pousse par-derrière, il se retourne : « Ne poussez donc pas, on entrera tous. » Il franchit le portail, Moûlu rit d'aise : « Fini pour aujourd'hui. » Fini le monde des civils et des vainqueurs, des peupliers et des rivières tremblantes de soleil, ils vont ensevelir entre ces murs leur vieille guerre crasseuse, ils vont cuire dans leur jus, sans témoins, entre eux. Brunet avance, on le pousse, il avance jusqu'au fond de la cour, il s'arrête au pied de la longue falaise grise, Moûlu le pousse du coude : « C'est la caserne des gardes mobiles. » Cent persiennes closes ; un perron de trois marches accède à une porte cadenassée. A gauche du perron, à deux mètres de la caserne, on a édifié un petit rempart de briques haut d'un mètre et long de deux, Brunet s'en approche et s'y accote. La cour s'emplit, un courant continu tasse les premiers arrivés les uns contre les autres, les plaque contre le mur de la caserne ; il en vient, il en vient toujours ; tout d'un coup les lourds vantaux du portail tournent sur eux-mêmes et se ferment. « Ça y est, dit Moûlu, on est chez nous. » Lambert regarde le portail et dit avec satisfaction : « Il y en a une chiée qui n'a pas pu rentrer : faudra qu'ils couchent dehors. » Brunet hausse les épaules. « Que tu couches dans la cour ou dans la rue... — C'est pas pareil », dit Lambert. Le blondinet approuve de la tête : « Nous autres, explique-t-il, on n'est pas dehors. » Lambert renchérit : « On est dans une maison sans toit. » Brunet fait volte-face ; le dos tourné à la caserne, il examine les lieux : devant lui, la cour descend en pente douce jusqu'au mur d'enceinte. Deux miradors à cent mètres l'un de l'autre reposent sur la crête du mur : ils sont vides. Une rangée de piquets fraîchement plantés, entre lesquels on a tendu des fils de fer et des cordes, divise la cour en deux parties inégales. La plus petite — une bande de terrain relativement étroite qui s'étend entre l'enceinte et les piquets — demeure inoccupée. Dans l'autre, entre les piquets et la caserne, tout le monde s'entasse. Les hommes sont mal à l'aise, ils ont l'air en visite, personne n'ose s'asseoir ; ils portent leurs musettes et leurs paquetages à bout de bras ; la sueur coule sur leurs joues, l'intelligence française a quitté leurs visages, le soleil entre dans leurs yeux vides, ils fuient le passé et le proche avenir dans une petite mort inconfortable et provisoire. Brunet ne veut pas s'avouer qu'il a soif, il a posé sa musette et mis les mains dans ses poches, il sifflote. Un sergent lui fait le salut militaire ; Brunet lui sourit sans lui rendre son salut. Le sergent s'approche : « Qu'est-ce qu'on attend ? — Je ne sais pas. » C'est un grand type maigre et solide avec de gros yeux ternis par l'importance ; une moustache barre son visage osseux ; il a des gestes vifs et féroces qui sont appris. « Qui commande ? demande-t-il. — Qui voulez-vous que ce soit ? Les Fritz. — Mais chez nous ? Où sont les responsables ? » Brunet lui rit au nez. « Cherchez-les. » Les yeux du sergent se chargent d'un reproche méprisant : il voudrait commander en second, joindre l'ivresse d'obéir au plaisir de donner des ordres ; mais Brunet ne veut plus commander du tout ; son commandement a pris fin quand le dernier de ses hommes est tombé. A présent, il a autre chose en tête. Le sergent demande avec impatience : « Pourquoi laisse-t-on ces pauvres gars sur pied ! » Brunet ne répond pas ; le sergent lui jette un regard furieux et se résigne à commander en premier. Il se campe, entoure sa bouche de ses mains et crie : « Tout le monde assis ! faites circuler. » Des têtes se retournent, inquiètes, mais les corps ne bougent pas. « Tout le monde assis ! répète le sergent. Tout le monde ! » Des types s'asseyent d'un air endormi ; des voix répètent en écho : tout le monde assis ; la foule ondule et se couche. Le cri tournoie au-dessus des têtes, tout le monde assis, file à l'autre bout de la cour, se cogne au mur et revient mystérieusement renversé : tout le monde debout, restez debout, attendez les ordres. Le sergent regarde Brunet avec inquiétude : il a un concurrent, là-bas, du côté du portail. Des hommes se relèvent en sursaut, ramassent leurs musettes et les serrent contre leurs poitrines en jetant partout des regards traqués. Mais la plupart restent assis et, peu à peu, ceux qui s'étaient levés se rasseyent. Le sergent contemple son œuvre avec un petit rire fat. « Il n'y avait qu'à commander. » Brunet le regarde et lui dit : « Asseyez-vous, sergent. » Le sergent cligne des yeux, Brunet répète : « Asseyez-vous : l'ordre est de s'asseoir. » Le sergent hésite puis se laisse glisser à terre entre Lambert et Moûlu : il entoure ses genoux de ses bras, il regarde Brunet de bas en haut, la bouche entrouverte. Brunet lui explique : « Moi, je reste debout parce que je suis adjudant. » Brunet ne veut pas s'asseoir : des crampes montent de ses mollets à ses cuisses mais il ne veut pas s'asseoir. Il voit des milliers de dos et d'omoplates, il voit des nuques qui remuent, des épaules qui soubresautent ; cette foule a des tics. Il la regarde cuire et palpiter, il pense sans ennui et sans plaisir : c'est le matériau. Ils attendent, raidis ; ils n'ont plus l'air d'avoir faim : la chaleur a dû leur brouiller l'estomac. Ils ont peur et ils attendent. Qu'est-ce qu'ils attendent ? Un ordre, une catastrophe ou la nuit : n'importe quoi qui les délivre d'eux-mêmes. Un gros réserviste lève sa tête blême, il désigne un des miradors : « Pourquoi qu'elles sont pas là les sentinelles ? Qu'est-ce qu'elles foutent ? » Il attend un moment, le soleil inonde ses yeux renversés ; il finit par hausser les épaules, il dit d'une voix sévère et déçue : « Chez eux, c'est pareil comme chez nous : ça pèche par l'organisation. » Seul debout, Brunet regarde les crânes, il pense : les camarades sont là-dedans, perdus comme des aiguilles dans du foin, il faudra du temps pour les regrouper. Il regarde le ciel et l'avion noir dans le ciel puis il baisse les yeux, il tourne la tête, il remarque sur sa droite un grand type qui ne s'est pas assis. C'est un caporal ; il fume une cigarette. L'avion passe avec un bruit fracassant, la foule, retournée comme un champ, vire du noir au blanc, fleurit : par milliers, à la place des crânes durs et noirs, de gros camélias s'épanouissent : des lunettes brillent, éclats de verre au milieu des fleurs. Le caporal n'a pas bougé : il voûte ses larges épaules et regarde le sol entre ses pieds. Brunet note avec sympathie qu'il est rasé. Le caporal se retourne et regarde Brunet à son tour : il a de gros yeux lourds et cernés ; sans son nez épaté, il serait presque beau. Brunet pense : « J'ai vu cette tête-là quelque part. » Mais où ? Il ne se rappelle plus : il a vu tant de visages! Il laisse tomber ; ça n'a pas grande importance et d'ailleurs le type n'a pas eu l'air de le reconnaître. Tout d'un coup Brunet crie : « Eh! », le type relève les yeux : « Eh ? » Brunet n'est pas content : il n'avait pas du tout envie d'appeler ce type. Seulement l'autre était debout et à peu près propre, rasé... « Viens par là, dit Brunet sans chaleur. Si tu veux rester debout, tu pourras t'adosser au petit mur. » Le type se baisse, ramasse son paquetage et rejoint Brunet en enjambant les corps. Il est costaud mais un peu gras, il dit : « Salut, vieux. — Salut, dit Brunet. — Je vais m'installer ici, dit le type. — Tu es seul ? demande Brunet. — Mes types sont morts, dit le type. — Les miens aussi, dit Brunet. Comment t'appelles-tu ? — Comment ? demande le type. — Je te demande comment tu t'appelles ? — Ah! oui. Eh bien : Schneider. Et toi ? — Brunet. » Ils restent silencieux : qu'est-ce que j'avais besoin d'appeler ce bonhomme, il va me gêner. Brunet regarde sa montre : cinq heures ; le soleil est caché derrière la caserne, mais le ciel reste écrasant. Pas un nuage, pas un frisson : la mer morte. Personne ne parle ; autour de Brunet des types essaient de dormir, la tête enfouie dans les bras : mais l'inquiétude les tient éveillés : ils se redressent, ils soupirent ou se mettent à se gratter. « Eh! dit Moûlu. Eh! Eh! » Brunet se retourne : derrière lui, conduits par une sentinelle allemande, une dizaine d'officiers passent en rasant les murs. « Y en a donc encore ? demande le blondinet

entre ses dents. Ils n'ont donc pas tous foutu le camp ? »
Les officiers s'éloignent en silence, sans regarder personne ; les hommes ricanent avec gêne et détournent la
tête sur leur passage : on dirait qu'ils ont peur les uns
des autres. Brunet cherche le regard de Schneider et ils
se sourient. Petite explosion de cris à ras de terre :
c'est le sergent qui s'engueule avec Blondinet. « Tous!
dit le Blondinet. En auto, en moto, ils se sont tous taillés et ils nous ont laissés dans la merde. » Le sergent
se croise les bras : « C'est malheureux d'entendre ça. C'est
tout de même malheureux. — A preuve que les Boches
nous l'ont dit, répond le Blondinet. Ils nous l'ont dit
quand ils nous ont épinglés, ils nous ont dit : l'armée
française est une armée sans chefs! — Et l'autre guerre,
ils ne l'ont pas gagnée, les chefs? — C'étaient pas les
mêmes. — Et comment que c'étaient les mêmes! seulement ils avaient d'autres troupes. — Alors? c'est nous
qu'on a perdu la guerre? C'est les deuxième classe? Mais
dis-le donc, tant que tu y es. — Je le dis, répond le
sergent. Je dis que vous avez foutu le camp devant l'ennemi et livré la France. » Lambert, qui les écoutait sans
rien dire, rougit et se penche vers le sergent : « Mais
dis donc, mon petit pote, comment que ça se fait que tu
soyes ici, si t'as pas foutu le camp? Tu crois peut-être
que tu es mort au champ d'honneur et qu'on est au
paradis? Moi j'ai dans l'idée qu'ils t'ont coincé parce
que tu pouvais pas caleter assez vite. — Je suis pas ton
petit pote : je suis sergent et je pourrais être ton père.
Ensuite je n'ai pas foutu le camp : ils m'ont pris quand
je n'ai plus eu de cartouches. » De tous les côtés des
types rampent vers eux ; le Blondinet les prend à
témoin en riant : « Vous l'entendez? » Tout le monde
rit. Le Blondinet se retourne vers le sergent. « Mais
oui, papa, mais oui, t'as tiré vingt parachutistes et tu
as arrêté un tank à toi tout seul. Je peux en dire autant :
il n'y a pas de preuves. » Le sergent désigne trois
places claires sur sa veste, ses yeux flamboient : « Mé-
daille militaire, légion d'honneur, croix de guerre : je

les ai eues en 14, que vous n'étiez même pas nés ;
les voilà mes preuves. — Où qu'ils sont tes crachats ?
— Je les ai arrachés quand les Allemands sont arrivés. » Tout le monde crie autour de lui ; ils sont couchés sur le ventre, arqués des pieds à la nuque, on
dirait des phoques ; ils aboient et la passion rougit leurs
faces ; le sergent, assis en tailleur, les domine, seul
contre tous. « Eh ! dis, l'enflé, crie un type, tu crois
que je m'en sentais pour me battre quand la radio du
père Pétain nous cornait dans les oreilles que la France
avait demandé l'armistice ? » Et un autre : « T'aurais
voulu qu'on se fasse tuer pendant que les généraux
discutaient le bout de gras avec les Fritz dans un château historique ? — Pourquoi pas ? répond le sergent
avec emportement. La guerre, c'est fait pour tuer du
monde, non ? » Ils se taisent une seconde, abasourdis
par l'indignation : le sergent en profite pour continuer : « Il y a longtemps que je vous vois venir, les gars
de 40, les petits démerdards, les gueules d'amour,
les as de la rouspétance. On n'osait plus vous causer ;
fallait que le pitaine mette son képi à la main pour
vous adresser la parole : pardon, excuses, est-ce que ça
vous ennuierait beaucoup de faire la corvée de patates ?
Je me disais : attention ! Un de ces jours ça va péter et
qu'est-ce qu'ils vont faire mes durs de durs, mes caïds ?
Là-dessus, voilà la fin des haricots : les permes. Ah !
quand j'ai vu les permes s'amener, j'ai dit adieu la valise ! Des permes ! Faut croire qu'on vous trouvait trop
gonflés ; on vous envoyait vite vous faire sucer par vos
mômes pour qu'elles vous dégonflent un petit peu. Est-ce
que nous avions des permes en 14 ? — Oui, vous avez eu
des permes, parfaitement vous en avez eu. — Comment
le sais-tu, moutard ? Tu y étais ? — J'y étais point,
mais mon vieux y était et il me l'a dit. — C'est qu'il faisait la guerre à Marseille, ton vieux. Parce que nous on
les a attendues deux ans, les permes, et encore : pour un
oui pour un non elles étaient suspendues. Tu sais combien de temps j'ai passé chez moi en cinquante-deux

mois de guerre? Vingt-deux jours. Oui, vingt-deux jours, mon petit gars, ça t'étonne? Et encore, il y en a qui disaient que j'étais verni. — Ça va, dit Lambert, nous raconte pas ta vie. — Je vous raconte pas ma vie, je vous explique pourquoi nous avons gagné notre guerre et pourquoi vous avez perdu la vôtre. » Les yeux de Blondinet brillent de colère : « Puisque t'es si mariole, tu pourrais peut-être nous expliquer pourquoi que vous avez perdu la paix? — La paix? » dit le sergent étonné. Les types crient : « Oui. La paix! la paix! T'as perdu la paix. — Vous, dit Blondinet, vous, les anciens combattants de mes deux, comment que vous avez défendu vos fils? Vous l'avez-t-il fait payer l'Allemagne? vous l'avez-t-il désarmée? Et la Rhénanie? Et la Ruhr? Et la guerre d'Espagne? Et l'Abyssinie? — Et le traité de Versailles, dit un long garçon au crâne en pain de sucre, c'est-il moi qui l'ai signé? — C'est peut-être moi! » dit le sergent riant d'indignation. « Oui, c'est toi! Parfaitement, c'est toi! Tu votais, non? Moi, je votais pas, j'ai vingt-deux ans, j'ai jamais voté. — Qu'est-ce que ça prouve? — Ça prouve que tu votais comme un con et que tu nous as foutus dans la merde. Tu avais vingt ans pour la préparer ou pour l'éviter, cette guerre, et qu'est-ce que tu as fait? Parce que moi, je te le dis, mon pote, je te vaux; si j'avais eu des chefs et des armes, je me battais aussi bien que toi. Mais dis, avec quoi que je me serais battu? J'avais même pas de cartouches. — La faute à qui? demande le sergent; qui est-ce qui votait pour Staline? Qui est-ce qui se mettait en grève pour un pet de travers, rien que pour emmerder le patron? Qui est-ce qui réclamait des augmentations? Qui est-ce qui refusait les heures supplémentaires? Les autos et les vélos hein? Les petites poules, les congés payés, les dimanches à la campagne, les auberges de la jeunesse et le cinéma? Vous aviez un fameux poil dans la main. J'ai travaillé, moi, même le dimanche et toute ma chienne de vie... » Le Blondinet devient cramoisi : il s'approche à quatre pattes du sergent et lui crie dans la figure : « Répète-le, que j'ai pas travaillé! Répète-le donc! Je suis fils de veuve, eh! con! Et j'ai quitté l'école à onze ans pour soutenir ma mère. » A la rigueur, il s'en foutrait d'avoir perdu la guerre, mais il ne tolère pas qu'on l'accuse de ne pas travailler, Brunet pense : il y a peut-être quelque chose à en tirer. Le sergent s'est mis à quatre pattes, lui aussi, et ils crient ensemble, front contre front. Schneider s'est penché, comme pour intervenir ; Brunet lui pose la main sur le bras : « Laisse donc : ils passent le temps. » Schneider n'insiste pas, il se redresse en jetant à Brunet un drôle de regard. « Allons! dit Moûlu, allons, vous n'allez pas vous battre! » Le sergent se rassied avec un petit rire : « Là, dit-il, tu as raison! Il est un petit peu trop tard pour se battre : s'il voulait du badaboum, il n'avait qu'à s'en prendre aux Allemands. » Le blond hausse les épaules et se rassied à son tour. « Tiens! Tu me fais mal au ventre! » dit-il. Un long silence : ils sont assis côte à côte ; le blond arrache des touffes d'herbes et s'amuse à les tresser ; les autres types attendent un moment, puis ils regagnent leurs places à quatre pattes. Moûlu s'étire et sourit ; il dit d'une voix conciliante : « C'est pas sérieux, tout ça! C'est pas sérieux. » Brunet pense aux camarades : ils perdaient des batailles, les dents serrées, et de défaite en défaite, ils marchaient à la victoire. Il regarde Moûlu : je ne connais pas cette espèce-là. Il a besoin de parler : Schneider est là, Brunet lui parle. « Tu vois, ce n'était pas la peine d'intervenir. » Schneider ne répond rien. Brunet ricane, il imite Moûlu : « C'était pas sérieux. » Schneider ne répond rien : son lourd et beau visage reste neutre. Brunet s'agace et lui tourne le dos : il déteste la résistance passive. « Je voudrais manger », dit Lambert, Moûlu désigne du doigt l'espace qui sépare l'enceinte des piquets ; il parle d'une voix lente et fervente, il récite un poème : « Elle viendra par là, la bouffe, la grille s'ouvrira, les camions entreront et ils nous jetteront du pain par-dessus les fils de fer. » Brunet regarde Schneider du coin de l'œil et rigole : « Tu vois, répète-t-il, on aurait tort de s'émouvoir. La défaite, la guerre, c'est pas sérieux. C'est la bouffe qui compte. » Un bref regard ironique se coule entre les paupières de Schneider. Il dit d'un air compatissant : « Qu'est-ce qu'ils t'ont fait, mon pauvre vieux ? Tu n'as pas l'air de les avoir à la bonne. — Ils ne m'ont rien fait, dit Brunet sèchement. Mais je les entends. » Schneider a les yeux baissés sur la main droite à demi fermée, il regarde ses ongles, il dit de sa grosse voix nonchalante : « C'est difficile d'aider les gens quand on n'a pas de sympathie pour eux. » Brunet fronce les sourcils : on voyait souvent ma bobine à la une de *l'Huma* et je suis facile à reconnaître. « Qu'est-ce qui te dit que je veux les aider ? » Le visage de Schneider s'est éteint ; il dit mollement : « Nous devons tous nous aider. — Bien sûr », dit Brunet. Il est exaspéré contre lui-même : d'abord, il n'aurait pas dû râler. Mais surtout il s'en veut d'avoir montré sa colère à cet imbécile qui refuse de la partager. Il sourit, il se calme, il dit en souriant : « Ce n'est pas après eux que j'en ai. — Après qui, alors ? » Brunet regarde Schneider avec attention. Il dit : « Après ceux qui les ont mystifiés. » Schneider a un petit rire mauvais. Il rectifie : « Qui *nous* ont mystifiés. On est tous logés à la même enseigne. » Brunet sent renaître son irritation, il étouffe, il dit d'une voix débonnaire : « Si tu veux. Mais, tu sais, moi, je ne me faisais pas d'illusions. — Moi non plus, dit Schneider. Et qu'est-ce que ça change ! Mystifiés · ou non, nous sommes ici. — Et après ? Pourquoi pas ici aussi bien qu'ailleurs ? » Il est tout à fait calme, à présent, il pense : partout où il y a des hommes, j'ai ma place et mon travail. Schneider a tourné les yeux vers le portail ; il ne dit plus rien. Brunet le regarde sans antipathie : qu'est-ce que c'est que ce type ? Un intellectuel ? Un anarchiste ? Qu'est-ce qu'il faisait dans le civil ? Trop de graisse, un peu de laisser-aller, mais, au total, il se tient bien : pourra peut-être servir. Le soir tombe, gris et rose sur les murs, sur la ville noire qu'on ne voit pas. Les hommes ont les yeux fixes ; ils regardent la ville à travers les murs ; ils ne pensent à rien, ils ne remuent plus guère, la grande patience militaire est descendue sur eux avec le soir : ils attendent. Ils ont attendu le courrier, les permes, l'attaque allemande et c'était leur manière d'attendre la fin de la guerre. La guerre est finie et ils attendent toujours. Ils attendent les camions chargés de pain, les sentinelles allemandes, l'armistice, simplement pour garder un petit bout d'avenir devant eux, pour ne pas mourir. Très loin dans le soir, dans le passé, une cloche tinte. Moûlu sourit : « Eh! Lambert. C'est peut-être l'armistice. » Lambert se met à rire; ils échangent un clin d'œil entendu. Lambert explique aux autres : « On s'était dit qu'on ferait un gueuleton à chier partout! — On le fera le jour de la paix », dit Moûlu. Le Blondinet rigole à cette idée, il dit : « Le jour de la paix, moi, je dessoûle pas de quinze jours! — Pas de quinze jours! Pas d'un mois! disent les types autour de lui, on s'en fera crever, nom de Dieu! » Il faudra détruire un à un, patiemment, leurs espoirs, crever leurs illusions, leur faire voir à nu leur condition épouvantable, les dégoûter de tout, de tous et, pour commencer, d'eux-mêmes. Alors seulement... cette fois c'est Schneider qui le regarde, comme s'il lisait sa pensée. Un regard dur. Brunet lui rend son regard. « Ça sera difficile », dit Schneider. Brunet attend, les sourcils levés. Schneider répète : « Ça sera difficile. — Qu'est-ce qui sera difficile ? — De nous donner une conscience. Nous ne sommes pas une classe. Tout juste un troupeau. Peu d'ouvriers : des paysans, des petits bourgeois. Nous ne travaillons même pas : nous sommes abstraits. — T'en fais pas, dit Brunet malgré lui. Nous travaillerons... — Oui, bien sûr. Mais comme des esclaves, ça n'est point un travail qui émancipe et nous ne serons jamais un appoint. Quelle action commune peux-tu nous demander ? Une grève donne aux grévistes la conscience de leur force. Mais, même si tous les prisonniers français se croisaient les bras, l'économie allemande ne s'en porterait pas plus mal. » Ils se regardent froidement ; Brunet pense : donc tu m'as reconnu ; tant pis pour toi, je t'aurai à l'œil. Brusquement la haine illumine le visage de Schneider, puis tout s'éteint. Brunet ne sait pas à qui cette haine s'adressait. Une voix, surprise et ravie : « Un Frisé! — Où ça ? où ça ? » Tout le monde lève le nez. Dans le mirador de gauche, un soldat vient d'apparaître, casqué, la mitraillette au poing, la grenade dans la botte ; un autre le suit avec un fusil. « Eh bien, dit un type, c'est pas trop tôt qu'on s'occupe de nous. » Tout le monde a l'air soulagé : voici revenu le monde des hommes avec ses lois, ses constances et ses interdits ; voici l'ordre humain. Les têtes se tournent vers l'autre mirador. Il est encore vide, mais les hommes attendent avec confiance comme on attend l'ouverture des guichets de la poste ou le passage du train bleu. Un casque paraît au ras du mur, puis deux : deux monstres casqués qui portent à deux une mitrailleuse, qui la fixent sur son trépied et la braquent sur les prisonniers. Personne n'a peur ; les types s'installent : les deux miradors sont garnis, ces sentinelles debout sur la crête du mur annoncent une nuit sans aventures ; aucun ordre ne viendra tirer les prisonniers de leur sommeil pour les jeter sur les routes ; ils se sentent en sécurité. Un grand gaillard qui porte des lunettes de fer a tiré un bréviaire de sa poche et le lit en marmottant. « Il fait la retape », pense Brunet. Mais la colère glisse sur lui sans le pénétrer. Il se repose. Pour la première fois depuis quinze ans, une journée se traîne lentement, s'achève en beau soir sans qu'il ait rien à faire. Un ancien loisir monte de son enfance, le ciel est là, posé sur le mur, tout rose, tout proche, inutilisable. Brunet le regarde avec timidité, puis il regarde les types à ses pieds qui remuent, qui chuchotent, qui défont et refont leurs paquetages : des émigrants sur le pont d'un bateau. Il pense : « Ce n'est pas leur faute »

272

et il a envie de leur sourire. Il pense qu'il a mal aux pieds ; il s'assied près de Schneider, il délace ses chaussures. Il bâille, il sent son corps, inutile comme le ciel, il dit : « Il commence à faire frais. » Demain, il se mettra au travail. Il fait gris sur la terre, il entend un doux petit bruit de claquette, un petit bruit serré et irrégulier, il l'écoute, il essaie d'en trouver le rythme, il s'amuse à penser que c'est du morse, il pense tout d'un coup : « C'est un type qui claque des dents. » Il se redresse ; devant lui il distingue un dos tout nu avec des croûtes noires, c'est le type qui criait sur la route, il rampe jusqu'à lui : le type a la chair de poule. « Eh! » dit Brunet. Le type ne répond pas. Brunet sort un chandail de sa musette. « Eh! » Il touche l'épaule nue, le type se met à hurler ; il se retourne et regarde Brunet en haletant, la morve lui coule des deux narines jusqu'à la bouche. Brunet le voit de face pour la première fois : c'est un beau gars tout jeune, avec des joues bleues et des yeux profonds mais sans cils. « T'excite pas, petite tête, dit doucement Brunet. C'est pour te passer un chandail. » Le type prend le chandail d'un air craintif, il l'enfile docilement et reste immobile, les bras écartés. Les manches sont trop longues, elles lui tombent sur les ongles. Brunet rit : « Retrousse-les. » Le type ne répond pas, il claque des dents ; Brunet lui prend les bras et lui retrousse les manches. « C'est pour ce soir », dit le type. « Sans blague ? dit Brunet. Et qu'est-ce qui est pour ce soir ? — L'hécatombe, dit le type. — Bon, dit Brunet. Bon, bon. » Il fouille dans la poche du type, en tire un mouchoir sale et taché de sang, il le jette, prend son propre mouchoir et le tend : « En attendant, mouche-toi. » Le type se mouche, met le mouchoir dans sa poche et commence à bafouiller. Brunet lui caresse doucement le crâne, comme à une bête, il lui dit : « T'as raison. » Le type se calme, ses dents ne claquent plus. Brunet se tourne vers ses voisins : « Qui est-ce qui le connaît ? » Un petit brun à l'air vif se soulève sur les coudes : « C'est Charpin, dit-il. — Sur-

273

veille-le de temps en temps, dit Brunet. Qu'il ne fasse pas de conneries. — Je l'aurai à l'œil dit le type. — Comment t'appelles-tu? demande Brunet. — Vernier. — Qu'est-ce que tu faisais? — J'étais typo à Lyon. » Typo : une chance sur trois ; je lui parlerai demain. « Bonne nuit, dit Brunet. — Bonne nuit », dit le typo. Brunet retourne à sa place. Il se rassied, il fait le bilan. Moûlu : commerçant, c'est sûr. Pas grand-chose à en tirer. Du sergent non plus : indécrottable, le genre Cagoule. Lambert : un rouspéteur. Pour le moment en pleine décomposition sous son cynisme. Peut se gagner. Le ch'timi : un cul-terreux. Négligeable. Brunet n'aime pas les culs-terreux. Le Blondinet : Lambert et lui, c'est le même tabac ; mais le Blondinet est plus intelligent, et puis il a le respect du travail, c'est du tout cuit. Le typo : probablement un jeune camarade. Brunet jette un coup d'œil sur Schneider qui fume, immobile, les yeux grands ouverts. « Celui-là, on verra. » Le prêtre a posé son bréviaire, il parle ; couchés près de lui, trois jeunes types l'écoutent avec une familiarité pieuse. Déjà trois : il me battra de vitesse, au moins les premiers temps. Ces gars-là ont de la chance, pense Brunet. Ils peuvent travailler au grand jour ; dimanche ils diront leur messe. Moûlu soupire : « Ils ne viendront plus ce soir. — Qui? demande Lambert. — Les camions, il fait trop noir. » Il se couche sur le sol et met la tête sur sa musette. « Attends, dit Lambert, j'ai une toile de tente. Combien qu'on est? — Sept, dit Moûlu. — Sept, dit Lambert, on tiendra tous. On va coucher dessus tous les sept. » Il étend sa toile devant le perron. « Qui est-ce qui a des couvrantes? » Moûlu sort la sienne, le sergent et le ch'timi déplient les leurs ; Blondinet n'en a pas, Brunet non plus. « Ça ne fait rien, dit Lambert, on va s'arranger. » Un visage sort de l'ombre, timide et souriant : « Si vous me laissez coucher sur la toile de tente, je partage ma couverture. » Lambert et Blondinet regardent froidement l'intrus : « Y a plus de place pour toi », dit Blondinet. Et Moûlu ajoute plus aimablement : « Tu comprends, on est entre copains. » Le sourire disparaît, avalé par la nuit. Voici : un groupe s'est formé au milieu de cette foule, un groupe de hasard, sans amitié ni vraie solidarité, mais qui se referme déjà contre les autres ; Brunet est dedans. « Viens, lui dit Schneider, nous allons coucher tous les deux sous ma couverture. » Brunet hésite : « Tout à l'heure, je n'ai pas envie de dormir. — Moi non plus », dit Schneider. Ils restent assis côte à côte pendant que les autres s'enroulent dans leurs couvertures. Schneider fume en cachant sa cigarette dans sa main à cause des sentinelles. Il sort un paquet de gauloises, il le tend à Brunet. « Une cigarette ? Pour l'allumer, tu vas derrière le petit mur, ils ne voient pas la flamme. » Brunet a envie de fumer. Il refuse : « Merci, pas pour l'instant. » Il ne jouera pas au collégien, il n'a plus seize ans : désobéir aux Allemands dans les petites choses, c'est une manière de reconnaître leur autorité. Les premières étoiles s'allument ; de l'autre côté du mur, très loin, on entend une musique aigrelette, la musique des vainqueurs. Sur vingt mille corps usés le sommeil roule, chaque corps est une vague. Ce moutonnement obscur râle comme la mer. Brunet commence à en avoir assez de ne rien faire ; un beau ciel, ça se feuillette en passant. Autant dormir. Il se tourne vers Schneider en bâillant et soudain ses yeux se durcissent, il se redresse : Schneider n'est pas sur ses gardes, sa cigarette s'est éteinte et il ne l'a pas rallumée, elle pend à sa lèvre inférieure ; il regarde le ciel tristement, c'est le moment de savoir ce qu'il a dans le ventre. « Tu es de Paris ? demande Brunet. — Non. » Brunet prend l'air abandonné, il dit : « Moi j'habite Paris, mais je suis de Combloux, près de Saint-Étienne. » Silence. Au bout d'un moment, Schneider dit à regret : « Je suis de Bordeaux. — Ah ! Ah ! dit Brunet. Je connais bien Bordeaux. Belle ville mais assez triste, hein ? C'est là que tu travaillais ? — Oui. — Qu'est-ce que tu faisais ? — Ce que je faisais ? — Oui. — Clerc. Clerc d'avoué. — Ah ! » dit Brunet. Il bâille ; il faudra qu'il s'arrange pour voir le livret militaire de Schneider. « Et toi ? » demande Schneider. Brunet sursaute : « Moi ? — Oui. — Représentant. — Qu'est-ce que tu représentais ? — Un peu tout. — Je vois. » Brunet se laisse glisser le long du petit mur, remonte ses genoux jusqu'à son nez et dit d'une voix déjà lointaine, comme s'il faisait le bilan de sa journée avant de s'endormir : « Et voilà. — Voilà, dit Schneider de la même voix. Voilà. — Une belle déculottée, dit Brunet. — C'était couru, dit Schneider. — Battus pour battus, dit Brunet, c'est encore une chance que ça se soit fait si vite : la saignée est moins forte. » Schneider ricane : « Ils nous saigneront à la petite semaine : le résultat sera le même. » Brunet lui jette un coup d'œil : « Tu m'as l'air drôlement défaitiste. — Je ne suis pas défaitiste : je constate la défaite. — Quelle défaite ? demande Brunet. Il n'y a pas plus de défaite que de beurre aux fesses. » Il s'interrompt ; il pense que Schneider va protester, mais il en est pour ses frais. Schneider regarde ses pieds d'un air cancre : son mégot pend toujours au coin de ses lèvres. Brunet ne peut plus s'arrêter, à présent : il faut qu'il développe son idée ; mais ce n'est plus la même idée. Si cet imbécile l'avait seulement questionné, Brunet la lui jetait dessus comme un harpon ; à présent, ça le dégoûte de parler : les mots vont glisser sans l'entamer sur cette grosse masse indifférente. « C'est par chauvinisme que les Français croient la guerre perdue. Ils s'imaginent toujours qu'ils sont seuls au monde et quand leur invincible armée reçoit une pile, ils se persuadent que tout est foutu. » Schneider émet un petit son nasillard, Brunet décide de s'en contenter. Il poursuit : « La guerre ne fait que commencer, mon petit vieux. Dans six mois, on se battra du Cap au détroit de Behring. » Schneider rigole. Il dit : « *Nous ?* — Nous, les Français, dit Brunet, nous continuerons la guerre sur d'autres terrains. Les Allemands voudront militariser notre industrie. Le prolétariat peut et doit les en empêcher. » Schneider n'a aucune réaction ; son corps athlétique reste inerte. Brunet n'aime pas ça ; les lourds silences déconcertants, c'est sa spécialité ; il s'est fait battre sur son propre terrain ; il voulait faire parler Schneider et, finalement, c'est lui qui a mangé le morceau. Il se tait à son tour, Schneider continue à se taire : ça peut durer longtemps. Brunet commence à être inquiet : cette tête est trop vide ou trop pleine. Non loin d'eux, un type jappe faiblement. Cette fois, c'est Schneider qui rompt le silence. Il parle avec une sorte de chaleur : « Tu l'entends ? Il se prend pour un chien. » Brunet hausse les épaules : ce n'est pas le moment de s'attendrir sur un gars qui rêve, je n'ai pas de temps à perdre. « Pauvres types, dit Schneider d'une lourde voix passionnée. Pauvres types! » Brunet se tait. Schneider continue : « Ils ne rentreront jamais chez eux. Jamais. » Il s'est tourné vers Brunet et le regarde haineusement. « Hé là! dit Brunet en riant, ne me regarde pas comme ça : je n'y suis pour rien. » Schneider se met à rire, son visage mollit, ses yeux s'éteignent : « Non, en effet, tu n'y es pour rien. » Ils se taisent ; une idée vient à Brunet, il se rapproche de Schneider et lui demande à voix basse : « Si c'est ça que tu penses, pourquoi n'essaies-tu pas de t'évader? — Bah! dit Schneider. — Tu es marié? — J'ai même deux gosses. — Tu ne t'entends pas avec ta femme? — Moi? On s'adore. — Alors? — Bah! dit Schneider. Et toi? Tu vas t'évader? — Je ne sais pas, dit Brunet, on verra plus tard. » Il essaie de voir le visage de Schneider, mais la nuit ensevelit la cour ; on ne voit plus rien du tout, sauf l'ombre noire des miradors contre le ciel. « Je crois que je vais dormir », dit Brunet en bâillant. « Bon, dit Schneider, alors, moi aussi. » Ils s'étendent sur la toile de tente, poussent leurs musettes contre le mur ; Schneider déploie la couverture et ils s'enveloppent dedans. « Bonsoir, dit Schneider. — Bonsoir. » Brunet se tourne sur le dos et pose la tête sur sa musette, il garde les yeux ouverts, il sent la chaleur de Schneider, il devine que Schneider a les yeux ouverts, il pense :

« J'avais bien besoin de m'embarrasser de ce type. »
Il se demande lequel a manœuvré l'autre. De temps en
temps, entre les buissons d'étoiles, un petit effondrement lumineux raie le ciel ; Schneider remue doucement
sous la couverture et chuchote : « Tu dors, Brunet ? »
Brunet ne répond pas, il attend. Un moment passe et
puis il entend un petit ronflement nasillard : Schneider
dort, Brunet veille seul, seule lumière au milieu de ces
vingt mille nuits. Il sourit, ferme les yeux et s'abandonne, deux Arabes rient dans le petit bois : « Où est
Abd-el-Krim ? » La vieille répond : « Je ne serais pas
autrement étonnée qu'il fût au magasin d'habillement. »
Justement, il y est, assis devant un établi, très calme,
hurlant : « Assassins ! Assassins ! » Il arrache les boutons
de sa tunique ; chaque bouton, en sautant, fait une détonation sèche et un éclair. « Derrière le mur, grouille ! »
dit Schneider. Brunet s'assied, se gratte le crâne, retrouve une nuit étrange et pleine de rumeurs : « Qu'est-ce
qu'il y a ? — Grouille ! Grouille ! » Brunet rejette la couverture et s'aplatit derrière le petit mur avec Schneider.
Une voix se lamente : « Assassins ! » Quelqu'un crie en
allemand, puis ce sont les claquements secs des mitrailleuses. Brunet risque un œil par-dessus le mur, à la lueur
des éclairs, il voit tout un peuple d'arbres rabougris, levant vers le ciel des branches noueuses et tordues, ses
yeux lui font mal, il a la tête vide, il dit : « L'humanité
souffrante. » Schneider le tire en arrière : « L'humanité
souffrante, je t'en fous : ils sont en train de nous massacrer. » La voix sanglote : « Comme des chiens ! Comme
des chiens ! » La mitrailleuse ne tire plus, Brunet se
passe la main sur le front, se réveille tout à fait : « Qu'est-
ce qui se passe ? — Je ne sais pas, dit Schneider. Ils ont
tiré deux fois ; la première fois c'était peut-être en
l'air, mais la seconde, c'était pour de bon. » La jungle
bruisse autour d'eux : qu'est-ce que c'est ? qu'est-ce
que c'est ? qu'est-ce qu'il y a eu ? Des chefs improvi-
sés répondent : taisez-vous, ne bougez pas, restez couchés ; les miradors sont noirs contre le ciel laiteux au-

dedans il y a des hommes qui guettent, le doigt sur la détente des mitrailleuses. A genoux derrière le mur, Brunet et Schneider voient au loin l'œil rond d'une torche électrique. Elle se rapproche, balancée par une main invisible, elle balaie de sa clarté des larves grises et plates. Deux voix enrouées parlent allemand ; Brunet reçoit la torche en pleine figure ; il ferme les yeux, aveuglé, une voix demande avec un fort accent : « Qui a crié ? » Brunet dit : « Je ne sais pas. » Le sergent se lève, il est à la fête, il se tient tout droit sous la lumière électrique, correct et distant à la fois : « C'est un soldat qui est devenu fou, il s'est mis à crier, ses camarades ont pris peur et se sont levés, alors la sentinelle a tiré. » Les Allemands n'ont pas compris ; Schneider leur parle en allemand, les Allemands grognent et parlent à leur tour ; Schneider se retourne vers le sergent : « Ils disent de demander s'il y a des blessés. » Le sergent se redresse, met ses mains autour de sa bouche d'un geste vif et précis ; il crie : « Signalez les blessés! » De tous les côtés, des voix faibles lui répondent ; deux phares s'allument brusquement, il neige une lumière féerique qui caresse la foule prosternée ; des Allemands traversent la cour avec des civières, des infirmiers français se joignent à eux : « Où est le fou ? » demande l'officier allemand avec application. Personne ne répond, mais le fou est là, debout, les lèvres blanches et tremblantes, des larmes lui coulent sur les joues, les soldats l'encadrent et l'entraînent, il se laisse faire, hébété, il essuie son nez et sa bouche avec le mouchoir de Brunet. A demi dressés, les hommes regardent ce type qui a souffert leur souffrance jusqu'au bout ; ça sent la défaite et la mort. Les Allemands disparaissent, Brunet bâille ; la lumière lui pique les yeux ; Moûlu demande : « Qu'est-ce qu'ils vont lui faire ? » Brunet hausse les épaules, Schneider dit simplement : « Les nazis n'aiment pas les fous. » Des hommes vont et viennent avec des civières, Brunet dit : « Je crois qu'on peut se recoucher. » Ils se recouchent. Brunet rit : à l'endroit même où il était étendu, il y a un trou dans la toile de tente. Un trou aux bords roussis. Il le montre, Moûlu verdit et ses mains tremblent : « Oh! dit-il, oh, oh! » Brunet dit en souriant à Schneider : « En somme tu m'as sauvé la vie. » Schneider ne sourit pas, il regarde Brunet d'un air sérieux et perplexe, il dit lentement : « Oui. Je t'ai sauvé la vie. — Merci tout de même », dit Brunet en s'enroulant dans la couverture. « Moi, dit Moûlu, je vais dormir derrière le mur. » Les phares s'éteignent brusquement, la forêt crisse, craque, bruisse, chuchote. Brunet se redresse, du soleil plein les yeux, du sommeil plein la tête, il regarde sa montre : sept heures ; les hommes s'affairent à plier les toiles de tente, à rouler les couvertures. Brunet se sent sale et moite : il a transpiré pendant la nuit et sa chemise colle à son corps. « Nom de Dieu, dit Blondinet, je la saute! » Des yeux, Moûlu interroge mélancoliquement le grand portail fermé : « Encore une journée sans bouffe! » Lambert ouvre l'œil, rageur : « Parle pas de malheur. » Brunet se lève, inspecte la cour, voit un attroupement autour d'un tuyau d'arrosage, s'approche : un gros homme tout nu se fait doucher avec des cris de femme. Brunet se déshabille, prend son tour, reçoit sur le dos et sur le ventre un dur jet glacé ; il se rhabille sans s'essuyer, va tenir le tuyau et doucher les trois suivants. La douche a peu d'amateurs, les hommes tiennent à leur sueur de la nuit. « A qui le tour? » demande Brunet. Personne ne répond, il pose le tuyau avec une sorte de colère, il pense : « Ils se laissent aller. » Il regarde autour de lui, il pense : « Voilà. Voilà les hommes. » Ça sera dur. Il met sa veste sous son bras, pour cacher ses galons, et s'approche d'un groupe qui parle à mi-voix, histoire de prendre la température. Neuf chances contre une qu'ils parlent de la bouffe. Brunet ne s'en plaindrait pas : excellent point de départ, la bouffe ; c'est simple et concret, c'est vrai : un type qui a faim, ça se travaille en pleine pâte. Ils ne parlent pas de la bouffe : un grand maigre aux yeux rouges le reconnaît : « C'est toi qui étais à côté du fou, non? — C'est

moi, dit Brunet. — Qu'est-ce qu'il avait fait, au juste ?
— Il avait crié. — C'est tout ? Merde alors. Total :
quatre morts, vingt blessés. — Comment le sais-tu ?
— C'est Gartiser qui nous l'a dit. » Gartiser est un
homme trapu aux joues flasques ; il a des yeux impor-
tants et chagrins. « Tu es infirmier ? » demande Brunet.
Gartiser fait un signe de tête : oui, il est infirmier,
les Frisous l'ont emmené dans les écuries, derrière
la caserne, pour donner des soins aux blessés. « Il y en
a un qui m'est passé dans les mains. — C'est quand
même con, dit un type. C'est quand même con de
crever ici à huit jours de la classe. — Huit jours ?
demande Brunet. — Huit jours, quinze jours si tu veux.
Faut bien qu'ils nous renvoient puisqu'ils ne peuvent
pas nous nourrir. » Brunet demande : « Et le fou ? »
Gartiser crache entre ses pieds : « Cause pas de ça.
— Quoi ? — Ils ont voulu le faire taire, il y en a un
qui lui a mis la main sur la bouche, alors il l'a mordu.
Oh! ma mère! Si tu les avais vus! Les v'là partis à
gueuler en charabia, on ne s'entendait plus, ils le poussent dans un coin de l'écurie et ils se mettent tous à
cogner dessus, à coups de poing, à coups de crosse, à
la fin ça les faisait rigoler et il y avait des types de
chez nous qui les excitaient parce que, comme ils
disaient, c'est ce fils de putain qui est cause de tout. A
la fin, il était pas beau, le gars, il avait la gueule en
bouillie avec un œil qui lui sortait, ils l'ont mis sur une
civière et ils l'ont emmené je ne sais pas où, mais ils
ont dû s'amuser encore avec parce que je l'ai entendu
gueuler jusqu'à trois heures du matin. » Il tire de sa
poche un petit objet enveloppé dans un morceau de
journal : « Regardez ça. » Il déplie le papier : « C'est
une dent. J'ai trouvé ça ce matin à l'endroit où il est
tombé. » Il refait soigneusement le paquet, le remet
dans sa poche et dit : « Je la garde comme souvenir. »
Brunet leur tourne le dos et revient lentement vers le
perron. Moûlu lui crie de loin : « Tu connais le bilan ?
— Quel bilan ? — De cette nuit : vingt morts et trente

blessés. — Foutre! dit Brunet. — C'est pas mal »,
dit Moûlu. Il sourit, vaguement flatté, et répète : « Pour
une première nuit, c'est pas mal. — Qu'est-ce qu'ils
ont besoin de gaspiller les cartouches? demande Lambert. S'ils veulent se débarrasser de nous, ils ont un
moyen bien simple : ils n'ont qu'à nous laisser crever
de faim, comme ils ont commencé. — Ils ne nous laisseront pas crever de faim, dit Moûlu. — Qu'est-ce que
tu en sais? » Moûlu sourit : « T'as qu'à faire comme
moi : regarde le portail, ça te distraira et puis c'est
par là que les camions vont s'amener. » Le bruit d'un
moteur couvre sa voix : « Vise l'avion », crie le ch'timi.
C'est un avion d'observation, il vole à cinquante mètres, noir et brillant, il passe au-dessus de la cour,
il vire sur l'aile gauche, deux fois, trois fois ; vingt mille
têtes le suivent, toute la cour tourne avec lui. « Des
fois qu'ils nous bombarderaient », dit le Frisé avec une
espèce d'indifférence. « Nous bombarder? dit Moûlu.
Pourquoi? — Parce qu'ils ne peuvent pas nous nourrir. »
Schneider regarde l'avion en clignant des yeux ; il dit,
en grimaçant contre le soleil : « Je crois plutôt qu'ils
nous photographient... — De quoi? » demande Moûlu.
Schneider explique laconiquement : « Correspondants
de guerre... » Les grosses joues de Moûlu s'empourprent,
sa peur se transforme en rage, il se dresse subitement,
tend les bras vers le ciel et se met à crier : « Tirez-leur
la langue ; les potes, tirez-leur la langue, paraît qu'ils
nous photographient. » Brunet s'amuse : un frisson de
colère a parcouru la foule ; un soldat tend le poing,
un autre, les épaules rentrées, le ventre offert, se glisse
le petit doigt dans la braguette et dresse le pouce vers
l'avion comme un sexe ; le ch'timi s'est jeté à quatre
pattes : la tête baissée, la croupe en l'air : « Mon cul,
qu'ils photographieront. » Schneider regarde Brunet :
« Tu vois, dit-il. Nous avons encore du ressort. — Bah,
dit Brunet, ça ne prouve rien! » L'avion s'en va, dans le
soleil. « Alors, dit Moûlu, on verra ma tronche dans le
Franqueforteur? » Lambert a disparu, il revient très

excité : « Paraît qu'on peut se meubler pour pas cher.
— Quoi ? — Il y a des meubles, derrière la caserne, des
matelas, des brocs, des pots à eau, il n'y a qu'à se baisser pour les prendre, mais faut vous manier parce que
c'est la foire d'empoigne. » Il regarde ses camarades
avec des yeux brillants : « Vous venez, les gars ? — Je
veux », dit le Frisé en sautant sur ses pieds. Moûlu ne
bouge pas : « Viens donc, Moûlu, dit Lambert. — Non,
dit Moûlu. Je m'économise. Tant que je n'aurai pas
mangé, je ne bouge plus. — Alors, garde les affaires »,
dit le sergent. Il se lève et rejoint les autres en courant.
Quand ils sont arrivés au coin de la caserne, Moûlu
leur crie d'une voix molle : « Vous gaspillez vos forces,
eh, cons ! » Il soupire, il regarde Schneider et Brunet
avec sévérité, il dit en chuchotant : « Je ne devrais
même pas crier. — On y va ? demande Schneider.
— Qu'est-ce qu'on ferait d'un pot à eau ? demande
Brunet. — Oh ! Pour se dégourdir les jambes. » De
l'autre côté de la caserne, il y a une deuxième cour et
une longue bâtisse à un seul étage, percée de quatre
portes : les écuries. Dans un coin, pêle-mêle, s'entassent
de vieilles paillasses, des sommiers, des lits-cages, des
armoires branlantes, des tables boiteuses. Les soldats
se bousculent autour de ces déchets ; un type traverse
la cour, chargé d'un matelas, un autre emporte un
mannequin d'osier. Brunet et Schneider font le tour
des écuries et découvrent un petit tertre herbu. « On
grimpe là-dessus ? demande Schneider. — Grimpons. »
Brunet se sent mal à l'aise : qu'est-ce qu'il veut, le gars ?
Une amitié ? Ça n'est plus de mon âge. En haut du mon-
ticule, ils voient trois fosses fraîchement comblées.
« Tu vois, dit Schneider, ils n'en ont tué que trois. »
Brunet s'assied sur l'herbe à côté des tombes. « Passe-
moi ton couteau. » Schneider le lui passe, Brunet
l'ouvre et commence à découdre ses galons. « Tu as
tort, dit Schneider. Les sous-offs sont exempts de travail. » Brunet hausse les épaules sans répondre, met les
galons dans sa poche et se relève. Ils reviennent dans la

première cour : les types emménagent ; un assez beau
garçon, au visage insolent, se balance dans un fauteuil
à bascule ; devant une tente toute montée, deux hommes
ont traîné une table et deux chaises ; ils jouent triomphalement aux cartes ; Gartiser est assis en tailleur sur
une descente de lit persane, piquetée de brûlures. « Ça
me rappelle la foire aux puces, dit Brunet. — Ou un
marché arabe », dit Schneider. Brunet s'approche de
Lambert : « Qu'est-ce que vous avez rapporté ? » Lambert lève la tête avec fierté : « Des assiettes ! » dit-il en
désignant une pile d'assiettes ébréchées au fond noirci.
« Qu'est-ce que vous voulez en faire ? Les manger ?
— Laisse donc faire, dit Moûlu. Ça fera peut-être venir
la bouffe. » La matinée se traîne : les hommes sont
retombés dans la torpeur ; ils essaient de dormir ou
s'étendent sur le dos, la face tournée vers le ciel, les
yeux ouverts et fixes ; ils ont faim. Le Frisé arrache
l'herbe qui pousse entre les cailloux et la mâche ; le
ch'timi a sorti un couteau et sculpte un bout de bois.
Un groupe d'hommes allume un feu sous une marmite
rouillée, Lambert se lève, va voir et revient déçu :
« C'est de la soupe d'orties, explique-t-il en se laissant
tomber entre le Frisé et Moûlu. Ça ne nourrit pas. »
Relève des sentinelles allemandes. « Ils vont manger »,
dit le sergent d'un air absent. Brunet va s'asseoir près
du typo. Il lui dit : « Tu as bien dormi ? — Pas mal »,
dit le typo. Brunet le regarde avec satisfaction : il a
l'air net et propre, avec une lueur gaie dans les yeux ;
deux chances sur trois. « Dis donc, je voulais te demander : c'est à Paris que tu travaillais ? — Non, dit le
typo, à Lyon. — Où ça ? — A l'imprimerie Levrault.
— Ah ! dit Brunet, Levrault, je ne connais que ça. Vous
avez fait une belle grève en 36, courageuse et bien
menée. » Le typo a un bon rire fier. Brunet demande :
« Tu as connu Pernu, alors ? — Pernu, le délégué syn-
dical ? — Oui. — Je veux ! » Brunet se lève : « Viens
faire un tour, j'ai à te parler. » Quand ils sont dans
l'autre cour, Brunet le regarde en face : « Tu es du

Parti ? » Le typo hésite, Brunet lui dit : « Je suis Brunet, de *l'Huma*. — C'est donc ça, dit le typo. Je me disais aussi... — Tu as des copains, ici ? — Deux ou trois. — Des types gonflés ? — Des durs de durs. Mais je les ai perdus hier dans les rangs. — Tâche de les retrouver, dit Brunet. Et viens me voir avec eux : il faut qu'on se regroupe. » Il revient s'asseoir à côté de Schneider ; il lui jette un coup d'œil furtif, le visage de Schneider est calme et inexpressif. « Quelle heure est-il ? demande Schneider. — Deux heures, dit Brunet. — Vise le chien », dit le Frisé. Un grand chien noir traverse la cour, la langue pendante ; les hommes le regardent d'un drôle d'air. « D'où vient-il ? demande le sergent. — Je ne sais pas », dit Brunet. Il était peut-être dans les écuries. Lambert s'est soulevé sur un coude, il suit le chien des yeux avec perplexité. Il dit comme pour lui-même : « La viande de chien, c'est pas si mauvais qu'on le dit. — Tu en as mangé ? » Lambert ne répond pas ; il a un geste d'agacement, puis se laisse retomber sur le dos avec fatalisme : les deux types qui jouaient aux cartes devant la tente ont abandonné leurs cartes sur la table et se sont levés d'un air négligent ; l'un d'eux porte sous son bras une toile de tente. « Trop tard », dit Lambert. Le chien disparaît derrière la caserne ; ils le suivent sans se presser et disparaissent derrière lui. « L'auront ? L'auront pas ? » demande le ch'timi. Au bout d'un moment les deux hommes reviennent : ils ont entortillé la toile de tente autour d'un objet volumineux et la portent chacun par un bout, comme un hamac. Lorsqu'ils passent devant Brunet une goutte tombe de la toile et s'écrase rouge sur les cailloux. « Mauvais matériel, fait remarquer le sergent. La toile devrait être imperméable. » Il hoche la tête, il grommelle : « Pour tout, c'est pareil. Comment vouliez-vous qu'on gagne la guerre ? » Les deux types jettent leur paquet dans la tente. L'un d'eux y entre à quatre pattes, l'autre va chercher du bois pour faire du feu. Le Frisé soupire : « Ça fera toujours deux survivants. » Brunet s'endort, il est réveillé en sursaut par un cri de Moûlu : « Là! Là! La bouffe. » Le portail s'ouvre lentement. Cent types se sont levés : « Un camion. » Le camion entre, camouflé, avec des fleurs et des feuilles sur le capot, un printemps, mille types se lèvent, le camion s'engage entre les murs d'enceinte et la barrière. Brunet s'est levé, il est bousculé, tiré, poussé, porté jusqu'aux fils de fer. Le camion est vide. A l'arrière un Fritz, nu jusqu'à la ceinture, les regarde venir, indolemment. Peau brune, cheveux blonds, longs muscles fuselés, il a l'air d'un homme de luxe, d'un de ces beaux jeunes gens qui skiaient demi-nus à Saint-Moritz. Mille paires d'yeux se sont levés vers lui, ça l'amuse : il regarde avec un sourire ces bêtes nocturnes et affamées qui se pressent contre les barreaux de leur cage pour mieux le voir. Au bout d'un moment, il se penche en arrière et interpelle les sentinelles du mirador qui lui répondent en riant. La foule attend, éblouie, elle épie les mouvements de son maître, elle râle d'impatience et de plaisir. Le Fritz se baisse, ramasse une boule de pain au fond du camion, tire un couteau de sa poche, l'ouvre, l'aiguise contre sa botte et coupe une tranche. Derrière Brunet, un type s'est mis à souffler. Le Fritz porte la tranche à son nez et feint de la humer avec délices, les yeux mi-clos, les bêtes grondent, Brunet se sent tenaillé à la gorge par la colère. L'Allemand les regarde à nouveau, sourit, prend la tranche entre le pouce et l'index à plat, comme un palet. Il a visé trop court — peut-être exprès —, elle tombe entre le camion et les piquets. Des hommes se baissent déjà pour se glisser sous les fils de fer : la sentinelle du mirador crie un ordre sec et les vise avec sa mitraillette. Les types restent pressés contre la barrière, la bouche ouverte, les yeux fous. Moûlu, serré contre Brunet, murmure : « Ça va mal tourner, je voudrais m'en aller. » Mais la poussée de la foule l'écrase contre Brunet, il essaie en vain de se dégager, il crie : « Reculez-vous, reculez-vous donc, idiots ; vous ne voyez pas que ça va recommencer comme cette nuit. » Dans le camion l'Allemand découpe une seconde tranche, il la jette, elle tourne en l'air et tombe entre les têtes levées ; Brunet est pris dans un remous énorme, il se sent bousculé, déplacé, frappé : il voit Moûlu qu'un tourbillon emporte et qui lève les mains en l'air, comme s'il se noyait. « Salauds ! pense-t-il, salauds ! » Il voudrait frapper, à coups de poing, à coups de pied, sur les hommes qui l'entourent. Une seconde tranche tombe une troisième, les types se battent ; un costaud s'échappe, il tient une tranche serrée dans sa main, on le rattrape, on le ceinture, il fourre la tranche entière dans sa bouche en la poussant du plat de la main pour la faire entrer ; on le lâche, il s'en va à pas lents en roulant des yeux inquiets. Le Fritz s'amuse, il envoie des tranches à gauche, à droite, il fait des feintes pour décevoir la foule. Un morceau de pain tombe aux pieds de Brunet, un caporal-chef le voit, il plonge en heurtant Brunet au passage ; Brunet le saisit aux épaules et le plaque contre lui. Déjà la meute se rue sur la tartine qui gît dans la poussière. Brunet pose le pied sur la tartine et racle la terre de la semelle. Mais dix mains lui saisissent la jambe, l'écartent, ramassent les miettes terreuses. Le caporal-chef se débat furieusement : un autre morceau vient de tomber contre son soulier. « Veux-tu me lâcher, sale con, veux-tu lâcher. » Brunet tient bon, le type essaie de cogner, Brunet pare avec son coude et serre de toutes ses forces : il est content. « Tu m'étouffes », dit le type d'une voix blanche. Brunet serre toujours, il voit passer au-dessus de sa tête le vol blanc des tartines, il serre, il est content, le type s'abandonne dans ses bras. « C'est fini », dit une voix. Brunet renverse la tête en arrière : le Chleuh est en train de refermer son couteau. Brunet ouvre le bras : le caporal-chef vacille, fait deux pas de côté pour retrouver son équilibre et tousse en regardant Brunet avec une stupeur haineuse. Brunet sourit; le type regarde les épaules de Brunet, hésite puis murmure :

« Sale con » et se détourne. La foule s'écoule lentement, déçue, pas fière. Quelques privilégiés mâchent encore, honteusement, la main devant la bouche, en roulant des yeux enfantins. Le caporal-chef s'est planté contre un piquet ; une tranche de pain gît dans la poussière charbonneuse, entre le camion et la barrière ; il la regarde. L'Allemand saute du camion, longe le mur, ouvre la porte d'une cabane. Les yeux du caporal brillent ; il guette. Les sentinelles ont détourné la tête ; il se jette à quatre pattes, se glisse sous les fils de fer, allonge la main ; un hurlement : la sentinelle le couche en joue. Il veut reculer, l'autre sentinelle lui fait signe de rester immobile. Il attend, blême, la main encore tendue, le derrière en l'air. L'Allemand du camion est revenu sur ses pas, s'approche sans se presser, relève le type d'une main et de l'autre le gifle à toute volée. Brunet rit aux larmes. Une voix dit doucement derrière lui : « Tu ne nous aimes pas beaucoup. » Brunet sursaute et se retourne. C'est Schneider. Il y a un silence ; Brunet suit des yeux le caporal-chef que le Fritz emmène à grands coups de pied vers la cabane, puis Schneider dit d'une voix neutre : « Nous avons faim. » Brunet hausse les épaules : « Pourquoi dis-tu « nous »? Tu as ramassé des tartines, toi ? — Naturellement, dit Schneider. J'ai fait comme tout le monde. — C'est pas vrai, dit Brunet, je t'ai vu. » Schneider hoche la tête : « Que j'en aie ramassé ou pas, c'est pareil. » Brunet, le front bas, gratte la terre avec son talon pour ensevelir les miettes dans la poussière ; une étrange sensation lui fait relever la tête précipitamment ; au même instant quelque chose s'éteint dans les yeux de Schneider, il ne reste plus qu'une colère molle qui lui alourdit le visage. Schneider dit : « Oui, nous sommes gourmands! Oui, nous sommes lâches et serviles. Est-ce que c'est notre faute ? On nous a tout enlevé : nos métiers, nos familles, nos responsabilités. Pour être courageux, il faut avoir quelque chose à faire ; autrement tu rêves. Nous n'avons plus *rien* à faire, pas même à gagner notre bouffe, nous ne comptons plus. Nous rêvons ; si nous sommes lâches, c'est en rêve. Donne-nous du travail et tu verras comme nous nous réveillerons. » Le Fritz est ressorti de la cabane ; il fume ; le caporal-chef sort derrière lui en boitant : il porte une pelle et une pioche. « Je n'ai pas de travail à vous donner, dit Brunet. Mais, même sans travail, on peut se tenir correctement. » Un tic soulève la lèvre supérieure de Schneider, elle retombe ; Schneider sourit. « Je t'aurais cru plus réaliste. Bien sûr que tu peux te tenir correctement. Mais qu'est-ce que ça change : tu n'aideras personne, ça ne servira qu'à ta satisfaction personnelle. A moins, ajoute-t-il ironiquement, que tu ne croies à la vertu de l'exemple. » Brunet regarde froidement Schneider. Il lui dit : « Tu m'as reconnu, n'est-ce pas ? — Oui, dit Schneider. Tu es Brunet de *l'Huma*. J'ai souvent vu ta photo. — Tu lisais *l'Huma* ? — Ça m'arrivait. — Tu es de chez nous ? — Non, mais je ne suis pas non plus contre vous. » Brunet fait la moue. Ils reviennent lentement vers le perron en enjambant les corps : épuisés par la violence de leur désir et de leur déception, les hommes se sont recouchés ; ils sont livides et leurs yeux brillent. Près de leur tente, les deux joueurs de cartes ont entamé une manille ; sous la table il y a des os et des cendres. Brunet regarde Schneider du coin de l'œil ; il cherche à retrouver sur ce visage l'air de familiarité qui l'avait frappé la veille. Mais il a déjà trop vu ce groz nez, ces joues : son impression s'est évanouie. Il dit entre ses dents : « Tu sais ce que ça signifie d'être communiste quand on est tombé dans les mains des nazis ? » Schneider sourit sans répondre. Brunet ajoute : « Avec les bavards, nous serons durs. » Schneider sourit toujours ; il dit : « Je ne suis pas bavard. » Brunet s'arrête, Schneider s'arrête aussi, Brunet demande : « Tu veux travailler avec nous ? — Qu'est-ce que vous allez faire ? — Je te le dirai. Réponds d'abord. — Pourquoi pas ? » Brunet essaie de déchiffrer ce gros visage lisse et un peu mou, il dit, sans quitter Schneider du regard : « Ça ne sera pas drôle tous les jours. — Je n'ai plus rien à perdre, dit Schneider. Et puis ça m'occupera. » Ils se rasseyent, Schneider s'étend, les mains nouées derrière la nuque ; il dit, en fermant les yeux : « N'empêche. Tu ne nous aimes guère et ça m'inquiète. » Brunet se couche à son tour. Qu'est-ce que c'est que ce type ? Un sympathisant ? Hum ! Tu l'as voulu, pense-t-il. Tu l'as voulu. A présent, je ne te lâche plus. Il s'endort, il se réveille, c'est le soir, il se rendort, c'est la nuit, c'est le soleil ; il se redresse ; il regarde autour de lui, il se demande où il est, il se rappelle, il se sent la tête vide. Le Blondinet est assis, il a l'air abruti et sinistre ; ses bras pendent entre ses jambes écartées. « Ça ne va pas ? demande Brunet. — Pas fort, je suis à la crotte. Tu crois qu'ils nous donneront à manger, ce matin ? — Je ne sais pas. — Tu crois qu'ils veulent nous faire crever de faim ? — Je ne pense pas. — Je m'emmerde ! soupire Blondinet. J'ai pas l'habitude de rester à rien faire. — Alors, viens te laver. » Le blond regarde sans enthousiasme du côté du tuyau d'arrosage : « Ça sera froid. — Viens donc. » Ils se lèvent, Schneider dort, Moûlu dort, le sergent est couché sur le dos les yeux grands ouverts, il mâchonne sa moustache ; il y a des milliers d'yeux par terre, des milliers d'yeux ouverts et d'autres que la chaleur et le soleil font peu à peu éclore ; le blond vacille sur ses jambes : « Merde, je tiens plus debout, moi, je vais me foutre en l'air. » Brunet déroule le tuyau d'arrosage, le fixe sur la prise d'eau, tourne le robinet. Il se sent lourd. Le blond s'est mis à poil ; il est dur et velu, avec de gros muscles en boule. Sa chair rougit et se tasse sous le jet, mais son visage reste gris. « A moi », dit Brunet. Le blond prend le tuyau, il dit : « C'est qu'il pèse lourd ! » Il le lâche et le rattrape. Il dirige le jet sur Brunet, flageole et repose soudain le tuyau. Il dit : « Ça me fatigue. » Ils se rhabillent. Le blond reste assis par terre un long moment, une molletière à la main, il regarde l'eau qui fuse entre les cailloux, il suit des yeux les rigoles bourbeuses, il dit : « Nous perdons nos forces. »

Brunet ferme le robinet, il aide le Frisé à se relever, il le ramène vers le perron. Lambert s'est réveillé, il les regarde en rigolant : « Vous ne marchez pas droit ; vous avez l'air bourrés. » Le Frisé se laisse choir sur la toile de tente, il grogne : « Ça m'a esquinté, on ne m'y reprendra plus. » Il regarde ses grosses mains tremblantes et velues : « Avec ça, la réaction ne se fait pas. — Viens te promener, dit Brunet. — Plus souvent ! » Il s'enroule dans ses couvertures et ferme les yeux. Brunet s'en va dans la cour de derrière ; elle est déserte ; trente tours de cour au pas de gymnastique. Au dixième, la tête lui tourne ; au dix-neuvième il est obligé de s'appuyer contre un mur ; mais il tient bon, il veut mater son corps, il va jusqu'au bout et s'arrête essoufflé. Le cœur lui bat jusque dans la tête, mais il est heureux : le corps, c'est fait pour obéir ; je ferai ça tous les jours, j'irai jusqu'à cinquante. Il ne sent pas la faim, il est heureux de ne pas sentir la faim : aujourd'hui, c'est mon cinquième jour de jeûne, je me tiens encore assez bien. Il retourne dans la cour de devant. Schneider dort toujours, la bouche ouverte ; tous les types sont couchés, immobiles et muets, ils ont l'air de cadavres. Brunet voudrait parler au typo, mais le typo dort encore. Il revient s'asseoir ; son cœur bat toujours aussi fort ; le ch'timi se met à rire. Brunet se retourne : le ch'timi rit, les yeux baissés sur le bâton qu'il sculpte ; il a déjà gravé une date ; à présent il dessine des fleurs à la pointe du couteau : « Qu'est-ce que t'as à te marrer ? demande Lambert. Tu trouves ça drôle, toi ? » Le ch'timi rit toujours. Il explique sans lever les yeux : « Je ris parce que ça fait trois jours que j'ai pas chié. — C'est normal, dit Lambert. Avec quoi que tu chierais ? — Il y en a pourtant qui chient, dit Moûlu. J'en ai vu. — C'est des petits veinards, dit Lambert. Des types qui ont apporté des boîtes de singe avec eux. » Le sergent se redresse. Il regarde Moûlu en tirant sur sa moustache : « Alors ? tes camions ? — Ils arrivent, dit Moûlu. Ils arrivent. » Mais sa voix n'a plus beaucoup de conviction : « Il faudra qu'ils se pressent, dit le sergent. Sans quoi, ils ne trouveront plus personne. » Moûlu regarde toujours le portail ; on entend un gargouillis liquide et chantonnant, Moûlu s'excuse, il dit : « C'est mon estomac ! » Schneider s'est réveillé. Il se frotte les yeux, sourit et murmure : « Un café au lait... — Avec des croissants, dit le Frisé. — J'aimerais mieux une bonne soupe, dit le ch'timi. Avec un peu de vin rouge dedans. » Le sergent demande : « Personne n'a de cigarettes ? » Schneider lui tend son paquet mais Brunet l'arrête agacé : il n'aime pas les générosités individuelles. « Mettons-le plutôt en commun. — Si tu veux, dit Schneider. J'en ai un paquet et demi. — Moi, un paquet », dit Brunet. Il le sort de sa poche et le pose sur la toile de tente. Moûlu sort une boîte de fer-blanc de sa musette et l'ouvre : « Il m'en reste dix-sept. — C'est tout ? demande Brunet. Lambert, tu n'en as pas ? — Non, dit Lambert. — C'est pas vrai, dit Moûlu, ton paquet était plein, hier soir. — J'en ai fumé cette nuit. — Des clous ! Je t'ai entendu ronfler. — Enfin merde ! dit Lambert. Je veux bien en donner une au sergent s'il n'en a pas, mais si je ne veux pas le mettre en commun, ça me regarde. — Lambert, dit Brunet, tu es libre de ramasser ta toile de tente et de t'en aller, mais si tu veux rester avec nous, il faudra prendre l'esprit d'équipe et t'habituer à tout mettre en commun. Donne tes cigarettes. » Lambert hausse les épaules et jette rageusement un paquet sur la couverture de Schneider. Moûlu compte les cigarettes : « Quatre-vingts. Ça fait onze par tête de pipe et il en reste trois à tirer au sort. On les distribue ? — Non, dit Brunet. Si tu les distribues, il y a des types qui auront tout fumé d'ici ce soir. Je les garde. Vous en aurez trois par jour pendant trois jours ; deux, le quatrième. D'accord ? » Les types le regardent. Ils comprennent vaguement qu'ils sont en train de se donner un chef. Brunet répète : « D'accord ? » Ils s'en foutent après tout : ils voudraient bouffer, voilà ce qui les intéresse. Moûlu hausse les épaules et

dit : « D'accord. » Les autres approuvent de la tête.
Brunet distribue trois cigarettes à chacun et met les
autres dans sa musette. Le sergent en allume une, en
tire quatre bouffées, l'éteint et se la met derrière
l'oreille. Le ch'timi prend une des siennes, fend le
papier et met le tabac dans sa bouche. « Ça trompe la
faim », explique-t-il, en chiquant. Schneider n'a rien
dit : c'est lui qui perd le plus dans le coup, mais il n'a
rien dit. Brunet pense : « C'est peut-être une bonne
recrue. » Il pense à Schneider et puis encore à autre
chose ; il se demande brusquement à quoi il pense, il
n'arrive plus à se le rappeler. Il reste un moment, les
yeux fixes, une poignée de cailloux dans la main, puis
il se lève lourdement : le typo est réveillé. « Alors ?
demande Brunet. — Je ne sais pas où ils sont, dit le
typo. J'ai fait trois fois le tour de la cour, je n'ai pas
pu mettre la main dessus. — Continue, dit Brunet, ne
te décourage pas. » Il va se rasseoir, il regarde sa
montre, il dit : « Ça n'est pas possible. Quelle heure
avez-vous les gars ? — Quatre heures trente-cinq, dit
Moûlu. — Alors, c'est ça, c'est bien ça. » Quatre heures
trente-cinq et je n'ai rien fait, je croyais qu'il était dix
heures du matin. Il lui semble qu'on lui a volé du
temps. « Et le typo qui n'a pas retrouvé ses copains... »
Tout est lent ici. Lent, hésitant, compliqué ; il faudra
des mois avant de mettre quelque chose sur pied. Le
ciel est d'un bleu cru, le soleil est dur. Il s'adoucit peu
à peu, le ciel rosit, Brunet regarde le ciel, il pense à
des mouettes, il a sommeil, sa tête bourdonne, il n'a pas
faim, il pense : je n'ai pas eu faim de la journée, il
s'endort, il rêve qu'il a faim, il se réveille, il n'a pas
faim, plutôt une légère nausée et un cercle de feu
autour du crâne. Le ciel est bleu et gai, l'air frais, très
loin, dans la campagne, grince la voix enrouée d'un
coq, le soleil est caché, mais ses rayons fusent en brume
d'or par-dessus la crête du mur ; de grandes ombres vio-
lettes s'étendent encore sur la cour. Le coq s'est tu,
Brunet pense : Quel silence, il lui semble un instant

qu'il est seul au monde. Il se redresse péniblement et s'assied : les hommes sont là, autour de lui, des milliers d'hommes immobiles et couchés. On dirait un champ de bataille. Mais tous les yeux sont grands ouverts. Autour de lui, Brunet voit des faces renversées au milieu de cheveux épars, avec des yeux qui guettent. Il se tourne vers Schneider et voit ses yeux fixes. Il dit doucement : « Schneider! Eh! Schneider! » Schneider ne répond pas. Brunet voit au loin un long serpent mou qui bave : le tuyau d'arrosage. Il pense : « Il faut que je me lave. » Sa tête est lourde, il lui semble qu'elle l'entraîne en arrière, il se recouche, il a l'impression de flotter. « Il faut que je me lave. » Il essaie de se relever, mais son corps ne lui obéit plus ; ses jambes et ses bras sont mous, il ne les sent plus, ils sont posés à côté de lui comme des objets. Le soleil paraît au-dessus du mur : il faut que je me lave, il s'agace d'être un mort parmi ces morts aux yeux ouverts, il se crispe, il rassemble ses membres, il se jette en avant, le voilà debout, ses jambes flageolent, il transpire, il fait quelques pas, il a peur de tomber. Il s'approche du typo, il dit : « Salut! » Le typo se redresse et le regarde d'un drôle d'air. « Salut! dit Brunet. Salut. — Tu ne veux pas t'asseoir? demande le typo. Ça ne va pas? — Ça va, dit Brunet. Ça va même très bien. J'aime mieux rester debout. » S'il s'assied, il n'est pas sûr de pouvoir se relever. Le typo s'est assis, il a l'air vif et frais, ses yeux noisette brillent dans son joli visage de fille. « J'en ai retrouvé un, dit-il joyeusement. Perrin, il s'appelle. Il est cheminot à Orléans. Il a perdu ses copains, il les cherche. S'il les trouve, ils viendront tous les trois à midi. » Brunet regarde sa montre : il est dix heures, il essuie de sa manche son front en sueur, il dit : « Parfait. » Il lui semble qu'il voulait dire autre chose, mais il ne sait plus quoi. Il reste un moment à vaciller au-dessus du typo, en répétant : « Parfait! C'est parfait » et puis se remet en marche avec effort, la tête en feu ; il se laisse tomber lourdement sur la toile de tente, il pense : « Je ne me suis pas lavé. » Schneider s'est dressé sur un coude et le regarde avec inquiétude : « Ça ne va pas ? — Si, dit Brunet agacé. Si, si. Ça va. » Il sort un mouchoir et l'étend sur sa figure à cause du soleil. Il n'a pas sommeil : pas exactement. Sa tête est vide et il lui semble qu'il descend en ascenseur. Quelqu'un tousse au-dessus de sa tête. Il arrache son mouchoir : c'est le typo avec trois autres types, Brunet les regarde avec surprise, il dit d'une voix pâteuse : « Il est déjà midi ? » Puis il essaie de se redresser : il a honte d'avoir été surpris ; il pense qu'il n'est pas rasé, qu'il est aussi sale que les autres ; il fait un violent effort et se remet sur ses pieds. « Salut », dit-il. Les types le regardent avec curiosité ; ce sont des gars comme il les aime : solides et propres avec des yeux durs. De bons outils. Ils le regardent, il pense : « Ici, ils n'ont plus que moi » et il se sent mieux. Il dit : « On marche un peu ? » Ils le suivent. Il tourne le coin de la caserne, il va jusqu'au fond de l'autre cour, il se retourne, il leur sourit. « Je te connais », dit un noiraud au crâne rasé. « Il me semblait bien que je t'avais vu quelque part », dit Brunet. « Je suis venu te voir en 37, dit le noiraud, je m'appelle Stephen ; j'étais de la brigade internationale. » Les autres disent aussi leurs noms : Perrin, d'Orléans, Dewrouckère, mineur à Lens. Brunet s'appuie contre le mur des écuries. Il les regarde, il pense, sans plaisir, qu'ils sont jeunes. Il se demande s'ils ont faim. « Alors ? dit Stephen. Qu'est-ce qu'il faut faire ? » Brunet les regarde, il ne se rappelle plus ce qu'il voulait leur dire ; il se tait, il lit l'étonnement dans leurs yeux, il desserre enfin les dents : « Rien. Pour le moment il n'y a rien à faire. Se compter et rester en contact. — Veux-tu venir avec nous ? demande Perrin. Nous avons une tente. — Non, dit vivement Brunet. Restons où nous sommes et tâchez de voir le plus de types que vous pourrez, repérez les camarades, arrangez-vous pour savoir un peu ce qu'il y a dans la tête des autres. Et pas de propagande. Pas encore. » Dewrouckère fait la grimace : « Ce qu'il y a dans leur tête, je le sais, dit-il. Il n'y a rien du tout. Ils pensent à leur estomac. » Il semble à Brunet que sa tête s'est mise à enfler ; il ferme à moitié les yeux, il dit : « Ça peut changer. Il y a des curés dans vos secteurs ? — Oui, dit Perrin. Dans le mien. Même qu'ils font un drôle de boulot. — Laissez-les faire, dit Brunet. Ne vous faites pas repérer. Et s'ils vous font des avances, ne les envoyez pas promener. Compris ? » Ils font un signe de tête et Brunet leur dit : « Rendez-vous demain à midi. » Ils le regardent, ils hésitent un peu, il leur dit avec une nuance d'agacement : « Allez ! Allez ! Je reste ici. » Ils s'en vont. Brunet les regarde partir, il attend qu'ils aient tourné le coin pour avancer un pied : il n'est pas sûr de ne pas s'écrouler. Il pense : « Trente tours au pas de gymnastique. » Il fait deux pas en chancelant, la colère lui fait monter le sang au visage, son crâne est martelé de coups violents : trente tours et tout de suite ! Il s'arrache du mur, il fait trois mètres, il s'étale sur le ventre. Il se relève et retombe en se déchirant la main. Trente tours, tous les jours. Il s'accroche à un anneau de fer scellé dans le mur, il se remet debout, il prend son élan. Dix tours, vingt tours, ses jambes flageolent, chaque enjambée est comme une chute, mais il sait qu'il s'effon-drera s'il s'arrête. Vingt-neuf tours ; après le trentième, il tourne en courant le coin de la caserne et ralentit seulement quand il entre dans la cour de devant. Il enjambe le corps, il gagne le perron. Personne n'a bougé : c'est un banc de poissons crevés qui flottent, le ventre en l'air. Il sourit. Seul debout. A présent, il faut que je me rase. Il ramasse sa musette, s'approche d'une fenêtre, prend son rasoir, pose le morceau de miroir de biais sur le rebord de la fenêtre et se rase à sec ; la dou-leur lui ferme à moitié les yeux. Son rasoir tombe, il se baisse pour le ramasser, lâche la glace qui se brise à ses pieds, tombe sur les genoux. Cette fois il *sait* qu'il ne pourra plus se relever. Il regagne sa place, à quatre pattes, et se laisse tomber sur le dos ; son cœur s'est affolé et tape de grands coups dans sa poitrine. A chaque coup, une pointe de feu lui vrille le crâne. Schneider lui soulève la tête sans un mot et glisse une couverture pliée en quatre sous sa nuque. Des nuages passent ; il y en a un qui ressemble à une religieuse, un autre à une gondole. On le tire par la manche : « Debout ! On déménage. » Il se lève sans comprendre, on le pousse vers le perron, la porte est ouverte ; un flot ininterrompu de prisonniers s'engouffre dans la caserne. Il sent qu'il monte un escalier, il veut s'arrêter, on le pousse par-derrière, une voix lui dit : « Plus haut. » Le pied lui manque, il tombe les mains en avant. Schneider et le typo le prennent chacun par un bras et le portent. Il veut se dégager, mais il n'en a pas la force. Il dit : « Je ne comprends pas. » Schneider rit doucement : « Tu as besoin de manger. — Juste comme vous, pas plus. — Tu es plus grand et plus costaud, dit le typo. Il te faut davantage de bouffe. » Brunet ne peut plus parler ; ils le hissent jusqu'au grenier. Un long couloir sombre traverse la caserne de part en part. De chaque côté du couloir il y a des boxes, séparés les uns des autres par des barrières à claire-voie. Ils entrent dans l'un d'eux. Trois caisses vides, c'est tout. Pas de fenêtre. Il y a une lucarne tous les deux ou trois boxes ; celle du box voisin leur dispense une lumière oblique qui couche sur le plancher, de biais, les grandes ombres des barreaux de bois. Schneider étend sa couverture sur le sol et Brunet se laisse choir dessus. Il voit un instant le visage du typo penché sur lui, il lui dit : « Ne reste pas là, case-toi plus loin et rendez-vous demain à midi. » Le visage disparaît et le rêve commence. L'ombre des barreaux glisse lentement sur le plancher, glisse et tourne sur les corps à la renverse, escalade les caisses, tourne, tourne, pâlit, la nuit monte le long du mur ; à travers les barreaux, la lucarne semble une meurtrissure, une meurtrissure pâle, une meurtrissure noire et puis, tout d'un coup, un œil clair et gai, les barreaux reprennent leur ronde, ils tournent, l'ombre

tourne comme un phare, la bête est en cage, des hommes
s'agitent un moment puis disparaissent, le bateau dérive
avec tous ces forçats morts de faim dans leurs cages.
Une flamme d'allumette, un mot jaillit de la pénombre
peint en lettres rouges, de biais, sur une des caisses :
FRAGILE, il y a des chimpanzés dans la cage voisine,
qui pressent leurs têtes curieuses contre les barreaux,
qui tendent leurs longs bras entre les barreaux, ils ont
des yeux tristes et ridés, le singe est la bête qui a les
yeux les plus tristes après l'homme. Quelque chose
est arrivé, il se demande ce qui est arrivé, une catastrophe. Quelle catastrophe ? Peut-être un refroidisse-
ment du soleil ? Une voix s'élève au fond des cages :
« Un soir je vous dirai de douces choses. » Une catastrophe, tout le monde est dans le bain. Quelle catastrophe ? Que va faire le Parti ? C'est un goût délicieux
d'ananas frais, un jeune goût un peu gai, enfantin, il
mâche l'ananas, il broie sa douce élasticité fibreuse,
quand est-ce que j'en ai mangé pour la dernière fois ?
J'ai aimé l'ananas, c'était comme du bois sans défense,
écorcé ; il mâche. Le jeune goût jaune de bois tendre
remonte doucement du fond de sa gorge comme le lever
hésitant du soleil, il s'épanouit sur la langue, il *veut
dire* quelque chose, qu'est-ce qu'il veut dire, ce sirop
de soleil ? J'ai aimé l'ananas, oh! il y a longtemps,
c'était du temps que j'aimais le ski, les montagnes,
la boxe, les petits yachts à voile, les femmes. Fragile.
Qu'est-ce qui est fragile ? Nous sommes tous fragiles.
Le goût, sur la langue, tourne, tourbillon solaire, un
goût ancien, oublié, je m'étais oublié, *le fourmillement
du soleil dans les feuilles des châtaigniers, la pluie de soleil
sur mon front, je lisais dans le hamac, la maison blanche
derrière moi, derrière moi la Touraine, j'aimais les arbres,
le soleil et la maison, j'aimais le monde et le bonheur, oh!
autrefois.* Il remue, il se débat : j'ai quelque chose à
faire, j'ai quelque chose à faire tout de suite. Il a un
rendez-vous urgent, avec qui? Avec Kroupskaïa. Il
retombe : Fragile. Qu'est-ce que j'ai fait de mes amours ;

ils m'ont dit : Tu ne nous aimes pas assez. Ils m'ont eu, ils m'ont écorcé *une jeune pousse tendre et gluante de sève*, quand je sortirai d'ici, je mangerai un ananas entier. Il se redresse à moitié, un rendez-vous urgent, il retombe dans une enfance calme, dans un parc, *écartez les herbes et vous trouverez un soleil ; qu'as-tu fait de tes désirs?* Je n'ai pas de désirs, je suis une écorce, la sève est morte ; les singes accrochés aux barreaux le regardent de leurs yeux fiévreux, quelque chose est arrivé. Il se souvient, il se soulève, il crie : « Le typo. » Il demande : « Est-ce qu'il est venu, le typo? » Personne ne répond, il retombe dans la sève gluante, dans la SUBJECTIVITÉ, nous avons perdu la guerre et je vais crever ici, Mathieu se penche et chuchote : tu ne nous aimais pas assez, tu ne nous aimais pas assez ; les singes s'esclaffent en se frappant les cuisses : tu n'aimais rien, mais non! rien du tout. L'ombre des barreaux tourne lentement sur son visage, l'ombre, le soleil, l'ombre, ça l'amuse. Je suis du Parti, j'aime les camarades ; pour les autres, je n'ai pas de temps à perdre, j'ai un rendez-vous. « Un soir, je vous dirai de douces choses, un soir je vous dirai que je vous aime. » Il s'est assis, il souffle, il les regarde, Moûlu sourit aux anges, la face tournée vers le plafond, une ombre fraîche le caresse, glisse le long de sa joue, le soleil fait briller ses dents : « Eh! Moûlu. » Moûlu sourit toujours, il dit, sans bouger : « Tu les entends? — Qu'est-ce que j'entends? demande Brunet. — Les camions. » Il n'entend rien ; il a peur de cet énorme désir qui le submerge tout à coup, désir de vivre, désir d'aimer, désir de caresser des seins blancs, Schneider est couché à sa droite, il l'appelle au secours : « Ho! Schneider. » Schneider dit d'une voix faible : « Ça va mal. » Brunet dit : « Tu prendras les cigarettes dans ma musette. Trois par jour. » Ses reins glissent lentement sur le parquet, il se retrouve couché, la tête renversée, il regarde le plafond, je les aime, bien sûr je les aime, mais *il faut qu'ils servent*, qu'est-ce que c'est que ce désir? Le corps, le corps mortel, forêt de désirs, sur chaque branche un oiseau, ils servent le jambon de Westphalie sur des assiettes de bois, le couteau tranche la viande, on sent, quand on le tire, l'adhérence légère du bois humide, ils m'ont eu, je ne suis qu'un désir et nous sommes tous dans la merde et je vais crever ici. Quel désir ? On le soulève, on l'assied, Schneider lui fait avaler une soupe : « Qu'est-ce que c'est ? — Une soupe d'orge. » Brunet se met à rire : « C'était ça, ce n'était que ça. Cet immense désir coupable, ce n'était que la faim. » Il s'endort, on le veille, il mange sa seconde soupe. Il sent des brûlures à l'estomac ; les barreaux tournent, la voix s'est tue ; il dit : « Il y avait un type qui chantait. — Oui, dit Moûlu. — Il ne chante plus. — Il est mort, dit Moûlu. Ils l'ont emporté hier. » Encore une soupe et, cette fois, avec du pain. Il dit : « Ça va mieux. » Il s'assied sans aide, il sourit : L'enfance, l'amour, la « subjectivité », ce n'était rien : tout juste un rêve d'inanition. Il interpelle gaiement Moûlu : « Alors, ils ont fini par venir, les camions ? — Eh oui ! dit Moûlu. Eh oui ! » Moûlu gratte une boule de pain avec son canif, il la creuse et l'évide par endroits. Il la sculpte. Il explique sans lever les yeux : « C'est une boule de pain en rab, elle est moisie. Si tu manges le bleu, ça te fout la chiasse, mais il y a de quoi faire autour. » Il tend une languette de pain à Brunet, il en enfonce une autre dans sa grande bouche, il dit fièrement : « Six jours qu'on est resté sans bouffe. J'en devenais dingue. » Brunet rit, il pense à la « subjectivité » : « Moi aussi », dit-il. Il s'endort, il est réveillé par le soleil, il se sent encore faible, mais il peut se lever. Il demande : « Est-ce que le typo est venu me voir ? — Tu sais, ces jours-ci on n'a pas trop fait attention aux visiteurs. — Où est Schneider ? demande Brunet. — Je ne sais pas. » Brunet sort dans le couloir ; Schneider parle au typo ; ils rient tous les deux. Brunet les regarde avec agacement. Le typo vient à lui, il lui dit : « Nous deux Schneider on a fait du boulot. » Brunet se tourne vers Schneider, il pense : il se glisse partout. Schneider lui sourit, il dit : « On a traîné un peu partout, depuis avant-hier, on a repéré de nouveaux copains. — Hum! dit Brunet sèchement. Il faudra que je les voie. » Il descend l'escalier, Schneider et le typo descendent derrière lui. Dans la cour, il s'arrête et cligne des yeux, ébloui : c'est une belle journée. Assis sur les marches du perron, des hommes fument paisiblement, ils ont l'air chez eux, ils se reposent après le labeur de la semaine ; de temps en temps il y en a un qui hoche la tête et laisse tomber quelques mots ; alors tout le monde se met à hocher la tête. Brunet les regarde avec colère, il pense : « Ça y est! les voilà qui s'installent. » La cour, les miradors, le mur d'enceinte c'est *à eux*, ils sont assis sur le pas de leur porte, ils commentent avec une lente sagesse paysanne tous les incidents du village : « Qu'est-ce qu'on peut faire avec des gars comme ça ? Ils ont la passion de posséder ; vous les foutez en taule et, au bout de trois jours, vous ne savez plus s'ils sont prisonniers ou propriétaires de la prison. » D'autres se promènent, par deux ou par trois, ils marchent alertement, ils causent, ils rient, ils virevoltent : ce sont des bourgeois qui font la parade. Des aspirants passent, en uniforme de fantaisie, sans regarder personne et Brunet entend leurs voix distinguées : « Non, mon vieux, je te demande bien pardon, ils n'ont pas déposé leur bilan ; il avait été question qu'ils le déposent mais la Banque de France les a renfloués. » Très entourés, deux types à lunettes jouent aux échecs sur leurs genoux ; un petit bonhomme chauve lit en fronçant les sourcils ; de temps en temps il pose son livre et consulte avec agitation un énorme bouquin. Brunet passe derrière lui : le bouquin, c'est un dictionnaire. « Qu'est-ce que tu fais ? demande Brunet. — J'apprends l'allemand. » Autour du tuyau d'arrosage, des hommes tout nus crient et se bousculent en riant ; accoudé à un piquet, Gartiser, l'Alsacien, cause en allemand avec une sentinelle allemande qui l'écoute en approuvant de la tête. Il a suffi d'une bouchée de pain! Une bouchée de pain, et cette cour sinistre où agonisait l'armée vaincue s'est changée en plage, en solarium, en kermesse. Deux types tout nus se bronzent au soleil, couchés sur une couverture ; Brunet voudrait marteler de coups de pied leurs fesses dorées : foutez le feu à leurs villes, à leurs villages, emmenez-les en exil, ils s'acharneront partout à reconstruire leur petit bonheur têtu, leur bonheur de pauvres ; allez donc travailler là-dessus. Il leur tourne le dos et s'en va dans l'autre cour ; il s'arrête saisi : des dos, des milliers de dos, le tintement d'une sonnette, des milliers de crânes s'inclinent. « Sans blague! » dit-il. Schneider et le typo se mettent à rire : « Eh! oui! Eh! oui! c'est dimanche. On voulait te faire la surprise. — C'est donc ça! dit Brunet. C'est dimanche! » Il les regarde, ébahi : quel entêtement! Ils se sont fabriqué un dimanche synthétique, tout un dimanche des villes et de la campagne, parce qu'ils ont lu que c'était dimanche sur un calendrier. Dans l'autre cour, c'était dimanche au village, dimanche dans la grande rue de province, ici c'est dimanche à l'église, il ne manque que le cinéma. Il se tourne vers le typo : « Pas de cinéma, ce soir? » Le typo sourit : « Les jocistes feront un " feu ". » Brunet serre les poings, il pense aux curetons, il pense : ils ont drôlement travaillé, pendant que j'étais malade. On ne devrait jamais tomber malade. Le typo dit timidement : « C'est une belle journée. — Bien sûr », dit Brunet entre ses dents. Bien sûr : une belle journée. Une belle journée sur toute la France : les rails arrachés et tordus brillent au soleil, le soleil dore les feuilles jaunies des arbres déracinés, l'eau miroite au fond des cratères des bombes, les morts verdissent dans les blés et leur ventre chante sous un ciel sans nuage. Avez-vous déjà oublié? Les hommes, c'est du caoutchouc. Les têtes se sont relevées, le prêtre parle. Brunet n'entend pas ce qu'il dit, mais il voit sa tête rougeaude, ses cheveux gris, ses lunettes de fer et ses fortes épaules ; il le reconnaît : c'est le gaillard au bréviaire qu'il avait remarqué le premier soir. Il se rapproche. A deux pas de lui, les yeux brillants, l'air humble, le sergent à moustache écoute passionnément : « ... Que beaucoup d'entre vous sont croyants, mais je sais aussi qu'il en est d'autres qui m'écoutent par curiosité, pour s'instruire ou simplement pour tuer le temps. Vous êtes tous mes frères, mes très chers frères, mes frères d'armes et mes frères en Dieu, je m'adresse à vous tous, catholiques, protestants, athées, car la parole de Dieu est pour tous. Le message que je vous délivre en ce jour de deuil, qui est aussi le jour du Seigneur, consiste en ces simples trois mots : '' Ne désespérez pas !... '' car le désespoir n'est pas seulement péché contre l'adorable bonté divine : les incroyants mêmes conviendront avec moi que c'est un attentat de l'homme contre lui-même et, si je puis dire, un suicide moral. Il en est sans doute parmi vous, mes chers frères, qui, trompés par un enseignement sectaire, ont appris à ne voir, dans la suite admirable des événements de notre histoire, qu'une succession d'accidents sans signification ni lien. Ils s'en vont aujourd'hui répétant que nous avons été battus parce que nous n'avions pas assez de tanks, parce que nous n'avions pas assez d'avions. De ceux-là, le Seigneur a dit qu'ils ont des oreilles pour ne pas entendre et des yeux pour ne point voir, et sans doute, lorsque la colère divine se déchaîna sur Sodome et sur Gomorrhe, se trouva-t-il dans les cités impies des pécheurs assez endurcis pour prétendre que la pluie de feu qui réduisait leurs villes en cendres n'était qu'une précipitation atmosphérique ou un météore. Mes frères, ne péchaient-ils pas contre eux-mêmes ? car, si la foudre est tombée sur Sodome par hasard, alors il n'est pas un ouvrage de l'homme, il n'est pas un produit de sa patience et de son industrie qui ne puisse, du jour au lendemain, être réduit à néant, sans rime ni raison, par des forces aveugles. Pourquoi bâtir ? Pourquoi planter ? Pourquoi fonder une famille ? Nous voici, vaincus et captifs, humiliés dans notre légitime orgueil national, souffrants dans notre corps, sans nouvelles des êtres qui nous sont chers. Eh quoi? Tout cela serait sans but? Sans autre origine que le jeu des forces mécaniques? Si cela était vrai, mes frères, je vous le dis : il faudrait nous abandonner au désespoir, car il n'est rien de plus désespérant et rien de plus injuste que de souffrir pour rien. Mais, mes frères, je demande à mon tour à ces esprits forts : " Et pourquoi n'avions-nous pas assez de tanks? Pourquoi n'avions-nous pas assez de canons? " Ils répondront sans doute : " C'est parce que nous n'en produisions pas assez. " Et voilà que se dévoile tout à coup le visage de cette France pécheresse qui, depuis un quart de siècle, avait oublié ses devoirs et son Dieu. Pourquoi, en effet, ne produisions-nous pas assez? Parce que nous ne travaillions pas. Et d'où vient, mes frères, cette vague de paresse qui s'était abattue sur nous comme les sauterelles sur les champs de l'Égypte? Parce que nous étions divisés par nos querelles intestines : les ouvriers, conduits par des agitateurs cyniques, en étaient venus à détester leurs patrons; les patrons aveuglés par l'égoïsme, se souciaient peu de satisfaire aux revendications les plus légitimes; les commerçants jalousaient les fonctionnaires, les fonctionnaires vivaient comme le gui sur le chêne; nos élus, à la Chambre, au lieu de discuter, dans la sérénité, de l'intérêt public, se heurtaient, s'insultaient, en venaient parfois aux mains. Et pourquoi ces discordes, mes très chers frères, pourquoi ces conflits d'intérêts, pourquoi ce relâchement dans les mœurs? Parce qu'un matérialisme sordide s'était répandu dans le pays comme une épidémie. Et qu'est-ce que le matérialisme sinon l'état de l'homme qui s'est détourné de Dieu : il pense qu'il est né de la terre et qu'il retournera à la terre, il n'a plus de souci que pour ses intérêts terrestres. Je répondrai donc à nos sceptiques : " Vous avez raison, mes frères : nous avons perdu la guerre parce que nous n'avions pas assez de *matériel*. Mais vous n'avez qu'en partie raison parce que votre réponse est *matérialiste* et c'est parce que vous êtes matérialistes que vous avez été battus. "

C'est la France, fille aînée de l'Église, qui a inscrit dans l'histoire l'éblouissante succession de ses victoires ; c'est la France sans Dieu qui a connu la défaite de 1940. » Il fait une pause ; les hommes écoutent en silence, bouche ouverte, le sergent approuve par des signes de tête. Brunet reporte son regard sur le prêtre ; il est frappé par son air de triomphe : ses yeux brillants courent d'un bout à l'autre de l'auditoire, ses joues rougissent, il lève la main et reprend la parole avec un emportement presque gai : « Ainsi, mes frères, abandonnons l'idée que notre défaite est le fruit du hasard : c'est à la fois notre punition et notre faute. Non pas hasard, mes frères : châtiment ; voilà la bonne nouvelle que je vous apporte aujourd'hui. » Il fait encore une pause et scrute les têtes tendues vers lui pour juger de l'effet produit. Puis il se penche et poursuit d'une voix plus insinuante : « Nouvelle dure et déplaisante, j'en conviens, mais pourtant bonne nouvelle. A celui qui se croit la victime innocente d'une catastrophe et qui se tord les mains sans comprendre, est-ce qu'on n'annonce pas la bonne nouvelle quand on lui révèle qu'il expie sa propre faute ? C'est pourquoi je vous dis : réjouissez-vous, mes frères ! Réjouissez-vous du fond de l'abîme de vos souffrances, car s'il y a faute et s'il y a expiation, il y a aussi rachat. Et je vous dis : réjouissez-vous encore, réjouissez-vous dans la Maison de votre Père, car il est une autre raison de vous réjouir. Notre-Seigneur, qui a souffert pour tous les hommes, qui a pris nos fautes sur lui, qui a souffert et qui souffre encore pour les expier, Notre-Seigneur vous a choisis. Oui, vous tous, paysans, ouvriers, bourgeois, qui n'êtes ni tout à fait innocents ni certainement les plus coupables, il vous a choisis pour un incomparable destin : il a choisi que vos souffrances, à l'exemple des siennes, rachètent les péchés et les fautes de la France entière que Dieu n'a cessé d'aimer et qu'il a punie à contrecœur. Mes frères, c'est ici qu'il faut opter : ou bien vous gémirez et vous vous arracherez les cheveux, disant : pourquoi est-ce à moi que ces malheurs arrivent ? A moi plutôt qu'à mon voisin qui était un mauvais riche, plutôt qu'aux politiciens qui ont conduit mon pays à sa perte ? Alors rien n'a plus de sens, il vous reste à mourir dans la haine et la rancœur. Ou bien, vous vous direz : nous n'étions rien et voici que nous sommes les élus de la souffrance, les oblats, les martyrs. Alors, pendant qu'un homme providentiel, digne fils de ceux que le Seigneur a toujours suscités en France quand elle était à deux doigts de sa ruine... » Brunet s'en va sur la pointe des pieds. Il retrouve Schneider et le typo contre le mur de la caserne. Il dit : « Il connaît son affaire. — Je veux ! dit le typo. Il couche à deux piaules de moi, le soir on n'entend que lui : il se fait la main sur les copains. » Deux types passent près d'eux, un grand maigre au crâne allongé qui porte des lorgnons, et un petit gros à la bouche dédaigneuse. Le grand dit d'une voix douce et juste : « Il a très bien parlé. Très simplement. Et il a dit ce qu'il fallait. » Brunet se met à rire : « Parbleu ! » Ils font quelques pas. Le typo regarde Brunet avec confiance ; il demande : « Alors ? — Alors ? répète Brunet. — Ce sermon, qu'est-ce que tu en penses ? — Il y a du bon et du mauvais. En un sens il travaille pour nous : il leur a expliqué que la captivité ne serait pas une partie de plaisir ; et je crois qu'il va un peu forcer là-dessus : c'est son intérêt comme le nôtre. Tant que ces gars-là se figureront qu'ils vont revoir leur petite amie à la fin du mois, on ne pourra rien en faire. — Ha ? » Les beaux yeux du typo se sont écarquillés, ses joues sont grises. Brunet poursuit : « De ce côté-là ça va, vous pouvez même vous servir de lui. Vous prenez vos types entre quat'zyeux et vous leur dites : " Le cureton, tu as vu ? Il a dit qu'on allait en chier dur. " Le typo demande avec effort : « Parce que toi, tu penses qu'on en a pour longtemps ? » Brunet le regarde durement : « Tu crois au Père Noël ? » Le typo se tait, il avale sa salive ; Brunet se tourne vers Schneider et continue : « Seulement, d'un autre côté, je ne pensais pas qu'ils prendraient position si vite, je pensais qu'ils voudraient voir venir. Eh bien, je t'en fous ; son sermon était un véritable programme politique : la France, fille aînée de l'Église et Pétain chef des Français. C'est emmerdant. » Il regarde le typo brusquement : « Qu'est-ce qu'on pense de lui, autour de toi ? — Les types l'aiment bien. — Ah ? — Il n'y a pas grand-chose à lui reprocher. Il partage tout ce qu'il a ; mais il te le fait sentir. Il a toujours l'air de te dire : je te donne ça pour l'amour de Dieu. Moi, j'aimerais mieux pas fumer que de fumer son tabac ; mais je suis le seul. — C'est tout ce que tu sais de lui ? — Tu sais, dit le typo d'un air d'excuses, il n'est là que le soir. — Qu'est-ce qu'il fout dans la journée ? — Infirmerie. — Il y a une infirmerie à présent ? — Oui. Dans l'autre bâtiment. — Il est infirmier ? — Non, mais c'est un copain du major, il fait le bridge avec lui et deux officiers blessés. — Ha ha ! dit Brunet. Et qu'est-ce qu'ils en disent, les gars ? — Ils en disent rien : ils s'en doutent, mais ils ne veulent pas le savoir. Moi je l'ai su par Gartiser, qui est infirmier. — Bon, eh bien tu leur casseras le morceau ; tu leur demanderas comment ça se fait que les curetons soient toujours fourrés avec les officiers. — D'accord. » Schneider, depuis un moment, les regarde avec un drôle de sourire. Il dit : « L'autre bâtiment, c'est celui des Fritz. — Ah ! » dit Brunet. Schneider se tourne vers le typo ; il sourit toujours : « Tu vois ce que tu as à dire : que le cureton plaque ses copains pour aller faire de la lèche aux Fritz. — Oh ! tu sais, dit mollement le typo, j'ai pas idée qu'il voit beaucoup de Frisous. » Schneider hausse les épaules avec une impatience feinte : Brunet a l'impression qu'il s'amuse. « Est-ce que tu as le droit, toi, de te promener dans le bâtiment des Allemands ? » demande Schneider au typo. Le typo hausse les épaules sans répondre. Schneider triomphe. « Tu vois ! moi je me fous de ses intentions : il veut peut-être sauver la France. Mais *objectivement* c'est un prisonnier français qui passe ses journées avec l'ennemi. Voilà ce que les copains doivent savoir. » Le typo, déconcerté, se tourne vers Brunet. Brunet n'a pas aimé du tout le ton de Schneider, mais il ne veut pas le démentir. Il dit : « Vas-y doucement. Ne cherche pas à le démolir pour le moment. D'ailleurs il y en a plus de cinquante ici, tu n'y suffirais pas. Tu t'arranges pour dire, dans la conversation : le cureton pense qu'on ne reviendra pas de si tôt et il doit le savoir parce qu'il fréquente les officemars et qu'il fait la causette aux Fridolins. Il faut qu'ils comprennent peu à peu qu'un cureton, ce n'est pas du même bord. Compris ? — Oui », dit le typo. « Il y a un type à nous dans la piaule du curé ? — Oui. — Il est dégourdi ? — Encore assez. — Qu'il se laisse embobiner, qu'il fasse semblant d'être convaincu, nous avons besoin d'un informateur. » Il s'appuya sur le mur, réfléchit un moment et dit au typo : « Va me chercher tes copains. Deux ou trois. Des nouveaux. » Quand ils sont seuls, Brunet dit à Schneider : « J'aurais préféré attendre un peu ; dans un mois ou deux, les types seront à point. Mais les curetons sont trop forts. Si on ne commence pas tout de suite, on sera pris de vitesse. Tu es toujours d'accord pour travailler avec nous ? — Travailler à quoi ? » demande Schneider. Brunet fronce les sourcils : « Je croyais que tu voulais travailler avec nous. Tu as changé d'avis ? — Je n'ai pas changé d'avis, dit Schneider. Je te demande à quoi vous allez travailler. — Eh bien, dit Brunet, tu as entendu le cureton ? Ces gars-là ne sont pas tombés de la dernière pluie : dans un mois tu les trouveras partout. En plus de ça, je ne serais pas autrement étonné si les Fritz ramassaient parmi nous deux ou trois Quisling et les chargeaient de nous porter la bonne parole. Avant la guerre on pouvait leur opposer des formations solides, le Parti, les syndicats, le comité de vigilance. Ici, rien. Alors il s'agit de reconstituer *quelque chose*. Naturellement, ça se réduira souvent à des palabres, je n'ai jamais beaucoup aimé ça, mais enfin nous n'avons pas le choix. Donc : repérer les éléments sains, les organiser, amorcer une contre-propagande clandestine, voilà les objectifs immédiats. Deux thèmes à développer : nous refusons de reconnaître l'armistice ; la démocratie est la seule forme de gouvernement que nous puissions accepter aujourd'hui. Inutile d'aller plus loin : dans les débuts il faut être prudents. Moi je me charge de retrouver les camarades du P. C. Mais il y a les autres, les socialistes, les radicaux, tous les types plus ou moins vaguement '' de gauche '', les sympathisants comme toi. » Schneider a un sourire froid : « Les mous. — Disons : les tièdes. » Brunet se hâte d'ajouter : « Mais on peut être tiède et honnête. Je ne suis pas sûr de parler tout à fait leur langage. Tu n'auras pas cette difficulté, puisque c'est le tien. — D'accord, dit Schneider. En somme il s'agirait de ressusciter un peu l'esprit Front Populaire ? — Ça ne serait pas déjà si mal », dit Brunet. Schneider hoche la tête. Il dit : « Donc ce sera mon boulot. Mais... es-tu sûr que c'est *le tien* ? » Brunet le regarde, étonné : « Le mien ? — Oh ! dit Schneider avec indifférence, si tu en es sûr... — Explique-toi donc, dit Brunet. Je n'aime pas les sous-entendus. — Mais je n'ai rien à expliquer. Je voulais seulement dire : Que fait le Parti en ce moment ? Quels sont ses ordres, ses directives ? Je suppose que tu les connais. » Brunet le regarde en souriant : « Est-ce que tu te rends compte de la situation ? demande-t-il. Les Allemands sont à Paris depuis quinze jours, toute la France est sens dessus dessous : il y a des camarades qui sont tués ou prisonniers, d'autres qui ont filé Dieu sait où avec leur division, à Pau ou à Montpellier, d'autres qui sont en tôle. Si tu veux savoir ce que fait le Parti en ce moment, je vais te le dire : il est en train de se réorganiser. — Je vois, dit Schneider mollement. Et toi, de ton côté, tu essaies de toucher les camarades qui sont ici. C'est parfait. — Bon, dit Brunet pour conclure. Si tu es d'accord... — Mais mon vieux, dit Schneider, bien sûr que je suis d'accord. Et d'autant plus que ça ne me regarde pas. Je ne suis pas communiste. Tu me dis que le Parti se réorganise : je n'en demande pas plus. Ce que j'aurais voulu savoir, si j'étais à ta place... » Il fouille dans la poche de sa veste, comme pour y chercher une cigarette, ressort sa main au bout d'un moment et la laisse pendre le long du mur. « Sur quelles bases se réorganise-t-il ? Voilà la question. » Il ajoute sans regarder Brunet : « Les Soviets sont alliés à l'Allemagne. — Mais non, dit Brunet avec impatience. Ils ont conclu un pacte de non-agression, et encore tout provisoire. Regarde un peu, Schneider : après Munich, l'U. R. S. S. ne pouvait plus... » Schneider soupire : « Je sais, dit-il. Je sais tout ce que tu vas me dire. Tu vas me dire que l'U. R. S. S. a perdu confiance dans les Alliés et qu'elle temporise en attendant d'être assez forte pour pouvoir déclarer la guerre aux Fritz. C'est ça ? » Brunet hésite. « Pas exactement, dit-il. Je pense plutôt qu'elle fait ce qu'elle peut pour retarder l'échéance. — J'imagine. — Alors, dit lentement Schneider, si j'étais toi, je ne serais pas si sûr que le Parti va prendre fermement position contre les nazis : ça pourrait nuire à l'U. R. S. S. » Il fixe sur Brunet ses yeux troubles. Il a un regard émoussé, mélancolique, mais difficilement soutenable. Brunet, agacé, détourne la tête : « Ne te fais donc pas plus bête que tu n'es. Tu sais bien qu'il ne s'agit pas d'une prise de position publique. Le Parti est dans l'illégalité depuis 39 et son action restera clandestine. » Schneider sourit : « Clandestine, oui. Mais qu'est-ce que ça veut dire ? Par exemple qu'on va imprimer clandestinement *l'Humanité* ? Alors écoute : sur dix mille exemplaires diffusés, il y en aura au moins cent, chaque fois, qui tomberont aux mains des Chleuhs ; c'est fatal : dans l'illégalité, on arrive, avec un peu de veine, à cacher le lieu d'origine des tracts, les imprimeries, la rédaction, etc., mais pas les tracts eux-mêmes puisqu'ils sont faits pour être répandus. Je donne trois mois à la

Gestapo pour être parfaitement au courant de la politique du P. C. — Et après? Ils ne peuvent pas l'imputer à l'U. R. S. S. — Et le Komintern? demande Schneider. Tu t'imagines qu'il n'est jamais question du Komintern entre Ribbentrop et Molotov. » Il parle sans agressivité, d'une voix neutre. Pourtant il y a quelque chose de suspect dans son insistance molle. « Ne faisons pas les stratèges en chambre, dit Brunet. Ce que Ribbentrop dit à Molotov, je l'ignore, je ne suis pas sous la table. Mais ce que je sais — parce que c'est une évidence simple — c'est que les relations sont coupées entre l'U. R. S. S. et le Parti. — Crois-tu? » dit Schneider. Il ajoute après un instant : « En tout cas, si elles sont coupées aujourd'hui, elles seront rétablies demain. Il y a la Suisse. » La messe est finie, des soldats passent devant eux, silencieux et lointains. Schneider baisse la voix : « Je suis persuadé que le gouvernement nazi tient l'U. R. S. S. pour responsable de l'activité du P. C. — Admettons, dit Brunet. Où cela nous mène-t-il? — Imagine, dit Schneider, que l'U. R. S. S. pour gagner du temps impose une sourdine aux communistes en France et en Belgique. » Brunet hausse les épaules. « Impose! Comment te représentes-tu les rapports de l'U. R. S. S. et du P. C.? Est-ce que tu ne sais pas qu'il y a des cellules dans le P. C. et des gens qui discutent et qui votent, dans les cellules? » Schneider sourit et reprend, patiemment : « Je ne voulais pas te blesser. Je tourne ma phrase autrement : imagine que le P. C., désireux de ne pas susciter de difficultés à l'U. R. S. S., s'impose de lui-même une sourdine... — Ça serait neuf? — Pas si neuf. Qu'est-ce que vous avez fait à la déclaration de guerre? Et, depuis, la situation a empiré pour l'U. R. S. S. Si l'Angleterre capitule, Hitler aura les mains libres. — L'U. R. S. S. a eu le temps de se préparer. Elle s'attend au choc. — En es-tu sûr? L'Armée rouge n'était pas si brillante, cet hiver. Et tu disais toi-même que Molotov temporise... — S'il existe entre l'U. R. S. S. et le P. C. les relations que tu dis, les camarades seront fixés en temps voulu sur le degré de préparation de l'Armée rouge. — Les camarades, oui. Là-bas, à Paris. Mais pas toi. Et c'est *toi* qui travailles *ici*... — Enfin où veux-tu en venir ? dit Brunet en élevant la voix. Qu'est-ce que tu veux prouver ? Que le P. C. est devenu fasciste ? — Non, mais que la victoire nazie et le pacte germano-soviétique sont deux réalités qui ne plaisent peut-être pas au P. C. mais dont il doit s'accommoder. Et justement tu ne sais pas *comment* il s'en accommode. — Faut-il que je me croise les bras ? — Je ne dis pas cela, dit Schneider. On cause... » Il reprend au bout d'un instant, en passant l'index sur le côté de son gros nez : « Le P. C. n'est pas plus favorable que les nazis aux démocraties capitalistes, quoique pour d'autres raisons. Tant qu'il a été possible d'imaginer une alliance de l'U. R. S. S. et des démocraties de l'Ouest, vous avez choisi pour plateforme la défense des libertés politiques contre la dictature fasciste. Ces libertés sont illusoires, tu le sais mieux que moi. Aujourd'hui, les démocraties sont à genoux, l'U. R. S. S. s'est rapprochée de l'Allemagne, Pétain a pris le pouvoir, c'est dans une société fasciste ou fascisante que le Parti doit continuer son travail. Et toi, sans chefs, sans mots d'ordre, sans contact, sans nouvelles, tu vas reprendre cette plate-forme périmée de ta propre initiative. On parlait tout à l'heure de l'esprit Front Populaire : mais il est mort, le Front Populaire. Mort et enterré. Il avait un sens en 38, dans le contexte historique. Il n'en a plus aucun aujourd'hui. Méfie-toi, Brunet, tu vas travailler dans le noir. » Sa voix était devenue âpre ; il la brise tout d'un coup et reprend avec douceur : « C'est pour ça que je te demandais si tu étais sûr de ton boulot. » Brunet se met à rire : « Allons ! dit-il, tout ça n'est pas si terrible. Groupons les types, tâchons de contrer les curetons et les nazis ; pour le reste on verra bien : les tâches surgissent d'elles-mêmes. » Schneider approuve de la tête : « Bien sûr, dit-il, bien sûr. » Brunet le regarde dans les yeux : « C'est toi qui m'inquiètes, dit-il. Je te trouve bien pessimiste. — Oh! moi, dit Schneider avec indifférence, si tu veux mon avis, je pense que ce que nous ferons n'a aucune importance politique : la situation est abstraite et nous sommes irresponsables. Ceux d'entre nous qui reviendront, plus tard, trouveront une société organisée, avec ses cadres et ses mythes. Sur ce terrain-là, du moins. Parce que d'un autre côté, si nous pouvions rendre un peu de courage aux copains, si nous les empêchons de désespérer, si nous leur donnons une raison de vivre ici, fût-elle illusoire, alors ça vaut la peine d'essayer. — Eh bien, c'est parfait, dit Brunet... Allons! dit-il au bout d'un instant de silence, je vais me promener un peu, puisque c'est ma première sortie. A tout à l'heure. » Schneider le salue avec deux doigts et s'en va. Un esprit négatif, un intellectuel, j'avais bien besoin de m'embarrasser de lui. Drôle de type : tantôt si amical et si chaud, tantôt glacé, presque cynique, où l'ai-je vu? Pourquoi dit-il *les* camarades en parlant des types du Parti et non « *tes* camarades », comme on l'attendrait de lui? Il faudra que je m'arrange pour jeter un coup d'œil sur son livret militaire. Dans la cour endimanchée, les types ont leurs têtes des jours de sortie ; sur tous ces visages lavés, rasés, il y a la même absence. Ils attendent et leur attente a fait lever de l'autre côté de l'enceinte toute une ville de garnisons avec des jardins, des bordels et des cafés. Au milieu de la cour quelqu'un joue de l'harmonica, des couples dansent, la ville fantôme hausse ses toits et ses feuillages par-dessus l'enceinte de la prison, elle se reflète sur les faces aveugles de ces danseurs fantômes. Brunet fait demi-tour, revient dans l'autre cour. Changement de décor : on a déplanté l'église ; les gars jouent aux barres en criant, ils courent comme des fous. Brunet finit par monter sur le petit tertre derrière l'écurie, il regarde les tombes, il se sent à l'aise. On a jeté des fleurs sur la terre battue, on a planté trois petites croix l'une à côté de l'autre. Brunet s'assied entre deux tombes, les morts sont au-dessous de lui, en long ; ça le calme; pour lui aussi, elle viendra un jour, l'innocence. Il déterre une boîte de sardines ouverte et rouillée, il la jette devant lui : c'est un dimanche de pique-nique et de cimetière; je me promenais sur une colline, au-dessous de moi des enfants jouaient aux barres dans une ville et leurs cris montaient vers moi. Où était-ce? Il ne sait plus; il pense : « C'est vrai qu'on va travailler dans le noir. » Alors quoi ? Ne rien faire ? A cette pensée, sa force se révolte. Je reviendrais, à la fin de la guerre, je dirais aux camarades : « Me voilà. J'ai vécu. » Ça serait du propre. M'évader ? Il regarde les murs, ils ne sont pas trop hauts : il suffirait d'atteindre Nancy, les Poullain me cacheraient. Mais il y a ces trois morts au-dessous de lui, il y a les enfants qui crient dans cet après-midi éternel : il applique la paume de ses mains sur la terre fraîche, il décide qu'il ne s'évadera pas. De la souplesse. Grouper les gars et voir venir, leur rendre peu à peu la confiance et l'espoir, en tout cas les inciter à dénoncer l'armistice et puis se tenir prêt à modifier les directives au gré des événements. Le Parti ne nous abandonnera pas, pense Brunet. Le Parti ne *peut pas* nous abandonner. Il se couche tout de son long comme les morts, sur les morts; il regarde le ciel; il se relève, il redescend à pas lents, il pense qu'il est seul. La mort est autour de lui comme une odeur, comme la fin d'un dimanche; pour la première fois de sa vie il se sent vaguement coupable. Coupable d'être seul, coupable de penser et de vivre. Coupable de n'être pas mort. Au-delà des murs il y a des maisons mortes et noires avec tous leurs yeux crevés : l'éternité de la pierre. Cette clameur de foule dominicale monte vers le ciel depuis toujours. Seul Brunet n'est pas éternel : mais l'éternité est sur lui comme un regard. Il marche : quand il rentre, le soir tombe, il s'est promené tout le jour, il avait quelque chose à tuer, il ne sait pas s'il y est arrivé : quand on ne fout rien, on a des états d'âme, c'est forcé. Le couloir du grenier sent la poussière, les cages bourdonnent, c'est la queue du

dimanche qui traîne. Par terre il y a tout un ciel cons-
tellé avec des étoiles filantes : les types fument dans le
noir. Brunet s'arrête, il dit, sans s'adresser à personne
en particulier : « Faites attention si vous fumez :
tâchez de pas foutre le feu à la baraque. » Les types
grognent sous cette voix qui leur tombe d'en haut sur
les épaules. Brunet se tait, désorienté ; il se sent de trop.
Il fait quelques pas encore : un astre rouge jaillit et
roule mollement à ses pieds, il pose son soulier dessus ;
la nuit est douce et bleue, les fenêtres se découpent
dans l'ombre, mauves comme les images qui traînent
dans les yeux quand on a trop longtemps regardé le
soleil. Il ne retrouve pas sa cage, il crie : « Ho ! Schneider ! — Là, là ! dit une voix. Par là ! » Il revient sur ses
pas, un type chante tout doucement, pour lui-même,
« sur la route, la grand-route, un jeune homme chantait », Brunet pense : « Ils aiment le soir. — Par ici,
dit Schneider, avance un peu, tu y es. » Il entre, il
regarde la lucarne à travers les barreaux, il pense à un
bec de gaz qui s'allumait quand la nuit était bleue. Il
s'assied en silence, il regarde la lucarne ; le bec de gaz,
où était-ce ? Autour de lui, les types chuchotent. Le
matin ils crient, le soir ils chuchotent parce qu'ils
aiment le soir ; avec la nuit, la Paix entre à pas de loup
dans la grande boîte obscure, la Paix et les années
anciennes ; on dirait même qu'ils ont aimé leur vie.
« Moi, dit Moûlu, ce serait plutôt un bon demi sans
cravate. A cette heure je serais en train d'en boire un,
au Cadran Bleu, en regardant passer les gens. — Le
Cadran Bleu, où ça perche ? demande le Blondinet.
— Aux Gobelins. Au coin de l'avenue des Gobelins et
du boulevard Saint-Marcel, si tu vois ce que je veux
dire. — Ah ! ben, c'est qu'il y a le cinéma Saint-Marcel ? — A deux cents mètres ; tu parles si je connais,
j'habite en face de la caserne Lourcine. Après le travail
je rentrais chez moi manger un morceau et puis je
redescendais, j'allais au Cadran Bleu ou bien, des fois,
au Canon des Gobelins. Mais au Cadran Bleu il y a un

orchestre. — En douce, il y avait des attractions eulpif au cinéma Saint-Marcel. — Je veux. Il y avait Trenet, il y avait Marie Dubas, je l'ai vue sortir en chair et en os, elle avait une petite bagnole pas plus grande que ça. — J'y allais, moi, dit le Blondinet. J'habite Vanves, je rentrais à pinces quand la nuit était belle. — C'est pas tout près. — Non, mais on est jeune. — Moi, dit Lambert, c'est pas la bière qui me fait défaut, j'y ai jamais fait grand mal. C'est le pinard. Je pouvais m'en jeter deux litres par jour derrière la cravate. Des fois trois. Mais fallait que je les sue. Tu te rends compte si on avait du pinard, ce soir, un bon petit médoc. — Dis donc! dit Moûlu. Trois litres! — Eh bien. — Moi si j'en bois plus d'un, j'ai des aigreurs. — C'est que tu prends du blanc. — Ah! oui, dit Moûlu. Du blanc. Je connais que ça. — Faut pas chercher plus loin. Tiens, ma vieille, elle a soixante-cinq ans, j'habite avec elle. Eh bien, à son âge, elle se tape encore son kil de rouge dans la journée. Seulement, dame, c'est du rouge. » Il se tait un instant, il rêve. Les autres rêvent aussi; ils écoutent tranquillement, sans chercher à interrompre, ces voix qui parlent pour tous. Brunet pense à Paris, à la rue Montmartre, à un petit bar où il allait boire un vin blanc gommé en sortant de *L'Huma*. « Un dimanche comme ça, dit le sergent, je serais allé avec ma femme à mon jardin. J'ai un jardin à vingt-cinq kilomètres de Paris, un peu après Villeneuve-Saint-Georges, il donne de fameux légumes. » Une grosse voix l'approuve de l'autre côté des barreaux : « Ah! C'est de la bonne terre partout par là. — C'est l'heure où on rentrait, dit le sergent. Ou peut-être un peu plus tôt, juste au soleil couchant ; je n'aime pas rouler aux lanternes. Ma femme rapportait des fleurs sur son guidon et moi je mettais des légumes sur mon porte-bagages. — Moi, dit Lambert, je sortais pas le dimanche. Il y a trop de monde dans les rues, et puis dis, je travaille le lundi et c'est pas tout près la gare de Lyon. — Qu'est-ce que tu fous à la gare de Lyon? — Je suis aux Rensei-

gnements ; le bâtiment qui est dehors. Des fois que tu
voudrais faire un petit voyage, tu n'auras qu'à venir
me trouver pour la location. Même la veille : je t'arran-
gerai ça. — Moi, dit Moûlu, je pourrais pas rester chez
moi, ça me donnerait le cafard. Faut dire que je vis seul.
— Même le samedi, dit Lambert, ça se trouvait souvent
que je sortais pas. — Et les souris, alors ? — Les souris ?
Je les faisais monter chez moi. — Chez toi, dit le Blondinet stupéfait. Et qu'est-ce qu'elle en disait, ta vieille ?
— Elle disait rien. Elle nous faisait la soupe et puis elle
s'en allait au cinéma. — Ah ! ben, dit le Blondinet. Tu
peux dire qu'elle est à la coule, quand je pense que ma
mère à moi me foutait des claques, même que j'avais
dix-huit ans, quand elle me rencontrait avec une môme.
— Tu habites avec elle, toi aussi ? — plus maintenant,
je me suis mis en ménage. » Il se tait un instant, puis il
dit : « Ce soir on ne serait pas descendus non plus. On
aurait fait l'amour. » Il y a un long silence, Brunet les
écoute ; il se sent quotidien, il se sent éternel, il dit
presque timidement : « Moi, à cette heure-ci j'étais
dans un bistrot de la rue Montmartre, je buvais un vin
blanc gommé avec les copains. » Personne ne répond,
un type chante *Mon cabanon*, d'une voix cuivrée.
Brunet demande à Schneider : « Qui c'est ce gars-
là ? » Schneider dit : « C'est Gassou, un receveur des
finances, il est de Nîmes. » Le type chante, Brunet
pense : « Schneider n'a pas dit ce qu'il faisait le dimanche. »

En sursaut, long appel mélodieux, qu'est-ce que
c'était ? Blanc le carreau de la lucarne ; sur le plancher
blanc les barreaux projettent leurs ombres, trois heures
du matin. Les vignes moutonnent sous le sulfatage de
la lune, l'Allier se caresse à ses îles touffues, à Pont-de-
Vau-Fleurville les vignerons attendent le train de trois
heures en battant la semelle, Brunet demande gaiement : « Qu'est-ce que c'était donc ? » Il sursaute parce
que quelqu'un lui répond : « Chut ! Chut. Écoute ! » *Je*

ne suis pas à Mâcon dans mon lit, *ce ne sont pas* les grandes vacances. De nouveau le long appel blanc : trois sifflements se tendent, s'étirent, s'effondrent. Quelque chose est arrivé. Le grenier bruisse, l'énorme bête remue sur le plancher ; au fond de la nuit sans âge, une voix de vigie : « Un train! Un train! Un train! » C'était donc ça : le premier train. Quelque chose commence : la nuit abstraite va s'épaissir et revivre, la nuit va se remettre à chanter. Tout le monde se met à parler à la fois : « Le train, le premier train, la voie est réparée, faut reconnaître qu'ils ont fait vinaigre, l'Allemand a toujours été bon ouvrier ; dites donc, c'est leur intérêt, faut qu'ils remettent tout en état ; à ce train-là vous verrez, la France, vous verrez, à ce train-là ; où va-t-il, Nancy, Paris peut-être ; oh les gars, oh les gars, s'il y avait dedans des prisonniers, des prisonniers qui rentrent, vous vous rendez compte ? » Le train roule au-dehors sur une voie de fortune et toute une grande maison sombre est aux aguets. Brunet pense : c'est un train de munitions ; il essaie, par prudence, de refuser son enfance ; il essaie de voir les wagons rouillés, les bâches, un désert de fonte et d'acier ; il ne peut pas : des femmes dorment sous la lumière bleue d'une veilleuse, dans une odeur de saucisson et de vin, un homme fume dans le couloir et la nuit, posée contre les vitres, lui renvoie son image ; demain matin, Paris. Brunet sourit, il se recouche, enroulé dans son enfance, sous la lumière chuchotante de la lune, demain Paris, il somnole, sous la lumière chuchotante de la lune, demain Paris, il somnole dans le train, la tête posée sur une douce épaule nue, il s'éveille dans une lumière de soie, Paris! Il tourne les yeux vers la gauche sans bouger la tête : six chauves-souris s'accrochent aux murs par les pattes, leurs ailes retombent comme des jupes. Il s'éveille tout à fait : les chauves-souris, ce sont les ombres noires des vestes pendues au mur, naturellement Moûlu n'a pas ôté sa veste, l'obliger à la quitter quand il dort. Et à changer de chemise, il finira par

nous coller des poux. Brunet bâille, un matin de plus ;
qu'est-ce que c'était, cette nuit ? Ah! oui, le train. Il se
redresse brusquement, rejette sa couverture et s'assied.
Son corps est de bois, des courbatures en zigzag, une
joie ligneuse dans ses muscles gourds comme si la
rudesse du plancher était passée dans sa chair ; il s'étire,
il pense : « Si j'en reviens, jamais plus je ne coucherai
dans un lit. » Schneider dort encore, la bouche ouverte,
l'air douloureux ; le ch'timi sourit aux anges ; Gassou,
les cheveux ébouriffés, les yeux rouges, pique des
croûtes de pain sur la couverture et les mange ; de
temps à autre, il ouvre la bouche et frotte du pouce
le bout de sa langue pour ôter un crin ou un poil de la
laine qui est resté pris dans une miette ; Moûlu se
gratte la tête avec perplexité, des traînées charbon-
neuses soulignent ses rides, on jurerait qu'il a les yeux
faits : trouver un moyen pour le forcer à se laver ; le
Blondinet cligne des yeux d'un air morne et chercheur,
soudain son visage s'éclaire : « Sans blague! » Sa tête
seule émerge de la couverture, il a l'air étonné et ravi.
« Qu'est-ce qu'il y a, petite tête ? » demande Moûlu.
« Il y a que je bande », dit le Blondinet. « Tu bandes,
dit Moûlu incrédule, ah! je te crois bien! Comme un
foulard! » Le Blondinet rejette sa couverture, sa chemise est retroussée sur ses jambes blondes et velues :
« C'est ma foi vrai, dit Moûlu. Chançard! — Chançard ? dit Gassou d'un air pincé. Moi je trouve plutôt
que c'est un malheur! — Gros jaloux! dit le Blondinet,
tu voudrais bien qu'il t'arrive ce malheur-là. » Moûlu
secoue Lambert par le bras, Lambert crie et sursaute :
« Hé ? — Regarde! » dit Moûlu. Lambert se frotte
les yeux et constate. « Merde! » dit-il simplement. Il
regarde encore : « On peut toucher ? — Ça me ferait
bien mal », dit le Blondinet. « Des fois qu'elle serait
postiche. — Postiche! Postiche! répète le Blondinet
écœuré. Dans le civil je me réveillais tous les matins
avec une trique deux fois grosse comme ça. » Il est
couché sur le dos, les bras en croix, les yeux mi-clos,

avec un sourire enfantin. « Je commençais à m'inquiéter, dit-il, en surveillant entre ses cils son membre qui se soulève et s'abaisse au rythme de sa respiration. C'est que j'ai une femme, moi. » Ils rient. Brunet détourne la tête et la colère lui monte à la gorge. Moûlu dit : « Moi, j'allais au bobinard, c'est te dire : des fois que ça ne me reviendrait pas, je ferais une économie. » Ils rient encore, le Blondinet se flatte le sexe d'une main négligente et paterne, il conclut : « Le paradis terrestre! » Brunet se tourne brusquement vers le Blondinet, il lui dit entre ses dents : « Cache ça! — De quoi? » demande le Frisé d'une voix tout empâtée de volupté. Gassou qui a des lettres dit en singeant Brunet : « Cachez ce sein que je ne saurais voir. — Vous êtes tous des porcs! » dit Brunet sèchement. Ils ont tourné la tête vers lui, ils le regardent et Brunet pense : « Ils ne m'ont pas à la bonne. » Gassou grommelle quelque chose. Brunet se penche vers lui : « Qu'est-ce que tu dis? » Gassou ne répond pas, Moûlu dit avec une rondeur conciliante : « De temps en temps c'est pas un crime de parler d'amour, ça change les idées. — Ce sont les impuissants qui parlent d'amour, dit Brunet. L'amour, on le fait quand on peut. — Et quand on ne peut pas? — On se tait. » Ils ont l'air gênés et sournois ; lentement, à regret, le Blondinet remonte sa couverture. Schneider dort toujours ; Brunet se penche sur le ch'timi et le secoue, le ch'timi grogne et ouvre les yeux : « Gymnastique! » dit Brunet. « Ouais! » dit le ch'timi. Il se lève et prend sa veste, ils descendent dans la cour des écuries. Devant une des baraques le typo, Dewrouckère et les trois chasseurs les attendent. Brunet leur crie de loin : « Ça va? — Ça boume. Tu as entendu le dur, cette nuit? — Oui, répond Brunet agacé, je l'ai entendu. » Son irritation tombe vite : ceux-là sont jeunes, vifs, propres ; le typo a planté son calot de côté avec un soupçon de coquetterie. Brunet leur sourit. Il bruine ; au fond de la cour, la foule attend la messe ; Brunet constate avec plaisir qu'elle est moins nombreuse que le premier dimanche. « Tu as fait ce que je t'ai dit ? » Dewrouckère, sans répondre, ouvre la porte de la baraque : il a répandu de la paille sur le plancher, Brunet respire une odeur humide d'écurie. « Où l'as-tu prise ? » Dewrouckère sourit : « On se démerde. — C'est bien », dit Brunet ; et il les regarde avec amitié. Ils entrent, ils se déshabillent, ils ne gardent que leurs caleçons et leurs chaussettes ; Brunet enfonce ses pieds dans la douceur cassante de la paille, il est satisfait, il dit : « Allons-y. » Les types se mettent en rang, le dos tourné à la porte. Brunet, en face d'eux, fait les mouvements en comptant. Ils l'imitent et leur souffle chuinte à travers leurs dents. Brunet les regarde avec plaisir pendant qu'ils s'accroupissent sur leurs talons, les mains derrière la nuque, costauds, avec de longs muscles en fuseau, Dewrouckère et Brunet sont les plus forts, mais ils ont des muscles en boule ; le typo est trop maigre ; Brunet le considère avec un peu d'inquiétude et puis une idée lui vient, il se redresse, il crie : « Arrêtez. » Le typo a l'air heureux qu'on s'arrête, il souffle. Brunet vient à lui : « Dis donc ! Tu es bien maigre ! — Depuis le vingt juin, j'ai perdu six kilos. — Comment le sais-tu ? — Il y a une balance à l'infirmerie. — Il faut reprendre, dit Brunet. Tu ne manges pas assez. — Comment veux-tu ?... — Il y a un moyen bien simple, dit Brunet, on va te donner chacun un bout de nos portions. — Je... » dit le typo. Brunet lui impose silence : « C'est moi le médecin et je t'ordonne la suralimentation. D'accord ? » demande-t-il, tourné vers les autres. « D'accord », disent-ils. « Bon, eh bien, tu passeras tous les matins dans les chambrées pour faire ta collecte. Au temps. » Flexion et rotation du tronc ; au bout d'un moment le typo chancelle, Brunet fronce les sourcils : « Qu'est-ce qu'il y a encore ? » Le typo sourit d'un air d'excuse : « C'est un peu dur. — Ne t'arrête pas, dit Brunet, ne t'arrête surtout pas. » Les troncs tournent comme des roues, les têtes défient le ciel et se jettent entre les jambes, se relèvent, se pré-

cipitent de nouveau. *Assez!* Ils se couchent sur le dos
pour faire les mouvements abdominaux, on finira par
le pont arrière : ça les amuse parce qu'ils se prennent
pour des catcheurs. Brunet sent ses muscles qui travaillent, une longue douleur fine lui tire l'aine, il est
heureux ; c'est le seul bon moment de la journée, les
poutres noires du plafond roulent en arrière, la paille
lui saute au visage, il respire son odeur jaune, ses mains
la touchent très loin en avant de ses pieds. « Allez! dit-il.
Allez! — Ça tire », dit le chasseur. « Tant mieux. Allez!
Allez! » Il se relève : « C'est à toi, Marbot! » Marbot
faisait du catch avant la guerre ; il est masseur de son
métier. Il s'approche de Dewrouckère et le saisit par
la taille ; Dewrouckère rit, chatouillé, et se laisse tomber
en arrière sur les mains renversées. C'est au tour de
Brunet, il sent ces poignes chaudes plaquées sur ses
flancs, il se jette en arrière : « Non, non, dit Marbot,
ne te crispe pas. En souplesse, nom de Dieu, pas en
force. » Brunet tire sur ses cuisses, ça craque, il est
trop vieux, trop noué, il touche à peine le sol du bout
de ses doigts, il se relève, content tout de même, il sue,
il leur tourne le dos et sautille sur place. « Arrêtez! »
Il se retourne brusquement : le typo est tombé dans les
pommes. Marbot le dépose doucement dans la paille, il
dit avec un léger reproche : « C'est trop dur pour lui.
— Mais non, dit Brunet agacé. C'est seulement qu'il
n'a pas l'habitude. » D'ailleurs le typo rouvre les yeux.
Il est pâle et souffle péniblement : « Alors, petit cheval? » demande Brunet amicalement. Le typo lui sourit
avec confiance : « Ça va, Brunet, ça va. Je m'excuse,
je... — Bon, bon, dit Brunet, tu seras meilleur si tu
bouffes davantage. C'est tout pour aujourd'hui, les gars.
A la douche et au pas de gymnastique. » En caleçon,
leurs vêtements sous le bras, ils courent jusqu'au tuyau
d'arrosage ; ils jettent leurs vêtements sur une toile de
tente, en font un paquet imperméable, se douchent sous
la bruine. Brunet et le typo tiennent la lance et dirigent
le jet sur Marbot. Le typo jette un regard anxieux à

Dewrouckère, se racle la gorge et dit à Brunet : « On voudrait te causer. » Brunet se tourne vers lui sans lâcher la lance : le typo baisse les yeux, Brunet est légèrement irrité : il n'aime pas faire peur. Il dit sèchement : « Cet après-midi à trois heures dans la cour. » Marbot se frictionne avec un lambeau de chemise kaki et se rhabille. Il dit : « Hé! les gars ; il y a du nouveau! » Un grand noireau pérore au milieu d'un groupe de prisonniers : « C'est Chaboche, le secrétaire, dit Marbot, très excité. Je vais voir ce qu'il y a. » Brunet le regarde s'éloigner : l'imbécile n'a pas pris le temps de remettre ses molletières, il en tient une dans chaque main. « Qu'est-ce que tu crois que c'est? » demande le typo. Il a pris un ton détaché, mais sa voix ne trompe pas : c'est la voix qu'ils prennent tous, cent fois par jour, leur voix d'espoir. Brunet hausse les épaules : « Ce sera les Russes qui auront débarqué à Brême ou les Anglais qui auront demandé l'armistice : ça ne change pas. » Il regarde le typo sans sympathie. Le petit gars meurt d'envie d'aller rejoindre les autres, mais il n'ose pas. Brunet ne lui sait aucun gré de sa timidité : dès que j'aurai tourné le dos, il filera là-bas, il se plantera devant Chaboche, les yeux écarquillés, les narines dilatées, les oreilles largement ouvertes, tout en trous. « Douche-moi », dit Brunet. Il ôte son caleçon, sa chair jubile sous la grêle astringente, boules de grêle, million de petites boules de chair, force ; il se frotte le corps avec les mains, les yeux fixés sur les badauds ; Marbot s'est glissé au milieu du groupe, il lève vers l'orateur son nez retroussé. Bon Dieu, si seulement ils pouvaient perdre l'espoir ; si seulement ils avaient *quelque chose à faire*. Avant la guerre, c'était le travail qui leur servait de pierre de touche, qui décidait de la vérité, qui réglait leurs rapports au monde. A présent qu'ils ne foutent plus rien, ils croient que tout est possible, ils rêvent, ils ne savent plus ce que c'est que le vrai. Ces trois promeneurs, souples et lents, qui avancent par longues ondulations naturelles, avec des sou-

323

rires végétaux sur le bas du visage, sont-ils éveillés ? De temps en temps un mot roule hors de leur bouche, comme en rêve, et ils ne semblent pas s'en apercevoir. A qui rêvent-ils ? Ils fabriquent du matin au soir, comme une autotoxine, le sensationnel dont ils sont sevrés ; ils se racontent au jour le jour l'histoire qu'ils ont cessé de faire : une histoire pleine de coups de théâtre et de sang. « Ça va comme ça. » Le jet s'abaisse, bouillon d'écume entre les cailloux, Brunet s'essuie, Marbot revient vers eux, l'air aveugle et glorieux. Il se dandine un moment puis se décide à parler. Il dit avec un détachement feint : « Il va y avoir des visites. » Le visage du typo s'empourpre : « Quoi ? *Quelles* visites ? — Les familles. — Vraiment ? dit Brunet avec ironie. Et quand ça ? » Marbot se relève prestement et le regarde dans les yeux d'un air sensationnel : « Aujourd'hui. — Bien sûr, dit Brunet. Et on a commandé vingt mille lits pour que les prisonniers puissent faire l'amour avec leurs femmes. » Dewrouckère rit ; le typo n'ose pas ne pas rire, mais ses yeux restent affamés. Marbot sourit avec tranquillité : « Non, non, dit-il. Officiel ! C'est Chaboche qui le dit. — Ah ! Si c'est Chaboche ! » dit Brunet en se marrant. « Il dit que ça sera affiché ce matin. — Affiché sur mon cul », dit Dewrouckère. Brunet lui sourit. Marbot a l'air surpris. « C'est sérieux ; à Gartiser aussi on l'a dit, c'est un camionneur allemand qui le lui a dit, paraît qu'elles viennent d'Épinal et de Nancy. — Qui ça, elles ? — Eh bien, les familles donc. Elles se sont amenées hier en vélo, à pied, en carrioles, dans le train de marchandises, elles ont couché sur des paillasses, à la mairie, et elles sont allées supplier, ce matin, le commandant allemand, tiens, dit-il. *Tiens !* Voilà l'affiche. » Un type est en train de coller un papillon sur la porte, c'est la ruée, la foule moutonne autour du perron ; Marbot montre la porte d'un geste large : « Alors ? demande-t-il triomphalement, c'est-il sur ton cul qu'elle est collée l'affiche ? C'est-il sur ton cul ? » Dewrouckère hausse les épaules. Brunet enfile

lentement chemise et pantalon, agacé d'avoir eu tort.
Il dit : « Salut les gars. Vous fermerez le robinet. » Il
va tranquillement se joindre à la foule qui se presse
contre la porte ; il reste une chance que ce ne soit qu'un
bouthéon comme les autres, Brunet déteste les petits
bonheurs immérités qui viennent combler de temps
en temps les cœurs lâches, un rab de soupe, la visite
des familles, ça complique le travail. Il lit de loin, par-
dessus les têtes : « Le commandant du camp autorise
les prisonniers à recevoir les visites de leurs familles
(parenté directe). Une salle du rez-de-chaussée sera
aménagée à cet effet. Les visites auront lieu jusqu'à
nouvel ordre le dimanche de quatorze à dix-sept heures.
En aucun cas elles ne pourront dépasser vingt minutes.
Si la conduite des prisonniers ne justifie pas cette
mesure exceptionnelle, elles seront suspendues. » God-
chaux lève la tête avec un râle heureux : « Faut leur
rendre cette justice : ils ne sont pas vaches. » A la gauche
de Brunet, le petit Gallois se met à rire. Un drôle de rire
endormi. « Qu'est-ce que tu as à rire ? » demande Brunet. « Hé ! dit Gallois, ça vient. Ça vient petit à petit.
— Qu'est-ce qui vient ? » Gallois a l'air déconcerté, il
fait un geste vague, cesse de rire, et répète. « Ça vient. »
Brunet fend la foule et s'engage dans l'escalier : autour
de lui, dans l'ombre du rez-de-chaussée, ça grouille,
c'est une termitière, en levant la tête il voit des mains
d'un bleu pâle sur la rampe et une longue spirale
oscillante de visages bleus, il pousse, on le pousse, il
se hisse en tirant sur les barreaux, on l'écrase contre
la rampe qui fléchit ; toute la journée les types montent
et descendent sans la moindre raison ; il pense : « Rien
à faire : ils ne sont pas assez malheureux. » Ils sont
devenus rentiers, propriétaires, la caserne est à eux,
ils organisent des expéditions sur le toit, dans les caves,
ils ont découvert des livres dans un cellier. Bien sûr
il n'y a pas de médicaments à l'infirmerie et pas de
vivres à la cuisine, mais il y a une infirmerie, il y a une
cuisine, il y a un secrétariat et même des coiffeurs :

ils se sentent administrés. Ils ont écrit à leurs familles et, depuis deux jours, le temps des villes s'est remis à couler. Quand la Kommandantur leur a prescrit de régler leurs montres sur l'heure allemande, ils se sont empressés d'obéir, même ceux qui, depuis le mois de juin, portaient en signe de deuil des montres mortes à leur poignet : cette durée vague qui croissait en herbe folle s'est militarisée, on leur a prêté du temps allemand, du vrai temps de vainqueur, le même qui coule à Dantzig, à Berlin : du temps sacré. Pas assez malheureux : encadrés, administrés, nourris, logés, gouvernés, irresponsables. Cette nuit il y a eu ce train et voilà que les familles vont venir, les bras chargés de conserves et de consolations. Que de criailleries, de pleurs, de baisers ! « Ils avaient bien besoin de ça ; jusqu'ici au moins ils étaient modestes. A présent ils vont se sentir intéressants. » Leurs femmes et leurs mères ont eu tout le temps de se créer le grand mythe héroïque du Prisonnier, elles vont les en infecter. Il arrive au grenier, suit le couloir, entre dans sa cage et regarde ses compagnons avec colère. Ils sont là, couchés comme d'ordinaire, à ne rien faire, à rêver leur vie, confortables et mystifiés ; Lambert, les sourcils hauts, l'air boudeur et surpris, lit *Les Petites Filles modèles*. Il suffit d'un coup d'œil pour comprendre que la nouvelle n'est pas encore parvenue au grenier. Brunet hésite : va-t-il la leur annoncer ? Il imagine leurs yeux brillants, leur excitation cancanière. « Ils le sauront toujours assez tôt. » Il s'assied en silence. Schneider est descendu se laver ; le ch'timi n'est pas encore remonté, les autres regardent Brunet d'un air consterné. « Qu'est-ce qu'il y a encore ? » demande Brunet. Ils ne répondent pas tout de suite, puis Moûlu dit en baissant la voix : « Il y a des poux à la 6. » Brunet sursaute et fait la grimace. Il se sent nerveux, il s'énerve encore davantage, il dit avec violence : « Je ne veux pas de poux ici. » Il s'arrête brusquement, se mord la lèvre inférieure, et regarde les types avec incertitude. Personne ne réagit : les visages qui se tournent vers lui restent ternes et vaguement penauds. Gassou demande : « Dis, Brunet, qu'est-ce qu'on va faire ? » Oui, oui, vous ne m'aimez pas beaucoup, mais quand il y a un coup dur c'est moi que vous allez chercher. Il répond, plus doucement : « Vous n'avez pas voulu déménager quand je vous l'ai dit... — Déménager où ? — Il y avait des piaules de libres. Lambert, je t'avais demandé de voir si la cuisine était libre au rez-de-chaussée. — La cuisine ! dit Moûlu, merci, coucher sur le carrelage, il y a de quoi prendre la chiasse et puis c'est plein de cafards. — Ça vaut mieux que les poux. Lambert, je te parle ! Y as-tu été ? — Oui. — Alors ? — Occupée. — Et voilà : il y a huit jours que tu aurais dû y aller. » Il sent que ses joues se congestionnent, sa voix s'élève, il crie : « Il n'y aura pas de poux ici ! Il n'y en aura pas ! — Là ! là ! dit le Blondinet. T'emballe pas ; c'est pas notre faute. » Mais le sergent crie à son tour : « Il a raison de gueuler ! Il a raison ! J'ai fait toute la guerre de 14, moi, et j'ai jamais eu des poux, je vais pas commencer aujourd'hui par la faute de morpions comme vous qui ne savent même pas se laver ! » Brunet s'est ressaisi ; il dit d'une voix tranquille : « Il faut prendre des mesures immédiates. » Le Blondinet ricane : « Nous, on veut bien, mais, lesquelles ? — Primo, dit Brunet, vous passerez *tous* tous les matins à la douche. Deuxièmement chacun s'épouillera *tous les soirs*. — Qu'ça veut dire ? — Vous vous foutez à poil, vous prenez vos vestes, vos caleçons, vos chemises et vous regardez s'il y a des lentes dans les coutures. Si vous portez des ceintures de flanelle, c'est là qu'elles se mettent de préférence. » Gassou soupire : « C'est gai ! — En vous couchant, poursuit Brunet, vous suspendez vos affaires aux clous, y compris les chemises : nous dormirons à poil dans les couvertures. — Merde alors ! dit Moûlu. Je vais baiser une bronchite, moi. » Brunet se tourne vivement vers lui. « J'en viens à toi, Moûlu. Tu es un nid à poux, ça ne peut pas durer. — C'est pas vrai ! dit Moûlu suffoqué par l'indignation. C'est pas vrai, j'ai pas de poux. — Peut-être bien que tu n'en as pas à présent, mais s'il y en a un dans un rayon de vingt kilomètres il rappliquera sur toi, aussi sûr que nous avons perdu la guerre. — Y a pas de raison, dit Moûlu, d'un air pincé. Pourquoi sur moi et pas sur toi ? Y a vraiment pas de raison. — Il y en a une, dit Brunet d'une voix tonnante, c'est que tu es sale comme un cochon ! » Moûlu lui jette un regard venimeux, il ouvre la bouche, mais déjà tous les autres se sont mis à rire et à crier : « Il a raison, tu pues, tu cognes, tu sens la petite fille qui se néglige, tu es cradeau, tu es cracra, moi, tu me coupes l'appétit, je peux plus bouffer quand je te regarde ! » Moûlu se redresse et les toise. « Je me lave, dit-il avec surprise. Je me lave peut-être plus que vous. Seulement je ne suis pas comme certains qui se foutent à poil au milieu de la cour d'honneur, histoire de se faire remarquer. » Brunet lui met le doigt sous le nez : « Tu t'es lavé hier ? — Mais naturellement. — Alors fais voir tes pieds. » Moûlu saute en l'air : « T'es pas sinoque ? » Il ramène ses jambes sous lui et s'assied sur ses talons, à la turque : « Plus souvent que je ferai voir mes pieds. — Ôtez-lui ses grolles », dit Brunet. Lambert et le Blondinet se jettent sur Moûlu, le ceinturent et le clouent sur le sol à la renverse, Gassou lui chatouille les flancs. Moûlu frissonne, râle, bave, rit et soupire : « Arrêtez ! Arrêtez, les gars ! Faites pas les cons ! Je peux pas supporter les chatouilles. — Alors, dit le sergent, tiens-toi peinard. » Moûlu reste coi, encore secoué de frissons ; Lambert s'est assis sur sa poitrine ; le sergent lui délace le soulier droit, tire, le pied jaillit, le sergent pâlit, lâche le soulier et se relève subitement : « Bon Dieu ! dit-il. — Oui, dit Brunet, bon Dieu ! » Lambert et le Blondinet se relèvent en silence, ils regardent Moûlu avec une surprise admirative. Moûlu, calme et digne, se rassied. Une voix furieuse crie de la cage voisine : « Hé ! les gars de la 4 ! Qu'est-ce que vous foutez ? Ça cocotte, chez vous, ça pue le beurre rance. — C'est Moûlu qui se déchausse », dit Lambert avec simplicité. Ils regardent le pied de Moûlu : le gros orteil sort, noir, de la chaussette trouée. « T'as vu la plante des pieds? demande Lambert. C'est plus de la chaussette, c'est de la dentelle. » Gassou respire dans son mouchoir. Le Blondinet hoche la tête et répète avec une sorte de respect : « Ah! la vache! Ah! la vache. — C'est marre, dit Brunet. Cache ça! » Moûlu rentre précipitamment son pied dans le soulier. « Moûlu, poursuit Brunet sérieusement, tu es un danger public. Tu vas me faire le plaisir d'aller prendre une douche et tout de suite. Si tu n'es pas lavé dans une demi-heure, tu n'auras pas à bouffer et tu ne coucheras pas ici ce soir. » Moûlu le regarde avec haine, mais il se lève sans protester, il dit seulement : « Alors, c'est toi qui commandes, ici? » Brunet évite de répondre ; Moûlu sort, les types rigolent, Brunet ne rigole pas ; il pense aux poux, il pense : « En tout cas, *moi*, je n'en aurai pas. » « Quelle heure est-il? demande le Blondinet, j'ai l'estomac dans les talons. — Midi », dit le sergent. « Midi, c'est l'heure de la distribution, qui c'est qui est de corvée? — C'est Gassou. — Eh bien grouille, Gassou. — On a bien le temps », dit Gassou. « Grouille, je te dis, quand tu es de corvée, on est toujours servis les derniers. — Ça va! » Gassou enfonce rageusement son calot et sort. Lambert s'est remis à lire. Brunet sent des démangeaisons nerveuses lui courir entre les omoplates ; Lambert se gratte la cuisse en lisant, le Blondinet le regarde : « Tu as des poux? — Non, dit Lambert, mais c'est depuis qu'on en parle. — Tiens! dit le Blondinet, moi aussi. » Il se gratte dans le cou : « Brunet, ça ne te démange pas? — Non », dit Brunet. Ils se taisent, le Blondinet se gratte avec un sourire crispé, Lambert lit et se gratte ; Brunet enfonce ses mains dans ses poches et ne se gratte pas. Gassou reparaît sur le seuil, l'air orageux : « Est-ce que vous vous foutez de moi? — Où est le pain? — Le pain? Espèce de tordu, il n'y a personne en bas, les cuisines ne sont même pas ouvertes. » Lambert lève un visage effaré : « C'est-il que ça va recommencer comme en

329

juin? » Leurs âmes prophétiques et paresseuses sont toujours prêtes à croire le pire ou le meilleur. Brunet se tourne vers le sergent : « Quelle heure as-tu? — Midi dix. — Tu es sûr que ta montre marche? » Le sergent sourit et regarde sa montre avec complaisance. « C'est une montre suisse », dit-il simplement. Brunet crie aux types de la cage voisine : « Quelle heure avez-vous? — Onze heures dix », répond une voix. Le sergent triomphe: « Qu'est-ce que je vous avais dit? — Tu nous as dit : midi dix, pochetée », dit Gassou avec rancune. « Eh bien oui : midi dix à l'heure de France, onze heures dix à l'heure des Boches. — Connard! » dit Gassou rageusement. Il enjambe le corps de Lambert et se laisse tomber sur la couverture. Le sergent poursuit tranquillement : « C'est tout de même pas quand la France est dans la merde que je vais lâcher l'heure française! — Il n'y a plus d'heure française, eh! fada. De Marseille à Strasbourg les Fritz ont imposé la leur. — Peut se faire, dit le sergent, paisible et têtu. Mais celui qui me fera changer *mon* heure il est pas encore né. » Il se tourne vers Brunet et il explique : « Quand les Fritz auront pris la déculottée, vous serez bien contents de la retrouver. — Hé! crie Lambert, visez Moûlu en homme du monde. » Moûlu rentre, rose et frais, avec un air de dimanche. Les types se mettent à rire : « Alors, Moûlu, elle était bonne? — Quoi? — L'eau. — Oui, oui, dit Moûlu distraitement, très bonne. — Parfait, dit Brunet. Eh bien, dorénavant, tu nous montreras tes pieds chaque matin. » Moûlu n'a pas l'air d'entendre, il arbore un sourire important et mystérieux. « Il y a des nouvelles, les gars, tenez-vous bien! — Quoi, quoi? Des nouvelles, quelles nouvelles? » Les visages brillent, rougissent, s'épanouissent, Moûlu dit : « On va recevoir des visites! » Brunet se lève sans bruit et sort, ça crie derrière son dos, il presse le pas, il s'enfonce dans la forêt grimpante de l'escalier, la cour est grouillante, les types tournent lentement dans la bruine, les uns derrière les autres ; ils regardent tous à l'intérieur du cercle qu'ils décrivent ; toutes les fenêtres sont garnies de têtes qui regardent : il est arrivé quelque chose. Brunet entre dans le rang, il se met à tourner aussi mais sans curiosité : tous les jours à cette même place quelque chose arrive, des types qui s'immobilisent et paraissent attendre, les autres tournent autour d'eux en les regardant. Brunet tourne, le sergent André lui sourit : « Tiens, voilà Brunet, je parie qu'il cherche Schneider. — Tu l'as vu ? » demande vivement Brunet. « Je veux, dit André en rigolant. Même qu'il te cherche. » Il se tourne vers les autres et ricane : « Ces deux-là, c'est cul et chemise, toujours ensemble ou à se courir après. » Brunet sourit : cul et chemise, pourquoi pas ? Son amitié avec Schneider, il la tolère parce qu'elle ne lui prend pas de temps : c'est comme une relation de paquebot, elle n'engage pas ; s'ils reviennent jamais de captivité, ils ne se verront plus. Une amitié sans exigences, sans droit, sans responsabilité : tout juste un peu de chaleur au creux de l'estomac. Il tourne, André tourne à côté de lui, en silence. Au centre de ce lent maelström, il y a une zone de calme absolu : des hommes en capote, assis par terre ou sur leurs musettes. André arrête Clapot au passage : « Qu'est-ce que c'est que ces gars-là ? — C'est des punis », dit Clapot. « Des quoi ? » Clapot se dégage avec impatience : « Des punis, je te dis. » Ils se remettent à tourner sans quitter des yeux ces hommes immobiles et muets. « Des punis ! grommelle André. Première fois que je vois des punis. Punis pour quoi ? Qu'est-ce qu'ils ont fait ? » Brunet s'épanouit : Schneider est là, rejeté sur le bord du maelström, il examine la petite troupe des punis en se frottant le nez. Brunet aime bien cette façon qu'a Schneider de pencher la tête de côté ; il pense avec plaisir : « Nous allons causer. » Schneider est très intelligent. Plus intelligent que Brunet. Ça n'est pas tellement important l'intelligence, mais ça rend les relations agréables. Il met la main sur l'épaule de Schneider et lui sourit ; Schneider lui retourne un sourire sans gaieté. Brunet se demande quelquefois si

Schneider a plaisir à le voir : ils ne se quittent guère mais, si Schneider a de la sympathie pour Brunet, il ne la manifeste pas souvent. Au fond, Brunet lui en sait gré : il a horreur des démonstrations. « Alors ? demande André, tu l'as trouvé, ton Schneider. » Brunet rit, Schneider ne rit pas. André demande à Schneider : « Dis ! Pourquoi sont-ils punis ? — Qui ? — Ces gars là ? — Ils ne sont pas punis, dit Schneider. C'est les Alsaciens. Tu ne vois pas Gartiser, au premier rang ? — Ah ! Comme ça ! dit André. Comme ça ! » Il a l'air satisfait, il reste un moment près d'eux, les mains dans les poches, renseigné, assouvi ; puis il se trouble brusquement : « Pourquoi sont-ils là ? » Schneider hausse les épaules : « Va le leur demander ». André hésite puis il s'approche d'eux à pas lents en feignant l'indifférence. Les Alsaciens, raides et inquiets, assis tout droits, dans l'insécurité, leurs capotes autour d'eux, comme des jupes, ont l'air d'émigrants sur un pont de bateau. Gartiser est assis en tailleur, les mains à plat sur les cuisses, ses gros yeux de poule roulent dans sa large face. « Alors, les gars, dit André, il y a du neuf ? » Ils ne répondent pas ; le visage incertain d'André se balance au-dessus de leurs crânes baissés. « Il y a du neuf ? » Pas de réponse. « Je croyais qu'il y avait du neuf, moi, à vous voir assis en rond. Hé, Gartiser ? » Gartiser s'est décidé à lever la tête, il regarde André avec morgue. « Comment ça se fait que vous soyez rassemblés, les Alsaciens ? — Parce qu'on nous l'a commandé. — Mais les capotes, les bardas, on vous a dit de les prendre ? — Oui. — Pourquoi ? — Sais pas. » Le visage d'André est pourpre d'excitation : « Enfin, vous avez bien une idée ? » Gartiser ne répond pas ; derrière lui on parle alsacien avec impatience. André se raidit, offensé : « Ça va, dit-il. Cet hiver, vous étiez moins fiers, vous ne l'auriez pas ramené, avec votre patois, mais maintenant qu'on est battus, vous ne savez plus causer français. » Les têtes ne se lèvent même pas ; l'alsacien, c'est ce bruissement continu et naturel de feuillage sous le vent. André ricane, le regard fixé sur ce parterre de crânes : « C'est que c'est pas marrant d'être Français au jour d'aujourd'hui, hein, les gars ? — T'en fais pas pour nous, lui dit vivement Gartiser, on va pas le rester longtemps. » André hésite, fronce les sourcils, cherche la repartie cinglante et ne la trouve pas. Il fait demi-tour et revient vers Brunet : « Et voilà! » Derrière le dos de Brunet des voix s'élèvent, irritées : « Qu'est-ce que t'as besoin de leur parler, aussi ? T'as qu'à les laisser tranquilles, c'est des Boches. » Brunet les regarde ; visages aigres et blêmes, du lait tourné : l'envie. L'envie des petits bourgeois, des petits commerçants de quartier, ils ont envié les fonctionnaires puis les affectés spéciaux. A présent, les Alsaciens. Brunet sourit : il regarde ces yeux enflammés par le dépit, ils sont vexés d'être Français : c'est déjà mieux que la résignation passive ; même l'envie, ça doit pouvoir se travailler. « Est-ce qu'ils t'ont jamais prêté quelque chose à toi, ou donné un coup de main ? — T'es pas fou ? Moi j'en ai vu qui avaient de la barbaque, les premiers jours, ils te la bouffaient sous le nez, ils t'auraient laissé crever la gueule ouverte. » Les Alsaciens entendent ; ils tournent vers les Français leurs visages rouges et blonds, peut-être que ça va cogner. Un cri rauque : les Français font un bond en arrière, les Alsaciens sautent sur leurs pieds et se mettent au garde-à-vous : sur les marches du perron un officier allemand vient d'apparaître, long et fragile, avec des yeux caves dans une face barbouillée. Il parle, les Alsaciens écoutent, Gartiser, écarlate, tend le cou. Les Français écoutent aussi, sans comprendre, avec un intérêt plein de considération. Leur colère s'est calmée : ils ont conscience d'assister à une cérémonie officielle. Une cérémonie, c'est toujours flatteur. L'offi-cier parle, le temps coule, raide et sacré, cette langue étrange, c'est comme le latin d'une messe ; les Alsa-ciens, personne n'ose plus les envier : ils ont revêtu la dignité d'un chœur. André hoche la tête, il dit : « C'est pas si laid comme langue, leur charabia. » Brunet ne répond pas : ce sont des singes, ils ne peuvent pas tenir plus de cinq minutes leurs colères. Il demande à Schneider : « Qu'est-ce qu'il raconte ? — Il leur dit qu'ils sont libérés. » La voix du commandant sort par saccades enthousiastes de sa face noire ; il crie, mais ses yeux ne brillent pas. « Qu'est-ce qu'il dit ? » Schneider traduit à voix basse : « Grâce au Führer, l'Alsace va rentrer dans le sein de la mère patrie. » Brunet se tourne vers les Alsaciens : mais ils ont des visages lents, toujours en retard sur leurs passions. Deux ou trois, cependant, ont rougi. Brunet s'amuse. La voix allemande s'élève et se précipite, saute de palier en palier, l'officier a levé les poings au-dessus de sa tête, il rythme avec les coudes sa voix de gloire, tout le monde est ému, comme au passage du drapeau, de la musique militaire ; les deux poings s'ouvrent et sautent en l'air, les types tressaillent, l'officier a hurlé : « Heil Hitler! » Les Alsaciens ont l'air pétrifié ; Gartiser se retourne vers eux et les foudroie du regard, puis il fait face au commandant, jette les bras en avant et crie : « Heil! » Il y a un silence imperceptible et puis des bras se lèvent ; malgré lui, Brunet saisit le poignet de Schneider et le serre fortement. A présent ça crie. Il y en a qui crient « Heil » avec une sorte d'emportement et d'autres ouvrent simplement la bouche sans émettre un son, comme les gens qui font semblant de chanter à l'église. Au dernier rang, tête baissée, les mains enfoncées dans ses poches, un grand gaillard a l'air de souffrir. Les bras s'abaissent, Brunet lâche le poignet de Schneider ; les Français se taisent, les Alsaciens se remettent au garde-à-vous, ils ont des visages de marbre blanc, aveugles et sourds, sous la flamme d'or de leurs cheveux. Le commandant jette un ordre, la colonne s'ébranle, les Français s'écartent, les Alsaciens défilent entre deux haies de curieux. Brunet se retourne, il regarde les visages haletants de ses camarades. Il voudrait y lire la fureur et la haine, il n'y voit qu'un doux désir clignotant. Au loin la grille s'est ouverte ; debout sur le perron le commandant allemand

regarde avec un sourire bon la colonne qui s'éloigne.
« Tout de même, dit André. Tout de même. — Merde
alors, dit un barbu, quand je pense que je suis né à
Limoges... » André hoche la tête, il répète. « Tout de
même ! — Qu'est-ce qu'il y a qui ne va pas ? » lui demande
Charpin le cuistot. « Tout de même ! » dit André. Le
cuistot a l'air gai et animé ; il demande : « Eh dis donc,
petite tête, s'il suffisait que tu cries " Heil Hitler "
pour qu'ils te renvoient chez toi, tu crierais pas ? Ça
n'engage à rien. Tu cries, mais tu ne dis pas ce que tu
penses. — Oh ! moi, bien sûr, dit André, moi je crierais ce qu'on voudra, mais eux autres c'est pas pareil :
ils sont Alsaciens ; ils ont des devoirs envers la France. »
Brunet fait un signe à Schneider ; ils s'échappent, ils
se réfugient dans l'autre cour qui est déserte. Brunet
s'adosse au mur, sous le préau, face aux écuries ; non
loin d'eux, assis par terre, entourant ses genoux de ses
bras, il y a un long soldat au crâne pointu, aux cheveux
rares. Mais il ne gêne pas. Il a l'air de l'idiot du village.
Brunet regarde ses pieds. Il dit : « Les deux socialistes
alsaciens, tu as vu ? — Quels socialistes ? — Chez les
Alsaciens : on avait repéré deux socialistes ; Dewrouckère
les avait contactés la semaine dernière, ils voulaient
tout bouffer. — Eh bien ? — Ils ont levé le bras avec
les autres. » Schneider ne répond rien : Brunet fixe
son regard sur l'idiot du village, c'est un jeune homme, avec un nez busqué, ciselé, un nez de riche ; sur
sa face d'élite, modelée par trente ans de vie bourgeoise,
avec des rides en finesse, des transparences et toutes
les sinuosités de l'intelligence, l'égarement tranquille
des bêtes s'est installé. Brunet hausse les épaules :
« C'est tout le temps la même histoire : un jour tu
touches un type, il est d'accord : le lendemain plus
personne, il a changé de carrée, ou bien il fait semblant de ne pas te connaître. » Il montre du doigt
l'idiot : « J'étais habitué à travailler avec des hommes.
Mais pas avec ça. » Schneider sourit : « *Ca* c'était
un ingénieur de chez Thompson. Ce qu'on appelle

un garçon d'avenir. — Eh bien, dit Brunet, il a son avenir derrière lui, à présent. — Au fait, demande Schneider, combien sommes-nous ? — Je te dis que je ne peux pas arriver à le savoir ; ça flotte. Enfin, admets que nous soyons une centaine. — Cent sur trente mille ? — Oui. Cent sur trente mille. » Schneider a posé la question d'une voix neutre ; il ne fait aucun commentaire : pourtant Brunet n'ose pas le regarder. « Il y a quelque chose qui ne tourne pas rond, poursuit Brunet. En calculant sur les bases de 36, nous devrions pouvoir regrouper un bon tiers des prisonniers. — Nous ne sommes plus en 36, dit Schneider. — Je sais », dit Brunet. Schneider se touche la narine du bout de l'index : « Ce qu'il y a, c'est que nous recrutons surtout les râleurs. Ça explique l'instabilité de notre clientèle. Un râleur, ce n'est pas forcément un mécontent ; au contraire il est content de râler. Si tu lui proposes de tirer les conséquences de ce qu'il dit, il prétend qu'il est d'accord naturellement pour ne pas avoir l'air de se dégonfler, mais dès que tu as le dos tourné, il se transforme en courant d'air : j'en ai fait dix fois l'expérience. — Moi aussi », dit Brunet. « Il faudrait pouvoir recruter les vrais mécontents, dit Schneider, tous les braves types de gauche qui lisaient *Marianne* et *Vendredi*, qui croyaient à la démocratie et au progrès. — Eh bien oui! » dit Brunet. Il regarde les croix de bois au sommet du tertre et l'herbe vernie par la bruine ; il ajoute : « De temps en temps je croise un gars tout seul qui traîne la semelle avec un air de grand convalescent et je me dis : en voilà un. Mais qu'est-ce que tu veux faire? Dès que tu t'approches ils prennent peur. On dirait qu'ils se méfient de tout. — Ça n'est pas tout ça, dit Schneider. Je crois plutôt que ce sont des pauvres honteux. Ils savent qu'ils sont les grands vaincus de la guerre et qu'ils ne s'en relèveront jamais. — Au fond, dit Brunet, ils ne tiennent pas à reprendre la lutte : ils aiment mieux se persuader que leur défaite est irrémédiable ; c'est plus flatteur. » Schneider dit entre ses dents, d'un

drôle d'air : « Eh bien, quoi ? C'est consolant. — Quoi ?
— C'est toujours consolant si tu peux penser que ton
échec est celui de l'espèce entière. — Des suicidés! dit
Brunet avec dégoût. — Si tu veux », dit Schneider. Il
ajoute doucement : « Mais tu sais, la France, c'est eux.
Si tu ne les atteins pas, ce que tu fais ne sert à rien. »
Brunet tourne la tête et regarde l'idiot, il se fascine sur
ce visage désert ; l'idiot bâille voluptueusement et
pleure, un chien bâille, la France bâille, Brunet bâille :
il cesse de bâiller, il demande, sans lever les yeux, d'une
voix basse et rapide : « Faut-il continuer ? — Continuer
quoi ? — Le travail. » Schneider a un rire sec et déplai-
sant : « Tu me demandes ça à moi! » Brunet relève vivement la tête, il surprend sur les grosses lèvres de Schneider un sourire sadique et douloureux en train de s'effacer. Schneider demande : « Qu'est-ce que tu ferais si
tu laissais tomber ? » Le sourire a disparu, la face est
redevenue lisse, lourde et calme, une mer morte, je ne
comprendrai jamais rien à ce visage. « Ce que je ferais :
je me tirerais, j'irais rejoindre les camarades à Paris. —
A Paris ? » Schneider se gratte la tête, Brunet demande
vivement : « Tu crois que c'est pareil là-bas ? » Schneider
réfléchit : « Si les Allemands sont polis... — Pour ça,
dit Brunet, ils doivent être polis! Tu peux être sûr
qu'ils aident les aveugles à traverser les rues. — Alors,
oui, dit Schneider. Oui, ça doit être pareil. » Il se redresse brusquement et regarde Brunet avec une curiosité sans douleur : « Qu'est-ce que tu espères ? » Brunet
se raidit : « Je n'espère rien ; je n'ai jamais rien espéré,
je me fous de l'espoir : je *sais*. — Alors qu'est-ce que tu
sais ? — Je sais que l'U. R. S. S. entrera tôt ou tard
dans la danse, dit Brunet ; je sais qu'elle attend son
heure et je veux que nos gars soient prêts. — Son heure
est passée, dit Schneider. Avant l'automne l'Angleterre
sera foutue. Si l'U. R. S. S. n'est pas intervenue quand
il restait un espoir de créer deux fronts, pourquoi veux-
tu qu'elle intervienne, à présent qu'elle serait seule à se
battre ? — L'U. R. S. S. est le pays des travailleurs,

337

dit Brunet. Et les travailleurs russes ne permettront pas que le prolétariat européen reste sous la botte nazie. — Alors pourquoi ont-ils permis que Molotov signe le pacte germano-soviétique ? — A ce moment-là il n'y avait rien d'autre à faire. L'U. R. S. S. n'était pas prête. — Qu'est-ce qui te prouve qu'elle l'est davantage aujourd'hui ? » Brunet plaque sa paume contre le mur avec irritation : « Nous ne sommes pas au café du Commerce, dit-il, je ne vais pas discuter de ça avec toi : je suis un militant et je n'ai jamais perdu mon temps à faire de la haute spéculation politique : j'avais mon boulot et je le faisais. Pour le reste, je me fiais au Comité central et à l'U. R. S. S. ; ce n'est pas aujourd'hui que je vais changer. — C'est bien ce que je disais, dit Schneider tristement, tu vis d'espoir. » Ce ton funèbre exaspère Brunet : il lui semble que Schneider feint la tristesse. « Schneider, dit-il sans élever la voix, il n'est pas impossible que le Politbureau ait sombré tout entier dans la folie. Mais, à ce compte-là, il n'est pas impossible non plus que le toit de ce préau te tombe sur la tête ; pourtant tu ne passes pas ta vie à surveiller le plafond. Après ça, tu peux me dire, si ça te chante, que tu espères en Dieu ou que tu fais confiance à l'architecte, ce sont des mots : tu sais très bien qu'il y a des lois naturelles et que les immeubles ont l'habitude de tenir debout quand on les a construits en accord avec ces lois. Alors ? Pourquoi voudrais-tu que je passe mon temps à m'interroger sur la politique de l'U. R. S. S. et qu'est-ce que tu viens me parler de ma confiance en Staline ? J'ai confiance en lui, oui, et en Molotov et en Jdanov : dans l'exacte mesure où tu as confiance en la solidité de ces murs. Autrement dit, je sais qu'il y a des lois historiques et que, en vertu de ces lois, le pays des travailleurs et les prolétariats européens ont des intérêts identiques. Je n'y pense pas souvent d'ailleurs, pas plus que tu ne penses aux fondations de ta maison : c'est le plancher sous mes pieds, c'est le toit sur ma tête, c'est une certitude qui me porte et m'abrite et me permet de poursuivre les objectifs concrets que le Parti m'assigne. Quand tu tends la main pour prendre ta gamelle, ton geste, à lui tout seul, postule le déterminisme universel ; moi, c'est pareil : le moindre de mes actes affirme implicitement que l'U. R. S. S. est à l'avant-garde de la Révolution mondiale. » Il regarde Schneider avec ironie et conclut : « Qu'est-ce que tu veux ? Je ne suis qu'un militant. » Schneider n'a pas quitté son air de découragement ; il a les bras ballants ; ses yeux sont ternes. On dirait qu'il veut masquer son agilité d'esprit par la lenteur de ses mimiques. Brunet l'a souvent remarqué : Schneider essaie d'alentir son intelligence comme s'il voulait acclimater en lui un certain genre de pensée patiente et tenace dont il croit sans doute qu'elle est le lot des paysans et des soldats. Pourquoi ? Pour affirmer jusqu'au fond de lui-même sa solidarité avec eux ? Pour protester contre les intellectuels et contre les chefs ? Par haine du pédantisme ? « Eh bien, dit Schneider, milite, mon vieux, milite. Seulement ton action ressemble drôlement aux parlotes du café du Commerce : nous avons racolé à grand-peine une centaine de malheureux idéalistes et nous leur débitons des bobards sur l'avenir de l'Europe. — C'est fatal, dit Brunet : du moment qu'ils ne travaillent pas encore, je ne peux rien leur donner à *faire* ; on cause, on prend contact. Attends un peu qu'on nous ait transportés en Allemagne, tu verras si on ne se met pas au boulot. — Oh ! oui, j'attendrai, dit Schneider de sa voix endormie. J'attendrai : il faudra bien que j'attende. Mais les curetons et les nazis n'attendent pas, eux. Et leur propagande est drôlement plus efficace que la nôtre. » Brunet lui plante son regard dans les yeux : « Alors ? Où veux-tu en venir ? — Moi, dit Schneider étonné, mais... à rien. On parlait des difficultés de recrutement... — Est-ce que c'est ma faute, demande Brunet violemment, si les Français sont des salauds qui n'ont ni ressort ni courage ? Est-ce que c'est ma faute si... » Schneider se redresse et lui coupe la parole ; son visage s'est durci, sa voix est si rapide et si bégayante qu'on croirait que c'est *un autre* qui lui a volé sa bouche pour insulter Brunet : « Tu es... tu es toujours... C'est *toi* le salaud, crie-t-il, c'est *toi !* C'est facile de prendre des supériorités quand on a un parti derrière soi ; quand on a une culture politique et l'habitude des coups durs, c'est facile de mépriser les pauvres gars qui sont dans le cirage. » Brunet ne s'émeut pas : il se reproche seulement d'avoir perdu patience. « Je ne méprise personne, dit-il. Et quant aux copains, il va de soi que je leur accorde toutes les circonstances atténuantes. » Schneider ne l'écoute pas : ses gros yeux se dilatent, il a l'air d'attendre un événement intérieur. Il se met à crier tout à coup : « Oui, c'est ta faute! Naturellement, c'est ta faute! » Brunet le regarde sans comprendre : une rougeur malsaine chauffe les joues de Schneider, c'est plus que de la colère, on dirait une vieille haine de famille longtemps cachée et qui jubile d'éclater enfin. Brunet regarde cette tête énorme et courroucée, cette tête de confession publique et il pense : « Quelque chose va arriver. » Schneider l'empoigne par le bras et lui montre l'ingénieur de la Thompson qui se tourne les pouces avec innocence. Il y a un instant de silence parce que Schneider est trop ému pour parler ; Brunet se sent froid et calme : la colère des autres, ça le calme toujours. Il attend ; il va savoir ce que Schneider a dans le ventre. Schneider fait un violent effort : « En voilà un! un de ces salauds qui n'ont ni ressort ni courage. Un type comme moi, comme Moûlu, comme nous tous ; pas comme toi, bien sûr. C'est *vrai* qu'il est devenu un salaud, c'est *vrai*, c'est tellement vrai qu'il en est persuadé lui-même. Seulement je l'ai vu à Toul, moi, en septembre, il avait horreur de la guerre, mais il prenait sur lui parce qu'il croyait avoir des raisons de se battre et je te jure que ce n'était pas un salaud et... et voilà ce que tu as fait de lui. Vous êtes tous d'accord. Pétain avec Hitler, Hitler avec Staline, vous leur expliquez tous qu'ils sont doublement coupables : coupables d'avoir fait la guerre et coupables de l'avoir perdue. Toutes les raisons qu'ils croyaient avoir de se battre, vous êtes en train de les leur ôter. Ce pauvre gars qui s'imaginait partir pour la croisade du Droit et de la Justice, vous voulez le persuader qu'il s'est laissé embarquer par étourderie dans une guerre impérialiste ; il ne sait plus ce qu'il veut, il ne reconnaît plus ce qu'il a fait. Ce n'est pas seulement l'armée de ses ennemis qui triomphe : c'est leur idéologie ; lui il reste là, tombé hors du monde et de l'histoire, avec des idées mortes, il essaie de se défendre, de repenser la situation. Mais avec quoi ? Jusqu'à ses outils à penser qui sont périmés : vous lui avez foutu la mort dans l'âme. » Brunet ne peut pas s'empêcher de rire : « Mais enfin, demande-t-il, à qui parles-tu ? A moi ou à Hitler ? — Je parle au rédacteur de *l'Huma*, dit Schneider, au membre du P. C., au type qui écrivait le 29 août 39 pour célébrer sur deux colonnes la signature du pacte germano-soviétique. — Nous y voilà, dit Brunet. — Eh bien oui, dit Schneider : nous y voilà. — Le P. C. était contre la guerre, tu le sais très bien », dit Brunet paisiblement. « Contre la guerre, oui. Il le criait bien haut, du moins. Mais en même temps il approuvait le pacte qui la rendait inévitable. — Non, dit Brunet avec force : le pacte qui était notre seule chance de l'empêcher. » Schneider éclate de rire : Brunet sourit et se tait. Schneider cesse de rire brusquement: « Mais oui, regarde-moi, regarde-moi donc ; prends ton air de médecin des morts. Cent fois je t'ai surpris en train d'observer les copains de tes yeux froids, on aurait dit que tu faisais un constat. Eh bien ? Qu'est-ce que tu constates ? Que je suis un déchet du processus historique ? D'accord. Déchet tant que tu voudras. Mais pas mort, Brunet, *pas mort*, malheureusement. Ma déchéance, j'ai à la vivre, c'est un goût dans ma bouche, tu ne comprendras jamais ça. Tu es un abstrait et c'est vous tous, les abstraits, qui avez fait de nous les déchets que nous sommes. » Brunet se tait, il regarde Schneider : Schneider hésite, ses yeux sont durs et effrayés, il a l'air d'avoir sur la langue des mots irréparables. Il pâlit tout d'un coup, une buée de terreur vient ternir son regard, il ferme la bouche. Au bout d'un instant il reprend de sa grosse voix tranquille et monotone : « Enfin, bon! On est tous dans la merde, toi comme nous, c'est ton excuse. Bien sûr, tu continues à te prendre pour le processus historique, mais le cœur n'y est plus. Le P. C. se reconstitue sans toi et sur des bases que tu ignores. Tu pourrais t'évader et tu n'oses pas, parce que tu as peur de ce que tu trouveras là-bas. Toi aussi, tu as la mort dans l'âme. » Brunet sourit : Non. Pas comme ça. On ne l'aura pas comme ça, ce sont des mots qui ne le concernent pas. Schneider se tait et frissonne : en somme il n'est rien arrivé. Rien du tout : Schneider n'a rien avoué, rien révélé ; il s'est un peu énervé, voilà tout. Quant au couplet sur le pacte germano-soviétique, c'est peut-être la centième fois que Brunet l'entend depuis septembre. Le soldat a dû comprendre qu'on parlait de lui : il se déplie lentement et s'en va sur ses longues pattes de faucheux en marchant de côté comme une bête effrayée. *Qui* est Schneider ? Un intellectuel bourgeois ? Un anarchiste de droite ? Un fasciste qui s'ignore ? Les fascistes non plus ne voulaient pas de la guerre. Brunet se tourne vers lui : il voit un soldat loqueteux et perplexe qui n'a rien à défendre, plus rien à perdre et qui se frotte le nez d'un air absent. Brunet pense : « Il a voulu me faire mal. » Mais il n'arrive pas à lui en vouloir. Il demande doucement : « Si c'est ça que tu penses, pourquoi es-tu venu avec nous ? » Schneider a l'air vieux et usé ; il dit d'une voix misérable : « Pour ne pas rester seul. » Il y a un silence, puis Schneider relève la tête avec un sourire incertain : « Il faut bien faire quelque chose, non ? N'importe quoi. On peut ne pas être d'accord sur certains points... » Il se tait. Brunet se tait. Au bout d'un moment, Schneider regarde sa montre : « C'est l'heure des visites. Tu viens ? — Je ne sais pas, dit Brunet. Vas-y ; je te rejoindrai peut-être. » Schneider le regarde un instant comme s'il voulait lui parler, puis se détourne, s'éloigne et disparaît. L'incident est clos. Brunet se met les mains derrière le dos et se promène dans la cour, sous la bruine ; il ne pense à rien, il se sent creux et sonore, il perçoit contre sa joue, contre ses mains, de minuscules pétillements mouillés. La mort dans l'âme. Bon. Et puis après ? « C'est de la psychologie ! » se dit-il avec mépris. Il s'arrête, il pense au Parti. La cour est vide, inconsistante et grise, elle sent le dimanche ; c'est un exil. Tout à coup Brunet se met à courir et se précipite dans l'autre cour. Les gars se pressent contre la barrière et se taisent, toutes les têtes se tournent vers le portail : *ils* sont là, de l'autre côté des murs, sous la même brune. Brunet voit le dos puissant de Schneider au premier rang ; il se fraie un passage, lui pose la main sur l'épaule. Schneider se retourne et lui fait un chaud sourire : « Ah ! dit-il, te voilà. — Me voilà. — Il est deux heures cinq, dit Schneider ; la grille va s'ouvrir. » A côté d'eux un aspirant se penche vers son copain et murmure : « Il y aura peut-être des souris. — Ça m'amuse de voir des civils, dit Schneider avec animation, ça me rappelle le dimanche au bahut. — Tu étais pensionnaire ? — Oui. On faisait la haie devant le parloir pour voir l'arrivée des parents. » Brunet sourit sans répondre : les civils, il s'en fout ; il est content parce qu'il y a tous les gars autour de lui pour lui tenir chaud. Le portail s'ouvre en grinçant, un chuchotement déçu parcourt les rangs : « Ils ne sont que ça ? » Ils sont une trentaine : par-dessus les crânes, Brunet voit leur petite troupe noire et serrée, têtue sous les parapluies. Deux Allemands vont à leur rencontre, leur parlent en souriant, vérifient leurs papiers puis s'effacent pour les laisser entrer. Des femmes et des vieux, presque tous en noir, un enterrement sous la pluie ; ils portent des valises, des sacs, des paniers recouverts de serviettes. Les femmes ont des faces grises avec des yeux durs et un air de fatigue ; elles avancent à petits pas, les cuisses serrées, gênées par ces regards qui les dévorent. « Merde ! ce qu'elles

343

sont moches », soupire l'aspirant. « Eh! dit l'autre, il y a de quoi faire : vise le popotin de la brune. » Brunet regarde les visiteuses avec sympathie. Bien sûr, elles sont moches, elles ont l'air dur et fermé, on dirait qu'elles viennent pour dire à leurs maris : « T'es pas fou de t'être fait prendre? Comment veux-tu que je me débrouille, toute seule avec le petit? » Pourtant elles sont venues, à pied ou dans des fourgons, avec ces lourds paniers de nourriture ; ce sont toujours elles qui viennent et qui attendent immobiles, inexpressives, aux portes des hôpitaux, des casernes, des prisons : les jolies poupées au regard tremblant portent le deuil à domicile. Sur leurs visages Brunet retrouve avec émotion la gêne et la misère de la paix ; elles avaient ces yeux fiévreux, désapprobateurs et fidèles quand leurs maris faisaient la grève sur le tas et qu'elles venaient leur porter la soupe. Les hommes, pour la plupart, sont de gros vieux solides à l'air calme. Ils marchent lentement, lourdement, ils sont libres : ils ont gagné leur guerre en leur temps et se sentent une bonne conscience. Cette défaite qui n'est pas *leur* défaite, ils en acceptent tout de mêmel à responsabilité ; ils la portent sur leurs larges épaules parce que, lorsqu'on a fait un petit, on doit payer les carreaux qu'il casse : sans colère et sans honte, ils viennent voir le fiston qui a fait sa dernière connerie de jeune homme. Sur ces visages à demi paysans, Brunet retrouve tout à coup ce qu'il avait perdu : le sens de sa vie. Je leur parlais, ils ne se pressaient pas de comprendre, ils écoutaient avec ce même air de calme réfléchi, en tatillonnant un peu ; ce qu'ils avaient compris, ils ne l'oubliaient plus. Dans son cœur un vieux désir dresse la tête : travailler, sentir sur moi des regards adultes et responsables. Il hausse les épaules, il se détourne de ce passé, il regarde *les autres*, la bande de petits nerveux aux visages inexpressifs et grimaçants : voilà mon lot. Dressés sur la pointe des pieds, ils tendent le cou et suivent les visiteurs d'un regard de singe, insolent et peureux. Ils comptaient sur la guerre pour les faire passer à l'âge d'homme, pour leur conférer les droits du chef de famille et de l'ancien combattant ; c'était un rite solennel d'initiation, elle devait chasser l'autre, la *Grande*, la Mondiale, dont la gloire avait étouffé leur enfance ; elle devait être encore plus grande, encore plus mondiale; en tirant sur les Fritz, ils eussent accompli le massacre rituel des pères, par quoi chaque génération débute dans la vie. Ils n'ont tiré sur personne, ils n'ont rien massacré du tout, c'est raté : ils sont restés mineurs et les pères défilent devant eux, bien vivants ; ils défilent, haïs, jalousés, adorés, redoutés, et ils replongent vingt mille guerriers dans l'enfance sournoise des cancres. Brusquement il y en a un qui se retourne, qui fait face aux prisonniers : toutes les têtes reculent : il a d'épais sourcils noirs et des joues écarlates, il porte un balluchon au bout de sa canne. Il s'approche, pose une main sur le fil de fer et les regarde par en dessous de ses gros yeux striés de sang. Sous ce regard de bête, lent, inexpressif et farouche, les types attendent, rétractés, retenant leur souffle, prêts à se rebiffer : ils attendent la paire de gifles. Le vieux dit : « Alors, vous voilà donc ! » Il y a un silence et puis quelqu'un murmure : « Eh oui, papa, nous voilà. » Le vieux dit : « Si c'est pas une misère ! » L'aspirant se racle la gorge et rougit ; Brunet lit la même défiance crispée sur son visage. Oui, papa, nous voilà : vingt mille types qui voulaient être des héros et qui se sont rendus sans combattre en rase campagne. Le vieux hoche la tête, il dit profondément, lourdement : « Pauvres gars ! » Tout le monde se détend, on lui sourit, les bustes se penchent vers lui. La sentinelle allemande s'approche, elle touche le bras du vieux, poliment, elle lui fait signe de s'écarter, il se retourne à peine, il dit : « Une minute, bon Dieu, j'arrive. » Il fait un clin d'œil de connivence aux prisonniers et les types sourient, ils sont contents parce que c'est un vieux qui n'a pas froid aux yeux, un vieux coriace qui est de chez eux, ils se sentent libres par procuration. Le vieux demande : « C'est pas trop dur ? » Et Brunet pense : « Ça y est, ils vont geindre. »

Mais vingt voix gaies répondent : « Non, papa. Non, non, ça peut aller. — Eh bien, tant mieux, dit le vieux. Tant mieux. » Il n'a plus rien à leur dire, mais il reste là, pesant, tassé, rocheux, la sentinelle le tire doucement par la manche ; il hésite, il parcourt les visages du regard, on dirait qu'il cherche celui de son fils : au bout d'un moment une idée remonte de très loin jusqu'à ses yeux, il a l'air incertain, il dit enfin de sa voix noueuse : « Vous savez, les gars, c'est pas votre faute. » Les types ne répondent rien : ils se tiennent raides presque au garde-à-vous. Le vieux veut préciser sa pensée, il reprend : « Personne, chez nous, ne pense que c'est votre faute. » Les types ne répondent toujours rien, il dit : « Au revoir, les gars. » Et il s'en va. Alors, tout d'un coup, la foule est parcourue d'un frisson ; ils se mettent à crier, passionnément : « Au revoir, papa, à bientôt! A bientôt! A bientôt! » Et leurs voix s'enflent à mesure que le vieux s'éloigne ; mais il ne se retourne pas. Schneider dit à Brunet : « Tu vois. » Brunet sursaute, il dit : « Hein, quoi? » Mais il sait très bien ce que Schneider va lui dire. Schneider dit : « Il suffit de nous faire un peu confiance. » Brunet sourit et dit : « Est-ce que j'ai l'air d'un médecin des morts? — Non, dit Schneider, pas en ce moment. » Ils se regardent avec amitié, Brunet se détourne brusquement et dit : « Vise la bonne femme. » Elle boitille, elle s'arrête, petite et grise, laisse tomber son ballot dans la boue, fait passer dans sa main droite le bouquet qu'elle tient dans la gauche et lève le bras droit au-dessus de sa tête. Un moment passe, on dirait qu'il s'est érigé malgré elle, ce bras triomphal qui lui tire l'épaule et le cou ; pour finir elle jette les fleurs d'un mouvement maladroit qui les rabat vers le sol. Elles s'éparpillent, fleurs des champs, bleuets, pissenlits, coquelicots : elle a dû les cueillir sur le bord de la route. Les hommes se bousculent ; ils raclent la terre et pincent les tiges entre leurs ongles boueux ; ils se relèvent en riant et lui montrent les fleurs comme s'ils lui en faisaient hommage. Brunet a la gorge

serrée ; il se retourne vers Schneider et dit rageusement :
« Des fleurs! Qu'est-ce que ce serait si nous avions gagné
la guerre. » La femme ne sourit pas, elle reprend son
ballot, repart, on ne voit plus que son dos qui zigzague
sous l'imperméable. Brunet ouvre la bouche pour parler,
mais il voit le visage de Schneider et se tait. Schneider se
dégage en bousculant ses voisins, il sort des rangs. Ça
n'a pas l'air d'aller très fort. Brunet le suit, il lui pose la
main sur l'épaule : « Qu'est-ce qui ne va pas ? » Schneider
lève la tête et Brunet détourne les yeux, il est gêné par
son propre regard, son regard de médecin des morts.
Il répète, en regardant ses pieds : « Hein ? Qu'est-ce
qui ne va pas ? » Ils sont seuls au milieu de la cour, sous
la bruine. Schneider dit : « C'est con. » Il y a un silence,
puis il ajoute : « C'est de revoir des civils. » Brunet dit,
sans lever les yeux : « Je suis aussi con que toi. — Toi,
dit Schneider, ce n'est pas pareil ; tu n'as personne. »
Au bout d'un moment Schneider déboutonne sa veste,
fouille dans sa poche intérieure, en sort un portefeuille
étrangement plat. Brunet pense : il a tout déchiré.
Schneider ouvre le portefeuille : il n'y reste qu'une photo
de la dimension d'une carte postale. Schneider la tend à
Brunet sans la regarder. Brunet voit une jeune femme
aux yeux sombres. Sous les yeux il y a un sourire : Brunet n'en a jamais vu de pareil. Elle a l'air de très bien
savoir qu'il y a de par le monde des camps de concentra-
tion, des guerres et des prisonniers parqués dans des
casernes ; elle le sait et elle sourit tout de même : c'est
aux vaincus, aux déportés, aux déchets de l'histoire
qu'elle donne son sourire. Pourtant Brunet cherche en
vain dans ses yeux l'ignoble lueur sadique de la charité ;
elle leur sourit de confiance, tranquillement, elle sourit
à leur force comme si elle leur demandait de faire grâce
à leurs vainqueurs. Brunet a vu beaucoup de photos,
ces temps-ci, et beaucoup de sourires. La guerre les a
tous périmés, on ne peut plus les regarder. Celui-ci, on
peut : il est né tout à l'heure, il s'adresse à Brunet, à
Brunet seul. A Brunet le prisonnier, à Brunet le déchet,

à Brunet le victorieux. Schneider s'est penché sur l'épaule de Brunet. Il dit : « Elle se fatigue. — Oui, dit Brunet, tu devrais couper les bords. » Il lui rend la photo toute scintillante de bruine ; Schneider l'essuie soigneusement du revers de sa manche et la remet dans son portefeuille. Brunet se demande : « Est-elle jolie ? » il ne sait pas ; il n'a pas eu le temps de s'en rendre compte. Il lève la tête, il regarde Schneider, il pense : « C'est à lui qu'elle souriait. » Il lui semble le voir avec d'autres yeux. Deux types passent, très jeunes, des chasseurs ; ils ont mis des coquelicots à leurs boutonnières, ils ne parlent pas, leurs paupières leur donnent un air comique de communiants. Schneider les suit du regard ; Brunet hésite, un vieux mot remonte à ses lèvres, il dit : « Je les trouve touchants. — Sans blague ? » dit Schneider. Derrière eux, la haie des curieux s'est disloquée, les visiteurs sont entrés dans la caserne. Dewrouckère s'amène en se dandinant suivi de Perrin et du typo. « C'est vrai, pense Brunet, il est trois heures. » Ils ont tous trois des visages fermés ; Brune s'agace en pensant qu'ils ont parlé entre eux : ce sont des choses qu'on ne peut pas empêcher. Il crie de loin : « Alors, les gars ? » Ils s'approchent, s'arrêtent et se regardent, intimidés. « Allez-y de votre boniment, dit Brunet rondement, qu'est-ce qui cloche ? » Le typo arrête sur lui le regard de ses beaux yeux inquiets ; il a vraiment mauvaise mine. Il dit : « On a toujours fait ce que tu nous demandais, pas ? — Oui, dit Brunet impatienté. Oui, oui. Alors ? » Le typo ne peut plus rien ajouter, c'est Dewrouckère qui parle à sa place, sans lever les yeux : « Nous, on veut bien continuer et on continuera tant que tu nous le demanderas. Mais c'est du temps perdu. » Brunet ne dit rien. Perrin dit : « Les types ne veulent rien entendre. » Brunet ne dit toujours rien, le typo reprend d'une voix neutre : « Pas plus tard qu'hier, je me suis bagarré avec un type parce que je disais que les Fritz nous emmèneraient en Allemagne. Le type était fou, il a dit que j'étais de la cinquième colonne. » Ils lèvent les yeux et regardent Brunet d'un air têtu. « C'est au point qu'on ne peut même plus leur dire du mal des Allemands. » Dewrouckère ramasse son courage et regarde Brunet en face : « Franchement, Brunet, on ne refuse pas de travailler, si on s'y est mal pris on recommencera autrement. Mais il faut nous comprendre. Nous, on traîne partout. Dans une journée, c'est bien rare si on ne parle pas à deux cents types, on prend la température du camp, toi, forcément tu en vois moins, tu ne peux pas te rendre compte. — Alors ? — Eh bien, comme sont les gars, si on libérait demain les vingt mille prisonniers, ça ferait vingt mille nazis de plus. » Brunet sent que la chaleur lui empourpre les joues, il les regarde tour à tour ; il demande : « C'est votre avis ? » Les trois types répondent « Oui » et il leur demande : « Vous êtes tous d'accord ? » Ils répondent encore « Oui » et il éclate brusquement : « Il y a des ouvriers, dans le tas, des paysans, vous devriez avoir honte de penser qu'ils deviendront nazis ou alors ce sera bien de votre faute : un type, ça n'est pas une bûche, comprenez-vous, ça se remue, nom de Dieu, ça se persuade : si vous n'arrivez pas à les retourner c'est que vous ne savez pas faire votre boulot. » Il leur tourne le dos, fait trois pas et revient brusquement sur eux, le doigt en avant : « La vérité c'est que vous vous prenez pour des caïds. Vous méprisez vos camarades. Eh bien, retenez ça : un type du Parti ne méprise personne. » Il voit leurs yeux stupéfaits, il s'irrite davantage, il crie : « Vingt mille nazis, vous n'êtes pas fous ! Vous ne ferez rien d'eux si vous les méprisez. Tâchez d'abord de les comprendre : ils ont la mort dans l'âme, ces gars-là, ils ne savent plus où donner de la tête ; ils seront au premier qui leur fera confiance. » La présence de Schneider l'agace : il lui dit : « Allez, viens ! » et en partant, il se retourne vers les autres, qui restent muets et déconfits : « Je considère que vous avez eu une défaillance. C'est déjà oublié. Mais ne vous ramenez plus avec vos salades. A demain. » Il monte l'escalier en courant, Schneider souffle derrière lui ; il entre dans la cage, il se laisse tomber sur sa couverture, il allonge la main et prend un livre : *Leurs Sœurs* d'Henri Lavedan. Il lit avec application, ligne par ligne, mot par mot ; il se calme. Lorsque le jour commence à grisonner, il pose le livre et se rappelle qu'il n'a pas déjeuné : « Vous avez mis mon pain de côté ? » Moûlu le lui tend, Brunet coupe le morceau qu'il doit donner demain au typo, le range dans sa musette et se met à manger ; Cantrelle et Livard paraissent dans l'encadrement de la porte : c'est l'heure des visites. « Salut ! Salut ! » disent les types sans lever la tête. « Alors ? demande Moûlu. Qu'est-ce que vous dites de beau ? — On dit qu'il y en a qui sont culottés ! dit Livard. Et qui est-ce qui paie, naturellement ? C'est nous. — Ha ! dit Moûlu, il y a donc du nouveau ? — Il y a, dit Livard, qu'un juteux vient de s'évader. — S'évader ? Pourquoi ? » demande le Blondinet que la surprise rend brutal. Les types mettent du temps à digérer la nouvelle, il y a dans leurs yeux un très léger désarroi, une légère horreur comme autrefois dans les foules lasses du métro quand un fou se mettait inopinément à aboyer. « Évadé », répète Gassou lentement. Le ch'timi a posé le bâton qu'il sculptait. Il paraît inquiet. Lambert mâche en silence, les yeux fixes et durs. Il dit, au bout d'un moment, avec un rire désagréable : « Il y en a toujours qui se croient plus pressés que les autres. — Ou alors, dit Moûlu, c'est qu'il aime la marche à pied. » Brunet, avec la pointe de son couteau, détache des fragments de mie pourrie et les fait tomber sur la couverture ; il se sent mal à l'aise. L'air gris du dehors est entré dans la chambre ; dehors, dans la ville morte, il y a un type traqué qui se cache. Nous, nous sommes là, nous mangeons, ce soir nous coucherons sous un toit. Il demande à contrecœur : « Comment s'est-il tiré ? » Livard le regarde avec importance et dit : « Devine ! — Eh bien je ne sais pas, moi : par le mur de derrière ? » Livard secoue la tête en souriant, il prend son temps puis, triomphant :

« Par le portail à quatre heures de l'après-midi, sous les yeux des Fritz! » Les types sont éberlués, Livard et Cantrelle jouissent un moment de la stupeur générale, puis Cantrelle explique de sa voix aiguë et rapide : « Sa vieille s'est amenée pour la visite, elle lui apportait des frusques civiles dans une valise ; le juteux s'est changé dans un placard et puis il est sorti en lui donnant le bras. — Il n'y avait donc personne pour l'arrêter? » demande Gassou indigné. Livard hausse les épaules : « L'arrêter, comment veux-tu? — Eh bien, dit Gassou, moi, si je l'avais reconnu à la sortie, j'aurais appelé un Fritz et je l'aurais fait coffrer! » Brunet le regarde avec stupeur : « Tu n'es pas cinglé? — Cinglé? dit Gassou avec emportement. Pauvre France! On se fait traiter de cinglé, au jour d'aujourd'hui, quand on veut faire son devoir. » Il jette un coup d'œil à la ronde pour voir si on l'approuve et répond avec plus de véhémence : « Tu verras si je suis cinglé quand ils auront fait sauter les visites. Parce que moi, je te le dis, ils les ont laissés entrer et ils n'y étaient pas obligés. C'est pas votre avis, les gars? » Moûlu et Lambert hochent la tête, Gassou ajoute sur un ton sévère : « C'est vrai aussi! Pour une fois que les Frisous n'étaient pas trop vaches, comment qu'on les remercie? En leur chiant dans la main. Ils vont se foutre en rogne et ils n'auront pas tort. » Brunet ouvre la bouche pour le traiter de salaud, mais Schneider lui jette un rapide coup d'œil et crie : « Gassou, tu es ignoble. » Brunet se tait, il pense amèrement : « Il s'est hâté de l'injurier pour empêcher que je ne le *juge*. Il ne juge pas Gassou, il ne juge jamais personne : il a honte pour eux devant moi ; quoi qu'il arrive et quoi qu'ils fassent il a choisi d'être avec eux. » Gassou regarde Schneider avec des yeux étincelants, Schneider lui retourne son regard : Gassou baisse les yeux : « Bon, dit-il, bon, bon! Allez-y. Faites supprimer les visites ; vous parlez si je m'en fous : mes vieux sont à Orange. — Et moi donc! dit Moûlu. Je suis orphelin. Seulement faut tout de même penser aux copains. — En effet, dit Brunet. Et c'est bien à toi de le dire, Moûlu, toi qui te laves si soigneusement tous les jours pour éviter que les copains n'attrapent des poux. — C'est pas pareil, dit brusquement le Blondinet. Moûlu est cracra, c'est d'accord, mais il n'emmerde que nous. Tandis que voilà un gars qui n'a pas peur de foutre vingt mille hommes dans la crotte pour sa convenance personnelle. — Si les Chleuhs le rattrapent, dit Lambert, et s'ils le foutent en taule, c'est pas moi qui irai le plaindre. — Tu te rends compte, dit Moûlu, à six semaines de la classe, monsieur s'en va. Il ne pouvait pas faire comme nous ? Non ? » Pour une fois, le sergent est d'accord avec eux : « C'est le caractère français, dit-il en soupirant, et voilà pourquoi nous avons perdu la guerre. » Brunet ricane, il leur dit : « N'empêche que vous voudriez bien être à sa place et que vous avez honte de n'avoir pas tenté le coup. — C'est ce qui te trompe, dit vivement Cantrelle ; s'il avait risqué quelque chose, n'importe quoi, un coup de fusil dans les fesses, je ne dis pas, on pourrait penser : c'est un con, une tête brûlée, mais il a eu du cran. Au lieu de ça, monsieur s'en va tranquillement, il se fait protéger par sa femme, comme un lâche, c'est pas une évasion, c'est un abus de confiance. » Un frisson glacé parcourt l'échine de Brunet, il se redresse et les regarde dans les yeux tour à tour : « Bon, Eh bien, dans ces conditions je vous avertis : demain soir, je fais le mur et je me tire. On verra s'il s'en trouve un pour me dénoncer. » Les types ont l'air gêné, mais Gassou ne se laisse pas démonter. Il dit : « On ne te dénoncera pas, tu le sais très bien, mais quand je sortirai d'ici, compte sur moi pour aller te flanquer une correction : parce que si tu t'évades, tu peux être sûr que ça va nous retomber sur le nez. — Une correction, dit Brunet avec un rire insultant, une correction, toi ? — Oh ! ça va ; s'il le faut, on s'y mettra à plusieurs. — Tu m'en reparleras dans dix ans quand tu reviendras d'Allemagne. » Gassou veut répondre mais Livard lui coupe la parole : « Ne discute donc pas avec lui. On sera libérés le 14, c'est officiel. — Officiel ? demande Brunet en rigolant. Tu l'as vu écrit ? » Livard affecte de ne pas lui répondre, il se tourne vers les autres et dit : « Je ne l'ai pas vu écrit, mais c'est tout comme. » Les visages s'allument dans l'ombre : des lampes de radio, sombres et laiteuses. Livard les considère avec un bon sourire, puis il explique : « Hitler l'a dit. — Hitler ! » répète Brunet abasourdi. Livard ignore l'interruption. Il poursuit : « C'est pas que je l'aime, ce mec-là : bien sûr que c'est notre ennemi. Et le nazisme je ne suis ni pour ni contre : avec les Chleuhs ça peut réussir, mais ça ne convient pas au tempérament français. Seulement, il a une chose pour lui, Hitler : il fait toujours ce qu'il dit. Il a dit : le 15 juin, je serai à Paris ; eh bien il y était ; même qu'il était en avance. — Il a parlé de nous libérer ? » demande Lambert. « Je veux. Il a dit : le 15 juin je serai à Paris et le 14 juillet vous danserez avec vos femmes. » Une voix timide s'élève, c'est celle du ch'timi : « Je croyais qu'il avait dit : *nous* danserons avec vos femmes. Nous : nous, les Fritz. » Livard le toise : « Tu y étais ? — Non, dit le ch'timi. C'est ce qu'on m'a dit. » Livard ricane, Brunet lui demande : « *Toi*, tu y étais ? — Naturellement j'y étais ! à Haguenau, c'était ; les copains avaient un poste ; quand je suis entré, il venait de le dire ! » Il hoche la tête et répète avec complaisance : « Le 15 juin nous serons à Paris et le 14 juillet vous danserez avec vos femmes. — Ha ! répètent les types égayés, le 15 juin à Paris et nous danserons le 14 juillet. » Les femmes, la danse. Le cou dans les épaules, la face renversée, plaquant leurs paumes contre les toiles de tente, les types dansent ; le plancher craque, tourne et valse sous les étoiles, entre les grandes falaises du carrefour Châteaudun. Radouci, Gassou se penche vers Brunet et lui explique d'une voix logique : « Hitler, tu comprends, il est pas fou. Tu veux me dire pourquoi il installerait un million de prisonniers en Allemagne ? Un million de bouches à nourrir ? — Pour les faire travailler », dit Brunet. « Travailler ? avec les ouvriers allemands ? eh bien, il serait beau, le moral des Fritz, quand ils auraient un peu causé avec nous. — En quelle langue ? — En n'importe quelle langue, en petit nègre, en espéranto : l'ouvrier français est né malin, c'est un frondeur, une forte tête, en moins de deux il les aurait dessalés, les Fritz, et tu peux être sûr qu'Hitler y a pensé. Oh ! non, il est pas fou, oh ! non. Moi, je suis comme Livard : je l'aime pas, cet homme-là, mais je le respecte et il n'y en a pas beaucoup dont je pourrais en dire autant. » Les types approuvent de la tête, gravement : « Faut lui rendre cette justice : il aime son pays. — C'est un homme qui a un idéal. Pas le nôtre, bien sûr : mais c'est tout de même respectable. — Toutes les opinions sont respectables, pourvu qu'elles soient sincères. — Et les nôtres, dis donc, nos députés, qu'est-ce qu'ils avaient comme idéal ? Se remplir les poches, oui, et les petites femmes et tout le tremblement. Ils se payaient des gueuletons avec notre argent. Chez eux, c'est pas ça : tu paies tes impôts, mais tu sais ce qu'on fait de ton argent. Tous les ans le percepteur t'envoie une lettre : Monsieur, vous avez payé tant, eh ! bien, ça représente tant de médicaments pour les malades ou tant de mètres carrés d'autostrade. Comme je te le dis. — Il ne voulait pas nous faire la guerre, dit Moûlu : c'est nous qu'on a été la lui déclarer. — Attends un peu : c'est même pas nous ; Daladier, il a même pas consulté la Chambre. — C'est ce que je dis. Alors, lui, tu comprends, c'est pas un dégonflé ; il a dit : vous me cherchez, les gars, vous allez me trouver. Et en moins de deux, il nous a flanqué la fessée. Bon. Et maintenant ? Tu crois qu'il est content avec un million de prisonniers ? Tu vas voir : dans quelques jours il va nous dire : les gars, vous me gênez plutôt, restez donc chez vous. Et puis il se tournera contre les Russes et ils se boufferont le nez entre eux. La France, qu'est-ce que tu veux que ça intéresse ? Il en a pas besoin. Il nous reprendra l'Alsace, question de prestige, c'est d'accord. Seulement, je vais te dire : on s'en fout des Alsaciens ; moi, j'ai jamais pu les piffer. » Livard rit silencieusement, pour lui-même : il a l'air fat : « En douce, dit-il, si on avait eu un Hitler, nous! — Ah! pauvre ami! dit Gassou. Hitler avec le soldat français? Terrible! A cette heure, on serait à Constantinople. Parce que, ajoute-t-il avec un clignement d'yeux égrillard, le soldat français est le meilleur du monde, quand il est commandé. » Brunet pense que Schneider doit avoir honte, il n'ose pas le regarder. Il se lève, il tourne le dos aux meilleurs soldats du monde, il pense qu'il n'y a plus rien à faire ; il sort. Sur le palier il hésite, il regarde l'escalier qui s'enfonce en tournant dans la pénombre : à cette heure la porte doit être fermée. Pour la première fois, il sent qu'il est prisonnier. Tôt ou tard, il faudra qu'il rentre dans sa geôle et qu'il s'allonge sur le plancher à côté des autres et qu'il écoute leurs rêves. Au-dessous de lui, la caserne bruisse, des cris et des chants montent à travers la cage de l'escalier. Le plancher craque, il se retourne vivement : Schneider s'avance vers lui dans le couloir sombre en traversant un à un les derniers rayons du jour. Je vais lui dire : « Eh bien, auras-tu le culot de les défendre! » Schneider est tout contre lui, à présent, Brunet le regarde et ne dit rien. Il s'accoude à la rampe ; Schneider vient s'accouder près de lui, Brunet dit : « C'est Dewrouckère qui a raison. » Schneider ne répond pas : qu'est-ce que vous voulez qu'il me réponde ? Un sourire, des fleurs rouges sous la bruine, il suffit de leur faire confiance, un peu, un tout petit peu, ah! je crois bien ; il répète rageusement : « Rien à faire. Rien! Rien! Rien! » Bien sûr que ça ne suffit pas, la confiance! Confiance en qui ? Confiance en quoi ? Il faut la souffrance, la peur et la haine, il faut la révolte et le massacre, il faut une discipline de fer. Quand ils n'auront plus rien à perdre, quand leur vie sera pire que la mort... Ils se penchent tous les deux au-dessus du noir, ça sent la poussière, Schneider demande en baissant la voix : « C'est vrai que tu veux

t'évader ? » Brunet le regarde sans répondre, Schneider
dit : « Je te regretterai. » Brunet dit amèrement. « Tu
serais bien le seul. » Au rez-de-chaussée des types chantent en chœur : Buvons un coup, buvons-en deux, à la
santé des amoureux, m'évader, tirer une croix sur vingt
mille hommes, les laisser crever dans leur merde, a-t-on
jamais le droit de dire : il n'y a plus rien à faire ? Et si
c'était à Paris qu'on m'attendait ? Il pense à Paris avec
un dégoût dont la violence l'étonne. Il dit : « Je ne m'éva-
derai pas : j'ai dit ça en colère. — Si tu penses qu'il n'y
a plus rien à faire... — Il y a toujours quelque chose à
faire. Il faut travailler où on est avec les moyens qu'on a.
Plus tard, nous verrons. » Schneider soupire ; Brunet
dit brusquement : « C'est toi qui devrais t'évader. »
Schneider secoue la tête, Brunet dit avec timidité :
« Là-bas, il y a ta femme. » Schneider secoue la tête ;
Brunet demande : « Mais pourquoi ? Tu n'as rien qui te
retienne ici. » Schneider dit : « Partout ce sera pire. »
Buvons un coup, buvons-en deux, à la santé des amoureux. Brunet dit : « Vivement l'Allemagne ! » et, pour la
première fois, Schneider répète avec une espèce de
honte : « Vivement l'Allemagne, oui ! Vivement ! » Et
merde pour le roi d'Angleterre qui nous a déclaré la
guerre.

Vingt-sept hommes, le wagon grince, le canal s'étire
le long de la voie, Moûlu dit : « Finalement, c'est pas si
détruit que ça. » Les Allemands n'ont pas fermé la porte
à coulisses, la lumière et les mouches entrent dans le
wagon ; Schneider, Brunet, le typo sont assis sur le
plancher, dans l'ouverture de la porte, et leurs jambes
pendent au-dehors, c'est un beau jour d'été. « Non, dit
Moûlu avec satisfaction, pas du tout si détruit. » Brunet
lève la tête : Moûlu, debout, regarde filer les champs
et les prés avec satisfaction. Il fait chaud, les hommes
sentent fort ; un type ronfle au fond du wagon. Brunet
se penche : dans le fourgon, des casques allemands lui-
sent au-dessus des canons de fusils. Un beau jour d'été,

tout est tranquille ; le train roule, le canal coule ; de loin en loin une bombe a défoncé un chemin, crevé un champ ; au fond des trous, il y a de l'eau qui reflète le ciel. Le typo dit pour lui-même : « Ça ne serait pas difficile de sauter. » Schneider montre les fusils d'un coup d'épaule : « Ils te tireraient comme un lapin. » Le typo ne répond pas, il se penche comme s'il allait plonger ; Brunet le retient par l'épaule. « Ça ne serait pas bien difficile », répète le typo fasciné. Moûlu lui flatte la nuque : « Puisqu'on va à Châlons. — Mais c'est-il vrai ? Est-ce qu'on y va ? — Tu as vu l'affiche comme moi. — C'était pas écrit qu'on va à Châlons. — Non, mais c'était écrit qu'on reste en France. Pas vrai, Brunet ? » Brunet ne répond pas tout de suite : *c'est vrai* qu'il y avait l'avant-veille, sur le mur, une affiche signée du commandant : « Les prisonniers du camp de Baccarat sont destinés à demeurer en France. » N'empêche que les voilà dans le train, emportés vers une destination inconnue. Moûlu insiste : « C'est vrai ou c'est pas vrai ? » Et des voix crient derrière eux, impatientées : « Mais oui ; c'est vrai, c'est vrai ! Faites-nous pas tartir, vous savez bien que c'est vrai. » Brunet jette un coup d'œil au typo et dit doucement : « C'est vrai. » Le typo soupire, il dit avec un sourire rassuré : « C'est marrant, je me sens toujours drôle quand je voyage. » Il rit franchement, à présent, tourné vers Brunet : « J'ai peut-être pris le train vingt fois dans ma vie ; à chaque coup, ça me fait de l'effet. » Il rit, Brunet le regarde rire et pense : « Ça ne va pas fort. » Lucien est assis un peu en arrière, entourant ses chevilles de ses bras, il dit : « Mes vieux devaient venir dimanche. » C'est un jeune type à l'air doux qui porte des lunettes. Moûlu lui dit : « Tu n'aimes pas mieux les retrouver chez toi ? — Eh ben si, dit le type, mais puisqu'ils devaient venir dimanche, j'aurais mieux aimé qu'on parte seulement lundi. » Le wagon proteste . « En voilà un qui aurait voulu rester trois jours de plus ; merde alors, il y en a qui ne se connaissent plus ; un jour de plus, dis, pour-

quoi pas jusqu'à Noël ? » Lucien leur sourit doucement,
il explique : « Ils ne sont plus jeunes, vous savez, ça
m'ennuie qu'ils se soient dérangés pour rien. — Bah!
dit Moûlu, quand ils rentreront, c'est toi qui les rece-
vras. — Je voudrais bien, dit Lucien, mais j'aurai pas
cette veine : ils vont mettre au moins huit jours à nous
démobiliser. — Qui sait? dit Moûlu. Qui sait? Avec
les Fritz, ça peut aller vite. — Moi, dit Jurassien, tout
ce que je demande, c'est d'être chez moi pour la cueillette de la lavande. » Brunet se retourne : le wagon est
blanc de poussière et de fumée, les uns sont debout,
les autres assis ; à travers les troncs arqués d'une forêt
de jambes, il entrevoit des visages placides et vaguement
souriants. Jurassien est un gros qui a l'air dur avec une
tête entièrement rasée et un bandeau noir sur l'œil. Il
est assis en tailleur, pour tenir moins de place. « D'où
es-tu? » demande Brunet. « De Manosque ; j'étais dans
la marine ; à présent j'habite avec ma femme ; j'aimerais pas qu'elle fasse la cueillette sans moi. » Le typo
regarde toujours la voie, il dit : « C'était grand temps. »
« Qu'est-ce qu'il y a, petite tête? » demande Brunet.
« Qu'ils nous lâchent. C'était grand temps. — Oui? —
J'avais le noir », dit le typo. Brunet pense : lui aussi!
Mais il voit ses yeux brillants et caves et il se tait. Il
pense : « Il s'en apercevra bien assez tôt. » Schneider
dit : « C'est vrai, petite tête, tu ne nous fais plus jamais
rire, qu'est-ce que tu as donc? — Oh! dit le typo, maintenant ça va. » Il voudrait expliquer quelque chose,
mais les mots lui manquent. Il fait un geste d'excuse
et dit simplement : « Je suis de Lyon. » Brunet se sent
gêné, il pense : « J'avais oublié qu'il était de Lyon. Voilà
deux mois que je le fais travailler et je ne sais rien de
lui. A présent il est tout chaud contre moi, et il a le
mal du pays. » Le typo s'est tourné vers lui, Brunet
lit au fond de ses yeux une sorte de douceur angoissée :
« C'est bien vrai qu'on va à Châlons ? » demande le typo
brusquement. « Ah! tu remets ça! » dit Moûlu impatienté. « Allons, dit Brunet. Allons, allons! Même si

c'est pas à Châlons qu'on va, on finira bien par revenir.
— Faudrait que ce soit à Châlons, dit le typo. Faudrait
que ce soit à Châlons. » Il a l'air de faire sa prière.
« Tu sais, dit-il à Brunet, si c'était pas à cause de toi, il
y a longtemps que je me serais tiré. — Si c'était pas à
cause de moi ? — Ben oui. Du moment qu'il y avait un
responsable, il fallait bien que je reste. » Brunet ne répond pas. Il pense : « Naturellement, c'est à cause de
moi. » Mais ça ne lui fait aucun plaisir. Le typo reprend :
« Je serais à Lyon, aujourd'hui. Tu te rends compte,
je suis mobilisé depuis octobre 37, je connais plus mon
métier. — Ça revient vite », dit Lucien. Le typo hoche
la tête d'un air sage. « Oh ! dit-il. Pas si vite. Vous verrez, ça sera dur de s'y remettre. » Il reste immobile, les
yeux vides, puis il dit : « Le soir, chez mes vieux, j'asti-
quais tout, j'aimais pas rester à ne rien faire, il fallait
que tout soit propre. » Brunet le regarde du coin de
l'œil : il a perdu son air net et gai, les mots se poussent
mollement hors de sa bouche ; des touffes de poils
noirs croissent au hasard sur ses joues amaigries. Un
tunnel mange les wagons de tête ; Brunet regarde le
trou noir où le train s'engouffre, il se retourne brusquement vers le typo : « Si tu veux te tirer, c'est le moment.
— Quoi ? » dit le typo. « Tu n'as qu'à sauter quand on
sera dans le tunnel. » Le typo le regarde et puis tout
devient noir, Brunet reçoit de la fumée dans la bouche
et dans les yeux ; il tousse. Le train ralentit. « Saute,
dit Brunet en toussant. Mais saute donc. » Pas de réponse ;
le jour grisaille à travers les fumées, Brunet s'essuie
les yeux, le soleil l'inonde tout à coup ; le typo est toujours là. « Alors ? » demande Brunet. Le typo cligne des
yeux et dit : « Pour quoi faire ? Puisqu'on va à Châlons. »
Brunet hausse les épaules et regarde le canal. Il y a une
guinguette au bord de l'eau, un type boit, on voit sa
casquette, son verre et son long nez au-dessus de la
charmille. Deux autres marchent sur le lé ; ils portent
des canotiers et parlent tranquillement ; ils ne tournent
même pas la tête vers le train. « Hé ! crie Moûlu. Hé !

les gars ! » Mais déjà ils sont hors de vue. Un autre bistrot, tout neuf : « A la bonne pêche. » Le grelottement hennissant d'un piano mécanique frappe Brunet au passage et disparaît ; à présent ce sont les Fritz du fourgon qui l'entendent. Brunet voit un château qu'ils ne voient pas encore, un château au bout d'un parc, tout blanc et flanqué de deux tours pointues ; dans le parc une petite fille qui tient un cerceau regarde gravement : à travers ses jeunes yeux toute une France innocente et surannée les voit passer. Brunet regarde la petite fille et il pense à Pétain ; le train file à travers ce regard, à travers cet avenir plein de jeux sages, de bonnes pensées, de menus soucis, il file vers les champs de pommes de terre, les usines et les fabriques d'armement, vers l'avenir noir et vrai des hommes. Les prisonniers, derrière Brunet, agitent les mains ; à tous les wagons Brunet voit des mains avec des mouchoirs : mais la petite ne répond pas, elle serre son cerceau contre elle. « Ils pourraient dire bonjour, dit André. Ils étaient bien contents, en septembre, qu'on aille se faire casser la gueule pour les défendre. — Ben oui, dit Lambert. seulement voilà : on ne se l'est pas fait casser. » « Et alors, c'est-il notre faute ? On est des prisonniers français, on a droit à un salut. » Un vieux pêche à la ligne, assis sur un pliant ; il ne lève même pas la tête ; Jurassien ricane : « Ils ont repris leur bonne petite vie... » « Ça m'en a tout l'air », dit Brunet. Le train roule à travers la paix : pêcheurs à la ligne, guinguettes, canotiers, et ce ciel si tranquille. Brunet jette un coup d'œil derrière lui, il voit des visages bougons mais charmés. « En douce, dit Martial, il a pas tort le vieux. Dans huit jours, c'est moi qui m'en vas pêcher. — A quoi que tu pêches ? A la ligne ? — Ah ! non, merde : à la mouche. » Ils la *voient*, leur libération, ils la touchent presque sur ce paysage familier, sur ces eaux calmes. La paix, le travail, le vieux rentrera ce soir avec des goujons, dans huit jours ils seront libres : la preuve est là, insinuante et douce. Brunet se sent mal à l'aise :

il n'est pas bon d'être seul à connaître l'avenir. Il détourne la tête, il regarde fuir les traverses de l'autre voie. Il pense : « Qu'est-ce que je peux dire ? Ils ne me croiront pas. » Il pense qu'il devrait se réjouir ; qu'ils vont enfin comprendre, qu'il pourra enfin travailler. Mais il sent contre son épaule et son bras la chaleur fiévreuse du typo et il est pris d'un écœurement sombre qui ressemble à un remords. Le train ralentit : « Qu'est-ce que c'est ? — Ah ! dit Moûlu d'un air fat, c'est l'aiguillage. Vous parlez si je la connais cette ligne-là. Il y a dix ans, j'étais voyageur, je la faisais toutes les semaines. Vous allez voir : on va prendre à gauche. A droite, on remonte vers Lunéville et Strasbourg. — Lunéville ? dit le Blondinet. Mais je croyais justement qu'on devait passer par Lunéville. — Non, non, je te dis que je connais la ligne. Probable que vers Lunéville, la voie est coupée, on est descendu par Saint-Dié pour l'éviter, à présent on remonte. — A droite, c'est l'Allemagne ? » demande la voie anxieuse de Ramelle. « Oui, oui, on prend à gauche. A gauche, c'est Nancy, Bar-le-Duc et Châlons. » Le train ralentit et s'arrête. Brunet se retourne et les regarde. Ils ont de bonnes faces tranquilles, il y en a qui sourient. Seul, Ramelle, le professeur de piano, se mord la lèvre inférieure et touche ses lunettes d'un air agité et déprimé. Il y a tout de même un silence et puis tout à coup Moûlu se met à crier : « Hé les poulettes ! Un baiser, mignonnes, un petit baiser. » Brunet se retourne brusquement : elles sont six en robes légères, avec de gros bras rouges et des visages sains, six à les regarder, de l'autre côté de la barrière. Moûlu leur envoie des baisers. Elles ne sourient pas ; une grosse brune, pas laide, se met à soupirer ; les soupirs soulèvent sa forte poitrine ; les autres regardent avec de grands yeux désolés ; les six bouches font des moues d'enfant qui va pleurer dans ces visages rustiques et inexpressifs. « Allons ! dit Moûlu. Allons, un bon mouvement ! » Il ajoute, saisi d'une inspiration subite : « On n'envoie pas de baisers à des gars qui s'en vont en Allemagne ? » Derrière lui des voix protestent : « Hé là ! Parle pas de malheur. » Moûlu se retourne, tout à fait à son aise : « Taisez-vous donc, je leur dis ça pour qu'elles nous fassent un sourire. » Les types rient, ils crient : « Allons ! Allons ! » La brune les regarde toujours avec des yeux apeurés ; elle lève une main qui hésite, l'appuie sur ses lèvres tombantes et la projette d'un mouvement mécanique. « Mieux que ça ! dit Moûlu. Mieux que ça ! » Une voix furieuse l'interpelle en allemand ; il rentre précipitamment la tête. « Ta gueule, dit Jurassien, tu vas faire fermer le wagon. » Moûlu ne répond pas, il grommelle pour lui seul : « Ce qu'elles sont cons, les femmes, dans ce patelin. » Le train se met à grincer, il s'ébranle lentement, les types se taisent, Moûlu attend la bouche entrouverte, le train roule, Brunet pense : « Voilà le moment », il y a un brusque craquement, une secousse, Moûlu perd l'équilibre et se raccroche à l'épaule de Schneider en poussant un cri de victoire : « Ça y est, les gars ! Ça y est ! On va à Nancy. » Tout le monde rit et crie. La voix nerveuse de Ramelle s'élève : « Alors c'est sûr, on va à Nancy ? — T'as qu'à regarder », dit Moûlu en désignant la voie. De fait le train a tourné sur la gauche, il décrit un arc de cercle, en ce moment on peut sans se pencher voir la petite locomotive. « Et après ? C'est direct ? » Brunet se retourne, le visage de Ramelle est encore terreux, ses lèvres pâles tremblent toujours. « Direct ? demande Moûlu en rigolant, tu crois qu'on va nous faire changer de train ? — Non, mais je veux dire : il n'y a pas d'autres aiguillages ? — Il y en a deux autres, dit Moûlu. Un avant Frouard, un autre à Pagny-sur-Meuse. Mais tu n'as pas besoin de t'en faire : nous, nous allons à gauche, toujours à gauche : sur Bar-le-Duc et Châlons. — Quand est-ce qu'on sera sûrs ? — Ben, qu'est-ce que tu veux de plus ? On est sûrs. — Mais pour les aiguillages ? — Ah ! dit Moûlu, si c'est ce que tu veux dire, au second. Si on prenait à droite, ça voudrait dire Metz et le Luxembourg. Le troisième ne compte pas : à droite, ce serait la ligne de Verdun et de Sedan, qu'est-ce que tu veux qu'on aille foutre là-bas ? — Alors c'est le second, dit Ramelle. C'est celui qui vient... » Il ne dit plus rien, il se recroqueville sur lui-même, les genoux au menton, d'un air frileux et perdu. « Dis, ne nous fait pas chier, dit André. Tu verras bien. » Ramelle ne répond pas ; un silence pesant est tombé sur le wagon ; les visages sont inexpressifs, mais un peu contractés. Brunet entend le son gaufré d'un harmonica ; André saute en l'air : « Ah! non, pas de musique! — J'ai bien le droit de jouer de l'harmonica », dit une voix, au fond du wagon. « Pas de musique! » dit André. Le type se tait. Le train a pris doucement de la vitesse ; il passe sur un pont. « Fini, le canal », soupire le typo. Schneider dort assis, la tête bringuebalante. Brunet s'ennuie, il regarde les champs, il a la tête vide ; au bout d'un moment, le train ralentit, et Ramelle se redresse, les yeux hagards : « Qu'est-ce que c'est ? — T'en fais pas, dit Moûlu. C'est Nancy. » Le ballast s'élève au-dessus du wagon ; à présent c'est un mur. Au-dessus du mur court une corniche de pierres blanches ; au-dessus de la corniche il y a une balustrade de fer, à claire-voie. « Il y a une rue, là-haut », dit Moûlu. Brunet se sent tout à coup écrasé par un poids énorme. Les types se penchent en s'appuyant sur lui ; ils tournent la tête vers le ciel ; la fumée entre à gros flocons dans le wagon, Brunet tousse. « Visez le gars, là-haut », dit Martial. Brunet renverse la tête en arrière, il sent contre son crâne un contact dur, des mains poussent ses épaules : il y a un type, en effet, penché sur la balustrade. A travers les barreaux, on voit son veston noir et son pantalon rayé. Il tient une serviette de cuir ; il peut avoir quarante ans. « Salut, crie Martial. — Bonjour », dit le type. Il porte une moustache soignée sur une face maigre et dure ; il a des yeux bleus très clairs. « Salut! Salut! » disent les types. « Alors, demande Moûlu, comment que ça va à Nancy ? C'est pas trop détruit ? — Non, dit le type. — Tant mieux, dit Moûlu.

Tant mieux. » Le type ne répond pas ; il les regarde fixement, avec un air de curiosité. « Les affaires ont repris ? » demande Jurassien. La locomotive siffle ; le type met la main en cornet contre son oreille et crie : « Quoi ? » Jurassien fait des gestes au-dessus de la tête de Brunet pour expliquer qu'il ne peut pas crier plus fort ; Lucien lui dit : « Demande-lui pour les prisonniers de Nancy. — Quoi, les prisonniers ? — S'il sait quelque chose sur les prisonniers. — Attends, dit Moûlu, on ne s'entend plus. — Demande vite, le train va repartir. » Le sifflement a cessé. Moûlu crie : « Les affaires ? elles ont repris ? — Vous pensez, dit le civil. Avec tous les Allemands qu'il y a dans la ville ! — Les cinémas ont rouvert ? demande Martial. — Quoi ? demande le civil. — Merde, dit Lucien, on s'en barbouille des cinémas, fous-nous la paix avec les cinémas, laisse-moi causer. » Et il ajoute d'une haleine : « Et les prisonniers ? — Quels prisonniers ? demande le civil. — Il n'y avait pas de prisonniers, ici ? — Si, mais il n'y en a plus. — Où sont-ils partis ? » crie Moûlu. Le civil le regarde avec un peu d'étonnement, il répond : « Eh bien, mais en Allemagne ! — Eh là, dit Brunet, poussez pas. » Il s'arc-boute des deux mains contre le plancher ; les types l'écrasent et crient tous ensemble : « En Allemagne ? T'es pas fou ? A Châlons, tu veux dire ? En Allemagne ? Qui c'est qui t'a dit qu'ils allaient en Allemagne ? » Le civil ne répond rien, il les regarde de son air tranquille. « Taisez-vous, les gars, dit Jurassien. Parlez pas tous à la fois. » Les types se taisent et Jurassien crie : « Comment le savez-vous ? » Il y a un cri furieux ; une sentinelle allemande, baïonnette au fusil, saute du fourgon et se jette devant eux. C'est un tout jeune gars, rouge de colère, il crie en allemand très vite, d'une voix rauque ; Brunet se sent subitement délesté du poids énorme qui l'écrasait, les types ont dû se rasseoir précipitamment. La sentinelle se tait, elle reste devant eux, l'arme au pied. Le civil est toujours là, penché au-dessus de la balustrade, il regarde ; Brunet devine,

364

dans l'ombre du wagon, tous ces yeux fiévreux qui se sont levés et qui interrogent en silence. « C'est con! murmure Lucien, derrière lui. C'est con. » Le type reste immobile, muet, inutilisable et pourtant plein d'une science secrète. La locomotive siffle, un tourbillon de fumée s'engouffre dans le wagon, le train s'ébranle et se remet en marche. Brunet tousse ; la sentinelle attend que le fourgon passe à sa hauteur, elle y jette son fusil ; Brunet voit deux paires de mains, au bout de manches vert-de-gris, qui l'attrapent aux épaules et le hissent. « D'abord qu'est-ce qu'il en sait, ce con-là? » Oui, qu'est-ce qu'il en sait? S'ils sont partis, il les a vus partir, c'est tout. Les voix coléreuses explosent derrière Brunet, Brunet sourit sans rien dire. « Il le suppose, voilà tout, dit Ramelle. Il *suppose* qu'ils sont partis pour l'Allemagne. » Le train roule plus vite, il passe le long de grands quais déserts, Brunet lit sur une pancarte : « Sortie. Passage souterrain. » Le train file. La gare est morte. Contre l'épaule de Brunet, l'épaule du typo tremble. Le typo explose brutalement : « Alors c'est un salaud de l'avoir dit, s'il en est pas sûr! — Tu parles, dit Martial, un beau salaud. — Et comment! dit Moûlu. C'est pas des choses à faire. Il faut être drôlement con... — Con? répète Jurassien. Tu l'as pas regardé! Je te jure qu'il est pas con, moi, ce type-là. Il savait ce qu'il faisait, je te le dis. — Il savait ce qu'il faisait? » Brunet se retourne, Jurassien sourit d'un air brutal. « C'en est un de la cinquième colonne, dit-il. — Dites donc, les gars, dit Lambert, s'il avait raison? — Ta gueule, eh con! Si tu veux aller en Bochie fais-toi porter volontaire, mais viens pas faire chier le marin. — Oh! puis merde, dit Moûlu, on le saura à l'aiguillage. — C'est quand l'aiguillage? » demande Ramelle. Il est vert. Il tapote avec les doigts sur sa capote. « Dans un quart d'heure par là, vingt minutes. » Les types ne disent plus rien, ils attendent. Ils ont des visages durs, des yeux fixes que Brunet ne leur a pas vus depuis la débâcle. Puis tout est tombé dans le silence, on entend juste le grincement des wagons. Il fait chaud. Brunet voudrait ôter sa veste, mais il ne peut pas, il est serré entre le typo et la paroi. Des gouttes de sueur lui roulent dans le cou. Le typo dit sans le regarder : « Oh ! Brunet ! — Hé ? — Tu te moquais de moi tout à l'heure, quand tu m'as dit de sauter ? — Pourquoi ? » demande Brunet. Le typo tourne vers lui sa tête enfantine et charmante, que les rides, la crasse et la barbe n'arrivent pas à vieillir. Il dit : « Je pourrais pas supporter d'aller en Allemagne. » Brunet ne répond rien. Le typo dit : « Je pourrais pas le supporter. J'y crèverais. Je suis sûr que j'y crèverais. » Brunet hausse les épaules, il dit : « Tu feras comme tout le monde. — Mais tout le monde crèvera, dit le typo. Tout le monde, tout le monde, tout le monde. » Brunet dégage une main et la lui pose sur l'épaule. « T'énerve pas, petite tête », lui dit-il affectueusement. Le typo tremble, Brunet lui dit : « Si tu gueules comme ça, tu vas foutre la trouille aux copains. » Le typo ravale sa salive, il a l'air docile, il dit : « T'as raison, Brunet. » Il a un petit geste de désespoir et d'impuissance, il ajoute tristement : « T'as toujours raison. » Brunet lui sourit. Au bout d'un moment le typo reprend d'une voix sourde : « Alors, c'était du flan ? — Quoi ? — Quand tu m'as dit de sauter, c'était du flan ? — Ah ! T'occupe pas, dit Brunet. — Si je sautais maintenant, dit le typo, est-ce que tu m'en voudrais ? » Brunet regarde les canons des fusils qui sortent du fourgon et qui étincellent. Il dit : « Fais pas de conneries, tu vas te faire buter. — Laisse-moi prendre ma chance, dit le typo. Dis, laisse-moi prendre ma chance. — C'est pas le moment... dit Brunet. — N'importe comment, dit le typo, si je vais là-bas j'y crèverai. Crever pour crever... » Brunet ne répond pas ; le typo dit : « Dis-moi seulement si tu m'en voudrais. » Brunet regarde toujours les canons des fusils. Il dit lentement et froidement : « Oui. Je t'en voudrais. Je te le défends. » Le typo baisse la tête, Brunet voit sa mâchoire qui bouge. « Tu es drôlement vache », dit Schneider. Brunet tourne la tête : Schneider le regarde d'un air dur. Brunet ne répond pas, il se tasse contre le portant ; il voudrait dire à Schneider : « Si je ne lui défends pas de sauter, tu ne vois donc pas qu'il va se faire tuer. » Il ne peut pas parce que le typo l'entendrait ; il a le sentiment désagréable que Schneider le juge. Il pense : « C'est con. » Il regarde la nuque maigre du typo, il pense : « Et s'il allait crever, là-bas ? » Il pense : « Merde ! Je ne suis plus le même. » Le train ralentit : c'est l'aiguillage. Sûrement, tous les types savent que c'est l'aiguillage, mais ils ne disent rien. Le train s'arrête, c'est le silence. Brunet lève la tête. Penché au-dessus de lui, Moûlu regarde la voie, la bouche ouverte ; il est livide. Dans l'herbe du remblai, on entend les grillons qui chantent. Trois Allemands sautent sur la voie pour se dégourdir les jambes ; ils passent en riant devant le wagon. Le train se met en marche ; ils font demi-tour et courent pour rejoindre le fourgon. Moûlu pousse un hurlement : « A gauche, les gars ! On prend à gauche. » Le wagon vibre et grince, on dirait qu'il va s'arracher des rails. De nouveau Brunet sent sur ses épaules le poids de dix corps penchés en avant. Les types crient : « A gauche ! A gauche ! On va à Châlons ! » Aux portières des autres wagons paraissent des têtes noires de fumée qui rient. André crie : « Eh Chabot ! On va à Châlons ! » Et Chabot, qui se penche au quatrième wagon, rit et crie : « C'est du peu, les gars, c'est du peu. » Tout le monde rit, Brunet entend la voix de Gassou : « Té ! ils ont eu peur comme nous. — Vous voyez, les gars ! dit Jurassien. Il était de la cinquième colonne. » Brunet regarde le typo. Le typo ne dit rien, il tremble toujours et une larme coule sur sa joue gauche en traçant un sillon dans la crasse et le charbon. Un type se met à jouer de l'harmonica, un autre chante en mesure : « Mon petit kaki, je te resterai fidèle. » Brunet se sent horriblement triste, il regarde la voie qui file, il a envie de sauter. Le wagon est en tête, le train chante. Comme les trains-surprise d'avant-guerre. Brunet pense : « Il y a une surprise au bout. » Le typo pousse un grand soupir de détente et d'aise. Il dit : « Ah! là là, ah là là! » Il regarde Brunet d'un air malin, il dit : « Toi, tu croyais qu'on irait en Allemagne. » Brunet se raidit un peu, il sent que son prestige est atteint ; mais il ne répond rien. D'ailleurs le typo est d'humeur conciliante, il ajoute vivement : « Tout le monde peut se tromper ; moi, je le croyais comme toi. » Brunet se tait, le typo sifflote ; il dit, au bout d'un moment : « Je la ferai prévenir avant d'y aller moi-même. — Qui ça ? demande Brunet. — Ma souris, dit le typo. Elle serait dans le cas de tomber dans les pommes. — T'as une souris ? dit Brunet. A ton âge ? — Je veux, dit le typo. Même qu'on se serait mariés sans cette histoire de guerre. — Quel âge a-t-elle ? demande Brunet. — Dix-huit ans, dit le typo. — Tu l'as rencontrée au Parti ? — N-non, dit le typo. Dans un bal. — Elle pense comme toi ? — Sur quoi ? — Sur tout. — Ben, dit le typo, je ne sais pas ce qu'elle pense. Au fond, je crois qu'elle pense rien : c'est une môme. Mais elle est brave et travailleuse et puis... roulée! » Il rêve un peu, il dit : « C'est peut-être bien ça qui m'avait foutu le noir. Je m'ennuyais d'elle. T'as une pépée, Brunet ? — Pas le temps », dit Brunet. « Alors, comment que tu t'arranges ? » Brunet sourit : « Quelquefois, en passant, comme ça », dit-il. « Je pourrais pas vivre comme ça, dit le typo. Ça ne te dirait rien, un vrai chez-toi, avec une petite femme dedans ? — Je n'y serais jamais. — Ben oui, dit le typo. Ben oui. » Il a l'air confus, il dit comme pour s'excuser : « Moi j'ai pas besoin de grand-chose ; elle non plus. Trois chaises et un pucier. » Il sourit dans le vide, il ajoute : « Sans cette guerre, on aurait été heureux. » Brunet s'agace et regarde le typo sans sympathie ; sur ce visage que la maigreur rend trop expressif, il lit un appétit gourmand de bonheur. Il dit doucement : « Ce n'est pas par hasard qu'il y a eu cette guerre. Et tu sais bien qu'on ne peut pas vivre heureux en régime d'oppression. — Oh! dit le typo, je me serais fait mon petit

trou... » Brunet hausse la voix et lui dit sèchement :
« Alors, pourquoi es-tu communiste ? Les communistes ne
sont pas faits pour se terrer dans des trous. — C'est à cause
des autres, dit le typo. Il y avait tant de misère dans
mon quartier, j'aurais voulu que ça change. — Quand
on entre au Parti, il n'y a plus que le Parti qui compte,
dit Brunet. Tu aurais dû savoir à quoi tu t'engageais.
— Mais je le savais, dit vivement le typo. Est-ce que
j'ai jamais refusé de faire ce que tu me demandais ?
Seulement dis, quand je baise, le Parti n'est pas là pour
tenir la chandelle. Il y a des moments où... » Il regarde
Brunet et s'arrête net. Brunet ne dit rien, il pense :
« Il est comme ça parce qu'il croit que je me suis trompé.
On devrait être infaillible. » Il fait de plus en plus chaud,
la sueur trempe sa chemise, le soleil lui tape en plein
dans la figure : tous ces jeunes, il faudrait savoir pourquoi ils entrent au P. C. ; quand on y entre par idées
généreuses, il vient toujours un moment où l'on se met
à flancher. *Et toi, et toi, pourquoi y es-tu entré ?* Bah, il
y a si longtemps, ça n'a plus d'importance, je suis communiste parce que je suis communiste, c'est tout. Il
dégage sa main droite, essuie la sueur qui trempe ses
sourcils, regarde l'heure. Quatre heures et demie. Avec
ces détours nous ne sommes pas près d'arriver. Les
Fritz boucleront les wagons cette nuit et nous dormirons
sur une voie de garage. Il bâille, il dit : « Schneider ! Tu
ne dis rien. — Qu'est-ce que tu veux que je dise ? »
demande Schneider. Brunet bâille, il regarde la voie filer,
une face blême rigole entre les rails, ha, ha, ha, sa tête
tombe, il se réveille en sursaut, les yeux lui font mal, il
se pousse en arrière pour fuir le soleil, quelqu'un a dit :
« Condamnation à mort », sa tête tombe, il se réveille
encore et porte la main à son menton mouillé : j'ai
bavé, j'ai dû dormir la bouche ouverte ; il a horreur de
ça. « Tu veux la vider ? » On lui tend une boîte de
singe ouverte, elle est toute chaude, il dit : « Qu'est-ce
que... ? Ah ! bon. » Il la renverse au-dehors, le liquide
jaune tombe en pluie sur la voie. « Eh dis ! Passe-la vite. »

Il la tend sans se retourner, on la lui prend des mains, il veut se rendormir, on lui frappe sur l'épaule ; il prend la boîte et la vide. « Donne-la-moi », dit le typo. Brunet tend la boîte au typo qui se met debout, péniblement. Brunet essuie ses doigts humides sur sa veste ; au bout d'un moment un bras s'étend au-dessus de sa tête et incline la boîte de fer-blanc, l'eau jaune s'éparpille et file en gouttes blanches vers l'arrière. Le typo se rassied en s'essuyant les doigts, Brunet laisse tomber sa tête sur l'épaule du typo, il entend la musique de l'harmonica, il voit un beau jardin plein de fleurs, il s'endort. Un choc le réveille, il crie : « Hein ? » Le train s'est arrêté en rase campagne : « Hein ? — C'est rien, dit Moûlu, tu peux te rendormir : c'est Pagny-sur-Meuse. » Brunet se retourne, tout est tranquille, les types se sont habitués à leur joie, il y en a qui jouent aux cartes et d'autres qui chantent et d'autres silencieux et charmés qui se racontent des histoires à eux-mêmes, les yeux pleins de souvenirs qu'ils osent enfin laisser remonter du fond de leurs cœurs ; personne ne prend garde à l'arrêt du train, Brunet s'endort pour tout de bon, il rêve d'une plaine étrange où des hommes tout nus et maigres comme des squelettes, avec des barbes grises, sont assis autour d'un grand feu ; quand il se réveille, le soleil est très bas sur l'horizon, le ciel est mauve, deux vaches paissent dans un pré, le train ne bouge toujours pas, des types chantent ; sur le talus les soldats allemands cueillent des fleurs. Il y en a un, un petit gros, très costaud, aux joues rouges, qui s'approche des prisonniers, une pâquerette entre les dents, et qui leur sourit largement. Moûlu, André et Martial lui sourient. L'Allemand et les Français restent un moment à se regarder en souriant, puis Moûlu dit brusquement : « Cigaretten. Bitte schön Cigaretten. » Le soldat hésite et se retourne vers le talus ; ses trois copains, courbés, montrent leurs derrières ; il fouille prestement dans sa poche et jette son paquet de cigarettes dans le wagon ; Brunet entend derrière lui tout un remue-ménage, Ramelle qui ne fume pas s'est redressé et crie : « *Danke schön* » avec des sourires. Le petit costaud lui fait signe de se taire. Moûlu dit à Schneider : « Demande-lui où nous allons. » Schneider parle en allemand au soldat; le soldat répond en souriant; les autres ont fini leur cueillette, ils s'approchent en tenant leurs bouquets de la main gauche, les fleurs tournées vers le bas; il y a un sergent et deux soldats; ils ont l'air hilare et se mêlent en riant à la conversation. « Qu'est-ce qu'ils disent? » demande Moûlu en souriant aussi. « Attends un peu, dit Schneider impatienté. Laisse-moi comprendre. » Les soldats lancent une dernière plaisanterie et retournent sans hâte vers le fourgon, le sergent s'arrête pour pisser contre l'essieu du wagon, il reboutonne sa braguette, les jambes écartées, il jette un coup d'œil à ses hommes et, pendant qu'ils ont le dos tourné, il lance un paquet de cigarettes dans le wagon. « Ha! dit Martial avec un râle de bonheur, ils sont pas vaches. — C'est parce qu'on est libérés, dit Jurassien, ils veulent nous laisser un bon souvenir. — — Ça se pourrait, dit Martial rêveur. Par le fait tout ce qu'ils font c'est de la propagande. — Qu'est-ce qu'ils ont dit? » demande Moûlu à Schneider. Schneider ne répond pas; il a l'air drôle. « Oui, dit André, qu'est-ce qu'ils ont dit? » Schneider avale sa salive avec peine, il dit : « Ils sont du Hanovre. Ils se sont battus en Belgique. — Où c'est qu'ils ont dit qu'on allait? » Schneider écarte les bras, sourit d'un air d'excuse et dit : « A Trèves. — Trèves, dit Moûlu. Où c'est que ça perche? — C'est dans le Palatinat », dit Schneider. Il y a un imperceptible silence, puis Moûlu dit : « Trèves, en Bochie? Alors c'est qu'ils se sont foutus de toi. » Schneider ne répond pas. Moûlu dit avec une assurance tranquille : « On ne va pas en Bochie en passant par Bar-le-Duc. » Schneider ne dit toujours rien, André demande nonchalamment : « Ils se marraient ou quoi? — T'as bien vu qu'ils se marraient, dit Lucien. Ils se fendaient la pipe. — Ils ne se marraient pas quand ils m'ont répondu ça », dit Schneider à contrecœur. « Tu n'as pas entendu ce qu'a dit

Moûlu? demande Martial en colère. On ne passe pas par Bar-le-Duc pour aller en Bochie. Ça n'a pas de bon sens. — On ne passe pas par Bar-le-Duc, dit Schneider, on prend à droite. » Moûlu se met à rire : « Ah! alors non! Tu permets que je connais le chemin mieux que toi. A droite c'est Verdun et Sedan. Si tu continuais par la droite t'irais peut-être en Belgique, mais en Allemagne, non! » Il se tourne vers les autres avec un air d'évidence rassurante : « Puisque je vous dis que je faisais la région toutes les semaines. Des fois, deux fois par semaine! » ajoute-t-il et son visage exprime désespérément la conviction. « Évidemment, disent les types. Évidemment qu'il ne peut pas se tromper. — On passe par le Luxembourg », dit Schneider. Il se force à parler ; à présent qu'il a commencé, Brunet a l'impression qu'il veut leur enfoncer la vérité dans la tête, il est pâle et il parle sans regarder personne. André approche son visage de celui de Schneider et lui crie dans la figure : « Mais pourquoi qu'on aurait fait ce détour ? Pourquoi ? » Les types derrière lui crient : « Pourquoi ? pourquoi ? c'est idiot. Pourquoi ? Il n'y avait qu'à passer par Lunéville alors. » Schneider rougit, il se tourne tout à fait vers le fond du wagon et fait face aux types qui crient : « Je n'en sais rien, moi, je n'en sais rien, *rien*, crie-t-il avec colère. Peut-être parce que les voies sont détruites ou parce qu'il y a des convois allemands sur les autres lignes, ne m'en faites pas dire plus que je ne sais et croyez ce que vous voudrez. » Une voix aiguë crie au-dessus de toutes les autres : « Pas besoin de vous en faire, les gars, on va bientôt savoir. » Et les types répètent : « Ça c'est vrai, on verra bien, on verra, pas besoin de se tourner les sangs. » Schneider se rassied sans répondre ; à l'avant-dernier wagon, une tête bouclée paraît, une jeune voix les hèle : « Eh! les gars! Est-ce qu'ils vous ont dit où on va ? — Qu'est-ce qu'il dit ? — Il demande où on va. » Les types éclatent dans le wagon, ils éclatent de rire : « Il tombe bien, celui-là ; il a du nez, c'est le moment de le demander. » Moûlu se penche, les

mains en cornet autour de sa bouche, et il crie : « Dans
mon cul! » La tête disparaît à côté. Tout le monde rit,
le rire cesse ; Jurassien dit : « On joue, les gars ? Ça
vaut mieux que de se faire des idées. — Allons-y »,
disent-ils. Les types s'asseyent en tailleur autour d'une
capote pliée en quatre, Jurassien a ramassé les cartes,
il fait la donne. Ramelle se ronge les ongles en silence ;
l'harmonica joue une valse ; debout contre la paroi du
fond un type fume une cigarette allemande, l'air pensif.
Il dit, comme pour lui-même : « Ça fait plaisir de fumer. »
Schneider se tourne vers Brunet et lui dit d'un air d'excuse : « Je ne pouvais pas leur mentir. » Brunet hausse
les épaules sans répondre, Schneider dit : « Non, je ne
pouvais pas. — Ça n'aurait servi à rien, dit Brunet ;
de toute façon il faudra bien qu'ils l'apprennent tout
à l'heure. » Il se rend compte qu'il a parlé mollement ;
il est irrité contre Schneider ; à cause des autres.
Schneider le regarde d'un drôle d'air et dit : « Dommage que tu ne saches pas l'allemand. — Pourquoi ? »
demande Brunet, surpris. « Parce que *toi*, tu aurais été
content de les renseigner. — Tu te trompes », dit
Brunet avec lassitude. « Ce départ en Allemagne, dit
Schneider, tu l'as pourtant souhaité. — Eh bien oui,
dit Brunet, je l'ai souhaité. » Le typo s'est remis à trembler, Brunet lui entoure les épaules de son bras et
le serre maladroitement contre lui. D'un coup de tête,
il le désigne à Schneider et dit : « Tais-toi. » Schneider
regarde Brunet avec un sourire étonné ; il a l'air de
dire : Depuis quand te préoccupes-tu d'épargner les
gens ? Brunet détourne la tête, mais c'est pour retrouver
le jeune visage avide du typo. Le typo le regarde, ses
lèvres remuent, ses grands yeux doux tournent dans son
visage crépusculaire. Brunet va pour lui dire : « Est-ce
que je m'étais trompé ? » Mais il ne dit rien, il regarde
ses pieds pendre au-dessus des roues immobiles, il sifflote ; le soleil décline, il fait moins chaud ; un gamin
chasse les vaches avec un bâton, elles galopent puis se
calment et s'en vont sur la route majestueusement ; un

gosse qui rentre chez lui, des vaches qui regagnent l'étable : c'est un crève-cœur. Très loin, au-dessus d'un champ, des oiseaux noirs tournoient : les morts ne sont pas tous en terre. Cette angoisse qui le creuse, Brunet ne sait plus si c'est la sienne ou celle des autres; il se retourne, il les regarde pour les tenir à distance : des visages gris et distraits, presque tranquilles, il reconnaît l'air absent des foules qui vont flamber de colère. Il .pense : « C'est bien. C'est très bien. » Mais sans joie. Le train s'ébranle, roule quelques minutes et s'arrête. Penché hors du wagon, Moûlu scrute l'horizon, il dit : « L'aiguillage est à cent mètres. — Tu vois pas, dit Gassou, qu'ils nous laissent ici jusqu'à demain? — Le moral serait beau! » dit André. Brunet sent jusque dans ses os l'immobilité pesante du wagon. Quelqu'un dit : « C'est la guerre des nerfs qui recommence. » Un crépitement sec parcourt le wagon, c'est un rire. Il s'éteint; Brunet entend la voix imperturbable de Jurassien : « Atout et atout! » il sent une secousse, il se retourne; la main de Jurassien qui tenait un as de cœur est restée en l'air, le train s'est remis en marche; Moûlu guette. Au bout d'un moment, le train prend un peu de vitesse, puis deux rails jaillissent de dessous les roues, deux éclairs parallèles qui vont se perdre à gauche, entre les champs. « Merde! dit Moûlu. Merde! Merde! » Les types se taisent : ils ont compris; Jurassien laisse tomber son as sur la capote et repasse le pli; le train roule gentiment avec un petit halètement régulier, le soleil couchant rougit le visage de Schneider, il commence à faire tout à fait frais. Brunet regarde le typo et le saisit brusquement par les épaules : « Fais pas de conneries, hein? Fais pas de conneries, mon petit gars! » Le corps mince se crispe sous ses doigts, il serre plus fort, le corps se détend, Brunet pense : « Je le tiendrai jusqu'à la nuit. » A la nuit les Fritz viendront fermer le wagon, au matin il sera calmé. Le train roule sous le ciel mauve, dans un silence absolu : ils savent, à présent, dans tous les wagons, ils savent. Le typo s'est abandonné comme

374

une femme sur l'épaule de Brunet. Brunet pense : « Ai-je le droit de l'empêcher de sauter ? » Mais il serre toujours. Un rire derrière son dos, une voix : « La vieille qui voulait un môme! Faut que je lui écrive de se faire grimper par le voisin. » Ils rient. Brunet pense : « Ils rient de misère. » Le rire a rempli le wagon, la colère monte; une voix rieuse répète : « Ce qu'on était cons! Ce qu'on était cons! » Un champ de pommes de terre, les aciéries, les mines, les travaux forcés : de quel droit? de quel droit l'en empêcher? « Ce qu'on était cons! » répète la voix. La colère roule et monte. Sous ses doigts, Brunet sent tanguer les épaules maigres, rouler les muscles mous, il pense : « Il ne pourra pas tenir le coup. » Il serre, de quel droit? Il serre plus fort, le typo dit : « Tu me fais mal! » Brunet serre : c'est une vie de communiste, il nous appartient tant qu'il vit. Il regarde cette petite gueule d'écureuil : tant qu'il vit, oui; mais vit-il encore? Il est fini, les ressorts sont cassés, il ne travaillera plus. « Mais lâche-moi, crie le typo, nom de Dieu, lâche-moi. » Brunet se sent drôle; il tient dans ses mains cette dépouille : un membre du Parti qui ne peut plus servir. Il voudrait lui parler, l'exhorter, l'aider, il ne peut pas : ses mots sont au Parti, c'est le Parti qui leur a donné leur sens; à l'intérieur du Parti, Brunet peut aimer, peut persuader et consoler. Le typo est tombé hors de cet immense fuseau de lumière, Brunet n'a plus rien à lui dire. Pourtant il souffre encore, ce môme. Crever pour crever... Ah! qu'il se décide! Tant mieux pour lui s'il s'en tire; s'il y reste, sa mort servira. Le wagon rit de plus en plus fort; le train roule lentement; on dirait qu'il va s'arrêter; le typo dit d'une voix sournoise : « Passe-moi la boîte, faut que je pisse. » Brunet ne dit rien, il regarde le typo, il voit la mort. La mort, cette liberté. « Merde alors, dit le typo, tu peux pas me passer la boîte? Tu veux que je pisse dans mon froc? » Brunet se détourne, il crie : « La boîte!... » De l'ombre luisante de colère, une main sort et tend la boîte, le train ralentit encore, Brunet hésite, il incruste ses doigts dans l'épaule du typo, puis brusquement lâche tout, prend la boîte, ce qu'on était cons tout de même, ce qu'on était cons! Les types cessent de rire. Brunet sent un raclement dur contre son coude, le typo lui a plongé sous le bras, Brunet étend la main, attrape le vide : la masse grise a basculé pliée en deux, un vol lourd, Moûlu crie, une ombre s'écrase contre le remblai, jambes écartées, bras en croix. Brunet attend les coups de feu, ils sont *déjà* dans ses oreilles, le typo rebondit, le voilà debout, tout noir, libre. Brunet *voit* les coups de feu : cinq lueurs affreuses. Le typo se met à courir le long du train, il a pris peur, il veut remonter, Brunet lui crie : « Saute sur le talus, nom de Dieu! saute! » Tout le wagon crie : « Saute! Saute! » Le typo n'entend pas, il galope, il arrive à la hauteur du wagon, il tend les bras, il crie : « Brunet! Brunet! » Brunet voit ses yeux terrorisés : il lui hurle : « Le talus! » Le typo est sourd, il n'est plus rien que ces yeux immenses, Brunet pense : « S'il remonte vite, il a une chance. » Il se penche : déjà Schneider a compris et le ceinture du bras gauche pour l'empêcher de tomber. Brunet tend les bras. La main du typo touche la sienne, les Fritz tirent trois fois, le typo se laisse aller mollement en arrière, il tombe, le train s'éloigne, les jambes du typo sautent en l'air, retombent, la traverse et les cailloux sont noirs de sang autour de sa tête. Le train s'arrête brusquement, Brunet tombe sur Schneider, il dit, les dents serrées : « Ils ont bien vu qu'il allait remonter. Ils l'ont descendu pour le plaisir. » Le corps est là, à vingt pas, déjà une chose, libre. *Je me serais fait mon petit trou.* Brunet s'aperçoit qu'il tient toujours la boîte dans sa main, il a tendu les bras au typo sans la lâcher. Elle est tiède. Il la laisse tomber sur les cailloux. Quatre Fritz sortent du fourgon et courent vers le corps ; derrière Brunet les types grondent, ça y est, la colère est déchaînée. D'un wagon de tête une dizaine d'Allemands sont sortis. Ils grimpent sur le remblai et font face au train, leurs mitraillettes à la main. Les types n'ont pas peur ; quelqu'un hurle derrière Brunet : « Salauds! Salauds! » Le gros sergent allemand a l'air furieux, il se penche, soulève le corps, le laisse retomber et lui donne un coup de pied. Brunet se retourne brusquement : « Hé là! Vous allez me foutre par terre! » Vingt types se sont penchés. Brunet voit vingt paires d'yeux pleins de meurtre : ça va être le coup dur. Il crie : « Sautez pas, les gars, vous allez vous faire massacrer. » Il se lève péniblement, en luttant contre eux, il crie : « Schneider! » Schneider se lève aussi. Ils se prennent tous deux par la taille et chacun, de l'autre bras, se cramponne aux montants de la porte. « Vous ne passerez pas. » Les types poussent ; Brunet voit toute cette haine, *sa* haine, *son* outil et il a peur. Trois Allemands s'approchent du wagon et couchent les types en joue. Les types grondent, les Allemands les regardent ; Brunet reconnaît le gros frisé qui leur jetait des cigarettes : il a des yeux d'assassin. Les Français et les Allemands se regardent, *c'est la guerre* : pour la première fois c'est la guerre depuis septembre 39. Doucement la pression se relâche, les types reculent, il peut respirer. Le sergent s'approche, il dit : « Hinein! Hinein! » Brunet et Schneider se tassent contre des poitrines, derrière leur dos un Fritz manœuvre la porte à glissière, le wagon est plongé dans le noir, ça sent la sueur et le charbon, la colère grouille, les pieds raclent le plancher, on dirait une foule en marche. Brunet pense : « Ils n'oublieront plus. C'est gagné. » Il a mal, il respire mal, il a les yeux ouverts sur le noir : de temps en temps il les sent gonflés, deux grosses oranges qui vont faire éclater ses orbites. Il appelle à voix basse : « Schneider! Schneider! — Je suis là », dit Schneider. Brunet tâtonne autour de lui, il a besoin de toucher Schneider. Une main prend sa main et la serre. « C'est toi, Schneider? — Oui. » Ils se taisent, côte à côte, la main dans la main. Une secousse, le train part en grinçant. Qu'est-ce qu'ils ont fait du corps? Il sent le souffle de Schneider contre son oreille. Brusquement Schneider retire sa main, Brunet veut la retenir, mais Schneider se dégage d'une secousse et se dilue dans le noir. Brunet reste seul et raide, inconfortable, dans une chaleur de four. Il se tient sur un pied, l'autre est coincé au-dessus du plancher, dans un enchevêtrement de jambes et de souliers. Il n'essaie pas de le dégager, il a besoin de rester dans le provisoire : il est de passage, sa pensée est de passage dans sa tête, le train est de passage en France, les idées jaillissent, indistinctes, et tombent sur la voie, derrière lui, avant qu'il ait pu les reconnaître, il s'éloigne, il s'éloigne, il s'éloigne ; c'est à cette vitesse-là qu'il est supportable de vivre. Arrêt complet : la vitesse glisse et tombe à ses pieds ; il sait encore que le train roule : ça grince, ça cogne et ça vibre ; mais il ne sent plus le mouvement. Il est dans une grosse poubelle, quelqu'un donne des coups de pied dedans. Derrière son dos, sur le talus, il y a le corps, désossé ; Brunet sait qu'on s'en éloigne à chaque seconde, il voudrait le sentir, il ne peut pas : tout stagne. Au-dessus du mort et du wagon inerte, la nuit passe, seule vivante. Demain l'aube les couvrira de la même rosée, la chair morte et l'acier rouillé ruisselleront de la même sueur. Demain viendront les oiseaux noirs.

DU MÊME AUTEUR

CRITIQUES LITTÉRAIRES.

QU'EST-CE QUE LA LITTÉRATURE ?

SAINT-GENET, COMÉDIEN ET MARTYR (Les Œuvres complètes de Jean Genet, tome I).

LES MOTS.

LES ÉCRITS DE SARTRE, de Michel Contat et Michel Rybalka.

L'IDIOT DE LA FAMILLE, *Gustave Flaubert de 1821 à 1857*, I, II et III *(nouvelle édition revue et augmentée)*.

PLAIDOYER POUR LES INTELLECTUELS.

UN THÉÂTRE DE SITUATIONS.

CARNETS DE LA DRÔLE DE GUERRE (septembre 1939-mars 1940).

LETTRES AU CASTOR et à quelques autres :
  I. 1926-1939.
  II. 1940-1963.

LE SCÉNARIO FREUD.

MALLARMÉ, *La lucidité et sa face d'ombre*.

ÉCRITS DE JEUNESSE.

LA REINE ALBEMARLE OU LE DERNIER TOURISTE.

Philosophie

L'IMAGINAIRE, *Psychologie phénoménologique de l'imagination*.

L'ÊTRE ET LE NÉANT, *Essai d'ontologie phénoménologique*.

CAHIERS POUR UNE MORALE.

CRITIQUE DE LA RAISON DIALECTIQUE *(précédé de* QUESTIONS DE MÉTHODE), I : *Théorie des ensembles pratiques*.

CRITIQUE DE LA RAISON DIALECTIQUE, II : *L'intelligibilité de l'Histoire*.

QUESTIONS DE MÉTHODE (collection « Tel »).

VÉRITÉ ET EXISTENCE.

SITUATIONS PHILOSOPHIQUES (collection « Tel »).

Essais politiques

RÉFLEXIONS SUR LA QUESTION JUIVE.

ENTRETIENS SUR LA POLITIQUE, avec David Rousset et Gérard Rosenthal.

L'AFFAIRE HENRI MARTIN, textes commentés par Jean-Paul Sartre.

ON A RAISON DE SE RÉVOLTER, avec Philippe Gavi et Pierre Victor.

Scénario

SARTRE, *un film réalisé par Alexandre Astruc et Michel Contat.*

Entretiens

Entretiens avec Simone de Beauvoir, *in* LA CÉRÉMONIE DES ADIEUX de Simone de Beauvoir.

Iconographie

SARTRE, IMAGES D'UNE VIE, album préparé par L. Sendyk-Siegel, commentaire de Simone de Beauvoir.

Impression B.C.I. à Saint-Amand (Cher),
le 18 février 1995.
Dépôt légal : février 1995.
1ᵉʳ dépôt légal dans la collection : mars 1972.
Numéro d'imprimeur : 1/359.
ISBN 2-07-036058-X./Imprimé en France.